HEYNE <

AF649286

Das Buch

Frühjahr 1973: Ostberlin bereitet sich auf die Ausrichtung der Weltfestspiele der Jugend vor. Neun Tage lang soll die Stadt zu einer gigantischen Festivalmeile werden. Zehntausende Besucher aus aller Welt werden erwartet. Die DDR präsentiert sich als weltoffen und bunt.
Doch ihre Bürgerinnen und Bürger sind Gefangene im eigenen Land. An der Grenze zur BRD hindern Sperranlagen die Menschen daran, in den Westen zu gelangen. Als der Grenzsoldat Henning Nowak zu fliehen versucht, gerät auch seine Schwägerin Ria Nachtmann ins Visier der Staatssicherheit. Sie steht unter Verdacht, Henning geholfen zu haben.
Was die Stasi nicht ahnt: Tatsächlich war Ria vor Jahren als Spionin für den westdeutschen Bundesnachrichtendienst tätig. Noch immer verfügt sie über erstaunliche Fähigkeiten. Und sie hat sich geschworen, ihre Familie um jeden Preis zu verteidigen.

Der Autor

Titus Müller, geboren 1977 in Leipzig, schreibt Romane und Sachbücher. Er ist Mitglied des PEN-Clubs und wurde u. a. mit dem C.-S.-Lewis-Preis, dem Sir-Walter-Scott-Preis und dem Homer-Preis ausgezeichnet. Seine große Spionin-Trilogie erzählt die Geschichte einer mutigen Frau – und drei Jahrzehnte deutsch-deutscher Geschichte.

Lieferbare Titel

978-3-453-43776-0 – Nachtauge
978-3-453-43827-9 – Die Todgeweihte
978-3-453-47137-5 – Der Kalligraph des Bischofs
978-3-453-43930-6 – Der Tag X
978-3-453-42265-0 – Die Jesuitin von Lissabon
978-3-453-44125-5 – Die fremde Spionin
978-3-453-44126-2 – Das zweite Geheimnis
978-3-453-44127-9 – Der letzte Auftrag

TITUS MÜLLER

Das zweite Geheimnis

ROMAN

Wilhelm Heyne Verlag
München

Der Verlag behält sich die Verwertung der urheberrechtlich geschützten Inhalte dieses Werkes für Zwecke des Text- und Data-Minings nach § 44b UrhG ausdrücklich vor. Jegliche unbefugte Nutzung ist hiermit ausgeschlossen.

Gedicht auf S. 301 aus
Wolf Biermann: Mensch Gott! (Suhrkamp, 2021)
mit freundlicher Genehmigung von Wolf Biermann

MIX
Papier | Fördert gute Waldnutzung
FSC® C014496

Penguin Random House Verlagsgruppe FSC® N001967

2. Auflage
Copyright © 2022 by Titus Müller
Copyright © 2024 dieser Ausgabe
by Wilhelm Heyne Verlag, München,
in der Penguin Random House Verlagsgruppe GmbH,
Neumarkter Straße 28, 81673 München
produktsicherheit@penguinrandomhouse.de
(Vorstehende Angaben sind zugleich
Pflichtinformationen nach GPSR.)

Vermittelt durch die Literarische Agentur Michael Gaeb
Redaktion: Gunnar Cynybulk
Umschlaggestaltung: Favoritbüro, München,
unter Verwendung von Motiven von Vintage Germany,
Bridgeman Images (Everett Collection, CSU Archives),
Shutterstock.com (Vidal25)
Satz: KCFG – Medienagentur, Neuss
Druck und Bindung: GGP Media GmbH, Pößneck
Printed in Germany
ISBN: 978-3-453-44210-8

www.heyne.de

1

Die Grenze nahe Großtöpfer, Kreis Heiligenstadt. Henning Nowak lag im nassen Gras und fror. Er hörte dem Gesang der Vögel zu, entdeckte seltene Vogelstimmen, einen Girlitz, einen Sprosser, einen Trauerschnäpper. Aus dem benachbarten Wald trotteten Wildschweine.

Nur wenige Schritte entfernt begann der Westen. Zwei Stacheldrahtzäune davor, ein paar Meter verbotenes Land. Neben ihm lag der Postenführer im Gras. Henning wusste über ihn, dass er die Zusage für einen Studienplatz erhalten hatte – Schiffsmaschinenbau in Rostock –, frisch verheiratet war und seine 18 Monate Dienstzeit fast vollständig abgeleistet hatte. Vom Maßband für die letzten 150 Tage, von dem er jeden Tag einen Zentimeter abschnitt, war nur noch ein kleiner Rest geblieben. Er würde bald nach Hause gehen und studieren und mit seiner jungen Frau leben. Er wollte keinen Ärger.

Der Postenführer stand auf und streckte sich. Er verlangte, dass Henning vor ihm lief. Sie gingen los. Als Henning sich umsah, winkte ihm der Postenführer mit der Maschinenpistole, er solle weitergehen.

Argwohn zwischen gemeinsam vergatterten Grenzsoldaten war normal, es gehörte zur üblichen Methode, die Soldaten jeden Tag in anderer Kombination loszuschicken. Bekam der Spieß mit, dass zwischen zweien von ihnen mehr als eine lockere Bekanntschaft zu entstehen drohte, wurden sie nie wieder gemeinsam eingeteilt.

Er kannte die Regeln. Er selbst war ja Spieß gewesen.

Sie liefen in Richtung der Straße nach Bebendorf, um einen neuen Beobachtungspunkt zu beziehen. Die kalte Morgenluft kroch durch die Uniform. Sechs Uhr erst, verdammt. Er hätte nicht auf die Uhr sehen sollen. Es war immer ein Fehler, auf die Uhr zu sehen. Hatte man einmal damit angefangen, guckte man dauernd, und dann verging die Zeit gar nicht mehr. Am besten war es, einfach darauf zu warten, dass der Himmel heller wurde und die Zeit zum Einrücken kam. Das waren die besten Nächte, wenn man es schaffte, vorher nicht auf die Uhr zu sehen.

Sie mussten unter der stillgelegten Bahnstrecke von Geismar nach Friede hindurch, der Postenführer ließ ihn vorgehen in den kleinen Tunnel, ließ eine Gewehrlänge Abstand zwischen ihnen, ihre Schritte knirschten, die Tunnelwände warfen den Hall zurück, dann kamen sie auf der anderen Seite wieder hinaus. Es ging einen schmalen unbefestigten Weg hoch, zur linken Seite dichter Wald, zur rechten der sechs Meter breite Kontrollstreifen und die Zäune aus Stacheldraht, dahinter das Gebiet der BRD. Zwischen den Zäunen waren Minen vergraben, aber nicht überall. Allmählich kam er dahinter, wo vermintes Gelände war und wo nicht.

Henning wusste, was über ihn geredet wurde. Er sollte was mit der Frau seines Kompanieführers gehabt haben. Oder er hatte gesoffen. Um vom Rang eines Hauptfeldwebels zum einfachen Soldaten degradiert zu werden, musste man sich einiges geleistet haben. Manche sagten, dass er das Ansehen der Grenztruppen geschädigt haben musste, Befehle nicht ausgeführt oder die Dienstpflichten vernachlässigt hatte. Dann wieder hieß es, er habe sicher gegen die Parteidisziplin verstoßen, grobe ideologische Verfehlungen, und sei anschließend aus der Partei geworfen worden. Wo er stationiert gewesen war, wussten sie nur gerüchtehalber. Und was er getan hatte, ging nur ihn selbst etwas an.

Er begutachtete wortlos den Kontrollstreifen, sechs Meter glatt geharkte Erde, eine kilometerlange Wunde im Boden. Ein Grenzverletzer musste hier seinen Fußabdruck hinterlassen, wenn er keine Flügel besaß, anders gelangte man nicht zum Stacheldrahtzaun.

Dort vorn die Spur eines Hasen. Der Postenführer sagte: »Nimm dir einen Ast, Henning, und mach das weg.«

Henning holte einen Ast aus dem Wald und verwischte die Hasenspur.

Der Postenführer rauchte.

Henning schwieg.

»Weiter«, sagte der Postenführer, schnippte seine weggerauchte Kippe auf den Wachpfad und trat sie aus. Er winkte Henning mit der Maschinenpistole.

»Gefällt mir nicht, wie du mit der Waffe wedelst«, sagte Henning.

»Hat dich keiner gefragt«, sagte der Postenführer.

Diese Jungspunde hatten keine Vorstellung davon, was man alles falsch machen konnte, wenn man mit der Maschinenpistole hantierte, dreißig Schuss scharfe Munition, er wusste, was die Kugeln anrichten konnten. Und er wusste, was die Minen taten, träumte immer noch von dem jungen Flüchtling, den er hatte abtransportieren müssen, ohne Beine, ein blutender Rumpf mit schlaff herabhängenden Armen.

Sie näherten sich der Hundelaufanlage. Der Postenführer

sagte etwas versöhnlicher: »Halt dich von den Hunden fern. Das sind tückische Biester.«

»Ich bin nicht zum ersten Mal an der Grenze.«

»Hab schon gehört. Warst ein großer Ansager, hm? Was mich betrifft, bist du Soldat und nichts weiter.«

Zwischen zwei Böcken im Abstand von achtzig Metern war mannshoch das Stahlseil gespannt. Daran hing, mit einem Ring verbunden, die Laufleine eines kaukasischen Schäferhunds. Er näherte sich rasch, der Ring pfiff über den Stahl.

»Zurück«, befahl der Postenführer, aber Henning tat das Gegenteil, er ging auf den Hund zu. Der Postenführer warnte: »Willst du dir die Kehle zerfetzen lassen?«

Henning kauerte sich hin, holte seine Brotbüchse heraus und entnahm ihr ein Schinkenbrot. Jetzt erreichte ihn der Hund.

»Wie oft füttert ihr die?«, fragte Henning, während der Hund ihm das Schinkenbrot aus der Hand schnappte und es verschlang. Sein Fell war struppig und verklebt.

»Das ist Sache der Hundeführer, da mische ich mich nicht ein.« Der Postenführer spuckte aus. »Ich geb dir einen Rat. Hör auf, so zu tun, als wärst du noch Unteroffizier. Du bist nicht auf Kontrollstreife hier, du bist ein billiger Achtziger, du hast nichts mehr zu melden. Wenn der Kuchen spricht, haben die Krümel zu schweigen. Gewöhn dich daran.«

»Sechsmal die Woche Trockenfutter«, fragte Henning, »und Montag nur Wasser, als Stehtag?«

Der Hund wirkte abgemagert, das messingfarbene Fell zitterte über den Rippen. Henning fuhr ihm über den Kopf und kraulte ihm die Ohren. Der Kaukasier wedelte mit dem Schwanz. »Willst du Boy heißen, mein Kleiner?«, fragte

Henning leise. Die Laufleine, die den Hund mit dem Drahtseil verband, erregte sein Mitleid. Kein Wunder, dass die Hunde hier draußen unberechenbar und böse wurden. Sie waren einsam. Tag und Nacht im Wald, angekettet und allein. Das musste ihnen auf die Seele schlagen.

Der Wassernapf vor dem hölzernen Unterstand war umgestoßen. Henning ging hin und stellte ihn wieder auf. Wie lange soff das Tier schon dreckiges Regenwasser aus den Pfützen? Er goss aus seiner Thermoskanne Tee hinein. »Koste das mal, Boy, mein Guter.«

Der Hund trottete heran und schleckte. Er musste großen Durst haben. Der Arme gehörte genauso zu Gottes Schöpfung wie die Menschen.

Der Postenführer sagte scharf: »Schluss jetzt. Spiel woanders Tierheim. Wir müssen Meldung machen.«

Er steuerte den nächsten Mast des Grenzmeldenetzes an, zog den Hörer aus der Tasche, koppelte ihn ans Meldenetz und sagte: »Hier Paula Paula drei an der vierzehn, Otto Anton einer Gustav Viktor.« Er presste sich den runden, mit Gummi ummantelten Hörer ans Ohr und behielt Henning im Blick.

Ob er wusste, dass man Westradio hören konnte, wenn man nur einen Kontakt des Hörers in die Buchse steckte und den anderen mit den Fingern berührte? In seiner alten Kompanie hatten sie das Buchstabieralphabet nachlässiger genutzt und sagten im Klartext »Postenpaar« statt »Paula Paula« und »ohne Anzeichen einer Grenzverletzung« statt »Otto Anton einer Gustav Viktor«.

Offenbar gab die Einsatzleitung neue Befehle. Der Postenführer sagte: »Verstanden, bewegen uns Richtung Berta Samuel.« Nachdem er den Hörer abgezogen hatte, warf er

Henning »Beobachtungsstand« hin, für den Fall, dass er die Codierung nicht verstand.

Sie liefen durch den Wald. Dann ging es den Schlossberg hoch, vierhundert Meter. Als sie den Beobachtungsstand erreichten, schwitzte der Postenführer kräftig. Wäre er noch Spieß, er hätte dem Kerl und der ganzen Kompanie einen Tausend-Meter-Lauf in voller Ausrüstung verordnet und anschließend fünfzehn Kilometer Eilmarsch, davon sechs Kilometer unter der Gasmaske. Soldaten hatten körperlich fit zu sein.

»Hier oben«, erklärte der Postenführer, um seine Atemlosigkeit zu kaschieren, »hat es früher eine Ritterburg gegeben, da drüben, die Ruine.«

Henning hörte nicht zu. Er öffnete die Metalltür des Beobachtungsstands und stieg die Leiter hoch. Oben öffnete er die hölzerne Luke zur Kanzel und kletterte hindurch. Der Blick weitete seine Brust.

Er sah zur Kaserne des Bundesgrenzschutzes hinüber.

Der Postenführer, der hinter ihm die Kanzel erklommen hatte, sagte: »Eschwege. Durchs Fernglas erkennst du sogar einen, der vor der Kaserne Wache schiebt.« Er hängte sich die Maschinenpistole um, schraubte seine Thermoskanne auf und trank einige Schluck Kaffee. Dann angelte er ein kaltes Würstchen aus seiner Brotdose und aß es.

Henning blickte angestrengt in die Morgendämmerung.

»Hast du Familie?«

Er will mich auf die Probe stellen, dachte Henning. »Zwei Kinder. Und eine Frau.« Wer Frau und Kinder hat, will nicht abhauen.

»Nett. Ich bin verlobt.« Der Postenführer kaute. »Sind sie sauer, dass du hierher versetzt wurdest?«

»Kann man wohl sagen.« Er sprach leise über die Brüstung des Beobachtungspostens in die kühle Luft hinein, als ginge es um ein anderes Leben, nicht um seines.

»Tja, ist hart, sich nur alle paar Wochen zu sehen. Wem sagst du das. Ich verbringe halbe Tage im Zug. Kaum bin ich bei meiner Verlobten angekommen, muss ich mich schon auf den Weg zurück zur Kaserne machen.«

Drüben in Hessen sah man eine kleine Fabrik. Seinen Recherchen nach hieß der Ort Wanfried. Beim Schichtwechsel hatte er Arbeiter aus dem Tor kommen sehen und sich vorgestellt, er wäre einer von denen und auf dem Heimweg von der Arbeit.

Ein schwarzer Schatten schwebte lautlos vorüber und verschwand zwischen den Baumwipfeln. Eine späte Fledermaus vielleicht. Die Grenze zwischen den zwei Machtblöcken scherte sie nicht. Wie eine Märchengestalt wechselte sie mit Leichtigkeit vom Osten in den Westen.

Der Postenführer konnte von der Stasi auf ihn angesetzt worden sein. Er hatte ihn zwar bisher nie das Dienstzimmer betreten sehen, das in der Kompanie von den Mitarbeitern der Staatssicherheit genutzt wurde. Aber was hieß das schon? Sie trugen dieselbe Uniform wie die Grenzer. Vielleicht hatte er sich einfach nur klug angestellt und gehörte doch zur Hauptabteilung 1 des MfS, die Grenzsoldaten kontrollierte, Telefongespräche abhörte, die Post überwachte. Oder er war inoffizieller Mitarbeiter. Die erledigten die Drecksarbeit, das Aushorchen und Verraten.

Henning erstarrte. »Hörst du das?«

Es klang nach dem Motorengeräusch eines Lkw, von hinten, freundwärts. Es wurde rasch lauter. Das Fahrzeug näherte sich mit halsbrecherischer Geschwindigkeit.

»Das muss die Alarmgruppe sein!« Der Postenführer öffnete die Klappe und stieg hastig die Leiter hinunter. Henning folgte ihm. Sie schlugen hinter sich die Tür zu und spurteten zum Grenzsignalzaun im benachbarten Waldstück, waagerechte Drähte, die von Schwachstrom durchflossen wurden und an eine zentrale Alarmanlage angeschlossen waren. Wurden zwei Drähte überbrückt, löste das Grenzalarm aus.

Ein Hubschrauber kam näher, die helle, leichte SA 318C Alouette des Bundesgrenzschutzes. Jetzt startete auch im Osten der Hubschrauber der Grenztruppen, das große Ungetüm, der sowjetische MI 8. Seine Rotorblätter zerteilten die Luft, Henning spürte das Dröhnen bis tief in seine Gehörgänge hinein.

Der MI 8 kam über den Wald heran und flog zum Feind an der Grenze. Die stählernen Raubvögel aus Ost und West beäugten sich. Dann zog die Alouette gen Norden ab. Der MI 8 folgte ihr. Sie wurden kleiner, bis sie von fliegenden Käfern nicht zu unterscheiden waren. Die Stille kehrte zurück und mit ihr das Vogelzwitschern.

Als sie ankamen, waren die Scheinwerfer des Lkw bereits auf den Zaun gerichtet, und sechs Grenzer standen im Kreis und sahen zu Boden. Vier von ihnen hielten zur Absicherung die Waffen im Anschlag.

Hennings Herz jagte los. Sein Postenführer rief die aktuelle Parole, damit man nicht auf sie schoss. Beklommen trat Henning in den Kreis. Am Boden, inmitten der Grenzer, lag ein Reh in einer Blutlache, die immer größer wurde. Es zappelte mit den Beinen und verdrehte vor Angst so stark die Augen, dass das Weiß darin sichtbar wurde.

Die Grenzer beobachteten seinen Todeskampf. Immer wieder versuchte es aufzustehen.

Die Munition war abgezählt, offenbar wollte keiner dem Reh den Gnadenschuss versetzen und dafür nach Schichtende Verhöre über sich ergehen lassen. Hennings Hände zitterten. Er durfte sich keine Auffälligkeiten mehr leisten.

Wie in Trance hob er die Waffe. Er schoss.

Die erschrockenen Rufe der anderen, ihre Vorwürfe, ihr Wutgeschrei hörte er kaum. Mit Tränen in den Augen wandte er sich ab.

2

Die Brandung spülte Ria über die Füße, zog mit neugierigen Fingern den Sand zwischen ihren Zehen fort und saugte im Zurückweichen Kanäle unter ihre Sohlen. Zu wissen, dass die Menschen in Berlin froren, ließ die bulgarische Wärme unwirklich erscheinen. Sie erschien ihr wie Magie. Ein Sonnenzauber. Die blonden Härchen auf ihren Armen wurden von der Brise gestreichelt. Ria sah, wie sie sich beugten und wieder aufrichteten. In Berlin waren es laut Radio-Wetterbericht regnerische 8 Grad. Hier schien bei 19 Grad die Sonne.

Sie zog sich zurück von den Wellen und lief neben der Brandung im Trockenen. Der Sand war an der Oberfläche warm, darunter war er kühl. Ihre Fußsohlen konnten nicht genug bekommen von diesem Temperaturwechsel. Mal grub sie die Füße tiefer in den Boden, indem sie beim Auftreten eine seitliche Wühlbewegung machte, mal ging sie ein paar Schritte behutsam nur auf dem oberen, weißen, von der Sonne erhitzten Sand.

Charlotte lachte. »Du bist wie ein Kind, Ria!« Sie meinte es gut, ihr Gesicht war voller Wärme dabei.

Ulrike ging zwischen die beiden, hakte sich bei ihnen unter und zog sie weiter. Sie sahen gut aus, alle drei, und sie wussten es. Sie waren in ihren selbst genähten Kleidern *California Girls.*

Ria wollte es nicht mehr kompliziert haben. Es war Zeit, dass sie lernte, das Leben zu genießen. Sie freute sich über das Licht, das auf den Wellen glitzerte. Kinder bauten eine Kleckerburg. Ihre Eltern plauderten entspannt und tranken Limonade.

Im Sommer würden dicht an dicht gelbe Sonnenschirme auf dem Strand stehen, darunter Luftmatratzen und Badehandtücher und Urlauber aus ganz Europa. Aber ihr gefiel es jetzt im Mai besser, mit Platz zwischen den Familien. Das Meer, in dem niemand schwamm, war endlose blaue Weite. Nichts störte, bis auf einen dunklen stählernen Buckel, der draußen mit Dieselgetucker vorüberzog: ein sowjetisches U-Boot. Möwen kreisten am Himmel. Vor einer Imbissbude aßen Urlauber Bouletten und Salat.

Die Westfrauen mit ihren bauchfreien Blusen und ihren Frottierjäckchen konnten einpacken. Sollten sie ruhig neidisch von den Balkonen ihrer weißen Strandhotels runtergucken. Hier kamen sie! Die *California Girls!*

Ria wusste, was sie verdrängte. Sie wusste es, und deshalb gelang es nicht recht. Zum Beispiel, dass DDR-Bürger in Bulgarien nur in der Nebensaison gern gesehen waren, also immer dann, wenn sich nicht genug westliche Gäste gewinnen ließen.

Sie waren auch jetzt in der Minderheit. Ria hörte Holländisch, Schwedisch, Englisch. Es tat ihr gut, die Welt sprechen zu hören. Sie fühlte sich zugehörig, auch wenn sie aus einem abgeschotteten Zwergland kam. Waren nicht alle hier eine große Urlaubsfamilie?

Nein, das waren sie nicht.

Die Westdeutschen erkannte sie an ihrer modischen Kleidung und dem selbstbewussten Benehmen. Sie traten fester auf. Lachten laut und ohne Rückbehalt. Und im Laden verlangten sie, was sie kaufen wollten, während die DDR-Bürger schüchtern auf alles zeigten und vorsichtige Wünsche äußerten. Nicht bei jeder Familie war Ria sofort sicher, welchem Land sie zuzuordnen war. Sah sie genauer hin, erkannte sie die ostdeutsche Kleidung, und es traten die feinen Unterschiede zutage, so wie sie für die Kellner in den Restaurants offenbar waren, die zielsicher die westdeutschen Gäste hofierten und die aus der DDR wie nebenbei und mit weniger Begeisterung bedienten.

Die Westdeutschen reisten spottbillig nach Bulgarien, 300 Mark, zwei Wochen Vollpension, gebucht über Neckermann. Junge Familien waren froh, dass es Rabatte für die Kinder gab und die Kosten für Restaurantbesuche abgedeckt waren, als Pauschalurlauber erhielten sie für jeden Aufenthaltstag einen bestimmten Betrag ausgezahlt, sechs oder sieben Lewa in einer speziellen Touristenwährung, die in allen Lokalen akzeptiert wurde. Damit konnten sie mehr Essen bestellen, als sie überhaupt zu verzehren in der Lage waren.

Dennoch klagten die Westdeutschen darüber, dass es in allen vierzig Restaurants gleich schmecke und dass die Toiletten unsauber seien und stinken würden und dass man überhaupt nur die Toilette im eigenen Hotelzimmer benutzen könne. Sie ergingen sich über die Möbel in ihrem Hotel, die Spiegel blind, Bett und Schrank billig, und statt einer Dusche gebe es nur eine tropfende Handbrause über dem Waschbecken, was jeden Tag für Überschwemmungen im Zimmer sorge. Dem Kellner in blauer Kunstseidenjacke, der, gleich wenn es bei ihnen etwas lauter wurde, besorgt herbeieilte und mehrmals fragte, ob alles zu ihrer Zufriedenheit sei, gaben sie dennoch ein Trinkgeld in Westmark, wofür er sich mit Verbeugungen und freundlicher Begleitung bis zur Tür bedankte.

Ulrike war auf der Jagd, aber Charlottes Blick war nach innen gekehrt, sie lächelte wie ein frisch verliebter Backfisch.

Ria fragte: »Wie lange hast du ihn nicht gesehen?«

»Eine Ewigkeit. Ich sag dir, das ist eine Qual. Und jedes Jahr zittere ich, ob ich einen Urlaubsplatz in Bulgarien bekomme.«

»Lasst euch bloß nicht erwischen«, sagte Ulrike.

Ria seufzte. »Ich hatte auch mal einen Westfreund.«

»Und was ist mit ihm?«

»Das ist vorbei.«

Jens. Bei einer tropfenden Handbrause fühlte er sich zu Hause. Ein billiges Bett, ein billiger Schrank – so lebte er selbst. Bulgarien könnte ihn nicht erschrecken. Er trug die Welt im Kopf. Er sah Dinge. Er liebte das Leben in seiner Widersprüchlichkeit mit allen komischen und tragischen Seiten. Er bemerkte Augenblicke unerhörter Schönheit, die ihr entgingen.

Acht Jahre hatten sie sich nicht gesehen. In dieser Zeit hatte seine unmögliche Frisur gewiss bei zahllosen Frauen den Gedanken geweckt, »den rücke ich mir noch zurecht«. Er wirkte ungefährlich, tollpatschig. Im Sommer konnte sie ihn sich nicht anders als mit einer schief sitzenden Badehose vorstellen. Heute trug er wahrscheinlich ein verwaschenes T-Shirt und ausgefranste kurze Hosen. Das Gute war, dass man ihm so das Westlersein nicht ansah.

Sie musterte die Familien am Strand. Der Reiseleiter hatte die Gruppe gewarnt: Jeder, der fortging, hatte sich abzumelden. Wer sich weiter als zehn Kilometer vom Hotel entfernte, werde »nach Hause geschickt«. Jeder wusste, was das bedeutete.

Dass in der Reisegruppe einer von der Staatssicherheit mitfuhr, der aufpasste, war ihr am Flughafen Schönefeld aufgegangen. Sie waren in Gruppen von dreißig Leuten zusammengestellt worden, hatten Verpflegungscoupons und Taschengeld bekommen. Diese Gruppenbildung war nicht notwendig, es war ihr wie im Kindergarten erschienen, aber genau so war es gedacht: Man wollte sie im Auge behalten.

Die Stasi wusste, dass Familienangehörige, die durch die Mauer getrennt waren, Reisen nach Bulgarien als heimliche Möglichkeiten zur Begegnung nutzten. Oder Liebespaare zwischen Ost und West.

Gerüchteweise hieß es, dass am Strand sogar Ehefrauen und Kinder von Stasioffizieren im Einsatz waren, in bester Tarnung. Die da mit dem roten Eimerchen? DDR-Urlauber, die vom Goldstrand ins Seebad Drushba gingen, wo vornehmlich westliche Touristen wohnten, standen sicher stärker unter Beobachtung. Deshalb hatten sie am Telefon vereinbart, dass Jens hierherkam, zu ihr.

Die Macht, die seine Stimme immer noch über sie hatte. Seine gute, warme Stimme.

Eigenartig, dass sie sich nur in diesem fernen Land sehen konnten, am Strand eines fernen Meeres.

Ulrike sagte: »Komm, du suchst doch. Du siehst dich doch nach hübschen Männern um!«

Gut, wenn es diesen Eindruck machte. Zur Hälfte war sie *California Girl* und genoss den Strandspaziergang. Aber gleichzeitig beobachtete sie. Prägte sich die verdächtigen Gestalten ein, die Läufer, die Späher der Staatssicherheit. Manche waren armselig schlecht getarnt, sie gafften den

Leuten ins Gesicht wie auf der Suche nach einem Urlaubsflirt, aber starrten dabei Männer und Frauen gleichermaßen an und machten nicht einmal Unterschiede beim Alter ihrer Opfer. Andere fingen es klüger an, sie gaben sich den Anschein einer Beschäftigung, und doch waren es schlecht ausgebildete Allerweltsüberwacher. Seit einer halben Stunde machte sich ein Mann an einer Luftmatratze zu schaffen, die offensichtlich ein Loch hatte und die Luft nicht halten konnte. Er zeigte dabei viel zu wenig Ärger, es war offensichtlich, dass er selbst das Loch zu verantworten hatte. Weiter oben am Strand cremte einer seine Ehefrau ein, ohne je einmal hinzusehen.

Schlechter überwacht war die Straße oberhalb des Strands, und bei den Toiletten machte sie gar keinen Späher der Staatssicherheit aus.

»Aber da ist doch was«, sagte Ulrike, und ihre Augen funkelten frech. »Du hast dich heute besonders schick gemacht.«

»Urlaub! Das ist alles. Und ich will mich schön fühlen.«

»Ja, ja. Von wegen. Als hättest du das nötig. Was haltet ihr von einem Sektchen?«

Charlotte sagte: »Im Lokal von gestern mit dem süßen Kellner? Sofort.«

Aber Ria seufzte. »Mir brummt der Schädel. Ich gehe ins Hotel zurück. Macht ihn ohne mich glücklich, Mädels.«

»Zu viel Wein gestern?« Ulrike kniff sie noch einmal in den Arm, bevor sie ihre Umklammerung löste.

»Kann sein.«

Die drei lachten.

Charlotte sagte: »Wenn ich in einem Nobelhotel wohnen würde wie du, würde ich meinen Sekt auch dort trinken.«

Aus dem Augenwinkel nahm Ria einen Mann wahr, der

parallel zwischen den Sonnenschirmen entlangschlenderte. Man war auf sie aufmerksam geworden, oder der Aufpasser ihrer Gruppe hatte entschieden, sie überwachen zu lassen.

Der Beobachter breitete eine Decke aus und setzte sich. Er sah nicht nach Urlaub aus. Sie konnte nicht sagen, was es war. Die Art, wie er die Unterarme auf die Knie legte, die teure Armbanduhr? Dass er so stur geradeaus sah und nicht einmal kurz den Blick hob, als sie an ihm vorübergingen?

Jedenfalls war er kein Teil der Menge, die die Restaurants bevölkerte und im Meer badete, Kreuzworträtsel löste und Romane las, er war fremd. Sie war es genauso, sie gehörte ebenso wenig hierher, sie war immer noch das Mädchen, das man aus seiner Familie gerissen hatte und das allein durch die Welt spazierte wie ein unwillkommener Gast. Kein Lachen bei einem Geschäftsessen mit Dr. Schalck und seinen Außenhändlern konnte etwas daran ändern, keine Liebschaft, kein Sommer. Hatte sie nicht ein wenig Wiedergutmachung verdient? Ein wenig Rückzahlung nach dem, was die DDR ihr angetan hatte?

Es war wie ein Fluch, den sie nicht wieder loswurde.

Die hatten sie ein für alle Mal aus dem Leben gerissen, als sie Vater und Mutter festnahmen und Jolanthe, ihre geliebte kleine Schwester, in einer fremden Adoptivfamilie vor ihr versteckten und Ria zwangen, den Namen Nachtmann anzunehmen und zu wildfremden Menschen Papa und Mama zu sagen.

Aber die Fremdheit machte sie auch stark. Sie öffnete ihr die Augen.

Sie verabschiedete sich und stapfte hoch zur Straße, als wollte sie den Bus zurück zum Hotel nehmen. Bei den Toiletten bog sie ab, verschwand darin. Es stank nach Urin. Sie wusch sich die Hände, sah im schwachen Licht, das oberhalb ihres Kopfes durch die schlitzartigen schmalen Fenster fiel, auf ihre Uhr.

Das Toilettenhaus war ein fürchterlicher Ort, um sich wiederzusehen. Aber noch mehr als der unromantische Uringestank machte ihr Sorgen, dass Jens zu Recht wütend auf sie sein würde. Das schlechte Gewissen pochte in ihr wie ein giftiges, schweres Herz. Sie hatte ja alles kaputt gemacht damals.

Wie hatte sie Jens das antun können?

Sie trat nach draußen, hielt sich aber im Schatten des Toilettenhäuschens. Der Beobachter war weg. Vielleicht war er Ulrike und Charlotte gefolgt. Oben an der Straße waren nur Einheimische und zwei unverdächtige Touristen. Der Strandabschnitt sah ebenfalls gut aus.

Sie sah noch einmal auf die Uhr.

Jens war immer pünktlich gewesen früher. Was, wenn er gar nicht nach Bulgarien gekommen war? Wenn er sie ein wenig leiden lassen wollte als gerechte Strafe für einen kleinen Teil dessen, was sie ihm angetan hatte?

Ein alter Schmerz öffnete ihre Brust, sie war plötzlich wieder Kind. Wenn er nicht kam, würde sie sich schrecklich allein fühlen, sie hatte es nicht besser verdient, man verließ sie, weil sie es nicht wert war.

Unsinn.

Da. Das war Jens.

Er hatte sich nicht verändert. Er ging wie ein sanfter Bär, und er hatte dieselben großen Hände und den Mund, der sie so liebevoll geküsst hatte. Wie hatte sie ohne ihn überleben können?

Die Stoppeln seines Dreitagebarts waren grau geworden.

Jens trug braune Cordhosen, deren Beine er hochgekrempelt hatte bis zur Hälfte der Unterschenkel. An seinen Zehen hing der Sand.

Noch einmal prüfte sie die Lage. Keine Gefahr. Sie überlegte, sich ihm trotzdem nicht zu zeigen, abzureisen. Das Wiedersehen war zu viel für sie. Sie hielt diese Gefühle nicht aus. Musste es nicht in einem kolossalen Schmerz enden? Die Aussicht darauf machte ihr Angst.

Sie trat aus dem Schatten, hob die Hand.

Jens sah sie. Er kam den Strand hinauf.

Plötzlich schämte sie sich, dass sie die Sandaletten am Riemen in der Hand hielt, sie hätte die doch irgendwo ablegen können, ein kleines Lager, ein Handtuch, die Sandaletten darauf, fertig. Sie strich sich mit der freien Hand die Haare aus der Stirn. Zog sich wieder in den Schatten zurück.

War er genauso nervös wie sie? Ob er sie noch liebte, würde sie in seinen Augen lesen, gleich, wenn sie sich gegenübertraten.

Etwas stimmte nicht an der Art, wie er sie ansah.

Sie schwiegen beide.

Sie wollte fragen, ob er mit ihr ein wenig an der Straße entlangspazieren wolle, aber sie brachte keinen Laut heraus, ihre Zunge und ihr Mund gehorchten nicht.

Jede ihrer Liebschaften, die sie gehabt hatte, war nach kurzer Zeit unpassend geworden. Jede Hand, die sie gehalten hatte, war falsch gewesen, weil es nicht seine Hand gewesen war. Jetzt stand sie dem Mann gegenüber, in dessen Nähe sie sich all die Jahre geträumt hatte, und er sah sie an wie ein Ärgernis.

Schließlich fragte er: »Hier? Nach acht Jahren?« Er klang verletzt.

Sie schluckte. Besser, wenn man uns nicht sieht – das wollte sie sagen, aber sie wusste, wenn sie es tat, würde er gehen. Er würde zu Recht glauben, dass sie immer noch in derselben Lage waren wie damals. Und waren sie das nicht auf gewisse Weise?

Sie deutete zur Straße hinauf und sah ihn fragend an. Ihre Unterlippe zitterte. Wie sie sich vor ihm schämte!

Sie gingen nebeneinander hügelan. Wie das Offensichtliche täuschte. Sie glichen einem Liebespaar im Urlaub, aber sie waren längst kein Liebespaar mehr, sie waren einander Fremde geworden.

Er sagte: »Du kannst nicht einfach nach acht Jahren anrufen.«

»Ich weiß.«

Dem Anruf waren aufgewühlte Wochen vorangegangen, ein Liebestaumel, in dem sie stündlich an Jens gedacht hatte, eine plötzlich aufwallende, sie immer stärker in Besitz nehmende Sehnsucht. Seit Kurzem konnte man wieder direkt in den Westen telefonieren, indem man einfach selber wählte. Sie hatte sich das verboten, Privatanrufe in den Westen wurden auf den wenigen Leitungen, die es in die BRD gab, sicher abgehört. Tag um Tag war sie stark geblieben, obwohl der Ozean in ihrem Bauch wogte. Dann, im Büro der Kommerziellen Koordinierung, hatte sie in einem schwachen Moment doch seine Nummer gewählt in der Hoffnung, dass die Telefonleitungen der KoKo nicht überwacht würden und man es nicht wagte, das mächtige, im Graubereich und mit Unterstützung der Staatssicherheit handelnde Unternehmen abzuhören. Schlimmer, es war ihr egal gewesen, für gefährliche zehn Minuten hatte es sie nicht geschert, ob man ihr zuhörte.

»Aber du bist gekommen.« Sie hätte gern seine Hand genommen oder gleich seinen Arm.

»Was willst du von mir, Ria?«

Ein kurzes, eigenartiges Telefonat war es gewesen, wenn man bedachte, dass sie einander acht Jahre nicht gesprochen hatten. Als sie seine Stimme hörte, war es ihr durch und durch gegangen. Während sie vor Nervosität an ihren Fingern kaute, hatte sie ihm gesagt, dass sie nach Bulgarien in den Urlaub fahre, und gefragt, ob er auch kommen wolle.

Die Straße war staubig. Die Autos ebenfalls. Viele waren verrostet, mit Hanfstricken waren ihre Stoßstangen festgebunden, Seitenspiegel fehlten, sie hätten in der DDR überhaupt nicht mehr fahren dürfen.

»Ich bin einsam ohne dich«, sagte sie leise.

»Bist du den Sumpf mit den Geheimdiensten los?«

»Ja, bin ich.« Es schmerzte sie, wie er das beurteilte. Ohne die Geheimdienste hätte sie ihre Schwester nie wiedergefunden. Aber aus seiner Sicht – natürlich. Der Bundesnachrichtendienst war es gewesen, der ihre Trennung verlangt hatte.

»Wirklich, du bist jetzt frei von denen?«

Sie nickte.

Er schwieg eine Weile. Dann fragte er, schon freundlicher: »Hast du einen Mann?«

»Würde ich mich dann mit dir hier treffen?«

»Hattest du einen? Also, warst du verheiratet?«

»Es gab Männer, aber ich habe nicht geheiratet. Und du?«

»Ob es eine Frau in meinem Leben gab? Niemanden nach dir. Du hast mich verdorben für sie alle. Ich wollte nur noch dich.«

Sie blieb stehen. Keinen Schritt konnte sie mehr machen. Sie schluckte, blinzelte Tränen fort. »Jens, ich …«

Sie wünschte sich die Jugend zurück, die Zeit, als noch alles offen war und man sich, was das Leben betraf, im Frühling befand, die Blüten waren eben dabei, sich zu öffnen, das Gras stand noch nicht hoch, und man verspürte eine ungestüme Zuversicht.

Aber sie war nicht mehr zwanzig, und die Dinge waren komplizierter geworden.

Auch Jens blieb stehen. »Warum bin ich hier, Ria?« Er sprach jetzt leise, so wie damals, als sie wegen ihrer Geheimdienstarbeit manche Gespräche nur bei laufendem Radio führten.

»Weil ich dich liebe.«

Er strich sich mit der Hand über die Stirn. Oder wischte er über die Augen? »Ich tauge nicht zu einem Urlaubsflirt. Wir könnten uns einmal im Jahr am Strand in Bulgarien treffen, aber das kannst du nicht ernsthaft vorschlagen. Ich kann nicht das Beste daraus machen, kann nicht die Tage genießen, die wir haben. Es reißt Wunden in mir auf. Und wenn der Urlaub vorbei ist …«

»Ich habe jetzt einen Reisepass, Jens. Bisher darf ich nur ins sozialistische Wirtschaftsgebiet, aber irgendwann werden sie mich auch ins westliche Ausland reisen lassen, wenn ich mich als zuverlässig erweise.«

»So zuverlässig wie jetzt gerade?«

Er scherzte wieder. Das war ein gutes Zeichen. »Wenn ich das KA im Pass habe, also die Reisegenehmigung fürs kapitalistische Ausland, komme ich zu dir. Nach Westberlin. Und bleibe.«

Er sah auf das Meer hinaus. »Ich würde das so gern glauben.« Seine Stimme klang rau.

»Bitte versuche es.«

»Und die Geheimdienste?«

»Mit denen bin ich fertig.«

Er musterte sie ungläubig.

»Ich habe seit Jahren keinen Kontakt mehr zum BND. Ich hab denen klar meine Meinung gesagt. Für mich war es immer etwas Persönliches. Wenn der BND damit nicht klarkommt, wenn er nur Machthungrige und Kampfmaschinen und Ideologen gebrauchen kann, dann passe ich da nicht hin.«

»Was ist mit der anderen Seite?«

»Dem KGB? Die haben mich als wertlos abgeschrieben.«

»Sei dir da nicht so sicher.«

»Komm heute Abend zu mir«, sagte sie leise. »Ich bin im Grandhotel in Warna, Zimmer dreihundertzwölf.«

Seine Ohren röteten sich. Sie wusste, was in ihm vorging, sie konnte es beinahe körperlich spüren. Der Wunsch, wieder mit ihr zusammen zu sein. Die Angst, verletzt zu werden wie damals.

»Vertrau mir«, bat sie.

»Du spielst kein Spiel mit mir?«

»Mit nichts im Leben ist es mir so ernst wie mit dir. Es ist mir todernst. Wirklich.« Sie rührte sanft an seinen Arm, dann machte sie kehrt und ging Richtung Bushaltestelle. Von einem der Restaurants drang Flamenco-Musik herüber, die Töne wurden durch die offene Tür nach draußen getragen.

Der Bus hielt, und sie stieg ein. Mit lautem Zischen schlossen sich hinter ihr die Türen. Ein Kind lächelte sie an. Sie nickte ihm zu, dann sah sie aus dem Fenster. Sie zitterte am ganzen Körper. Mühsam versuchte sie, es zu unterdrücken. Versuchte, sich auf die Welt da draußen zu konzentrieren und nicht an Jens zu denken und an die Frage, ob er ihr noch einmal vertrauen konnte.

Alte Männer saßen am Straßenrand, die ausrangierte technische Geräte zu verkaufen versuchten, gebrauchte Kabel, ausgelatschte Schuhe, Dinge, die in Berlin im Müll gelandet wären. Hühner in Käfigen, daneben auf dem Verkaufstisch ein zerfetztes Akkordeon und Obst.

Schließlich kamen sie hinein nach Warna und waren bald umgeben von Verkehr, Gestank und Lärm. Was tat Jens jetzt? Er würde dastehen und auf das Meer hinaussehen und sich fragen, warum es so schwierig war mit dem Leben und mit den Frauen und vor allem mit ihr. Packte er heute Abend seinen Koffer? Reiste er ab? Bitte, Jens, gib mir noch eine Chance, sagte sie in Gedanken auf, wieder und wieder, wie einen Zauberspruch.

Aus dem Busfenster sah sie DDR-Urlauber, die ihre prall gefüllte Tasche öffneten, als wollten sie die Kleidungsstücke darin sortieren, und gleich von Einheimischen umringt waren. Die Bulgaren bekamen hier vieles nicht, sie waren froh über Nylonstrumpfhosen, Blusen, Röcke oder Pullover aus der DDR-Produktion. Den ostdeutschen Urlaubern wiederum reichte das Taschengeld in der Ortswährung nicht, das sie zu Beginn der Reise erhalten hatten, und DDR-Mark nahm man hier nicht einmal am Wechselschalter. Also behalfen sie sich mit ein wenig Tauschhandel.

Das Grandhotel kam in Sicht. Ria stieg aus. Touristen schlichen an der weißen Prunkfassade des Hotels vorbei und versuchten, einen Blick in den Garten mit Swimmingpool zu erhaschen. Sie warfen Ria, die auf das Eingangsportal zutrat, bewundernde Blicke zu.

Hätte sie hier wohnen dürfen ohne Dr. Schalcks Fürsprache? Sicher nicht. Sein Flüstern drang aus Berlin bis nach Bulgarien.

Am Goldstrand wohnten die Ostler in hölzernen Campinghütten, die über das Waldufer verstreut waren. Und doch waren auch sie privilegiert. Sie hatten nur deshalb einen der raren Urlaubsplätze zugeteilt bekommen, weil sie Beziehungen besaßen. Ein Normalsterblicher wusste gar nicht, an welchem Tag die Reisegutscheine verkauft wurden. Außerdem erkundigte sich das Reisebüro über jeden, der eine Auslandsreise zu buchen versuchte, bei den staatlichen Stellen, um nachzuprüfen, ob die Anfragenden politisch tragbar waren und ob der Staat ihnen die Reise gestattete. Erst dann kassierte es 1500 Mark pro Person für 14 Tage ab.

Was war sie also? Eine Privilegierte unter Privilegierten? Sie ging in der Lobby unter dem schweren Kronleuchter aus Glas hindurch, passierte antike Möbel, unbezahlbare Gemälde an den Wänden und gut gekleidete Leute, die sich gedämpft unterhielten. Das Hotel hatte es schon gegeben, als die Stadt noch Stalin hieß. Der Teppich in aristokratisch blauer Farbe schluckte jeden Laut ihrer Schritte in den Goldsandaletten, sie sah verstohlen nach, ob sie etwa eine Spur von weißem Sand darauf hinterließ, aber wenn es so wäre, würde sicher binnen Minuten eine Reinigungskraft erscheinen und den Teppich absaugen.

Das Hotel würde Jens nicht im Geringsten beeindrucken. Allein schon dafür liebte sie ihn.

Der dunkel getäfelte Fahrstuhl brachte sie nach oben. Sie schloss ihr Zimmer auf. Während ihrer Abwesenheit hatte das Personal das Bett gemacht, die Decke aus Spitzensatin lag ordentlich darauf. Durch das hohe Fenster fiel sanftes Nachmittagslicht.

Sie zog die Sandalen aus und ging ins Bad. Der Marmorboden empfing kühlend ihre nackten Sohlen. Sie wusch sich die Hände. Als sie in den Spiegel sah, schob sie die Unterlippe vor. Sie war zweiunddreißig, immer noch im besten Alter. Aber sie sah das Verletzliche in ihrem Blick. Sie bereitete sich für einen großen Sprung vor. Konnte sie wagen, ihn auszuführen?

Die DDR war ihre Heimat. Eine verdrehte, heuchlerische Heimat, und doch ihr Zuhause. Weil sie im Osten geboren und aufgewachsen war, weil dort ihre Wiege gestanden hatte, nur aus diesem unwichtigen Grund, der auf einem Zufall beruhte, fühlte sie sich in der DDR heimisch. Das Schlangestehen war zur Gewohnheit geworden, das Buckeln in den Ämtern, der Kohlegeruch und das Gefühl, einer Leidensgemeinschaft anzugehören, in der man sich gegenseitig aushalf.

Die DDR war ihr Kindheitsland. Es zog in ihrem Bauch, wenn sie daran dachte. Jeder liebte doch seine Heimat. Das Kindheitsland hatte sie nicht haben wollen. Dieses Land hatte versucht, sie zu zerstören.

Aber wenn sie ging, würde sie nicht nur das Land verlieren, sie würde auf Jahre ihre Tochter nicht wiedersehen. Annie war jetzt 16, sie machte ihren Weg. Und sie hatte Ria nie wirklich an sich herangelassen. Trotzdem, würde es Annie nicht treffen, erneut verlassen zu werden von ihr? Sie vertraute ihr nicht, und wer konnte es ihr verübeln. Wie sollte sie einer Mutter vertrauen, die sie als Neugeborenes in fremde Hände gegeben hatte.

Auch Jolanthe wäre verletzt. Ria ging zurück ins Zimmer und setzte sich an den Schreibtisch. Sie klappte die braunlederne Mappe auf, strich mit der Hand über das herrlich glatte, chamoisweiße Hotelbriefpapier. Sie zog den Kugelschreiber aus der Halterung und schrieb:

Liebste Joli, *2. Mai 1973*

verzeih deiner dummen Schwester. Familie ist doch das Wichtigste. Wir halten zusammen! Ich bin am 19. Mai zurück in Berlin. Am 20., das ist Sonntag, komme ich zu dir, versprochen. Bleib tapfer. Wir kriegen das mit Henning schon wieder hin.

Das Kleid, das sie trug, hatte sie mit Jolanthe genäht. Ich hätte in Amsterdam leben können oder in Paris oder London, dachte sie. Aber ich bin geblieben, um meine Heimat zu bekämpfen. Und um Joli und Annie nahe zu sein. Wie nahe war ich ihnen wirklich in den vergangenen Jahren?

Und was hatte es gebracht, dass der Westen dank ihrer Arbeit ein paar Stunden vor dem Mauerbau informiert gewesen war? Vielleicht hatte der BND noch ein paar Leute rausholen und ein paar andere einschleusen können. Was hatten die Wirtschaftsinformationen gebracht, die sie ihrem Führungsoffizier vom BND durchgegeben hatte?

Angeblich halfen sie, Rückschlüsse auf die Rüstung der DDR zu ziehen. Aber das genügte ihr nicht. Das war nicht, was sie wollte. Immer noch schnüffelte die Staatssicherheit überall herum, immer noch wurden Existenzen zerstört, Familien zerrüttet, Telefongespräche abgehört, Beziehungen vernichtet.

Und sie, Ria, hatte den Bundesnachrichtendienst von sich gestoßen. Hingehalten hatten sie sie, hatten versucht, ihr Jens auszureden, und sie hatte ihnen glauben wollen, aus

Angst, an Jens' Nähe zu verbrennen, abhängig zu werden von ihm, ihn zu sehr zu lieben. Ein Fehler. Sie hatte in Dr. Schalcks Windschatten gelebt und versucht, sich zu arrangieren. Hatte versucht zu vergessen.

Sie beschloss, kein Make-up aufzulegen. Sie schwärzte sich nicht einmal die Wimpern. *Willst* du nicht, dass er dich zurücknimmt?, warnte eine Stimme in ihr.

O doch, ich will es. Aber er soll mich sehen, wie ich bin. Er soll die Wahrheit kennen.

Und warum dann die schöne Unterwäsche?, fragte die Stimme spöttisch.

Sie aß nicht zu Abend, sondern blieb im Zimmer, um Jens auf keinen Fall zu verpassen. Gegen sieben klopfte es leise an ihrer Tür. Er ist gekommen, dachte sie. Sie fühlte sich plötzlich federleicht.

Sie öffnete.

Jens.

Sie bat ihn herein.

Es hatte etwas Jungenhaftes an sich, wie er sich scheu im Zimmer umblickte. »Du bist also noch beim Ministerium.«

»Du meinst das Hotel?«

»Würde mich nicht wundern, wenn nebenan Willy Brandt oder Präsident Nixon wohnen.«

Sie schloss die Tür, ging zum Radio und schaltete es an. Zur Sicherheit ging sie ins Bad und drehte zusätzlich die Hähne von Badewanne und Waschbecken auf, jetzt rauschte es kräftig. Sie kehrte zu Jens zurück.

»Alte Gewohnheit, hm?« Er lächelte schief. Sein Gesicht besaß neue freundliche Falten, die es vor Jahren noch nicht darin gegeben hatte.

Sie sagte: »Ich habe keine Getränke hier. Entschuldige.«

»Ich bin nicht wegen der Getränke gekommen.«

Sie setzte sich aufs Bett, im Schneidersitz, wie als junges Mädchen. »Weswegen dann?«

Er setzte sich neben sie. Strich sanft über ihre Stirn und die Augenbrauen.

Sie nahm sein Gesicht in beide Hände und küsste ihn. Ein Fremder war er und doch unendlich vertraut.

Als er ihre Küsse erwiderte und seine Lippen tiefer wanderten, auf ihren Hals, auf ihr Schlüsselbein, verschwanden die Jahre.

»Also bist du mir nicht mehr böse?«, fragte sie.

»Hättest mal schreiben können«, sagte er und schob sie sanft, bis sie auf das Bett sank.

Sie zog die Bluse aus. »Ich weiß.«

Als er ihren Bauch küsste, vergaß sie alle Worte.

Sie liebten sich wie Ertrinkende, die sich aneinander festhielten, und ließen sich auch danach nicht los. Zum ersten Mal nach all den Jahren fühlte sich Ria wieder geborgen.

Jens blieb diese Nacht bei ihr, er blieb bis zur Frühstückszeit und ging auch dann nur, nachdem sie sich für ein Wiedersehen in zwei Stunden am Hafen verabredet hatten. Es gab keine Fragen mehr in ihr. Nur Antworten. Und jede davon trug seinen Namen.

3

Wenn die Grenzer da sind, gibt es guten Umsatz. Sie haben nicht oft Ausgang, also versuchen sie, in die Stunden, die sie aus der Kaserne dürfen, möglichst viel Freude zu pressen. Freude lässt sich aber schlecht pressen. Und kaufen lässt sie sich schon gar nicht. Das wird sie denen aber nicht sagen.

»Evi, noch 'ne Runde!«

Evelyn geht zu ihnen an den Tisch und schenkt nach, sie ist großzügig und füllt die Schnapsgläschen bis zum Rand. Ihr Spitzname ist nicht Evi, sondern Lix, aber das geht die nichts an.

Die Grenzsoldaten heben die Schnapsgläschen. Ein Neuer ist dabei, sein Glas war noch halb voll. Er trinkt nicht richtig, und an der Unterhaltung beteiligt er sich auch nur sporadisch. Wäre er mit einer Frau hier, würde sie der leise ins Ohr flüstern: »Pass auf, der will dich betrunken machen.« Aber es sind alles Grenzer, wer weiß, vielleicht bekommt ihm der Schnaps nicht so, und er will trotzdem vor den Kameraden nicht wie eine Lusche dastehen.

Sie reden über Luftkissen, die der Kompaniechef verboten hat, obwohl jeder Grenzer eines braucht, um nicht stundenlang auf dem kalten Waldboden sitzen zu müssen. Jetzt klagen sie über das Frieren in der Nachtschicht. Männer sind solche Jammerlappen. Die sind doch alle jung! Bis auf den Neuen, der wird fast fünfzig sein, auch wenn er noch sehr sportlich aussieht, hat sich gut gehalten, und hübsch ist er auch. Hat einen wachen Blick, braune Augen, das mochte sie schon immer bei Männern.

Sie lacht in sich hinein. Alle fürchten im Dorf die jungen Soldaten, sie bewachen ihre Töchter regelrecht. Ist ja klar, dass die gern mit den Mädchen ins Heu wollen, und wenn sie eine geschwängert haben, dann hauen sie ab, sobald die Dienstzeit vorüber ist. Sie hat selber Ellen und Christa scharf gewarnt, bisher ist es gut gegangen, Gott sei Dank. Und jetzt verguckt *sie* sich in einen von denen?

Er hebt das Glas, aber trinkt nicht, bestenfalls hat er einen winzigen Schluck genommen.

Der Regen sei das Schlimmste, sagt einer, er habe die kompletten acht Stunden Grenzdienst Regen gehabt, am Ende sei er trotz Regenumhang durchnässt gewesen, und das Wasser habe ihm in den Stiefeln gestanden, und dann hätten die Offiziere bei der Kontrolle auch noch beanstandet, dass er die Maschinenpistole unter dem Umhang getragen habe und nicht feuerbereit gewesen sei.

So viel hat sich Evelyn schon über den Grenzdienst anhören müssen, dass sie selbst Schichten an der Grenze schieben könnte, ohne etwas falsch zu machen. Sie würde sich sogar in der Kaserne zurechtfinden, oft genug haben die Trinkenden beschrieben, wie eng und bescheiden es ist in der Baracke, die Spinde nicht in der Stube wie in einer richtigen Kaserne, sondern auf dem Flur wegen des Platzmangels, und die Eisengestelle der Doppelstockbetten quietschen bei der kleinsten Bewegung. Im Winter pfeift der Wind durch die Ritzen der dünnen Bretterwände.

Aber die Zusatzverpflegung!, sagt jetzt einer der Soldaten. Jede Woche der Beutel mit Bananen, Apfelsinen, Schokolade und Keksen, »der Fluchtverhütungsbeutel«, sagt er und hebt lehrerhaft den Finger, und sie lachen.

Das lässt einer, den der Neue vorhin scherzhaft-ernst als »Postenführer« bezeichnet hat, nicht auf sich sitzen. »Früher! Hat man mit den westlichen Grenzern! Durch den Zaun hindurch! Tauschhandel getrieben!« Er wisse das von seinem Vater. Südfrüchte und Schallplatten seien über den Draht gereicht worden, und die DDR-Grenzer hätten sich revanchiert mit Souvenirs aus der Bekleidungs- und Ausrüstungskammer der Grenzkompanie.

Die anderen sehen ihn ungläubig an. Sich über den Kompaniechef aufzuregen ist das eine, aber Tauschhandel mit dem Klassenfeind? Was, wenn jemand dieses Gespräch an die Staatssicherheit berichtet? Vielleicht sogar einer von ihnen? Sie kann ihnen den Gedanken förmlich von den Gesichtern ablesen. Von einem Moment zum anderen sind sie verwandelt, nicht mehr prahlende Grenzsoldaten, sondern Chemiefacharbeiter, Bäcker, Elektriker, Abiturient, und sehen in ihren Uniformen sehr jung aus.

Der Postenführer erbarmt sich und trinkt das Glas des Neuen leer. Der Neue hat lange nichts gesagt. Sie findet, dass er blass geworden ist. Jetzt springt er auf, presst sich eine Hand vor den Mund und rennt aus der Gaststube.

Die Grenzer lachen. Sonst geht zu den Toiletten immer ein Kamerad mit, aus Sorge vor Übergriffen aus der Bevölkerung. Aber sie lassen den Neuen allein, wahrscheinlich finden sie, dass er beim Kotzen keine Zuschauer braucht. Sie bestellen noch eine Runde, Evelyn gießt nach, sie lassen die Gläschen aneinanderklirren.

Halblaut beginnen sie, über den Abwesenden zu reden. Der Spieß habe behauptet, er hätte längst als Oberleutnant eine eigene Kompanie befehligen können, wenn er sich nicht so anstellen würde.

Gemeinsam malen sie sich aus, wie die Kompanie des Neuen angetreten war und der Politstellvertreter ihn vor die Front treten ließ, um ihm seine Vergehen aufzuzählen, und wie der Befehl erteilt wurde, ihm die Schulterstücke zu entfernen, und dass man ihn wie einen Verbrecher abgeführt hatte, »geben Sie Ihre Uniformen ab, und verlassen Sie anschließend das Objekt!« Aber so kann es nicht gewesen sein, wendet einer ein, Henning ist ja noch bei den Grenztruppen – so heißt er also, Henning –, wenn auch im niedrigsten Rang und versetzt hierher nach Großtöpfer, in die vergessene Kompanie mit der zugigen Baracke. Schon das sei eigenartig, sagen sie. Ein Unzuverlässiger dürfe noch Grenzdienst schieben? Die Geschichte stimme doch hinten und vorne nicht.

Es ist gemütlich in der Gaststube, und der Schnaps treibt ihnen die Hitze in die Gesichter. Draußen bei der Toilette ist es kalt. »Der bleibt wohl an der frischen Luft«, sagt der Chemiefacharbeiter, »um sich vom Saufen zu erholen.«

Vor vier Wochen ist der Chemiefacharbeiter zum Gefreiten befördert worden, das hat sie beim vorigen Saufgelage mitbekommen. Jetzt kriegt er nicht mehr 80 Mark Sold im Monat, sondern 100, dazu 35 Mark Grenzzulage. Er hat fest vor, sich im nächsten Urlaub ein Motorrad zu kaufen. Nur noch neun Wochen bis zum Motorrad. Das setzt man nicht leichtfertig aufs Spiel.

Der Postenführer steht auf und sagt: »Ich gucke nach ihm.« Gehört sich auch so. Vielleicht ist er ohnmächtig geworden oder so etwas. Hat sie hier alles schon erlebt. Wobei, so wenig, wie der getrunken hat, steht er wohl eher im Hof und starrt den Mond an und denkt wehmütig an seine Frau oder so etwas. Hat er eine Frau? Oder ist er noch zu haben?

Sie geht ebenfalls nach draußen. »Haben Sie ihn gefunden?«

Der Postenführer schüttelt den Kopf. Im Hof ist er also schon mal nicht. Der Postenführer tritt vor das Haus. Sie folgt ihm. Großtöpfer liegt verschlafen da, die meisten der dreihundertfünfzig Einwohner schlafen.

Das hat sie gleich gesehen, dass dieser Henning mit den Gedanken woanders ist. Dass der was plant.

Was, wenn er zu fliehen versucht? Dann kann sie ihm nur Glück wünschen.

Soweit sie mitbekommen hat, gibt es drei Möglichkeiten, als Grenzsoldat nach drüben zu fliehen.

Man kann versuchen, seinen Kameraden zu entwaffnen. Während man flieht, bedroht man ihn mit der Maschinenpistole, sodass er nicht eingreifen kann. Das ist hier schon mal einem geglückt, auch wenn es verboten ist, über diesen Vorfall zu sprechen. Meistens eskaliert der Entwaffnungsversuch, und der Soldat wird von seinem eigenen Partner erschossen.

Zweitens kann man seinen Kameraden dazu bewegen, die Flucht zu tolerieren oder ebenfalls zu fliehen. Dazu muss man versuchen, in Erfahrung zu bringen, wie er zur DDR steht. Solche unbeholfenen Gesprächsversuche hat sie in der Gaststube auch schon mitgehört. Das Problem ist dabei, dass einen der andere anzeigen kann, wenn man verdächtige Fragen stellt, und dann wird einem eine lange Haftstrafe aufgebrummt. Es gibt gute Kameraden, die sich unter vier Augen sagen, »nee, lass mal«, und dem Spieß kein Sterbenswörtchen von ihrer Unterredung petzen. Aber nicht alle sind so. Die wollen nichts riskieren, das Ganze könnte ja eine Falle sein, mit der man nur prüfen will, ob sie den Vorfall melden oder nicht.

Tja, und drittens kann man sich unter einem Vorwand vom Partner entfernen und außerhalb von dessen Sichtweite die Grenzanlagen überwinden. Das ist hier nie mehr gelungen, seit es unter strenger Strafandrohung verboten ist, sich im Grenzdienst voneinander zu trennen.

Aber Henning hat gerade keinen Dienst. Was hast du vor, Braunauge?, denkt sie und trocknet sich an der kalten Luft die vom Abwaschen geröteten Hände mit dem Geschirrtuch.

»Scheiße«, sagt der Postenführer.

Sie kehren in die Gaststube zurück. Der Postenführer fragt die Kameraden, ob Henning allein zur Kompanie zurückgelaufen sei? Ohne Bescheid zu sagen?

Die Kameraden werden blass.

»Wir müssen das melden«, sagt der Chemiefacharbeiter.

»Erst wird bezahlt«, sagt sie streng. Das gibt ihm einen kleinen Vorsprung.

Auf dem Rückweg sahen sie in den Straßengräben nach, in den Hauseingängen. Sie fluchten. Wenn sie ihn im Bett vorfanden, würde er Prügel beziehen, das schworen sie sich.

Am Kasernentor wurde ihnen mulmig. Der diensthabende Offizier fragte streng nach dem fehlenden Mann. Zu sechst waren sie gegangen, als halber Zug, und kehrten nur zu fünft zurück. Die Soldaten stotterten. Henning war offenbar nicht hier eingetroffen.

»Also, was ist los?«, fragte der Offizier, der allmählich die Geduld verlor.

Einer der Soldaten nahm seinen Mut zusammen. »Er ist verschwunden, Genosse Feldwebel.«

Der Wachhabende rannte zum Haus gegenüber der Kaserne. Er klingelte Sturm beim Kompaniechef. In Zivil erschien der Kompaniechef an der Tür, im Unterhemd mit dunklen Hosenträgern, er hatte bereits beim Feierabend mit seiner Frau gesessen.

Bebend erstattete der Feldwebel ihm Meldung.

»Sofort Grenzalarm auslösen«, befahl der Kompaniechef, »die Grenze abriegeln, und telefonieren Sie mit dem Stab des Grenzbataillons in Geismar! Die Grenzkompanien Weidenbach, Pfaffschwende, Hildebrandhausen und Katharinenberg müssen genauso dichtmachen.«

Der Feldwebel salutierte. Kurz darauf gellten Befehle über den Hof. Die Alarmgruppe bestieg den LO 1800. Auch die Heimkehrer wurden trotz ihrer Schnapsfahne vergattert, sie erhielten Kalaschnikow-Maschinengewehre RPK mit langem, massivem Lauf. Die schwere Bewaffnung bedeutete: Der Kompaniechef traute Henning alles zu, auch Kameradenmord.

Henning Nowak kraulte den Kaukasischen Schäferhund, um ihn zu beruhigen. Der Hund leckte ihm die Hand. Bevor der Schäferhund hier an die Laufanlage gekommen war, war ein Hundeführer mit ihm täglich das Sperrgebiet abgelaufen, um Deserteure der Sowjetarmee oder flüchtende DDR-Bürger aufzuspüren, die sich im Wald nahe der Grenze versteckten und auf einen günstigen Moment für die Flucht warteten – dafür war der Hund trainiert worden. Wieder einmal ein Beweis dafür, dass die Grenzsicherung sich nicht gegen äußere Feinde richtete, sondern gegen die eigenen Bürger. Der Hund wurde regelrecht auf Flüchtlinge abgerichtet, es ging nicht um uniformierte Feinde: Bevor der Trainer ihn verprügelte, um ihn scharf zu machen, zog er jedes Mal die Uniform aus. Er prügelte in Zivilkleidung auf ihn ein, deshalb hasste der Hund Zivilisten.

Laut Vergatterung hätte Henning hier freie Bahn haben sollen. Stattdessen hielten keine zwanzig Meter entfernt zwei Posten Wache. Der Hundeunterstand, neben dem er kauerte, gab ihm Deckung, und der Hund war ruhig, aber ihm lief die Zeit davon.

Ein Postenpaar am Abschnitt unterhalb des Schlossbergs, eines zur Sicherung an die Frieda, eines an die Zufahrtsstraße nach Döringsdorf zur Kontrolle einfahrender Autos und das vierte Paar in den Beobachtungsbunker Richtung Eschwege, so war es geplant gewesen.

Die 3. Grenzkompanie hatte neun Kilometer Grenze zu schützen, 23 Postenpunkte, die man auswendig gelernt hatte, um sich rasch im Gelände orientieren und den Befehlen gehorchen zu können. Unmöglich konnte überall jemand stehen an der kilometerlangen Grenze.

Der Feldwebel musste die Posten zur Hundelaufanlage verlegt haben, während er in der Gaststube gewesen war. Verdammt! Er hatte gehofft, dass sie der Hundelaufanlage vertrauten. Wenn die beiden nicht in den nächsten fünf Minuten weitergingen, würde er sich zurückziehen müssen. Ein Rascheln, ein Knacken oder ein Laut des Hundes genügte, und sie würden ihn stellen.

Henning gefror zu Eis. Motorbrummen näherte sich, und das Licht von Scheinwerfern. Grenzalarm. Sie hatten sein Fehlen bemerkt. Der Hund grub seine Schnauze in Hennings Taschen, er hatte Hunger. Henning hatte bereits alles verfüttert, was er mitgenommen hatte. Der Hund winselte.

Die Posten drehten sich nach ihm um. »Siehst du den Hund?«, fragte der eine leise.

»Hier stimmt was nicht. Und da hinten kommt die Alarmgruppe.«

»Die fahren an uns vorbei. Das muss woanders sein mit dem Alarm.«

»Und der Hund?«

Henning hörte den Verschluss der Tasche schnappen, der Kerl holte ein Handleuchtzeichen heraus. In die Sicherungskappen waren Fühlzeichen eingeprägt, man konnte auch im Dunkeln das passende Geschoss ertasten, drei Sterne rot hieß: versuchter Grenzdurchbruch, ein Stern grün rief nach der Alarmgruppe, ein Stern bat den benachbarten Posten um Hilfe, aber der holte sicher die dicke Berta heraus, 40 mm, erst Verschlusskappe abschrauben, dann Handleuchtzeichen vom Körper weghalten und kräftig an der Schnur ziehen.

Henning fasste einen Entschluss. Er legte die Hand an den Karabinerhaken am Halsband des Hundes. Als die Leuchtrakete fauchend die Geschosshülse verließ und in die Höhe stieg, löste er den Haken vom Halsband. Die Dicke Berta zerplatzte am Himmel, und es wurde hell. Henning konnte die Sperrzäune erkennen. Der Schäferhund sprang irritiert in die Höhe und jaulte. Dann sank der gelbe Stern herab, er hing an einem kleinen Fallschirm, das Waldgebiet war in sein gespenstisches Licht getaucht.

Die Posten kamen auf die Hundehütte zu, riefen nach dem Hund, der bereitwillig zu ihnen gelaufen kam. Sie staunten, dass seine Kette schlaff am aufgespannten Drahtseil hing und er frei war. Aber sie fürchteten ihn nicht, wie er gehofft hatte, und zogen sich nicht zurück.

Henning wartete, bis der gelbe Stern zu Boden gesunken war und es wieder dunkel wurde, dann sprang er hoch und rannte auf die Grenze zu.

»Halt, stehen bleiben!«

Er rannte.

Der Hund kam ihm nach, und Henning hörte, wie die Posten ihre Maschinenpistolen durchluden. »Stehen bleiben, oder wir schießen!«

Warnschüsse knallten durch die Nacht. Der LO 1800 der Alarmgruppe machte mit quietschenden Reifen halt. Soldaten sprangen ab, riefen. Sie wollten ihn nicht holen, damit er Feierabend machen konnte, sie wollten ihn als Leiche abtransportieren, nachdem sie ihm Kugeln in den Leib gejagt hatten.

Die Ehrenpflicht, das sozialistische Vaterland und den Frieden gegen jeden Feind zuverlässig zu schützen.

Henning rannte. Zweige peitschten ihm ins Gesicht. Er sah den Hund an seiner Seite, der Hund biss nicht nach seinen Beinen, der rannte mit ihm. Henning versuchte, Bäume zwischen sich und Boy und die Posten zu bringen. Sie würden jetzt scharf schießen, so war der Drill, so hatten sie es gelernt. Sie hatten das Einstechen auf Stoffpuppen geübt, Angriffe mit dem Messer, mit dem Spaten. Der Gegner, das war er.

Ich gelobe, der Deutschen Demokratischen Republik, meinem Vaterland, allzeit treu zu dienen und sie auf Befehl der Arbeiter- und Bauernregierung … Grenzsoldaten der DDR stehen an der Staatsgrenze auf Friedenswacht …

Die beiden Wachposten würden genauso viel Adrenalin im Blut haben wie er, ihnen würden die Hände zittern. Der Befehl lautete, Grenzverletzer »fluchtunfähig« zu schießen.

Aber er wusste, die Kalaschnikow streute stark, selbst wenn sie auf seine Beine zielten, mit Leichtigkeit wurde auch der Brustkorb getroffen. Oder sie zielten gleich auf seinen Kopf. Ein toter Grenzverletzer passte besser ins Konzept. Er war das Wild. Und die Jäger waren zahlreich.

Heisere Befehle gellten. Jemand jagte drei rote Sterne in den Himmel, das Signal für versuchten Grenzdurchbruch. Im roten Schein sah er die rostigen Stacheldrahtzäune, die Trennlinie zwischen den zwei größten Militärblöcken der Erde. Er hatte es ausgekundschaftet, hier lagen zwischen den zwei Grenzzäunen keine Dornenmatten mit Stahldornen, kein »Stalinrasen«.

Eine einzige Regel spielte ihm in die Hände: Es durfte nicht über die Grenze hinweg geschossen werden, um nicht versehentlich Soldaten des Bundesgrenzschutzes zu treffen oder gar einen Krieg auszulösen. Er kannte die Bestimmungen. Er war am Zaun, er wand sich hindurch, der Stacheldraht zerriss ihm die Uniform und riss ihm die Haut auf.

Man würde ihm in die Beine schießen, und währenddessen würde der zweite Schütze versuchen, seitlich von ihm zu kommen, um Sperrfeuer vor ihn zu legen.

Aber er war schon zwischen den zwei Zäunen. Er musste die Stelle am zweiten Zaun finden. »Nicht schießen«, rief er.

»Pflicht ist Pflicht.« Die Stimme seines Verfolgers bebte.

»Die haben uns alle reingelegt. Denkt mal nach!« Er fand die Stelle. Boy war plötzlich bei ihm, er musste sich ebenfalls durch den ersten Stacheldrahtzaun gewunden haben, er blutete aus zahlreichen Wunden, sie glänzten im Licht der Sterne. Henning war so froh, ihn hierzuhaben, dass ihm deswegen Tränen in die Augen schossen.

Das tiefe Dröhnen des Grenzhubschraubers kam näher,

die MI 8, man wollte ihn aus der Luft beschießen. Deutlich hörte er das Donnern, mit dem die Rotorblätter die Luft zerteilten.

»Komm, Boy, komm mit!« Als er sich ein wenig aufrichtete, um zwischen den scharfkantigen Graten des zweiten Zauns hindurchzukriechen, spürte er den Hieb einer Axt. Er wusste, es war keine Axt, es war ein Schuss, der seinen Leib durchbohrt hatte. Er schob sich weiter, drüben konnten sie ihm helfen, sie würden ihn ins Krankenhaus bringen. Sein Puls setzte aus, etwas wich aus seinem Körper. Er wollte weiter, er musste. Aber es ging nicht.

Jolanthe. Er hatte sie sich zurechtbiegen wollen, hatte versucht, sie seiner verstorbenen ersten Frau ähnlicher zu machen. Warum hatte es so lange gedauert, bis er begriffen hatte, dass er sie um ihretwillen liebte und genau so liebte, wie sie war?

Er sank zurück. Diese Schmerzen! Nach viel zu langer Pause schlug der Puls wieder, mickrig. Henning litt unter Atemnot. Die Haut wurde kalt und zog sich fröstelnd zusammen. Seine Augen waren weit geöffnet, er hielt den Blick auf Boy gerichtet.

Wieder Schüsse. Boy winselte.

»Geh, Boy.« Er konnte nicht mehr die Hand heben, und er war auch nicht sicher, ob er gesprochen hatte.

Boy blickte zurück zur Grenze, zum Drahtseil, an das er mit der Kette gebunden gewesen war. Er leckte Henning die Hand.

Henning konnte nicht mehr sprechen. Es fiel ihm schwer, den Blick auf Boy gerichtet zu halten. Gern hätte er jetzt seinen Kopf in Jolanthes Schoß gelegt.

4

Die Morgensonne besaß in Bulgarien eine andere Farbe, ein warmes Orange. Die Luft war noch kühl, als Ria aus dem Hotel trat. Über dem Abgasgestank lag ein Hauch von Meeresduft. Dass die Gehwege rissig waren, störte sie nicht, an diesem Morgen empfand Ria es sogar als liebenswert.

Eine Frau hatte sich einen Stuhl vor das Haus gestellt, darauf saß sie, das Gesicht weiß eingeschmiert mit Joghurt, Gurkenscheiben auf den Augen. Wie sie das Gesicht der Morgensonne entgegenreckte, sah es aus, als wollte sie ihre Maske als Futter für die Vögel darbieten.

Eine Silbermöwe setzte sich ganz in der Nähe auf den Rand einer Mülltonne und pickte darin nach Essbarem. Sie schleuderte einen Pappteller heraus, an dem noch Senf klebte, und wühlte tiefer.

Als Ria sich näherte, hielt der Vogel inne, er blickte ernst vom Rand der Mülltonne, mit herrlich gelbem Schnabel und weißem Bauchgefieder, das wie glatt gestrichen wirkte. Aus gelben Augen mit kleiner schwarzer Pupille gab er ihr einen strengen, stechenden Blick.

Im Nachbarhaus übte jemand Cello. So früh schon, das konnte nur ein Musikstudent sein. Wäre Vater am Leben geblieben, hätte sie vielleicht auch Musik studiert, er hätte es gern gesehen. Er war manchmal zu ihr gekommen, wenn sie Klavier übte, und hatte zugehört.

Wie sie sich darauf freute, mit Jens Musik zu hören! Sie würden Abend für Abend eine Platte aus seiner Sammlung auswählen und sich gemeinsam auf das Sofa setzen und der Musik lauschen, während die Platte sich auf dem Spieler drehte und die Nadel knisternd ihren Spuren folgte. Vielleicht konnte sie ihm eines Tages »Revolver« von den Beatles in der Mono-Fassung schenken, eine Schallplatte, die er bei jeder Gelegenheit in den Läden suchte, und er würde sie glücklich ansehen und sich geliebt fühlen von ihr.

Wenn sie den Hafen ausgespäht hatte und einen geeigneten Winkel gefunden hatte, an dem man sie nicht überwachte, würde sie Jens dorthin locken und sich ihm an den Hals werfen. Sie würden sich ein Polster an Zärtlichkeit anfuttern, um die langen Monate auszuhalten, bis es mit ihrem Reisepass klappte. Und dann musste es einen Anlass geben für eine Dienstreise, denn natürlich gaben sie einem den Reisepass nicht einfach so in die Hand. Ria hatte in der KoKo oft genug mitbekommen, wie das lief.

Zuerst bekam man eine Reisekaderschulung. Dann hatte man vor der Ausreise eine Reisedirektive zu erarbeiten, mit der man die entsprechenden Stellen im Ministerium und die Staatssicherheit über die bevorstehende Reise und ihre Aufgaben, Ansprechpartner und Zielstellung informierte. Wenn alle Unterschriften der Verantwortlichen vorlagen, konnte man die Aushändigung des Reisepasses beantragen. Die Reisestelle im Ministerium übergab ihn gemeinsam mit dem Tagegeld in westlicher Währung und dem Namen und der Adresse des Hotels, in dem sie abzusteigen hatte. Sie würde am S-Bahnhof Friedrichstraße den Diplomateneingang im externen Gebäude neben dem Bahnhof verwenden, würde über die bewachten Gänge zur Passkontrolle und zum Bahnsteig mit den Zügen Richtung Westberlin gelangen. Von dort würde sie mit der S-Bahn zum Zoologischen Garten fahren, aussteigen, einen Jubelschrei ausstoßen und zu Jens laufen, einfach zu Fuß durch die Stadt, um ihre neue Freiheit auszukosten.

Eigentlich durfte nur umsatzleistendes Personal in den Westen reisen, und auch von denen nur Ausgewählte. Aber Dr. Schalck konnte trotzdem für sie die Reisekadertätigkeit genehmigen. Sie musste sich nur weiter unentbehrlich machen, wenn sie zurück in Berlin war. Er hatte schon angedeutet, dass er sie, nach den entsprechenden Schulungen, durchaus auch mit größeren Aufgaben betrauen wollte.

Es war nicht mehr weit zum Hafen, er lag höchstens zehn Minuten vom Hotel entfernt. Ein Ort, wo Schiffe in alle Welt hinausfuhren, vermittelte Weite. Musste das Jens nicht gefallen? Sie waren für zehn Uhr verabredet, ihr blieben anderthalb Stunden, um für die nötige Sicherheit zu sorgen.

Und wenn sie nicht auf die Ernennung zum Reisekader wartete? Wenn sie die Dinge beschleunigte?

Die Stadt Warna mit ihrem Durcheinander von Touristen aus aller Welt war ideal für eine Flucht. Gestern hatte sie die Fähre nach Istanbul inspiziert, natürlich nur vom Ufer aus. Die Passkontrolle schien scharf zu sein, sie würde einen gut gefälschten westdeutschen Reisepass benötigen. War an so etwas ohne die Hilfe der Geheimdienste überhaupt heranzukommen?

Eine Frau auf einem grauenhaft heruntergekommenen, quietschenden Fahrrad fuhr vorüber, an den Lenkern hingen Taschen mit Gemüse. Heute gefiel Ria alles. Selbst diese Frau gefiel ihr. Die Welt erschien ihr geschärft, die Farben stark. Sie fühlte sich nicht länger ausgeliefert.

Das war doch das Schlimmste im Leben, sich ausgeliefert zu fühlen. Nicht selbst entscheiden zu können, was man tat. Sie hatte das Steuer in die Hand genommen. Natürlich würde sie mit Jens nicht in Westberlin bleiben können. Sie hatte von Entführungen durch die Staatssicherheit gehört, das kam immer wieder vor, dass sie über die innerstädtische Grenze ausrückten und jemanden im Westen einkassierten. Immerhin kam sie in der Kommerziellen Koordinierung mit Staatsgeheimnissen in Berührung, das würde sich die DDR nicht bieten lassen, womöglich würde man versuchen, sie zurückzuholen. Das musste sie Jens noch schonend beibringen. Ein Umzug nach Westdeutschland machte eine Entführung schwieriger. Sie würden im Westen unter neuem Namen von vorn beginnen. Er fand als Journalist sicher auch in Hessen oder im Saarland eine Anstellung, und sie würde sich als Sekretärin bewerben.

Die Häuser standen hier weit auseinander, sie konnte den Himmel sehen und weit oben, wie weiße Tupfer auf dem Blau, ein paar Wolken. Möwen segelten mühelos darunter hin und her.

Ein dunkler Moskwitsch hielt. Zwei Männer stiegen aus und griffen nach ihren Oberarmen.

Durch ihre Blutbahnen schoss das Adrenalin. Das Herz donnerte los. Rücken und Nacken spannten sich an.

Staatssicherheit?

KGB?

Lag es an ihren Blicken zur Fähre nach Istanbul?

War das Treffen mit Jens aufgeflogen? Aber dann veranstalteten die doch nicht einen solchen Zirkus, sie wären zu ihr ins Hotelzimmer gekommen und hätten höflich geklopft und sie hinausbegleitet.

Sie versuchte auszubrechen. Trat nach den Männern.

Die Herzfrequenz stieg um 30, 40 Schläge. Ihre Lunge pumpte.

Die Männer zwangen sie mit geschulten Griffen und überlegener Körperkraft durch die Türöffnung in den Moskwitsch und keilten sie auf der Rückbank ein.

Kein Weg nach draußen.

Ria keuchte.

Noch während die Männer die Wagentüren schlossen, fuhr das Auto an.

»Wer sind Sie? Was soll das?«

Sie sahen sie nicht an.

Jens würde ruhelos durch den Hafen laufen, er würde sich Sorgen machen. Oder, was noch schlimmer wäre, er würde denken, dass sie wieder kalte Füße bekommen und ihn verlassen hatte, dieselbe Wunde, erneut in sein Herz geschlagen.

Waren die Abhöranlagen im Hotel so gut, dass man sie über das Wasserrauschen und das laute Radio hinweg gehört hatte? Oder hatte man Stefan Hähner, ihren damaligen Führungsagenten, entführt und gefoltert, um ihn zum Reden zu bringen? Sie hatte die Zusammenarbeit mit dem BND zwar vor Jahren beendet, aber man konnte ihr immer noch einen Strick daraus drehen.

Vielleicht waren sie nicht hundertprozentig sicher. Vielleicht gab es nur Hinweise. Sie musste sich dumm stellen. »Meine Sachen, mein Koffer …«

»Wir haben schon für Sie gepackt.«

Keine Panik. Ruhe. Orientierung finden.

Der Moskwitsch brachte sie zum Flughafen. Niemand kontrollierte sie auf dem Weg durch das Flughafengebäude, sie gingen an Uniformierten vorbei, die knapp und ernst nickten, keiner fragte nach ihren Ausweisen. Die Männer führten Ria hinaus auf das Rollfeld und über eine Gangwaytreppe in ein Flugzeug.

Sie sagte: »Ich arbeite für den stellvertretenden Minister für Außenhandel, Dr. Schalck. Er wird es ungern hören, dass ich ohne Anlass festgenommen wurde wie eine Verbrecherin.«

Die Männer sahen unbeeindruckt aus. Sie setzten sich im Flugzeug neben sie.

Man hatte ihr keine Handschellen angelegt. Durchsucht hatte man sie auch nicht. Wenn man sie für eine BND-Spionin hielt, hätte man ihr da nicht eine Flucht zugetraut? Vor allem hätte man sie bis zum letzten Kleidungsstück durchsucht nach Codes, einem aufgeschriebenen Namen oder sonst irgendeinem Hinweis auf ihre Aktivitäten in den letzten Tagen – und zwar sofort, bevor sie Gelegenheit fand, die Hinweise zu vernichten oder unauffällig loszuwerden.

Entweder waren ihre Gegner Stümper, oder die Lage war nicht so hoffnungslos, wie sie zunächst ausgesehen hatte. Sie musste weitere Indizien suchen, sich möglichst ein Bild machen, was hier vorlag, und sich dann für eine Strategie entscheiden.

Die Maschine ging nach Berlin-Schönefeld, sie war nahezu voll belegt. Die anderen schienen Urlaubsheimkehrer zu sein. Dass man keine eigene Interflug-Maschine gechartert hatte für ihre Überführung in die DDR, war ebenfalls ein gutes Signal.

1961 war es ihr einmal gelungen, einem Offizier der Staatssicherheit zu entwischen, der sie durch Westberlin zu begleiten hatte. Er war deutlich unerfahrener gewesen als die zwei rechts und links von ihr, aber vielleicht konnte sie auch diesmal entkommen. Sie würde einen falschen Pass benötigen. Geld. Einen Unterschlupf.

War nicht Jens ebenfalls in Gefahr? Wenn sie einen Fehler gemacht hatte bei ihren Vorsichtsmaßnahmen, wenn man ihn nun doch gesehen hatte? Sie musste ihn warnen. Sie musste ihm eine Nachricht zukommen lassen.

Hatte sie ihm gesagt, dass sie ihn liebte? Oft genug? Er durfte nicht daran zweifeln. Wie grausam, dass sie einander kurz gehabt hatten, für einen einzigen Nachmittag und eine einzige Nacht, bevor man sie gewaltsam voneinander trennte. Und Annie und Jolanthe? Sie wollte ihnen noch einmal sagen, wie viel sie ihr bedeuteten. Ria krampfte die Hände in den Sitz des Flugzeugs. Ihr wurde abwechselnd heiß und kalt.

Ihre Begleiter sprachen kein Wort. Ria kämpfte gegen die Tränen an, gegen die Verzweiflung. Sie rief sich Jens' glückliches Gesicht vor Augen, als sie ihn noch am Morgen geküsst hatte. Wir werden uns wiedersehen, schwor sie sich. Nach drei Stunden ging das Flugzeug in den Sinkflug, und die ersten kleinen Häuser des Berliner Umlands kamen in Sicht. Die Passagiere plapperten aufgeregt. Ein Kind weinte.

Die beiden Männer waren vermutlich nur ausführende Organe, trotzdem, man konnte nicht sicher sein. Es war wichtig, dass sie weiterhin das Bild der eingeschüchterten Urlauberin abgab. »Hören Sie, Sie haben mich verwechselt, ich bin nicht …«

»Mund halten.«

»Meine Freundinnen werden nach mir suchen. Ulrike und Charlotte haben keine Nachricht von mir.«

Der Boden näherte sich, schließlich setzten die Räder auf. Das Flugzeug bremste und rollte aus. Dann bog es in seine Parkposition ein.

Schon als sie die Gangway betrat, sah sie die Offiziere in Zivil, die sie abholen kamen. Herablassend sahen sie über die Urlauber hinweg, übernahmen Ria und setzten sie in ein Auto. Kaum hatte der Wagen den Flughafen hinter sich gelassen, stülpte man ihr einen Sack über den Kopf und befahl: »Den Kopf zwischen die Knie.«

Sie sollte nicht sehen, wo es hinging. Einen solchen Aufwand betrieb man nicht einfach so. Also war sie doch aufgeflogen? Hielt man sie für eine feindliche Agentin?

In ihr wummerte die Angst. Sie zwang sich zur Ruhe. Sie musste aufmerksam bleiben. Falls ihr doch eine Flucht gelingen sollte, brauchte sie jedes Detail. Sie musste wissen, wo sie war. Sie erspürte Ampelhalte, Abbiegungen. Es ging tief hinein in die Stadt. Karlshorst war offenbar nicht das Ziel, zu den Russen brachte man sie also nicht.

Ging es nach Hohenschönhausen? Das Gelände der Staatssicherheit dort war auf Stadtplänen nicht eingezeichnet, kaum jemand wusste davon. Der Wagen hielt an. Ein Tor quietschte. Sie fuhren ein paar Meter, dann stoppte der Wagen erneut. Das Tor schloss sich hinter ihnen, und dann ein weiteres Tor. »Kommen Sie.« Ihr wurde der Sack vom Kopf gerissen. Es hallte, sie waren in eine Art Schleuse gefahren. Sie wurde in das Gebäude geführt.

Lange Flure. Eine Frau nahm hinter einer Schreibmaschine Platz und gab ihr ein Zeichen, sich ebenfalls zu setzen.

Sie spannte ein Blatt Papier in die Maschine ein. »Name, Vorname?«

Sollte das ein Witz sein? Sie hatten sie gerade vom Schwarzen Meer geholt und taten so, als wüssten sie nicht, wie sie hieß? »Ria Nachtmann.«

Sie tippte. »Wann geboren?«

Natürlich kannten sie ihr Geburtsdatum. Die Fragen gehörten offenbar zur Taktik. Sie wollten ihr klarmachen, dass sie ein Nichts war. Dass sie sich zu erklären hatte.

Sie gab brav die Antwort und betrachtete die Frau. Sie war in den Vierzigern. Ihre Brille hatte sie länger nicht geputzt, die Gläser waren durch Schuppen und Flocken abgestorbener Haut verunreinigt. Ihre Augen waren hell und klar, mit ein wenig Pflege und mehr Schlaf wäre ihr Gesicht schön gewesen. Aber die weiße Bluse und der dunkelblaue Rock sahen aus wie von vorgestern, und die Art, wie sie die Schultern hielt und die Hände bewegte, das hatte etwas Sachlich-Männliches. Sie erledigte hier ein Leben. Rias Leben.

Die Verhörspezialistin fragte: »Wen haben Sie in Bulgarien getroffen?«

»Niemanden«, sagte sie. »Ich habe da Urlaub gemacht. Mit meinen Freundinnen.«

»Hatten Sie Westgeld dabei, um Tickets für die Fähre nach Istanbul zu kaufen?«

»Westgeld? Woher denn? Und es ist gar nicht erlaubt, in die Türkei zu reisen.«

Ein harter Zug erschien um ihren Mund. »Sie hatten vor, ins kapitalistische Ausland zu fliehen. Ich weise Sie darauf hin, dass Sie die Fragen wahrheitsgemäß zu beantworten haben.«

»Aber das stimmt nicht.«

Die Vernehmerin schlug mit der flachen Hand auf den Tisch. »Wie wollten Sie nach Istanbul ins westdeutsche Konsulat gelangen?«, schrie sie. »Wen wollten Sie in Bulgarien treffen?«

Das aggressive Gebrüll tat ihr weh. Die Spezialistin versuchte, sie in die Regression zu führen, in einen kindlichen, hilflosen Zustand, der ihre innere Abwehr lähmte. Sie sagte: »Ich lasse mir von Ihnen keine Worte in den Mund legen.«

»Ach nein?« Jetzt sprach sie wieder sachlicher. Die Frau nahm die Hände von der Schreibmaschine. »Ich glaube Ihnen Ihre Naivität nicht.«

Wirkte sie zu souverän? Die Spezialistin durfte nicht bemerken, dass sie für solche Verhöre ausgebildet worden war.

Ria wischte sich die Handflächen an der Hose ab, das machten Menschen oft unbewusst, Vernehmer achteten auf so etwas. »Aber ich weiß wirklich nicht, wovon Sie reden.« Der Tonfall war gut, sie musste etwas Klagendes hineinbringen, gut dosiert. Jetzt schluckte sie. Auch auf den Adamsapfel achteten gute Vernehmer. Typisch war bei Aufregung ein trockener Mund, das führte zu häufigem Schlucken. Sie stellte ihre Füße um, sodass sie in Richtung Tür zeigten, Anzeichen für einen Fluchtimpuls. »Ich habe eine gute Stelle beim stellvertretenden Minister für Außenhandel. Warum sollte ich abhauen wollen?«

»Das finden wir noch heraus.« Sie sah auf Rias Füße. »Sie haben die Fähre ausgekundschaftet. Das kann ein Tarnmanöver gewesen sein, womöglich sollte es gar nicht über das Schwarze Meer gehen, sondern Sie sollten auf dem Landweg rausgeschleust werden.« Die Frau blickte wie unbeteiligt auf das in die Schreibmaschine eingespannte Blatt und tippte etwas. »Hat man Ihnen versprochen, Sie in einem Pkw zu verstecken, zwischen Kofferraum und Rückenlehne, oder in sonst einem präparierten Versteck?«

»Sie werfen mir da Sachen vor …« Die Vernehmerin verschwieg ihr etwas, das spürte sie. Die Sache war nicht stimmig. Bei einem Fluchtversuch wäre sie zuerst in Auslieferungshaft im Zentralgefängnis in Sofia gelandet. Für gewöhnlich war die Staatssicherheit doch zu Festnahmen in Bulgarien gar nicht befugt.

Vermutlich hatte sie nicht genug aufgepasst, und man hatte sie und Jens gesehen. Und jetzt fragten die sich natürlich, wer dieser Mann war. Sie musste sich eine Strategie zurechtlegen, irgendwie musste sie die Stasi auf eine falsche Fährte locken. Hatten sie Fotos von ihm gemacht? Oder verfügten sie nur über eine Personenbeschreibung durch ihre Spitzel in Bulgarien? Wie ließ sich Jens beschützen?

Oder dieses Verhör war bloß ein Vorwand. Man wollte sie wegen »versuchten illegalen Übertritts der bulgarischen Grenze« drankriegen und hoffte, dass sie vor lauter Verzweiflung ihr viel größeres Geheimnis verriet. Vielleicht ahnten sie von ihrer früheren BND-Mitarbeit, aber es fehlten ihnen die Beweise dafür.

Die hellen Augen starrten sie an. »Wenn Sie nicht kooperieren wollen, gut, das ist Ihre Sache. Sie werden mit den Folgen leben müssen.« Die Frau hob den Telefonhörer und sagte: »209 abholen.«

Der Uniformierte befahl draußen im Flur: »Gesicht zur Wand. Hände auf den Rücken und die Beine auseinander.«

Ria gehorchte widerwillig.

»Das ist bei uns die Grundhaltung für Leute wie Sie«, sagte er. »Also, einprägen. Irgendwann kommt Ihnen das ganz natürlich.«

Er ließ sie eine Weile stehen.

»Weiter«, sagte er endlich. Sie drehte sich von der Wand weg und folgte ihm entlang der Reihe von Türen.

Es ging eine Treppe hinab. Bald sah sie eiserne Zellentüren. Wie selbstverständlich ging er in seiner tadellosen grauen Uniform daran vorüber. Er schloss eine der Türen auf und verlangte, dass sie in die Zelle trat. Hinter ihr krachte die Eisentür zu. Riegel wurden vorgeschoben.

Sie war allein.

In der Mitte der Tür öffnete sich eine Klappe. »Ausziehen!«

»Wie bitte?«

»Sie haben mich schon verstanden.«

Zögernd zog sie sich aus, bis sie in Unterwäsche dastand.

Wieder bellte die Stimme durch die Klappe: »Wäsche und Strümpfe auch.«

Sie gehorchte. Die Tür wurde aufgeschlossen, ihre Kleidung herausgeholt. »Gesicht zum Fenster, Kniebeuge!«

Sie drehte sich zum Fenster und machte, nackt wie sie war, eine Kniebeuge.

»Jetzt ziehen Sie die Pobacken auseinander und beugen sich vor.«

Zuerst glaubte sie, sie hätte sich verhört. Dann wollte sie ihm am liebsten das Knie ins Gesicht rammen. Aber sie gehorchte. Die wollen bloß sichergehen, dass ich nichts im Körper versteckt habe, sagte sie sich. Trotzdem schoss ihr die Schamesröte ins Gesicht, als sie die Pobacken auseinanderzog.

Ihr wurde ein Stapel Kleidung hingeschoben. Der Geruch von Mottenpulver lag in der Luft. Die Tür schlug wieder zu und wurde abgeschlossen, einmal, zweimal fuhr der Schlüssel herum, die Riegel krachten. Als wäre sie ein gefährliches Tier, das eingesperrt gehörte.

Zitternd vor Kälte, zog sie die fremde Kleidung an. Blaugraue Unterwäsche, Socken, ein schwarzer Trainingsanzug, gelb karierte Filzlatschen.

»Warna, das ist wie Cannes oder Nizza, dieselbe geografische Breite«, hatte der Reiseleiter noch vor Tagen geprahlt.

Und sie hatte sich die Brandung über die Füße spülen lassen. Die weißen Strandhotels erschienen ihr plötzlich surreal, Ulrike und Charlotte und die Flamenco-Musik und der bulgarische Sekt gehörten zu einem fernen, unerreichbaren Planeten.

Auf der Pritsche lagen eine Decke und ein Kopfkissen und die Bezüge dafür, blau kariert, sowie ein zusammengelegtes weißes Laken. Hinter milchigen Glasbausteinen, die man anstelle eines Fensters verbaut hatte, dunkelte es. Für die unerbittlich kalt leuchtende Neonröhre an der Decke fand Ria keinen Schalter.

Ihr Vater musste in eine ähnliche Zelle gebracht worden sein, bevor sie ihn umbrachten. Vielleicht war es sogar dieselbe. Sie bezog Bettdecke und Kissen und legte sich auf die Pritsche. Sie schloss die Augen, stellte sich vor, wieder zehn zu sein. Sie sah Vaters rotbraune Aktentasche und roch ihren Lederduft. Sie sah seinen dünnen Stoffmantel, sein gestärktes Hemd. Dann sah sie seine Hand. Riakind, was gibt es?, hatte er immer gefragt.

Und sie hatte einfach nur Papa gesagt und sich an ihn geschmiegt. Was gäbe sie darum, dass er noch lebte!

Plötzlich der Geschmack saurer Gurken im Mund. Sie würgte. Da war der Abendbrottisch, da saßen Mama und Jolanthe, sie stürzte in den Flur, Männer an der Tür, die Vater packten und vorwärtsstießen, so grob, dass ihm die Brille aus dem Gesicht rutschte und zu Boden fiel.

Ria blinzelte. Sie sah in das Grau der Zelle, war kurz orientierungslos. Hatte jemand etwas gerufen?

»Runter von der Pritsche, habe ich gesagt! Das Liegen ist nur während der Nachtstunden gestattet.«

Ria stand auf. Oberhalb der Klappe gab es ein Guckloch

in der Tür. Etwas bewegte sich dahinter. Jemand gaffte sie an. »Sie haben mir die Uhr weggenommen«, sagte sie. »Draußen ist es dunkel.«

»Pass auf deinen Tonfall auf«, warnte der Wachposten. »Zehn Uhr gibt es ein Klingelsignal. Wir schalten zentral das Licht in allen Zellen aus. Dann ist es Nacht.«

In diesem Haus hatten sie ihn verhört und gefoltert, hier hatte er seine letzten Stunden verbracht.

Was, wenn die Stasi auch Jens mitgenommen hatte? Es gab Entführungen in den Osten, sogar von Morden hatte sie gehört. Womöglich lag er neben ihr in einer ähnlichen Zelle und wusste nicht aus noch ein.

Das Licht verlosch. Sie legte sich hin und lauschte auf die Schritte des Wärters. Als er fort war, klopfte sie leise an die Wand.

Es war still. Dann kam ein Klopfen zurück.

Sie klopfte eine Nachricht, so, wie sie es früher mit ihrer Schwester gemacht hatte: einmal für den Buchstaben A, zweimal für B, dreimal für C und so weiter.

WER BIST DU

Sie wartete. Wahrscheinlich hatte der andere die Codierung nicht verstanden. Hier konnten alle möglichen Leute einsitzen, die Staatssicherheit unterschied nicht nach Alter und Beruf. Wer sich gegen den Staat auflehnte oder sich sonst wie verdächtig machte, war ein gefährliches Subjekt und wurde einkassiert.

Da, es kam ein Klopfen zurück. Sie zählte. Zehnmal. Das war ein J. Jens! Jens war neben ihr in der Zelle, sie hatten ihn tatsächlich entführt, und das nur ihretwegen.

Es folgte ein O.

JOLAN

Plötzlich sprang das Türlicht ihrer Zelle an, von draußen klapperte jemand am Guckloch herum. Eine Stimme brüllte: »Sofort aufhören! Wenn ich noch einmal Klopfen höre, setzt es was!«

Dann schepperte es an der Nebenzelle, und Ria hörte Geschimpfe und dumpfe Befehle. Ein Weinen folgte. Es klang vertraut. Das war Jolanthe! Die hatten ihre Schwester hier eingesperrt.

Das Weinen entfernte sich, unter den Flüchen des Schließers. Offenbar verlegten sie Jolanthe in eine andere Zelle. Ria sprang auf. Sie schrie: »Lassen Sie meine Schwester in Ruhe!« Sie trat zur Tür, als könnte sie ihrer Schwester dadurch näher sein, und lauschte auf ihre leiser werdende Stimme.

Dann lag sie lange mit geballten Fäusten auf der Pritsche und starrte in die Dunkelheit. Wer musste noch alles um ihretwillen leiden? Joli hatte eine so schwache Konstitution, diese Verhöre und die kalte Zelle würden sie umbringen.

Wieder wurde das Türlicht eingeschaltet. »Die Hände auf die Decke, wo ich sie sehen kann!«

Sie knirschte mit den Zähnen, aber gehorchte. Nach Stunden wütenden Liegens nickte sie ein. Nur um Sekunden später, so schien es ihr, vom Licht geweckt zu werden. Ihr taten von der harten Pritsche alle Knochen weh. Sie fühlte sich, als hätte sie überhaupt nicht geschlafen.

Der Schlüsselbund schepperte, sie wurde abgeholt. »Raustreten. Gesicht zur Wand, Hände auf den Rücken.«

Sie gehorchte. Der Schließer ließ sie eine Weile so stehen. Er näherte sich von hinten ihrem Ohr und sagte: »Der Kollege hat beim Schichtwechsel gesagt, du bist aufmüpfig.« Er hatte eine feuchte Aussprache. »Du knickst ein wie alle, ich versprech's dir.«

Wir werden sehen, dachte sie. Du kennst mich nicht.

»Abmarsch!«

Sie gingen los. Wo ein weiterer Zellenflur auf ihren traf, leuchtete eine rote Signallampe. Der Posten befahl: »Stehen bleiben. Gesicht zur Wand.«

Was bedeuteten die Lampen? Sollten sie verhindern, dass sich einzelne Häftlinge auf dem Weg zum Verhör begegneten?

Da waren Schritte.

Ria rief: »Jolanthe?«

Ein Aufkeuchen. »Ria? Bitte hilf Henning.« Die Stimme ihrer Schwester war heiser, Jolanthe musste die ganze Nacht geheult haben.

»Hier herrscht Ruhe!«, befahl der Schließer.

»Ist gut, Joli«, sagte Ria rasch.

Der Schließer schlug ihr die Faust in die Nieren. Sie rang um Luft. Er wusste ganz offensichtlich, wo es besonders schmerzhaft war.

Aber über dem Schmerz verspürte Ria auch Genugtuung. Sie hatte ihnen eine wichtige Information entrungen. Sie verhören Jolanthe wegen Henning. In welcher Art von Schwierigkeiten steckte er? Waren Jens und sie gar nicht der Anlass für die Haft gewesen?

Es ging die Treppe hoch, die Eisenstufen vibrierten unter den schweren Tritten des Wachmanns, sie spürte es durch ihre dünnen Filzlatschen. Nur ein kleiner Schubser von ihm, und sie würde ausrutschen und sich das Schienbein blutig schlagen.

Der Schließer sagte: »Wenn du noch mal das Maul aufreißt während einer Überführung, schlage ich dir das Gesicht ans Geländer. Da fliegen dir sämtliche Zähne raus.«

Im Verhörzimmer roch es nach kaltem Zigarettenrauch.

Sie boten Rauchern eine Zigarette an, um sie zum Reden zu bringen.

Wieder die dünne Frau hinter dem Schreibtisch, die Schultern eckig. Sie sah Ria an, als gäbe es ein schwerwiegendes Problem zu lösen. Das Maushaar lag ihr flach auf dem Kopf. Die langen Finger ihrer Hand waren ihr widerwärtig. Als hätte sie Rias Blick bemerkt, verschränkte sie die Hände ineinander und legte sie auf der Tischplatte ab. Keine Schreibmaschine diesmal. Nur ein paar leere Blätter und ein Füllfederhalter.

5

Die Vernehmerin hatte einen bequemen Stuhl mit gepolsterter Lehne, sie nur einen Hocker aus Holz. Die Rangordnung war damit klargestellt.

Ria legte sich selbst den Daumen auf den Puls und versuchte, ihn zu beruhigen.

Die Verhörspezialistin schraubte die Kappe vom Füllfederhalter. »Sie befanden sich in Warna in Bulgarien. Was wollten Sie dort?«

»Ich habe Urlaub gemacht.«

»Schildern Sie bitte alles zusammenhängend.«

»Wollen Sie, dass ich das Meer beschreibe?«

»Wenn Sie damit anfangen möchten.«

»Hören Sie«, sagte Ria, »ich werde hier festgehalten, ein unschuldiger Mensch, den man aus seinem Urlaub weggeholt hat. Niemand erklärt mir was, ich habe von keiner Anklage erfahren und keinen Anwalt gesprochen.«

»Sie haben zu viele amerikanische Krimis gesehen.« Die Frau lächelte spöttisch. Heute trug sie ein Jackenkleid aus Präsent 20, einem Stoff aus Chemiefasern, den man zum 20. Republikgeburtstag der DDR kreiert hatte.

»Warum sollte ich ausgerechnet Ihnen meinen Urlaub beschreiben?«

Die Vernehmerin schraubte den Füller wieder zu und lehnte sich zurück. »Sie werden bald reden wie ein Wasserfall.«

»Ich habe gegen keine Gesetze verstoßen.«

Sie war in Westberlin gewesen und hatte sich vom BND schulen lassen. Sie hatte Dokumente des Ministeriums abfotografiert und sie ihrem Führungsoffizier zugespielt. Sie hatte ihm streng geheime Informationen aus einer Sitzung des Ministerrats übermittelt. Mit Sicherheit hatte sie gegen genug Gesetze der DDR verstoßen, um sich für eine Hinrichtung zu qualifizieren. Aber das wusste die Verhörspezialistin nicht, sonst säße sie nicht hier, sondern in einer Todeszelle, oder sie wäre schon nicht mehr am Leben.

»Sie haben eine Schwester, nicht wahr? Wie ist Ihr Verhältnis zu ihr?«

»Wenn Sie meiner Schwester auch nur ein Haar krümmen …« Die Spezialistin suchte nach ihren Schwachpunkten, wollte sie verletzen, zu einer Reaktion zwingen. Prompt war ihr das gelungen.

Die Frau nahm ein kleines Kännchen und goss Milch in ihren Kaffee. Dann rührte sie um, der Löffel klirrte in der Kaffeetasse. »Kommen Sie mal runter von Ihrem hohen Ross. Nehmen Sie zur Kenntnis, dass Sie sich in Untersuchungshaft befinden.«

Im Verhör nicht auftrumpfen, hatte Stefan Hähner ihr beigebracht. Nicht versuchen, überlegen oder geistreich zu sein. Nicht zulassen, dass eine Frage sie wütend machte. Der Rohheit nicht mit Rohheit begegnen. Das Verhör mit Stumpfsinn hinter sich bringen und währenddessen sämtliche Geheimnisse tief in sich verschließen.

War ihr die Gerissenheit abhandengekommen in den vergangenen Jahren? Sie spürte, dass ihr das Blut ins Gesicht schoss. Erröten war nicht willentlich steuerbar. Sofort hob die Vernehmerin interessiert den Blick. Ria wusste, wonach sie suchte. Wer log, war unter Stress, er musste sich darauf konzentrieren, bei seiner Unwahrheit zu bleiben. Eine Lüge strengte das Gehirn an, hatte Hähner ihr erklärt, es war eine körperliche Anstrengung, die den Lügner ins Schwitzen brachte, auch wenn er völlig still saß. Laut Hähner unterschätzte man das Gehirn. Es verbrauchte viele Kalorien.

Die Vernehmerin musterte sie. »Da ist ganz schön was los in Ihnen. Nach außen Stille und innen ein Vulkanausbruch.«

Ich *kann* ein Verhör absolvieren, ohne mich zu verraten, dachte Ria.

Falsch, erwiderte eine eiskalte Stimme in ihr. Du *musst* es, sonst bist du tot.

War ihre Ausbildung beim BND nicht allzu hastig gewesen, nur oberflächlich, weil jeder Aufenthalt in Westberlin die Gefahr in sich barg, dass sie aufflog? Was wusste sie denn schon Großartiges! Sie konnte codieren, verstand sich darauf, Dokumente abzufotografieren, und hatte ein wenig Übung im Lügen, das war alles.

Ria hatte das Gefühl, eine unaufhaltbare Flut schwemmte alles fort, ihr Leben, ihren Halt, ihre Persönlichkeit.

»Wie schätzen Sie die Ehe Ihrer Schwester ein?«

»Henning, also ihr Mann, wurde versetzt. Meine Schwester sieht ihn nur noch selten momentan. Aber die beiden lieben sich.«

Die Vernehmerin lachte freudlos auf. »Man merkt, Sie waren nie verheiratet.«

Ria sah nach den Händen der Frau. Auch sie trug keinen Ehering.

Jetzt beugte sie sich vor, als wollte sie Ria ins Gesicht springen. »Sie haben gewusst, dass Ihr Schwager die Republikflucht plant. Sie wollten parallel dazu aus Bulgarien in die Türkei fliehen, um sich im Westen mit ihm zu treffen.«

»Republikflucht? Ist er im Westen?«

»Ja, das würde Ihnen gefallen.« Sie lehnte sich wieder zurück und rührte in ihrem Kaffee. »Er ist bei uns. Henning Nowak liegt mit einem Leberdurchschuss im Krankenhaus.«

Er hatte versucht zu fliehen. Wieso das? Er war doch immer für die DDR eingetreten, hatte von der »klassenlosen Gesellschaft« gesprochen, »ohne Ausbeutung, ohne Unterdrückung, in der alle Menschen gleich sind«.

Hatte ihn der Dienst an der Grenze desillusioniert?

Die Vernehmerin lachte. »Ihnen kann man wirklich beim Denken zusehen.«

»Es tut mir leid für ihn«, stotterte sie.

»Weiß Ihre Schwester, dass Sie sie betrügen?«

»Ich habe kein Verhältnis mit Henning. Das würde ich meiner Schwester nie antun, und es hat mich auch nicht gereizt. Wenn Sie denken, ich hätte ihn lieber im Westen gesehen, täuschen Sie sich. Ich arbeite im Ministerium für Außenhandel, da sieht man Westverwandtschaft nicht gern. Ich will Reisekader werden! Dafür ist doch Grundbedingung, dass man niemanden im Westen hat. Im Übrigen bin ich Parteimitglied, und ich empfinde es als Unding, wie Sie hier mit mir umgehen.«

Das machten sie extra, die übergroßen Socken, der erniedrigende Hocker, sie machten einen zur Witzfigur, um das Selbstbewusstsein zu demontieren. Sie erniedrigten ihre Opfer, um es ihnen schwerer zu machen, sich im Verhör zu behaupten.

Ria dachte sich heraus aus dem alten Trainingsanzug, aus den Filzlatschen, dachte sich nach draußen in die Stadt. »Ich arbeite für den stellvertretenden Minister für Außenhandel, Dr. Alexander Schalck.«

Es klopfte. Ein Mann brachte auf einem kleinen Tablett eine Tasse dampfenden Kaffee und stellte sie vor Ria hin. Gleich verließ er den Raum wieder.

Sie sah zur Tasse. »Danke, aber ich möchte keinen Kaffee. Nicht von *Ihnen.*«

Die Frau schüttelte den Kopf. »Sie glauben, da ist was drin? Ein Wahrheitsserum? Andere Geheimdienste arbeiten so, die CIA, die haben solche Mittelchen, aber das haben wir nicht nötig.«

»Ich bleibe dabei. Nein danke.«

»Wie Sie wollen.« Sie schwieg. Dann sagte sie, beinahe tonlos: »Was hatten Sie in Warna mit Jens Fichtner zu schaffen?«

Ria war wie von einem Stromschlag getroffen.

Ein Lächeln spielte um die Mundwinkel der Vernehmerin.

Es musste die Staatssicherheit einige Mühe gekostet haben, seine Identität festzustellen. Vielleicht hatten sie ihm aufgelauert. Er musste die Lage vollkommen missverstanden haben. Sie war nicht zur Verabredung erschienen, und im Hotel hatten sie ihm mit Sicherheit gesagt, dass sie abgereist war. »Wir haben uns nur unterhalten.«

»Tun Sie doch nicht so, als wäre er zufällig da gewesen.«

»Was wollen Sie mir unterstellen? Dass ich mit dem Klassenfeind gemeinsame Sache mache? Ich habe Jens kennengelernt, als die Grenze noch offen war. Damals waren wir ein Paar. Wir haben uns über die Jahre aus den Augen verloren und in Warna wiedergetroffen. Da hätten Sie doch auch nicht so getan, als würden sie ihn nicht wiedererkennen.«

Die Frau nahm die Tasse hoch und trank einen Schluck.

Es war schwer, sie zu lesen. War sie verärgert über ihren flüssig vorgebrachten Einwand, über das rasch verflogene Entsetzen?

Das Telefon klingelte, die Frau nahm ab und schien zu lauschen. Dann sagte sie: »An der Kinder- und Jugendsportschule ›Werner Seelenbinder‹, bei den Turnerinnen, ja. Aber gehen Sie behutsam mit ihr um.«

Die redete über Annie! Ihre Tochter hatte nichts mit der Sache zu tun. Eigenartig, dass das Telefonat so passend kam wie in einer Dramaturgie, um dem Theater eine neue Richtung zu geben.

Die Frau legte auf.

»Glauben Sie, dass ich Ihnen das abnehme mit dem Telefonat?«

»Das sollten Sie.«

»Sie versuchen, mir zu drohen, Sie wollen sagen, dass ich Annie nicht wiedersehen werde und dass Sie ihr junges Leben ruinieren werden.«

Die Vernehmerin schraubte den Füller auf und schrieb schweigend. Dann drehte sie das Blatt zu Ria um, hielt ihr den Stift hin und sagte: »Unterschreiben Sie das Protokoll.«

»Nein.«

Die Frau stutzte, verharrte reglos. Dann zog sie den Stift zurück. »Das werden Sie bereuen.« Sie hob den Telefonhörer. »209 abholen.«

Oberleutnant der Staatssicherheit Marga Dierks kaufte auf dem Weg nach Hause ein. Dann kochte sie, obwohl es bereits sieben war, erst Eierstichsuppe und anschließend herzhafte Rinderrouladen mit Salzkartoffeln und Blumenkohl. Das Kochen half ihr dabei, nachzudenken.

Diese Ria Nachtmann, die sie heute im Verhör gehabt hatte, war ein ungewöhnlicher Fall, das war ihr bereits in den ersten Minuten klar geworden. Es fing mit dem Menschlichen an. Ria Nachtmann war zierlich, hübsch, intelligent, sie sprach mit leiser Stimme. Sicher hatten oft Männer um ihre Gunst geworben. Trotzdem war sie unverheiratet. Eine Erklärung für diesen Umstand hatte Marga bisher nicht gefunden.

Vor allem aber waren es ihre Bewegungen gewesen, die sie verwunderten. Eine beherrschte Aufmerksamkeit hatte in ihnen gelegen, die sie von den Menschen, die ihr im Verhörraum anvertraut wurden, sonst nicht kannte. Es hatte nur zwei Momente im Verhör gegeben, in denen Ria Nachtmann die Selbstbeherrschung verloren hatte: als sie ihr den Namen ihres Westkontakts genannt hatte und als sie das Telefonat bezüglich ihrer Tochter Annie fingierte. Aber selbst diese Augenblicke waren schnell verflogen. Noch bevor sich ein Keil in den Spalt fügen ließ, der sich in der Seele der Verhörten geöffnet hatte, hatte sie die Kontrolle zurückgewonnen und den Spalt wieder geschlossen.

Das wird noch eine ganze Weile gehen mit ihr, dachte Marga, und obwohl sie ausgedehnte Fälle verabscheute, machte ihr diese Vorstellung Freude. Ria Nachtmann würde sie nicht langweilen. Etwas sagte ihr, dass dieser Fall zu mehr als nur einer Kleinigkeit führen würde.

Die Arbeit konnte mitunter ermüden. Immer wieder galt es, dieselben Methoden anzuwenden, dieselbe Art von Gespräch zu führen – auch wenn die Verhörten andere waren, es waren Menschen, und wie Menschen funktionierten, wie sich ihr Widerstand brechen ließ, hatte sie inzwischen nun wirklich zur Genüge begriffen.

Aber Ria Nachtmann war anders. Sie aufzuknacken war eine Herausforderung.

Endlich ein interessanter Fall, dachte Marga.

Sie deckte den Tisch. Früher hatte sie oft Freunde eingeladen, die ihr Essen lobten und mit denen sie interessante Gespräche führen konnte, das vermisste sie. Aber sich mit Außenstehenden über ihren Beruf auszutauschen verbot sich, jedes Gespräch würde hier versanden müssen. Und der Beruf machte nun einmal den größten Teil ihres Lebens aus. Dadurch reduzierten sich die privaten Kontakte immer weiter, sie traf seit Jahren nur noch Kollegen. In ihrem Block wohnten ebenfalls nur Kollegen aus dem MfS, und Urlaub macht sie in Ferienobjekten des MfS an den Seen der Müritzer Seenplatte. Für Gespräche mit Außenstehenden fehlte es in ihrem Leben an Gelegenheit und Zeit.

Blieb ihre Mutter.

Am Dienstag war es wieder Zeit für einen Besuch.

Marga legte den Löffel ab. Sie sah auf den Stuhl gegenüber. Dann erhob sie sich wie von unsichtbaren Fäden gezogen, ging zum Schrank, nahm einen weiteren Teller heraus und stellte ihn vor den leeren Stuhl. Sie legte Besteck dazu, Löffel, Messer und Gabel, und faltete eine Serviette, die sie hübsch unter das Besteck legte.

Sie setzte sich. »Hallo Jacob«, sagte sie. »Schön, dass du mich mal wieder besuchst.«

Sie lauschte, als hätte er etwas gesagt.

»Lass es dir schmecken«, sagte sie und nahm wieder den Löffel auf. Sie aß die Eierstichsuppe, jetzt schmeckte sie gleich doppelt so gut. »Weißt du, Jacob«, sagte sie mit vollem Mund und musste lachen, weil es so ungehörig war, »entschuldige.« Sie schluckte herunter. »Weißt du, die Männer hier im Haus taugen alle nichts. Verlieben könnte ich mich in einen Kollegen nie. Ich mag eine weichere Art von Mann, einen, der liebevoll ist und künstlerisch, einen, der mich besänftigt. Und der klug ist. Na, an wen denke ich?« Sie lachte. »Bilde dir bloß nichts darauf ein! Du wirst mich schon noch fragen müssen.«

Sie deckte die Suppenteller ab, jetzt gab es die Rinderrouladen. Sie aß und plauderte, sie gestikulierte mit der Gabel und lachte über Jacobs Scherze. Dann stellte sie das Geschirr in die Spüle und brachte Jacob zur Tür. Sie fasste die Klinke an, als würde sie ihm die Tür öffnen, aber tat es nicht, das war ja Wahnsinn, wenn jemand sie erwischte.

Abrupt kehrte sie zur Küche zurück und ließ Spülwasser ein. Sie spritzte einen Tropfen Fit ins Wasser und schrubbte die Teller mit der Bürste, schrubbte sie, als hinge ihr Leben davon ab, auch Jacobs Teller wusch sie ab, gerade Jacobs Teller, obwohl er doch sauber war. »Reiß dich zusammen«, sagte sie halblaut. »Reiß dich zusammen, Marga!«

Dann saß sie eine halbe Stunde wie benommen auf dem Sofa. Sie ging zum Wohnzimmerschrank und entnahm ihm das längliche rote Kistchen, klappte es auf und strich mit dem Zeigefinger über den Vaterländischen Verdienstorden in Bronze.

Zuletzt war es in der DDR ordentlich vorangegangen. Die meisten hatten einen Kühlschrank, viele einen Fernseher oder ein Auto. Ihr Einsatz für dieses Land hatte sich gelohnt, und der Aufschwung würde noch weitergehen.

Sie las: *Durch ihre persönlichen Leistungen sowie ihr Auftreten und Verhalten als Tschekistin und sozialistische Leiterpersönlichkeit hat sie sich sowohl in ihrer Diensteinheit als auch darüber hinaus Anerkennung und Autorität erworben. Marga Dierks erhält ein jährliches Ehrengeld von 250 Mark.*

Natürlich hatten sie im Westen die besseren Zutaten: Rebhuhn, Lachs, Kaviar. Artischocken. Auberginen. Vor fünfzehn Jahren hatte sie zuletzt im Ganymed Austern gegessen. Und Jacob, wie herrlich der für sie gekocht hatte!

Ria war so eine Auster. Sie hielt ihre Schalen fest verschlossen. Austernschalen schlossen dicht, die Tiere konnten zwei Wochen außerhalb des Wassers leben, ohne auszutrocknen. Wie bekam man sie auf? Natürlich konnte man die Auster kochen, dann starb sie und öffnete sich. Aber man wollte sie lebend essen, so war sie eine Delikatesse, roh geschlürft, es wurde darauf geachtet, dass sie beim Öffnen noch lebte. Beträufelte man sie mit Zitrone oder berührte sie mit dem Messer, zog sich der Rand zurück. Dann war sie am Leben. Als frisch galt sie, wenn sie in der halbierten Schale zuckte.

Banausen brachen sie mit einem Schraubenzieher auf. Eleganter war es mit einem Austernmesser.

1. Das Austernmesser in das Scharnier stoßen.
2. Durch Drehen des Messers die Schalenhälften aufspreizen.
3. Mit dem Messer den Schließmuskel durchtrennen und die Schale aufspringen lassen.
4. Die obere Schale entfernen.
5. Das Messer unter das Fleisch führen und den unteren, zweiten Schließmuskel durchtrennen.

Es gab Varianten. Beim Öffnen von der Seite wurde das Austernmesser langsam in die rechte Seite der Auster gebohrt, bis es ins Fleisch eingedrungen war. Danach wurde der Schließmuskel getrennt und das Scharnier gebrochen.

Früher hatte man die Auster noch eine halbe Stunde in

der Schale liegen gelassen, um ihr Blut aufzufangen. Durch die Verletzung des unteren Schließmuskels trat eine milchige Flüssigkeit aus, mit der sich die Schale füllte, das kostbare »Austernwasser«. Es wurde gesammelt und getrunken. Aber das war aus der Mode geraten.

Rias Schalen waren noch fest verschlossen. Noch. Marga dachte: Mein Austernmesser ist scharf. An den Westkontakt war zwar nicht heranzukommen. An ihre Tochter Annie allerdings mit Leichtigkeit.

6

Annies Hände glühten, sie fühlten sich an, als wären sie auf die doppelte Größe angewachsen. Sie hatte das Magnesium noch nicht abgewaschen, es haftete als weißer Staub an ihren Fingern. Sie löste die Riemchen. Mehrere Blasen waren während des Trainings aufgegangen und bluteten.

Unglaublich, dass die Rumänen ganz ohne Riemchen am Stufenbarren turnten. Ihr war einmal bei einem Wettkampf das Riemchen gerissen und sie hatte ein neues, nicht eingeturntes verwenden müssen, schon das war eine Höllenqual gewesen. Seitdem nahm sie zu jedem Wettkampf zwei Paar eingeturnte Riemchen mit.

Sie sah nach den Kameradinnen rechts und links, die mit ihr in der Reihe standen. Auch deren Hände bluteten. Gesine hielt sich den Rücken. Jetzt, wo Annie es sah, bemerkte sie erst, dass auch ihr der Rücken wehtat. Verrückt, wie sich Schmerzen wegdrücken ließen.

Im Kopf war sie noch beim Kippaufschwung in den Handstand, »du stehst im Hohlkreuz«, hatte der Trainer gebrüllt, ihre Mittelkörperspannung war immer noch nicht gut. Am Ende war sie gar nicht mehr jedes Mal in den Handstand gekommen vor Erschöpfung.

Herr Selle, der Trainer, hielt sonst keine so langen Reden. Heute aber stand er da und erging sich über die Bringschuld an die Menschen, die in der Nazidiktatur ihr Leben hatten geben müssen ... Die Soldaten, die gerade die Außengrenzen der DDR bewachten, damit sie hier in Ruhe lernen und trainieren konnten ...

Annie strich ihr Haar zurück. Der Blick des Trainers verharrte bei ihr, er verhaspelte sich. Die Olympischen Sommerspiele in München ... ignorante BRD-Politiker gezwungen, die Existenz der Deutschen Demokratischen Republik zur Kenntnis zu nehmen ... Sechsundsechzig Medaillen an die DDR, darunter zwanzig Goldmedaillen! ... in der Nationenwertung nach der Sowjetunion und den USA den dritten Platz belegt ... Die größte Freude, dass man die BRD auf Platz vier verwiesen habe ...

Er vermied es jetzt, Annie anzusehen. Die Wirkung ihres Äußeren war ihr unheimlich. Sie war sechzehn, er mindestens hundert! Nachher würde sie mit den anderen darüber lachen.

Der Trainer kündigte an, eine Auswahl im Sommer in ein Lager nach Rerik an der Ostsee fahren zu lassen, zur Vorbereitung für die Eröffnungsveranstaltung der Weltfestspiele der Jugend.

Die Direktorin stand neben ihm, in Wahrheit richtete sich seine Rede an sie, auch wenn er dabei in die Turnhalle zu den Schülerinnen blickte.

Ein Name fehlte noch, mit ihm würde die Rede enden. Da, er bereitete es vor, er nahm Anlauf.

»Nicht zuletzt verdanken wir den Durchmarsch in München unserer wunderbaren zweifachen Olympiasiegerin, unserer Weltmeisterin Karin Janz!«

Die Direktorin applaudierte, obwohl Karin gar nicht in der Halle war. Annie und die anderen Schülerinnen applaudierten ebenfalls, aber sie schlugen nicht wirklich die Handflächen aneinander, sie täuschten die Bewegung nur vor. Das Training hatte den Händen heute genug abverlangt.

Endlich durften sie sich umziehen gehen. Nach dem Duschen verabschiedete sich Annie von den Kameradinnen.

Draußen wehte ein milder Frühlingswind, er kühlte ihre nassen Haare. Das Schöne war, dass es jetzt nicht mehr dunkel war, wenn sie nach dem Training nach Hause fuhr. War das Michael dort vorn? Sie beschleunigte ihre Schritte, um ihn einzuholen. Als sie ihn erreichte, grüßte sie beiläufig und lief neben ihm.

Michael trug Schlaghosen. Beim Gehen sah er auf den Boden. Er machte lange Schritte, er gehörte zu den Leichtathleten, die im anderen Schulgebäude unterrichtet wurden. Michael fragte leise, was sie von der Verschmutzung der Flüsse halte.

Er erwartete, dass sie zu allem eine Meinung hatte, als Nächstes würde er sie zu Kuba fragen und zu Farbstoffen im Essen. Wann fand er bloß die Zeit, all die Bücher und Zeitungsartikel zu lesen? »Finde ich natürlich blöd«, sagte sie.

Er fing an, ihr Dinge zu erklären, über die Konsumgesellschaft und den Überlebenskampf im Westen. Unvermittelt fragte er: »Geben sie dir schon die ›Blauen‹?«

»Seit meinem Geburtstag.«

»Glaubst du, dass das Vitamintabletten sind?«

»Die schmecken widerlich bitter. Das müssen Vitamine sein.«

»Man gibt uns Sportlern bevorzugt Obst und Gemüse, sogar Orangen, an die sonst kaum einer rankommt. Wozu dann noch Vitamintabletten?«

»Das musst du die Sportärzte fragen. Die werden sich schon was dabei denken.«

»Du solltest das nicht nehmen«, sagte Michael leise. »Bei uns in der Leichtathletik müssen sich die Sportlerinnen inzwischen die Beine rasieren, weil sie so stark behaart sind. Und ihre Stimmen sind so tief geworden wie die von Jungs.«

»Du meinst, mein Trainer lügt mich an?«

Er schwieg.

»Uns Turnerinnen geben sie so etwas bestimmt nicht. Wir müssen doch klein und leicht bleiben.«

»Guck dir die blauen Pillen genauer an. Die haben keine Drageehülle, richtig? Und du kriegst noch andere, bestimmt auch welche, die dich klein bleiben lassen.«

Selbst wenn es so wäre – könnte sie auf die Mittel verzichten? Gerade erst war sie in die Kaderstufe II aufgerückt. Wenn die anderen so etwas nahmen, brauchte sie es auch, um mitzuhalten. »Du weißt, dass ich keine Wahl habe. Du nimmst das Zeug doch selber, oder nicht? Klar, du bist ein Junge, dir schadet es nicht, tiefe Stimme und Bart, das wollt ihr ja gerade.«

Sie gingen in Richtung der Tramhaltestelle am Weißenseer Weg, wie schon so oft. Michael war ihr heute fremd, er erschien ihr gefährlich. Sie passierten Turnhallen, Schwimmhallen und Internatsgebäude. Hier arbeiten so viele Trainer, Funktionäre, Sportärzte und technische Kräfte. Würde das nicht auffallen, wenn sie ihnen verbotene Mittel gaben, würde nicht irgendwer es ausplaudern?

Michael hob den Kopf. Auch seine kurzen Locken waren nass vom Duschen. Er sah sie an aus seinen dunklen, fast schwarzen Augen. Dann zog er eine Schachtel heraus, eine Pappschachtel für Kaminstreichhölzer, und schob sie auf. Sie war zur Hälfte gefüllt mit blauen Pillen. »Ich habe aufgehört. Ich tue nur noch so, als würde ich das schlucken.«

»Bist du verrückt? Das merken die doch.«

Er verstaute die Schachtel wieder.

Warum hob er die Pillen auf? »Musst du nicht jede Woche zum Sportarzt?«, fragte sie. Dem Sportarzt fiel bei ihr alles auf, jedes größere Frühstück zeigte sich auf der Waage. Sie hatte panische Angst davor, zuzunehmen. Und Trainer Selle tat alles, um diese Angst zu schüren. Gab es einmal drei Tage frei, dann begrüßte er sie und die anderen Turnerinnen bei der Rückkehr mit Beleidigungen. »Seid ihr fett geworden! Na, das werde ich euch schon wieder austreiben ...« In der dritten Klasse hatte sie nicht mehr als dreiundzwanzigeinhalb Kilo wiegen dürfen und war regelmäßig darüber gelandet. Sie hatte zur Strafe beim Lauftraining zwei Schwitzjacken tragen müssen, vor Hitze und Scham war sie beinahe umgekommen. Dabei war sie auch damals schon zierlich gewesen, hatte nur aus Haut und Muskeln und Knochen bestanden.

Inzwischen verachtete sie die normalen Menschen, die Süßigkeiten aßen. Nur manchmal, alle paar Monate, kam dieses plötzliche Verlangen nach einer Kugel Eis in ihr hoch, einer einzigen Kugel Vanilleeis, oder nach einem Stück Bienenstich.

Wenn Arzt und Trainer entschieden, dass sie unterstützende Medikamente brauchte, wer war sie, daran zu zweifeln?

In der Straßenbahn sagte Michael: »Du sollst klein sein, und ich soll groß sein. Sie wollen uns verbiegen. Uns zurechtstutzen. Aber ich will ich selbst sein.«

»Willst du hinschmeißen?«

»Im Gegenteil. Ich will die Bedingungen verändern. Wir wollen sauber gewinnen! Es muss auch so gehen.« Sie schwiegen den Rest der Fahrt. Als sie sich seiner Haltestelle näherten, sagte Michael: »Ciao.«

Sie sagte ebenfalls »Ciao«, auch wenn ihr das neue Wort noch ungewohnt war. Michael redete nicht wie die anderen. Neue Gedanken gingen ihm genauso wie neue Worte leicht über die Lippen. Aber *sie* würde jetzt lange daran herumknabbern. Hinterging sie Trainer Selle? Würde sie eine tiefe Stimme bekommen, und war es das wert, wenn sie dafür irgendwann zu den weltbesten Turnerinnen gehören konnte? Vielleicht mogelten ja alle, und sie hatte gar keine Chance ohne das Arzneimittel.

Eine dünne grauhaarige Frau stieg mit ihr aus, als ihre Haltestelle kam, sie war ungünstig gekleidet, das Jackenkleid war etwas altmodisch, aber sicher stammte es aus dem Exquisit-Laden. War die Frau nicht schon am Weißenseer Weg mit ihnen eingestiegen? Sie kam auf Annie zu. »Als ich in deinem Alter war, habe ich auch geliebt.« Die Lebendigkeit ihrer Augen verwunderte Annie. Man sah, dass sich hinter diesen Augen ein wacher Geist verbarg. Vielleicht war sie gar nicht vom Alter grau geworden, sondern schon immer grauhaarig gewesen. Es waren junge graue Haare.

»Er ist nur ein Freund. Wir kennen uns von der Schule.«

Die Frau lächelte wissend.

»Wir sind kein Paar!«

»Der Mann hieß Jacob. Ein Kommunist. Und ein Künstler. Ich habe nie wieder so geliebt.«

Die Offenheit der Frau verblüffte sie. Es rührte etwas in ihr an. Annie hatte nie zu großer Vertrautheit gefunden, weder mit ihrer Stiefmutter noch mit ihrer Mutter Ria. Irgendetwas musste mit diesem Jacob geschehen sein. »Wie gesagt, wir kennen uns nur aus der Schule.«

»Aber er gefällt dir.«

Diese Frau nahm sie ernst, sie hielt sie nicht für zu jung, um echte Liebe zu empfinden. »Ich weiß nicht. Muss jetzt nach Hause.«

Die Frau sagte: »Die Tore der Welt brauche ich dir nicht zu öffnen. Du bist gut, du wirst zu Wettkämpfen ins Ausland fahren. Aber ich kann dir helfen, mehr über deinen Vater herauszufinden. Deinen leiblichen Vater.«

Wer war diese Frau? Die Tore der Welt öffnen? Woher wusste sie überhaupt, dass Annie an der Kinder- und Jugendsportschule war? Und dass ihr Vater nicht der leibliche Vater war? Annie war wie vor den Kopf gestoßen. »Was?«

Die Frau nahm ihre Schulter. »Komm, gehen wir ein Stück.«

Natürlich wollte sie ins Ausland, und sie fragte sich schon, seit sie von ihrer Adoption erfahren hatte, wer ihr richtiger Vater war. Ria war da keine Hilfe, sie bügelte das Thema jedes Mal ab. Aber das Angebot der Frau war vergiftet. Allmählich ahnte sie, von welchem Klub sie war. »Ich spioniere meine Klassenkameradinnen nicht aus.«

Die Frau lachte. Es war ein sympathisches Lachen, hell und leicht. »Du bist schlau, Mädchen. Aber merk dir eins: Bei mir musst du nie etwas tun, was du nicht willst. Du sollst auch keinen Unsinn nachbeten. Ich habe mir immer meinen eigenen Kopf erlaubt. Honecker zum Beispiel ist schlimm mit seinem Personenkult und seiner Überheblichkeit. Aber die Sozialmaßnahmen und die Stärkung der Wirtschaft, das ist bestens.«

Annie schluckte.

Du meine Güte! Das wagte sie, offen auf der Straße auszusprechen?

»Ich glaube, du hast ein falsches Bild von der Staatssicherheit. Es ist nicht nur unser Anliegen, Feinde zu entlarven. Wir erforschen auch die Ansichten der Menschen und helfen dabei, Fehler und Missstände zu beseitigen, die sonst zu Unzufriedenheit führen würden. Durch uns geht es dem Land besser. Du brauchst niemanden ›auszuspionieren‹, wie du es nennst. Leite einfach berechtigte Klagen an mich weiter. Das würde mir sehr helfen.«

Annie versprach, es sich zu überlegen.

»Und sage niemandem etwas davon, dass wir uns unterhalten haben. Verschwiegenheit macht dich frei, weil du Dinge melden kannst ohne Rücksicht auf persönliche Verbindungen, auch Kritik an deinen Lehrern und Trainern. Niemand wird wissen, dass es von dir kommt.«

Laut der Hausordnung, die man ihr zu lesen gegeben hatte, hieß ihre Zelle »Verwahrraum«. Sie wurde darin verwahrt wie ein seelenloser Gegenstand. Nicht einmal die Leuchtstoffröhre an der Decke durfte sie selbst an- und ausschalten. Ihr gesamtes Leben wurde von draußen gesteuert: die Nahrungsaufnahme, Wachen und Schlafen, Sprechen und Schweigen.

Durch die Glasziegel an der Fensterseite hörte sie die Stadt, das Autohupen oder entfernte Musik. Draußen ging das Leben weiter. Sie gehörte nicht länger dazu.

Links neben der Tür, neben dem Klosett mit Wasserspülung, tropfte der Wasserhahn. Sein Tropfen war zeitlos, es nahm nicht ab und nahm nicht zu. Der Tag verging nicht. Das war ihre Streckbank: die Zeit.

Dabei war sie nicht einmal verurteilt. Man hätte sie von Gesetzes wegen wie eine Unschuldige behandeln müssen.

Sie wartete angespannt, wie vor einem Zahnarztbesuch. Warum ließ die Vernehmerin sie nicht holen? Die Vernehmerin wusste, dass das Warten sie zermürben würde, das Warten und das Gefühl, fremder Willkür ausgeliefert zu sein. Immer wieder sah sie vor sich, wie sie Annie einschüchterten, wie sie ihr Lügen über ihre Mutter erzählten. Die waren doch nicht untätig, während sie hier wartete.

Und Jolanthe, wie musste es ihr erst gehen. Die Kinder waren siebzehn, sie besuchten noch die Schule und brauchten doch ihre Mutter. Jolanthe würde sich sorgen um sie. Und um Henning.

Jens war noch in Sicherheit, hoffte sie. An einem Journalisten aus dem Westen konnten sie sich doch nicht vergreifen. Oder gingen sie gerade deshalb hart mit ihm um, weil er Journalist war und sicher nicht immer freundlich über die DDR geschrieben hatte?

Sie ging eine Weile auf und ab, dann setzte sie sich auf den kleinen Hocker und sah auf die Glasbausteine an der Wand. Wie gern redeten die DDR-Funktionäre von sozialer Sicherheit und der Geborgenheit der Familien. Die DDR gab Riesensummen aus, um niedrige Mieten und günstige Verkehrstarife zu gewährleisten, sie subventionierte Brot, es gab eine kostenfreie Krankenversorgung.

Immer wieder betonten die Funktionäre, dass im Westen menschliche Wärme und Geborgenheit fehlten. Die kapitalistische Industriegesellschaft war kalt und technokratisch, daran ließen sie keinen Zweifel.

Ihr aber hatten sie die Familie zerstört. Hatten den Vater ermordet. Ihre Kindheit ausgelöscht. Jahrelang hatten sie jeden Kontakt zwischen Jolanthe und ihr verhindert.

Wie hatte ausgerechnet sie die größte Sünde begehen

können, die eine Mutter begehen konnte? Sie hatte ihr Kind fortgegeben.

Eine andere Frau hatte Annie durch Röteln, Keuchhusten, Windpocken und Mumps gebracht, hatte jede Mittelohrentzündung und jede Bronchitis durchgestanden mit ihr. Aber Annie war in Rias Bauch entstanden.

Sie und nicht die andere Frau hatte Annies feine Tritte im Bauch gespürt. Tag um Tag, Woche um Woche hatte Annie, während sie in ihr heranwuchs, ihren Herzschlag gehört, und Ria hatte Annie unter Schmerzen geboren.

Das verband sie auf ewig mit ihr.

Das Licht in der Zelle erlosch. Die Neonröhre glomm noch etwas in der Dunkelheit.

Ria legte sich hin. Sie drehte sich mit dem Gesicht zur Wand, der Wächter musste nicht sehen, dass sie weinte.

Die Klappe in der Tür krachte auf. »Halten Sie sich an die Verwahrraumordnung!« Ria seufzte. Sie drehte sich auf den Rücken und starrte zur Decke. Ihr Gesicht musste immer sichtbar sein, ihre Hände auch. Sie sollte schlafen wie eine Tote, auf dem Rücken, die Hände an der Seite. Überhaupt wollten sie wohl am liebsten, dass sie tot wäre.

Als sie am Morgen abgeholt wurde, begriff sie die Stahlnetze im Treppenhaus: Sie sollten Suizidversuche verhindern.

Der Wachmann schlug seinen Schlüssel gegen das Geländer der Treppe, um andere Wachleute zu warnen, die womöglich ebenfalls mit Gefangenen unterwegs waren, es sollten keine ungewollten Begegnungen passieren. Am ersten Tag, als sie Jolanthe getroffen hatte, hatte der Schließer da auch den Schlüssel gegen das Geländer geschlagen? Sie konnte sich nicht daran erinnern. Hatte man gewollt, dass sie sich begegneten?

Sie tauchten aus dem Keller zwei Stockwerke nach oben in das Licht. Im vertrauten Flur mit den Büros hatten die Türen Klinken. Während ihr Zellentrakt nach Kellergewölbe roch, glich der Bürotrakt mit seinem roten Teppich einem Hotel.

Die Türen trugen keine Namensschildchen von Angestellten, sondern jede nur eine dreistellige Zahl. Der Schließer öffnete eine der schalldichten Doppeltüren und wechselte kurze Worte mit der Vernehmerin. Dann durfte sie eintreten.

»Ist was?«, blaffte die Vernehmerin.

Ria verneinte.

»Was gibt es dann zu glotzen?«

Jetzt fielen also die Masken. Sie wollte sie ihre Macht spüren lassen.

»Hinsetzen!«

Sie nahm Platz. Man beißt und wird gebissen, dachte Ria, so ist das. Früher habe ich ihnen wehgetan, jetzt haben sie mich in den Zähnen.

Die Vernehmerin bohrte, stach zu, rührte grausam in ihren Antworten, ließ sie alles wiederholen, noch mal und noch mal, beleidigte sie. Es ging um Henning, dann um Jolanthe, dann um Jens, dann um sie.

Mühsam hielt sie ihren Boden.

Der Füllfederhalter der Vernehmerin kratzte über das Papier.

Ria lenkte sich ab, indem sie an Henning dachte. Sie bewunderte ihn. Was war ihm eingefallen? Woher hatte er das?

Dann fiel Annies Name. Er pulsierte in ihr wie eine offene Wunde.

»Ihre Tochter tut wirklich alles. Haben Sie sich Ihre Hände angesehen? Sie bluten jeden Tag nach dem Training.

Sie hätte das Zeug dazu, eines Tages Europameisterin zu werden, an den Olympischen Spielen teilzunehmen. Das haben Sie ihr jetzt verdorben. Ein Mädchen mit politisch unzuverlässiger Mutter können wir nicht ins westliche Ausland reisen lassen.«

Die Frau hatte Annies Hände gesehen. Sie musste mit ihr gesprochen haben. Ria wäre ihr am liebsten an die Kehle gegangen. »Wieso bin ich plötzlich politisch unzuverlässig? Fragen Sie doch die SED-Kreisleitung Außenhandel, man wird Ihnen bestätigen, dass ich höchstens konstruktive Kritik –«

»Glauben Sie«, fuhr die Vernehmerin ihr dazwischen, »ich habe meine Hausaufgaben nicht gemacht?« Sie öffnete eine graugrüne Mappe, entnahm ihr einige Blätter und beugte sich darüber. »Allein im vergangenen Jahr! Am 16.8. haben Sie behauptet, Musik sei international, die schade doch nicht. Sie haben Ihre Kollegen sogar dazu ermuntert, Westsender zu hören. Am 7.11. haben Sie von Fehlern der Parteiführung gesprochen.« Sie sah hoch. »Das kann nur eines heißen: Sie wollen offensichtlich den Kapitalismus wiedereinführen. Dann wundern Sie sich bitte nicht, wenn Sie die geballte Faust der siegreichen Arbeiterklasse zu spüren bekommen.«

Von jedem anderen aus dem Büro hätte man ähnliche Aussagen hervorziehen können, einschließlich Dr. Schalck. Viele bei ihnen waren Angehörige der Staatssicherheit, das wusste man auch. Und trotzdem herrschte in der Kommerziellen Koordinierung eine offene Atmosphäre. »Das ist doch aus dem Zusammenhang gerissen«, sagte sie lahm.

Diese Sache mit Annie brachte sie aus dem Gleichgewicht. Das war nicht gut. Die Vernehmerin war psychologisch geschult, es gab dafür sicher Kurse an der Hochschule der Staatssicherheit in Potsdam, und sie hatte es geschafft, ihren wunden Punkt zu finden. Wenn sie sich nicht zügig sammelte, würde sich die Vernehmerin über diesen Punkt Zugang in ihre Blutbahn verschaffen, sie würde ihren Körper bis in die feinsten Verästelungen der Kapillaren erforschen, bis sie das tödliche Geheimnis gefunden hatte, dass ihr tatsächlich eine Staatsfeindin gegenübersaß.

Das Telefon klingelte, und die Vernehmerin hob den Hörer ab. Ria beobachtete sie. Die Frau schien sich kurz vor dem Klingeln etwas nach rechts zu neigen, dort, an der rechten Schreibtischseite, musste sich der Auslöser befinden. Sie konnte das Telefon jederzeit läuten lassen, da war Ria sicher. Das Gespräch war kryptisch, es klang, als spreche sie mit jemandem vom Außenhandelsministerium und behaupte, Ria käme wegen Fluchtversuchs vor Gericht.

Als die Vernehmerin aufgelegt hatte, saßen sie beide stumm da und starrten sich an. Schließlich sagte die Vernehmerin: »Sie sind nicht koscher. Sie haben Ihr Kind weggegeben. Sie würden doch Ihre Mutter verkaufen, wenn Ihnen das Vorteile bringen würde. Warum dann nicht Ihr Land?«

Meine Mutter habt *ihr* auf dem Gewissen, dachte sie. Und meinen Vater. »Ich liebe mein Land.«

»Warum?«

»Es ist mein Zuhause. Und auch politisch, ich meine ... wir haben den Klassengegensatz abgeschafft.«

Die Vernehmerin wühlte in ihren Blättern. »Hier steht, dass Ihre Eltern inhaftiert wurden, als sie zehn Jahre alt waren. Sie sind nicht wütend darüber? Sie wollten gar nicht weg, Sie haben Jens Fichtner getroffen, um ihm Informationen zu übergeben. Rachedurst ist ein starkes Motiv.«

Sie umkreiste Ria, und sie hatte einen guten Riecher, auch wenn sie diesmal falschlag, es schien unausweichlich, dass sie irgendwann die richtige Fährte aufnahm.

Ria stand auf. Ihr klebte die Hose am Po, so sehr hatte sie geschwitzt. »Jetzt ist es genug. Tag für Tag arbeite ich in der Kommerziellen Koordinierung dafür, dass mein Land Devisen erlangt, damit Maschinen gekauft werden können und damit, verdammt noch mal, Ihre Agenten der Staatssicherheit im Westen in westlicher Währung bezahlt werden können. Ich muss mir von Ihnen nicht anhören, dass Sie mich für eine Feindin halten. Ich will auf der Stelle meinen Chef sprechen, Dr. Schalck.«

Die Vernehmerin sagte leise: »Kundschafter des Friedens, wenn schon. Nicht Agenten.« Dann schlug sie mit der flachen Hand auf die Tischplatte. »Sie setzen sich! Sofort! Ich bin hier das Untersuchungsorgan. Ich sitze hier nicht als irgendein Diskussionspartner, sondern als Angehörige des Ministeriums für Staatssicherheit. Sie haben Antworten zu geben!«

»Ich bin ebenfalls Angehörige eines Ministeriums«, erwiderte Ria, »nämlich des Ministeriums für Außenhandel der DDR. Und weder habe ich von Hennings Fluchtversuch gewusst, noch habe ich damit etwas zu tun oder mit irgendeinem der üblen Dinge, die Sie mir hier vorwerfen. Und die Begegnung mit Jens Fichtner war vollkommen harmlos, eine bedeutungslose Episode, die Sie hier bloß aufzubauschen versuchen. Bevor ich nicht mit Dr. Schalck gesprochen habe, werde ich kein weiteres Wort mehr sagen.«

Die Vernehmerin hob den Telefonhörer. »209 abholen.«

7

Die Jungs posierten vor der Schule mit ihren Schwalben. Einer, Thomas, hatte sogar eine MZ. »Willst du mal?«, fragte er, als Annie vorüberging, und stieg vom Sattel.

Sie ignorierte ihn.

»Hast wohl Schiss«, sagte er, und die anderen Jungs lachten.

Sie blieb stehen. Mit reglosem Gesicht machte sie kehrt und stieg auf sein Motorrad. Unsicher umfasste sie die Griffe, sie lagen weit vorn, sie war zu klein, sie musste sich im Sitz vorbeugen.

Er erklärte ihr Gasgriff und Kupplung, zeigte ihr den Hebel für die Fußschaltung. Dann setzte er sich vor sie und sagte, sie solle mal gut aufpassen. Er trat den Anlasser. Nach zwei Versuchen tuckerte der Motor an. Er ließ ihn aufheulen. Plötzlich fuhr er los, in einem wilden Satz, und stoppte abrupt nach ein paar Metern.

Die Jungs lachten über Annies erschrockenes Gesicht und darüber, wie sie sich an dem Jungen festgeklammert hatte. Da sah sie Michael, der gerade aus der Schule kam. Er musste alles mitbekommen haben. Sie stieg ab und ging ihm nach.

»Das war nichts«, sagte sie, als sie ihn erreichte. »Das hatte nichts zu bedeuten.«

Er nickte.

»Blöde Angeber.«

Sie gingen schweigend. Warum sprach er nicht? Vorsichtig sah sie zu ihm hinüber. Sein Gesicht schien gerötet zu sein. War er so wütend auf sie?

Sie spürte seine Hand, die ihre umschloss. Jetzt jagte ihr der Puls, noch ärger als auf dem Motorrad. Sie wagte nicht länger, zu ihm zu sehen. Hand in Hand gingen sie zur Straßenbahn. Michaels Hand war groß wie eine Holzfällerhand und warm.

Sie näherten sich der Haltestelle. Annie ahnte, dass er dort loslassen würde. Nur noch wenige Meter. Wenn sie es wagen wollte, dann jetzt. Gleich waren sie da. Sie schluckte, und sie tat es: Sie strich ihm sanft mit dem Daumen über den Handrücken. Dass sie so aufgeregt war dabei!

An der Haltstelle stand Gesine. Obwohl Michael jetzt losließ und sich ihre Hände lösten, hatte Gesine es noch gesehen. Sie machte große Augen, und ein verblüfftes Lächeln huschte über ihr Gesicht. Annie lächelte zurück.

Ria ging in der Zelle auf und ab, gestikulierte, ballte die Hände zu Fäusten. Sie prüfte jede ihrer Erwiderungen auf Schwachstellen und versuchte zu ergründen, was die Gegenseite geschlussfolgert haben könnte.

Schritte näherten sich und das quietschende Rad eines Rollwagens. Die Klappe an der Tür wurde geöffnet. Man reichte ihre Anziehsachen herein. Sie sollte sich umkleiden. Das konnte eine Finte sein, ein weiterer Trick, um sie zu zermürben. Sie glaubte nichts. Aber ihr Stoffkleid, das sie beim Verlassen des Hotels in Warna getragen hatte, gab ihr das Gefühl, an die normale Welt anknüpfen zu können. Und wenn es eine Finte war, dennoch, sie zog es an, es tat ihr gut.

Die Tür wurde aufgeschlossen, und man führte sie aus dem Gebäude. Sie hatte in einen Wartburg zu steigen. Man chauffierte sie in die Frankfurter Allee, bog zum Bersarinplatz ab und hielt im Weidenweg hinter dem *Kosmos*. Der Fahrer, sicher ein Offizier der Staatssicherheit, holte ihr Urlaubsgepäck aus dem Kofferraum, stellte es an den Straßenrand und sagte: »Ich rate Ihnen, Stillschweigen zu bewahren.« Dann ließ er sie stehen, stieg in den weiß lackierten Wartburg und fuhr davon.

Sie war entlassen. Es gab keine Entschuldigung, keine Erklärung. Aus Sicht der Staatssicherheit sollte sie wohl dankbar sein, dass sie so glimpflich davongekommen war, und sich gefälligst in der Zukunft weniger verdächtig verhalten. Oder war die Entlassung nur vorläufig?

Sie lief mit dem Koffer am *Kosmos* entlang zur Karl-Marx-Allee. Das *Kosmos* warb für einen italienischen Film, er sollte am 18. Mai in die Kinosäle kommen. Als Titel stand in großen Lettern auf der Werbetafel: *Die Untersuchung ist abgeschlossen. Vergessen Sie alles.* Der Mann auf dem Plakat wirkte todernst. Sie war müde, und sie fror. Der Wind rollte einen zerknickten Bierbecher neben einem städtischen Mülleimer hin und her.

Sie schleppte den Koffer und die Tasche in Richtung der Zwillingstürme des Frankfurter Tors. Aus einem Fenster des Plattenbaus drangen Musik und Gelächter, dort feierten junge Leute, sie stießen mit den Flaschen an, man hörte es klicken.

Die Straßenbahn der Linie 13 bog ein. Eberswalder Straße, ihre Linie. Ein Fußgänger wich gelangweilt aus, der Tramfahrer ließ die Klingel schrillen als erzieherische Maßnahme.

Boxhagener Straße, der vertraute Weg zur Nr. 25. Aber es war nicht dieselbe Welt. Hinter ihrer brüchigen Fassade verbarg sich das Untersuchungsgefängnis der Staatssicherheit.

Ein Trabi fuhr mit blechern keuchendem Motor vorüber.

Als sie vor dem Haus den Koffer abstellte und in der Tasche nach dem Schlüssel grub, sah sie sich um. Wurde sie beobachtet? Der Barkas dort am Straßenrand? Oder der zerbeulte Wolga, der gerade vorüberfuhr?

Sie schloss die Haustür auf und betrat den Flur. Ihr Briefkasten quoll über. Hatte sie das *Neue Deutschland* nicht abbestellt für den Urlaub? Sie holte die Post heraus. Die Zeitungen verströmten den Geruch von feuchtem Papier und Druckerschwärze. Da, ein Brief von Jolanthe zwischen den Zeitungen. War er von der Stasi geöffnet worden? Sie drehte ihn in den Händen. Er schien unversehrt zu sein.

Sie klemmte sich die Zeitungen und den Brief unter den Arm und schleppte das Gepäck die Treppe hinauf. Oben besah sie sorgfältig die Tür. Möglicherweise waren sie bei ihr eingestiegen. Es konnten Wanzen platziert worden sein.

Nach dem Öffnen machte sie einen großen Schritt. Sie stellte Koffer und Tasche ab, drehte sich um, legte sich auf den Fußboden und besah die feine, fast unsichtbare Schicht aus Mehlstaub, die sie vor ihrem Aufbruch auf den Boden gestreut hatte. Nur aus dieser Perspektive war sie überhaupt zu sehen. Sie wies keine Fußspuren auf.

Trotzdem ging sie von Zimmer zu Zimmer, betastete die Fußbodenleisten, sah nach Veränderungen. Dann machte sie sich in der Küche einen Tee. Ihre Hände zitterten. War Jolanthe auch freigelassen worden?

Sie goss den Tee ein, ließ ihn stehen und ging zum Telefon im Flur. Sie wählte Jolanthes Nummer. Beide hatten sie ihre

Telefone nur über Beziehungen bekommen, Jolanthe wegen Henning, sie wegen Dr. Schalck.

Es klingelte am anderen Ende. Niemand hob ab. Sie würde noch nicht zu Hause sein, falls sie zeitgleich entlassen worden war. Was war aus den Kindern geworden? Sicher waren sie bei Hennings Eltern untergeschlüpft, und die besaßen kein Telefon.

Alles in ihr drängte sie, Jens anzurufen. Seine Stimme zu hören und zu wissen, dass er in Sicherheit war. Außerdem musste sie ihn warnen. Aber sie musste jetzt klug vorgehen. Bestimmt war ihre Leitung angezapft. Wenn sie ihn anrief, würde man das als Beweis nehmen, und die Staatssicherheit stünde in kürzester Zeit bei ihr vor der Tür, um sie erneut mitzunehmen.

Sie schlug beide Hände vor das Gesicht und atmete langsam aus. Sie würde Hilfe brauchen. Jens, Henning, Jolanthe ... Es war einfach zu viel. Sie musste Kontakt mit dem BND aufnehmen. Die waren fähig genug, Jens zu beschützen, und sie konnten ihr helfen, das Land zu verlassen und zu ihm zu gelangen.

Aber seit sie die Verbindung gekappt hatte, waren Jahre vergangen. Es gab keinen Kommunikationskanal mehr, den sie hätte aktivieren können, sie besaß weder Codes noch eine Deckadresse, an die sie schreiben konnte.

Ein Anruf? Die Nummer des BND zu wählen wäre Wahnwitz, und eine Polizeidienststelle, ein Amt oder auch einen unverfänglichen Privatmenschen anzurufen würde bedeuten, dass sie ihren Wunsch, mit dem BND in Kontakt zu kommen, erklären musste. Mitarbeiter der Staatssicherheit hörten zu, wenn man im Westen anrief, ihre Überwachung in Warna nach der telefonischen Verabredung mit

Jens war doch der beste Beweis dafür. Man würde ihre Stimme aufzeichnen und sie damit der Spionage überführen.

Briefe an den BND oder auch bloß an eine westliche Polizeidienststelle fischte die Postzensur heraus. Ihr blieb nur eines: Sie musste Jens vor den Kopf stoßen. Wie damals.

Sie würde alles wiedergutmachen, sobald sie in Westberlin war.

Für den Fall, dass seine Adresse inzwischen auf den Überwachungslisten stand, schrieb sie anstelle von Jens Fichtner bewusst falsch J. Fachner. Der Postbote im Westen hatte keine sturen Listen, er kannte seine Häuser und würde den Brief hoffentlich trotzdem zustellen.

Für den Absender verwendete sie den Nachnamen ihres früheren Führungsoffiziers, Hähner. Die Dechiffrierabteilung des BND würde hoffentlich eins und eins zusammenzählen. Eine Adresse dazu erfand sie frei.

Sie codierte den Inhalt des Briefs, sie wählte eine Verschlüsselung auf Grundlage der Zahl Pi. Im Brief bat sie darum, in zwei Tagen im *Tagesspiegel* eine Annonce aufzusetzen, wonach ein Vogelzüchter junge Singsittiche zum Preis von 80 Mark abzugeben habe.

Welche Art von Informationen sie besaß, dazu machte sie keine Andeutungen. Sollte der Brief in der Zensur hängen bleiben, würden die Angaben Rückschlüsse auf sie möglich machen.

Es blieb noch, Jens ein persönliches Signal zu geben, damit er den Brief mit den seltsamen Zahlen nicht einfach in den Müll warf. Sie schrieb in Druckbuchstaben, so würde ihre Handschrift schwerer zu analysieren sein. GELBE SCHÜSSEL, PAH.

Ihren Entwurf verbrannte sie im Waschbecken. Sie spülte lange Wasser nach.

Heute war ihr Hauseingang womöglich noch unter Beobachtung, die wollten wissen, was sie nach der Entlassung tat, und würden ihr zum Briefkasten folgen und ihn anschließend, wenn der Brief eingeworfen war, ausleeren und sämtliche Briefe öffnen. Besser war es, sie warf den Brief ein, wenn eine andere Besorgung ihr eine Legende gab. Und sie würde einen unbeobachteten Moment abwarten müssen.

Als sie sich gegen neun in ihr Bett legte, erschien es ihr weich wie ein Nest aus Vogelfedern. Sie schaltete die Nachttischlampe aus. Das Zimmer war dunkel, bis auf den Schein der Straßenlaterne, der durch das Fenster hereinfiel. Sie schaltete die Nachttischlampe wieder ein, schaltete sie aus, schaltete sie ein. Kein anderer entschied darüber, ob das Licht brannte oder nicht.

Das Gefängnis der Staatssicherheit befand sich kaum eine halbe Stunde von hier entfernt. In seinen Zellen saßen Häftlinge ein, die man anbrüllte, wenn sie nicht rücklings auf ihrer Pritsche lagen, möglicherweise auch Jolanthe noch. Schlechten Gewissens drehte sich Ria auf die Seite.

Oberleutnant Marga Dierks legte zwei Akten an, die Personalakte für Annies Lebenslauf, Sicherheitseinschätzung und Beurteilungen und die Arbeitsakte für ihre Berichte und Einsatzpläne. Es gefiel ihr, das Mädchen so jung anzuwerben.

Sie war in diesem Alter ihrem Vater bereits zur Hand gegangen, hatte bei Kundgebungen von Ernst Thälmann als Saalordner gearbeitet, hatte Flugblätter verteilt. Und später im Untergrund gegen die Nazis gekämpft. Annie konnte nichts für ihre Mutter. Das Mädchen würde prima mitarbeiten.

Major Oehme betrat den Raum. »So spät noch im Büro?«

»Genosse Oehme«, sagte sie gut gelaunt. »Ich habe einen schönen Fall.«

Er nickte. »Hattest.«

»Wie bitte? Hat sich Dr. Schalck eingemischt?«

»Das spielt keine Rolle.«

»Aber –«

»Es ist besser, du vergisst die Sache. Wir haben genug Arbeit.«

Sie biss sich vor Wut auf die Zunge.

»Und mach langsam Schluss. Das Haus braucht dich bei guter Gesundheit.«

Als er gegangen war, legte Marga behutsam die frischen Akten in ihren Schrank. Sie schmeckte Blut im Mund.

8

Das Funkgerät des Polizisten knackte. »Viktor 70, kommen Sie.« Er nahm es aus der weißledernen Tasche, gleich neben der Pistole, meldete sich. Man gab ihm die Position des Genossen Honecker durch. Er schloss den grauen, hüfthohen Kasten neben der Straßenkreuzung auf, die grünen Lämpchen leuchteten. Entschlossen betätigte er die Kippschalter unter den roten Lämpchen. Er liebte diesen Moment. So fühlte sich Macht an. Von jetzt an dauerte es sechzig Sekunden.

Allmählich wurde die Kreuzung still, die Straßenbahnen standen, die Busse und Autos standen, die aus dem Prenzlauer Berg genauso wie die aus Friedrichshain und Mitte. Alles war bereit für den wichtigsten Mann im Staat auf dem Weg zur Arbeit. Seine Zeit war das kostbarste Gut, das die DDR besaß, deshalb standen auf der Wegstrecke des Genossen Honecker sämtliche Ampeln auf Dauerrot, die restlichen Verkehrsteilnehmer hatten zu warten, während er mit Blaulicht über die Kreuzungen gefahren wurde.

Befriedigt blickte der Polizist auf den leeren Asphalt. Es waren seine liebsten Momente am Tag. Erst am Abend würde er den Verkehr wieder stilllegen, wenn das Politbüro in die Waldsiedlung heimfuhr.

Die Rechtsabbieger drängelten. Er stieß ärgerlich in die Trillerpfeife, zu spät, zwei Trabants schlüpften ihm durch. Er hielt seinen Stab quer vor die nachrückenden Autos. Überall an der Strecke hatten seine Kollegen dasselbe Problem. Die Straße lag schön da wie ein gedeckter Tisch, alles war vorbereitet, die Ampeln zu den querenden Straßen rot – und dann schoben sich ein paar übermütige Rechtsabbieger in die verbotene Zone. Noch war es erlaubt, bei roter Ampel rechts abzubiegen. Aber es hieß, dass sie wegen der Probleme an der Protokollstrecke an einer Neuerung der Straßenverkehrsordnung arbeiteten, es würde bald grüne Pfeile geben, und nur noch dort, wo sie angebracht waren, würde das Rechtsabbiegen bei Rot gestattet sein. Entlang der Protokollstrecke würde es keine grünen Pfeile geben.

Die Fußgänger an den Ampeln starrten ihn müde an. Sie wandten den Blick und spähten die leere Greifswalder Straße hinunter. Manche sahen alle drei Minuten auf ihre Uhr. Er wartete den ganzen Tag auf den Funkruf, dass er die Kreuzung dichtzumachen hatte! Da konnten sie sich ruhig mal zwanzig Minuten gedulden.

Wenn Honecker früh dran war so wie gestern, verspäteten sich auch Schulklassen, die im Verkehr in den Bussen feststeckten. Das tat ihm ein wenig leid. Die Schüler sollten, wenn es nach ihm ging, pünktlich sein. Aber heute waren sie längst in ihren Klassenzimmern.

Da. Es ging los. Zuerst brauste ein Polizeiwagen heran, dann folgten die schwarzen Tschaika-Limousinen. Sie glichen amerikanischen Straßenkreuzern. Polierter schwarzer Lack und blitzender Chrom. Er versuchte jedes Mal, den Schriftzug vorn auf der Schnauze oberhalb des Lüftungsgitters zu lesen, breit und silbern, Чайка. Er liebte diese Autos.

Dass sie so schnell durch die Stadt brausten, oberhalb aller Geschwindigkeitsbeschränkungen, zeigte, dass sie dem alltäglichen Leben enthoben waren. Er hatte von den Kollegen aus dem MfS gehört – er selber war ja auch nur als Volkspolizist verkleidet –, dass die Tschaikas von Honecker und seinen Politbürokollegen zur Leipziger Frühjahrsmesse die Autobahn mit hundertsechzig Kilometerstunden entlanggebrettert waren, wo man sonst höchstens hundert fuhr. Die Kollegen hatten vorher entlang der Autobahn den Müll aufsammeln müssen und hatten kurz vor Honeckers Ankunft die Strecke geräumt, indem sie die Zufahrten schlossen und die Zivilisten auf Parkplätze und Raststätten verwiesen.

Ein weiterer Streifenwagen folgte.

Er wartete noch einige Momente. Dann schaltete er wieder auf Grün.

Honeckers Tschaika scherte am Alexanderplatz aus der Kolonne aus und bog ab. Am Straßenrand entstand Unruhe, hektisch sprachen die Mitglieder der MfS-Hauptabteilung Personenschutz in ihre Funkgeräte. Der hintere Polizeiwagen schloss sich der Limousine des Ersten Sekretärs an. Vorn bremsten sie ab, sie warteten irritiert.

An der nächsten Ampel, abseits der Protokollstrecke, musste der Personenschützer, der die Limousine steuerte, stehen bleiben. Erich war lange nicht im gewöhnlichen Verkehr gefahren, es belustigte ihn, an einer roten Ampel warten zu müssen.

»Sind Sie sicher, Genosse Honecker? Es ist wirklich sehr spontan.«

»Die anderen werden mit der Politbürositzung warten.«

Immer wieder sah der Personenschützer beunruhigt in den Rückspiegel. »Darf ich den Kollegen Bescheid geben, wo wir hinfahren?«

»Später.«

In der Wallstraße zog er den Wagen wie befohlen an die Seite, und Erich stieg aus. Er setzte sich den hellen Hut auf, auch wenn es nur wenige Meter bis zum Eingang waren.

Der Pförtner im Gebäude senkte entsetzt das Frühstücksbrot. »Genosse …« Weiter kam er nicht, Erich war schon an ihm vorüber. Er brauchte niemanden, der ihm die Tür aufhielt. Auch oben, in der Kommerziellen Koordinierung, wiegelte er ab, das nervöse Buckeln und Herumschwirren der Angestellten war ihm ein Ärgernis, sein Besuch sollte nicht an die große Glocke gehängt werden. »Hören Sie auf«, sagte er mürrisch, ließ sich aber von einer Sekretärin Hut und Sommermantel abnehmen und empfand doch über dem Ärger eine gewisse Genugtuung. Man wusste, was man ihm schuldig war. Im Politbüro war das längst nicht immer der Fall.

Er betrat Dr. Schalcks Büro.

Natürlich war »der große Alex« rasch durch seine Sekretärin vorgewarnt worden.

Sie gaben sich die Hand.

Ein Meter neunzig, das war immer wieder beeindruckend, wenn man wie er selbst nur eins achtundsechzig groß war.

Sie setzten sich.

»Heute kein PB?«, fragte Schalck.

»Die werden mit der Sitzung auf mich warten.«

Er mochte diesen Schalck. Ein durchsetzungsfähiger, hart arbeitender Mann von schneller Auffassungsgabe. Ein Glücksfall für die DDR.

»Kaffee?«, fragte Schalck.

Er verneinte. »Ich komme gleich zum Punkt. Du musst ein Geschenk für Breschnew beschaffen. Schon bis morgen.«

Er sah es in Schalcks Gesicht arbeiten. Breschnew kam

morgen auf Staatsbesuch, er war erst in der DDR, dann würde er in die BRD fahren. Schalcks Blick fragte: Warum hat man sich nicht früher um ein Geschenk für den hohen Gast gekümmert? Aber er sagte nichts, klug, wie er war.

»Breschnew ist ein Genussmensch«, sagte Erich. »Bei Terminen in der Öffentlichkeit zeigt er sich in sowjetischen Wagen, da wird er in der Tschaika gefahren wie wir. Aber für den privaten Fahrspaß besitzt er Luxusautos. Maserati, Cadillac, Rolls Royce. Quellen der Auslandsaufklärung haben mir berichtet, dass Bundeskanzler Willy Brandt ihm anlässlich seines Besuchs ein Mercedes-Benz Coupé schenken wird. Da können wir doch nicht mit einem Wandteller ankommen, wie es bisher geplant war. Es muss etwas Luxuriöseres sein. Eine Schreibtischgarnitur aus dunklem Marmor samt Brieföffner. Oder ein Kristallpokal.«

Schalck lächelte abschätzig. Offenbar hatte er andere Ideen davon, was luxuriös war und was nicht.

Erich ging die Staatsgeschenke durch, die er in der letzten Zeit erhalten hatte. Von Vietnam ein Stück des tausendfünfhundertsten abgeschossenen US-Flugzeugs, liebevoll in einem kleinen Schrein aufgestellt.

Von Fidel Castro letztes Jahr sogar eine ganze Insel, die Kuba vorgelagert war, während er ihm nur einen Teddybären geschenkt hatte. Es war peinlich gewesen. Die Insel hieß nun Cayo Ernest Thaelmann, und eine meterhohe Büste von Ernst Thälmann ragte an einem ihrer Strände empor. Was war dagegen ein Teddybär? Und wieso hatte er einem gestandenen Mann wie Fidel Castro ein Kuscheltier geschenkt? Diese Sache mit den Staatsgeschenken überforderte ihn.

Eine verbreitete Sitte war es auch, dem Gast ein Präsent

mit dessen Porträt zu überreichen. Bei einem seiner Besuche in Äthiopien hatte er von Mengistu Haile Mariam sein eigenes Konterfei auf einem Fell geschenkt bekommen.

Er konnte in dieser Sache nicht leichtfertig sein. Ulbricht hatte er nur absetzen können, weil die Russen ihn zum »Abschuss« freigegeben hatten. Was, wenn sie es mit ihm genauso machten? Er fürchtete Breschnew.

Schalck sagte: »Bei einem Autoliebhaber muss es ein Auto sein. Ein BMW 3.0 Si mit Saugrohreinspritzung. Oder noch besser: ein Coupé der Baureihe E9. Es gibt da bereits Versuche mit einem Achtzylindermotor, 280 PS stark, diesen Wagen fährt der Entwicklungsvorstand von BMW, Bernhard Osswald, als Dienstfahrzeug.«

»Und wie willst du an so einen rankommen bis morgen?«

Schalck schob die Lippen vor und wiegte nachdenklich den Kopf. Es schien ihm nicht unmöglich zu sein.

»Nein«, sagte Erich. »Wie sieht das aus, wenn wir ihm ein westliches Auto schenken, aber der eigenen Bevölkerung bleiben solche Autos verwehrt? Das geht nicht.«

Schalck nickte. Er versprach, sich um ein geeignetes Geschenk zu kümmern.

»Kein Auto.«

»Kein Auto«, versicherte Schalck.

»Gut. Dann hätten wir das.« Die Faszination schneller Autos konnte er nicht nachvollziehen. Autos waren Mittel zum Zweck, mehr nicht. Er besaß ja nicht mal einen Führerschein. Aber bequem mussten sie sein. Er verbrachte zu viel Zeit im Auto. Da sollte es etwas taugen.

»Kommen eure Tschaikas nicht auch allmählich in die Jahre?«, fragte Schalck.

Das stimmte. Er hatte die Leute vom Fuhrpark darüber

reden hören. »Nur bloß nicht diese Tatras aus der Tschechoslowakei, die will ich nicht haben. Der Motor dröhnt fürchterlich.«

»Von Mercedes gibt es –«

»Kommt nicht infrage«, unterbrach ihn Erich. »Denk doch mal nach! Nicht die Marke des Klassenfeinds.«

»Ihr braucht zuverlässige Wagen.« Schalck schwieg einen Moment. »Wie wäre es mit Volvos?«

»Schon besser.«

»Da gibt es eine Neuentwicklung mit Achtzylindermotor, luftgekühlt, zwei Doppelvergaser. Hundertfünfundsechzig PS. Die fahren hundertneunzig Sachen.«

»Was kostet so ein Volvo?«

Schalck blinzelte kurz. »Wir würden natürlich eine exklusive Ausführung nehmen, da ist eine speziell für das schwedische Königshaus entwickelt worden. Ich schätze, wir wären bei einem Stückpreis von hunderttausend Westmark.«

Schön, dass er auf diese Weise gleich zwei Fliegen mit einer Klappe schlagen konnte. Zwei Probleme gelöst innerhalb von fünf Minuten. Der Besuch in der KoKo hatte sich gelohnt. »Beschaffe uns die. Hundert Stück. Nein, sagen wir, hundertfünfunddreißig.« Erich stand auf.

Auch Schalck erhob sich. Sie gaben sich die Hand.

»Das Geschenk habe ich morgen früh?«

»Versprochen. Breschnew wird es mögen.«

Ria schloss die Tür des Leseraums. Hier lagen die Zeitungen und Zeitschriften, die sonst in der DDR nicht zu haben waren, *Der Spiegel, Die Zeit,* die *Frankfurter Allgemeine Zeitung* und *Die Welt,* daneben etliche Wirtschafts- und Industrieverbandszeitschriften.

Honeckers Besuch verschaffte ihr genau den unbeobachteten Moment, den sie brauchte. Draußen waren alle in heller Aufregung. Die Frauen zogen ihren Lippenstift nach, die Männer ordneten ihre Schreibtische.

Sie nahm den *Tagesspiegel* zur Hand und suchte die Seite mit den Inseraten.

Dort stand es.

Junge Singsittiche
zum Preis von 80 Mark abzugeben
K. Möllers
Leydenalle 79, 1 Berlin 41

Jetzt sei bloß vorsichtig, dachte sie. Die Annonce bewies noch nichts. Die Staatssicherheit konnte ihren Brief aus dem Kasten geholt haben. Sie hatte zwar alles getan, um mögliche Überwacher abzuschütteln, war kreuz und quer durch die Stadt gefahren, hatte abgelegene Orte besucht, wo man sie schlecht unbemerkt verfolgen konnte, und hatte den Briefkasten zügig nach einem Abbiegen aus der Seitenstraße angesteuert in der sicheren Annahme, dass man ihr nicht gefolgt sein konnte. Aber auch im Postamt konnte die Zensur ihren Brief herausgefischt haben. Dann hatte die Staatssicherheit die Annonce geschaltet, um herauszufinden, wer sie war. In Westberlin hockte womöglich ein Agent der Hauptverwaltung Aufklärung, und sie lief in eine Falle, wenn sie an diese Deckadresse schrieb.

Andererseits hatte sie bewusst einen knappen Zeitrahmen gesetzt. Hätte die Staatssicherheit den Code so schnell geknackt? Besaß sie die Macht, nach Anzeigenschluss und kurz vor Druck der Zeitung noch eine Annonce in den

Tagesspiegel zu schleusen? Brauchte es im Westen dazu nicht die Durchsetzungskraft des BND?

Das hieß, Jens hatte den Brief in der Hand gehabt. Er hatte ihren Hinweis auf die gelbe Schüssel gelesen. Hatte daran gedacht, wie sie ihn immer mit seiner alten Steingutschüssel aufgezogen hatte und mit dem Gummibaum und seiner enttäuschenden Wohnungseinrichtung, die in keiner Weise dem entsprach, was man sich unter dem Leben eines Westdeutschen vorstellte. Die Freiheit, die Jens umwehte, spiegelte sich nicht in seiner Wohnung wider. Er lebte schlicht. Ihr Spott darüber hatte ihn auf eine herrlich jungenhafte Art geärgert.

Dass auf ihr plötzliches Verschwinden aus Bulgarien ein codierter Brief folgte, hatte ihn sicher nicht beruhigt. Sie hatte behauptet, den Geheimdiensten abgeschworen zu haben. Womöglich dachte er, dass sie gelogen hatte, um ihn ins Bett zu kriegen.

Gern hätte sie ihre Nase jetzt in seinen groben Wollpullover gegraben und seinen Duft eingeatmet. Sie hätte mit ihm diskutiert, gestritten sogar, und sich an seiner intelligenten Argumentation gefreut und ihn anschließend geküsst.

Sie zwang sich zurück zur Zeitungsseite. Wenn Jens den Brief an den BND weitergeleitet hatte, war er bei ihrem alten Führungsagenten, Stefan Hähner, gelandet?

Die Tür öffnete sich. Schalck trat ein. »Recherche beim Klassenfeind?«

Sie spürte, wie sie rot wurde. Rasch prägte sie sich die Deckadresse ein. K. Möllers, Leydenallee 79, 1 Berlin 41. »Ich wollte mich nach dem Urlaub nur auf den neuesten Stand bringen, bevor es wieder an internationale Verhandlungen geht.«

Er sah auf die Zeitung. »Wenn die ständig ihre Schweineschnauze in unseren sozialistischen Garten stecken, können wir ja auch mal bei ihnen nachschauen, was?«

Sie glaubte ihm den lockeren Ton nicht. Er war Offizier der Staatssicherheit. Hatte man ihn wirklich nicht benachrichtigt, als man seine Sekretärin in Untersuchungshaft nahm?

Im Gegenteil. Man hatte sie *gerade* hart behandelt, weil sie ein Vögelchen aus Schalcks Käfig war. Vertraute er ihr noch? Jeder, der hier arbeitete, war potenziell jemand, der sie ums Leben bringen konnte. Er musste nur eine Unregelmäßigkeit melden. Wenn es hart auf hart kam, hing ihr Überleben aber vor allem davon ab, dass Schalck ihr glaubte.

Sie musste herausfinden, was er wusste. Sie legte die Zeitung weg und stand auf. »Ich verstehe nicht, warum ihr uns erst zu klugen, denkenden Menschen erzieht, um uns dann für dumm zu verkaufen.«

Für einen Moment glaubte sie, er würde stolpern. Niemand wagte, in diesem Ton mit ihm zu reden. Er schloss die Tür hinter sich und sah sie ruhig an. »Etwas übereifrig, die Genossen bei der Staatssicherheit. Ich weiß.«

Er war also ein Piratenkapitän, der sein Crewmitglied, ohne mit der Wimper zu zucken, über Bord werfen ließ. Zumindest verhinderte er nicht, dass andere es taten. Das begriff sie jetzt.

Nur ging es hier nicht um ihre Sympathie für Schalck. Wenn sie überleben wollte, musste sie das Misstrauen wegschlagen, das er womöglich noch in sich trug.

»Übereifrig? Die haben mich behandelt wie eine Verbrecherin.«

»Ganz unschuldig bist du auch nicht, Ria.«

»Ich habe nur …«

»Was? Einen Westberliner Freund getroffen?«

Es war plötzlich totenstill im Raum, als hätten sie aufgehört zu atmen.

»Du wirst ihn lassen müssen, Ria, wenn du weiter bei mir arbeiten willst.«

Sie sah zu Boden. Dann nickte sie leicht.

»Und vergiss nicht, die machen auch bloß ihre Arbeit.«

»Der schöne Urlaub«, sagte sie. Jetzt bloß nicht zu schuldbewusst wirken.

»Hast du Lust auf einen Ausflug nach Sachsen, Mädchen? Du fährst doch gern Auto?«

Für die Anbahnung mit dem BND war es besser, wenn sie in Berlin war.

»Du musst schon heute Mittag losfahren. Nach Glashütte. Ich will, dass du über Nacht aus den Uhrmanufakturen eine Spezialanfertigung abholst, eine Uhr mit Breschnews Porträt. Ich habe gerade mit den Fachleuten dort telefoniert. Wichtig ist, dass die Uhr morgen früh pünktlich um sieben hier bei mir ist.«

»Geht in Ordnung.«

»Wenn du festhängst, ruf sofort bei mir an. Ich schreibe dir meine private Nummer auf.« Er riss ein Stück von der Zeitung ab, zog einen Kugelschreiber aus seiner Sakkotasche und notierte die Telefonnummer. Dann reichte er ihr den Zeitungsfetzen.

»Ich gehe dann wohl besser nach Hause und mache mir Proviant zurecht.«

Er wandte sich zur Tür, drehte sich aber noch einmal zu ihr um. »Ria, niemand will dich für dumm verkaufen. Die DDR ist manchmal nicht gerecht. Glaubst du, das weiß ich nicht? Aber vergiss nicht: Der Westen ist noch ungerechter.«

»Ich weiß.«

»Demokratie ist bloß ein mittelmäßiger Kompromiss. Sie taugt nicht zur Befreiung der Menschen. Dafür braucht es mehr Mut.«

Kommunismus. Kein Privateigentum mehr und dafür die staatliche Planwirtschaft. Produktion, Verteilung und Konsum, von ganz oben gesteuert. Das würde ein Paradies ergeben, in dem alle ein glückliches, harmonisches und sozial abgesichertes Leben führten. So zumindest versprach man es ihnen.

Es war absurd. Eben noch hatte man sie nackt Kniebeugen machen lassen, jetzt transportierte sie Breschnews Uhr. Die Kommunisten kannten nur Verbündete oder Feinde. Jemand hatte entschieden, dass sie weiterhin zu den Verbündeten gehörte.

Aber sie wusste wieder, wo sie war: in einem Staat, der alles kontrollierte, auch das Liebesleben. Die Entfaltung ihrer Lebensfreude sollte unterbunden werden. Das würde sie nicht zulassen.

Zu Hause schrieb Ria die auswendig gelernte Deckadresse auf einen Umschlag. Sie stellte ihre Schrift schräg nach links, was sie sonst nie tat, und schrieb die Ziffern anders, der Vier gab sie ein geschlossenes Dreieck, den Anstrich der Eins machte sie extralang.

Sie belegte sich Brote, packte Äpfel ein und dachte über den Brief nach, den sie schreiben würde. Es war ungewiss, ob sie mit dem BND korrespondierte oder mit der Spionageabwehr der DDR. Andererseits musste sie sich irgendwann aus der Deckung bewegen. Sie wollte etwas vom BND. Also musste sie auch zeigen, dass sie etwas liefern konnte.

Tote Briefkästen mittels Kurieren zu entleeren und ihren Inhalt in den Westen transportieren zu lassen war seit dem Mauerbau nur noch unter größten Gefahren möglich. Und auch im Brief konnte sie keine geheimen Unterlagen schicken; die Wahrscheinlichkeit, dass er von der Zensur geöffnet wurde, war zu hoch – zumal die Dokumente Rückschlüsse auf ihre Person gestatten würden. An Schalcks Unterlagen kamen bloß eine Handvoll Menschen heran.

Sie musste dem BND also einen Transport ankündigen und um die nötigen Mittel bitten.

Mit dem fertig verfassten Brief stieg Ria ins Auto. Immer noch war sie stolz, dass sie die Fahrerlaubnis gemacht hatte. Sie legte einen Gang ein und fuhr los. Am ersten Briefkasten fuhr sie vorüber. War es nicht besser, den Brief in Glashütte abzuschicken? Sollte ihn die Zensur abfangen, würde sie das auf eine völlig falsche Fährte locken.

Was aber, wenn sie unterwegs in eine Polizeikontrolle geriet und man den Brief bei ihr fand? Dann war sie des Todes. Außerdem hatte die Postzensur in Berlin so große Mengen zu bewältigen, da konnte der Brief leichter durchschlüpfen. Und falls er doch herausgefischt wurde, konnte jeder es gewesen sein – während man den Einwurf in Glashütte womöglich mit ihrem Besuch dort zusammenbrachte.

Sie fuhr weiter, bog in Nebenstraßen ab, behielt den Rückspiegel im Blick. Wenn jemand ihr folgte, tat er es sehr geschickt und mit großem Abstand. Als sie eine Imbissbude sah, in deren Schatten ein Briefkasten stand, parkte sie ein, bestellte eine Bockwurst und warf, während sie auf die Wurst wartete und sich selbst durch ihren Körper Deckung gab, rasch den Brief in den gelben Kasten.

Sie hoffte, dass es unbeobachtet geschehen war. Wenn die

Annonce im *Tagesspiegel* das Werk der Staatssicherheit war, weil man ihren ersten Brief abgefangen hatte, würde sich trotzdem mit jeder Nachricht, die sie vermeintlich an den BND sandte, die Schlinge enger um ihren Hals ziehen.

Für dich, Jens, dachte sie. Ich halte mein Versprechen. Wir werden zusammenleben.

9

Das Kopfkissen war einfach ein Kopfkissen.

Das Bett nur ein Bett.

Das Nachtschränkchen bloß ein Nachtschränkchen.

Die Wände weiß wie die Unschuld.

Das Fenster war vergittert, und ein feiner Schlauch führte in Hennings Unterarm, man ernährte ihn über die Armvene. Man wollte nicht, dass er aus dem Fenster entkam. Henning ließ den Unterarm zurücksinken. Der Arzt war zur Visite hier gewesen wie bei einem ganz gewöhnlichen Patienten, nicht einem, dem man Kugeln in den Leib geschossen hatte, ihn umständehalber dann aber am Leben erhalten musste. Er habe einen Leberdurchschuss, hatte der Arzt ihm mit kalter Miene erklärt. Ein Stück der Leber hatte entfernt werden müssen, genauso die Gallenblase und etwas vom verletzten Dünndarm.

Gewisse Sprüche erübrigten sich. »Sie kommen schon wieder auf die Beine«, »bald sind Sie ganz der Alte«, »noch mal Glück gehabt«. Er würde nicht auf die Beine kommen, sondern ins Zuchthaus. Man würde ihn vor Gericht stellen, weil er versucht hatte, ein paar Meter weiter westlich zu leben.

Er strich mit den Fingerspitzen über die Bettdecke und stellte sich vor, es wäre Jolanthes Gesicht. Nie wieder würde er den Duft ihrer Haare einatmen.

Er dachte an seine Kinder. Wenn er die Zwillinge das nächste Mal in Freiheit sah, würden sie sich kaum noch an ihn erinnern.

Sei ehrlich zu dir selbst. Genauso wäre es gekommen, wenn du es in den Westen geschafft hättest.

Vor der Flucht hatte er sich eingeredet, die Familie irgendwann nachzuholen, dort alles für sie vorzubereiten, damit sie es eines Tages besser hatten. Aber auf eine Familienzusammenführung zu hoffen war Träumerei gewesen. Das musste er sich endlich eingestehen.

Seine Gründe für den Fluchtversuch würde er ihnen nie erklären können. Sie zuckten ja bereits zusammen, wenn er Worte wie »Gott« oder »Segen« in den Mund nahm, diese Worte hatten für sie nicht denselben Klang wie für ihn, sie erinnerten sie nicht an eine gütige Mutter, die ihren Jungen heimlich zum Gottesdienst mitnahm, obwohl der Vater es strikt untersagt hatte. Er hatte Vaters Stimme noch im Ohr: Der Junge soll ein Kommunist werden, kein Christ! Wie hatten ihn die Gottesdienste bezaubert, trotz des muffigen Raums, trotz des quäkenden Harmoniums, trotz der nicht enden wollenden Gebete des Gemeindeältesten. Die Welt hatte plötzlich eine dünne Membran offenbart, an die man die Hand legen konnte. Eine Haut, die zu einer anderen Welt führte. Noch ließ sie sich nicht durchqueren, aber Jesus Christus würde sie eines Tages öffnen, dieses Versprechen hatte ihn fasziniert.

Über kurz oder lang hätte sich Jolanthe von ihm getrennt. Waren sie nicht nur noch aus Trägheit beieinander gewesen, aus einer stupiden Beharrungskraft heraus? Die Kasernierung, die langen Trennungsphasen, erst recht nach der Degradierung und der Strafversetzung nach Großtöpfer –

welche Frau hielt das aus? Vielleicht hatten sie sich auch nie wirklich viel zu sagen gehabt. Vielleicht hatte sie ihn damals nur aus Mitleid geheiratet, den Witwer mit den zwei kleinen Kindern. Es wäre nicht das erste Mal gewesen, dass eine Frau sich vom Mitleid verleiten ließ.

Die Familienzusammenführung im Westen war der Traum gewesen. Realität war, dass er ihr gesichtswahrend erlaubte, sich von ihm zu trennen. Er machte ihr den Weg frei, wenn er ging. Das hatte er geglaubt.

Jolanthe war jung, sie würde neu heiraten. Und die Kinder liebten sie sowieso mehr als ihn, sie brauchten ihn nicht wirklich. Er war ein Fremdkörper, wenn er nach Hause kam, das hatte er in der letzten Zeit deutlich gespürt.

Warum kam ihm die Trennung dann jetzt so fehlerhaft vor? Warum zweifelte er auf einmal und hoffte, dass sie ihn noch liebten? Er hatte plötzlich Angst, sie zu verlieren.

Es schmerzte ihn, nicht mit Jolanthe alt werden zu dürfen.

Er würde nicht dabei sein, wenn die Zwillinge von zu Hause auszogen und in ihr eigenes Leben hinausspazierten. Maja würde sicher studieren, Florian ein Handwerk lernen, Tischler oder Steinmetz. Aber er würde nicht da sein, um das Gesellenstück zu loben, er würde nicht mit der Hand über das feine Holz fahren oder über den wunderbar geschliffenen Stein, würde Florian nicht in die Arme schließen und ihm sagen, wie stolz er auf ihn war. Er würde nicht das sagen können, was ein Sohn von seinem Vater zu hören wünschte.

Er würde verpassen, wie Maja heiratete, würde ihre Kinder nicht kennenlernen, sie nie füttern, sie nicht im Kinderwagen spazieren fahren, ihnen kein Spielzeugauto schenken und keinen Brummkreisel und würde sie nicht bewundern, wenn sie das Pfeifen gelernt hatten oder mit ihm das Einmaleins übten.

Die Vorstellung, dass die Regierenden der DDR gerade in den Gärten vor ihren hübschen Häusern Kirschkuchen aßen, während er mit einer Schusswunde im Bett lag, machte ihn zornig. Die Regierenden bestraften ihn dafür, dass er die Dreistigkeit besessen hatte, ihr Land verlassen zu wollen. Sie fühlten sich im Recht.

Eine Träne lief Henning aus dem Augenwinkel und rann seine Schläfe hinab. Er war Polizist gewesen und dann Soldat. Er würde nicht im Gefängnis alt werden. Den Wunsch erfüllte er ihnen nicht. Er würde entkommen. Zuerst aus dem Gefängnis, dann aus dem Land. Aber er würde nicht gehen, ohne noch einmal seine Familie zu besuchen.

Ria war eins geworden mit ihrem Auto, seinen blechernen Motorgeräuschen, seinem Benzingeruch. Sie spürte jede Bodenwelle, mit den Stoßdämpfern nahm sie das Lied der Fugen zwischen den Betonplatten der Straße auf: *Badim, Badim, Badim.* Der Rücken schmerzte ihr von den vielen Stunden am Steuer, und doch fühlte sie sich auf unerwartete Weise frei. Als sie in den frühen Morgenstunden Berlin erreichte, schlief die Stadt noch. Kurz nach fünf Uhr würde die Sonne aufgehen, es wurde bereits hell. Die Straßen waren leer, sie erschienen ihr wie die Landebahnen eines Flughafens.

Das Geschenk für Breschnew lag in einer Samtschachtel auf dem Beifahrersitz.

Schalcks Wagen parkte vor der Kommerziellen Koordinierung. In seinem Büro brannte Licht, ein einsames helles Fenster inmitten dunkler Gebäude in der Wallstraße. Kuriere, Sonderbeauftragte, Einkäufer und Abteilungsleiter lagen noch in ihren Betten und schliefen, genau wie die Damen aus der Poststelle und die Mitarbeiter der Abteilung Sicherheit und Geheimnisschutz. Nur sie und Dr. Schalck hatten zu tun. Ein einziger Offizier der Objektwache begrüßte sie müde, als wäre es alltäglich, dass vor sechs Uhr morgens eine Mitarbeiterin mit einer kleinen Samtschachtel den stellvertretenden Minister für Außenhandel in seinem Büro aufsuchte. Aber was war schon alltäglich in der Kommerziellen Koordinierung?

Dr. Schalck steuerte ein Netz von Tarnfirmen in Westeuropa, verschaffte den SED-Funktionären Luxusgüter aus dem Westen, operierte mit Luftbuchungen und Scheinlieferungen, um die westlichen Steuerbehörden zu betrügen. Er parkte Devisen auf Konten in der Schweiz und in Liechtenstein. Mit seinem rechtlichen Status eines »Devisenausländers« stand Schalck sogar außerhalb der Kontrollhoheit des Finanzministers. Niemand wusste über seine Geschäfte im Detail Bescheid.

Die DDR-Betriebe brauchten das westliche Geld, das Schalck beschaffte, um Spezialtechnik aus dem Ausland einzukaufen. Und das MfS benötigte es für die Anschaffung moderner Abhörtechnik und für den Sold seiner Agenten im Ausland.

Vielleicht war Schalck insgeheim der mächtigste Mann des Staates. Bei seinem jovialen Herumflaxen im Büro vergaß man das leicht.

Sie klopfte.

Dr. Schalck öffnete. Als sie ihm das Kästchen reichte, lächelte er breit. »Bonfortionös. Gut gemacht, Mädchen.«

War damit ihre Schuld gelöscht, ihr verdächtiges Verhalten in Bulgarien?

»Nimm dir frei für den Tag. Hast ja kaum geschlafen.«

Meinte er auch die Zelle im Untersuchungsgefängnis der Staatssicherheit? Sie hatten ihr eine Wunde zugefügt, die sich lange nicht schließen würde. Jede Berührung rief die Demütigungen wieder wach.

Als sie den Trabant nach Hause steuerte, sah sie, wie entlang der Protokollstrecke parkende Autos abgeschleppt, Mülltonnen geleert und Fassaden übermalt wurden.

Sie stellte sich vor, wie Honecker das Geschenk Leonid Iljitsch Breschnew überreichte, wie Breschnew die Uhr kurz ansah und sie dann seiner Entourage weiterreichte. Honecker und er würden in eine offene Staatskarosse steigen und im Konvoi die Frankfurter Allee hinunterfahren, stehend, die Hände an einer speziellen Metallstange, die den Wagen querte und an der sie sich bei Bodenwellen festhielten. Sie würden den Schaulustigen winken, Breschnew beherzt, Honecker mit kleinerer Handbewegung. Menschenmassen würden sich am Straßenrand drängen und die Polizisten bewundern, die sich – die Hände in weißen Handschuhen – auf ihren Motorrädern vor dem Wagen auffächerten.

An den verchromten Autoflaggenständern, die oben auf den Kotflügeln der offenen Staatskarosse angebracht waren, würden steife Fahnen dem Ganzen etwas Staatstragendes geben.

Die Menschenmasse würde Spruchbänder in russischer Sprache hochhalten, weiße kyrillische Buchstaben auf dunklem Grund, dazu Bilder von Breschnew und Honecker. Alle Bilder würden gleich aussehen, wie in der Fabrik hergestellt. Es würde organisiert wirken, nicht spontan, und dann würden auch die Absperrungen auffallen, hinter denen die Menschen standen, und die Busse, mit denen man sie hierhergebracht hatte. Und während Erich Honecker sein Land präsentierte, würde er das ungute Gefühl haben, von dem neben ihm stehenden Breschnew als Sachwalter geprüft zu werden.

Waren die Bonzen wirklich zu beneiden? Schalck vielleicht, der absolvierte das alles mit souveräner Nonchalance. Aber Honecker? Er wirkte doch bei seinen Reden eher, als sei er dazu gezwungen, etwas zu tun, was ihm nicht lag.

Ria parkte in der Boxhagener Straße und ging nach Hause. Sie würde sich ein paar Stunden hinlegen und dann Annie besuchen. Es gab oft Streit zwischen ihnen, auf Annies Seite sogar Anflüge von Hass. Irgendwo darunter verbarg sich Liebe. Wenn sie nur nicht aufgab, wenn sie immer weiterschürfte, würde sie die steinernen Schichten eines Tages abtragen.

Stefan Hähner drehte die Geburtstagskarte in den Händen. Vorn war ein Korb voller Blumen abgebildet, darüber stand »Zum [ ] Geburtstag«. Zwischen den Worten klaffte ein Loch im Blatt. Eine Drehscheibe war dahinter eingefügt mit den Zahlen von 20. bis 80., wenn man das Vorderblatt der Klappkarte spreizte, sah man die Scheibe und den Hinweis: »Nach Einstellen der gewünschten Zahl das Rad leicht ankleben.«

War es so schwer, die Zahl 54 selbst zu schreiben? Hätte statt des Lochs nicht ein weißes Feld genügt? Dann hätte sein Bruder anstelle der Drehscheibe einfach einen Kuli verwenden können.

Im Inneren der Klappkarte war aufgedruckt: »Herzliche Glückwünsche und alles Gute für das neue Lebensjahr.« Darunter von Hand geschrieben: *Dein Lothar.*

Die Faulheit sprang einem ins Gesicht.

Aber er war ja selber bequem geworden. Was hatte er seinen Agenten früher alles abverlangt! Er sah auf die Küchenuhr. Noch fünf Minuten. Mit Straßenschuhen ging er ins Wohnzimmer, ignorierte das schlechte Gewissen, weil er der Putzfrau mehr Arbeit machte, und schaltete den Fernseher an. Dieses herrliche Farbbild! Fernsehen fühlte sich jetzt wie Kino an.

Während der Olympischen Sommerspiele hatte er noch gewartet, er hatte gehofft, dass danach die Preise fallen würden, was leider nicht geschehen war. Zweitausend Mark standen da vor ihm auf dem Fernsehtisch, so viel wie ein guter Gebrauchtwagen.

Er schaltete um, alles in Grau jetzt, DDR-Fernsehen konnte er nicht in Farbe gucken, dafür war eine Umrüstung notwendig für weitere dreihundert, weil man in der DDR das in der Sowjetunion übliche, ursprünglich französische SECAM-System verwendete. Für Ostdeutsche, die ihrerseits das Westfernsehen nur in Schwarz-Weiß empfangen konnten, gab es nicht mal eine offizielle Umrüstung, sie mussten auf Bastellösungen zurückgreifen, wenn sie ARD und ZDF in Farbe empfangen wollten. Lieber zurück zum ZDF.

Er lächelte. *Bezaubernde Jeannie,* er hatte die Serie zuvor in Schwarz-Weiß gesehen, jetzt konnte er sie in Farbe genießen. Die Folge kannte er zwar, aber er sah sie sich gern noch einmal an. Wie Jeannie sich ärgerte, dass ihr geliebter Meister ihre Tricks nicht in Anspruch nehmen wollte!

Er lehnte sich in das Sofa. Fernsehen war etwas Wunderbares.

Verdammt, die Zeit! Er sprang auf, schaltete den Fernseher ab, riss im Rausgehen seine Jacke vom Haken und zog die

Tür zu. Er war schon die halbe Treppe nach unten gegangen, als er endlich den Autoschlüssel aus der Jackentasche gezerrt hatte.

Am Straßenrand schloss er den alten VW Käfer auf, setzte sich hinein, zündete, gab Gas. Er holte alles aus dem Wagen heraus und drosselte das verkehrswidrige Tempo erst kurz vor dem Kasernengelände des Bundesgrenzschutzes. An der Pforte zeigte er seinen Dienstausweis.

»Spät dran, hm?«, sagte der Soldat.

Er nickte nur.

Eilig stellte er den Wagen ab und hastete ins Gebäude des Funkbeobachtungsdienstes. Er nahm die Treppe. Keuchend kam er oben an, richtete seine Krawatte, dann betrat er die Diensträume. Die Sekretärin sagte: »Herr Hähner!« Sie drohte ihm grinsend mit dem Zeigefinger.

Er hob die Achseln und machte ein unschuldiges Gesicht. Dann flüsterte er: »Watschounek?«

»Hat heute frei«, sagte sie.

Er atmete auf. War sowieso eine Frechheit, dieser Wochenend-Schichtdienst. Alle anderen schliefen am Samstag aus.

»Alles Gute zum Geburtstag«, sagte sie.

Er bedankte sich.

Soweit er wusste, war sie geschieden oder lebte zumindest nicht mehr mit ihrem Mann zusammen. Er hatte manchmal daran gedacht, sie zum Essen einzuladen oder für einen Kinofilm, aber er war jedes Mal davor zurückgeschreckt aus Sorge, alles kaputt zu machen. Ihr ungezwungenes Miteinander war sein einziger Lichtblick im Büro. Besser, man ließ es unausgesprochen und gab dem Ganzen keine Kategorie, die wie ein Magnet Einwände und Widrigkeiten anziehen würde. Sie sagten sich eben auf besondere Weise Guten Morgen, mit einem Leuchten in den Augen, und scherzten manchmal, wenn der Feierabend näher rückte, mehr war nicht zu haben, und es war doch auch schon viel.

Sie wurde ernst. »Da ist ein junger BND-Mitarbeiter. Er wartet im Besprechungszimmer auf Sie.«

BND? Worum es gehe, fragte er.

Das wusste sie nicht.

Er prüfte nochmals die Krawatte. Dann öffnete er die Tür des Besprechungsraums.

Der Nachrichtenoffizier hätte sein Sohn sein können. Er saß lang und schlaksig am Tisch und fuhr erschrocken auf, als Stefan Hähner eintrat. Die blonden Haare trug er unanständig lang, das Bärtchen gehörte rasiert, und er hatte seine Wildlederschuhe nachlässig gebunden, als wären es Sportschuhe.

Sie gaben sich die Hand.

»Malte Görgen, Dienststelle 268.« Der Jungspund sagte es mit ruhiger Bestimmtheit, als hätte er einen Anspruch darauf, geradezu als hätte *er* die Abteilung in jahrzehntelanger Arbeit aufgebaut.

»Worum geht's?«

Görgen holte einen Brief aus seiner Innentasche. »Sehen Sie sich das mal an. Was ist Ihr Eindruck?«

Hähner brauchte nicht lange, um zu begreifen, was er da in den Händen hielt. Der Brief und der beigefügte Bogen mit der entschlüsselten Nachricht elektrisierten ihn. »Alles kann eine Falle sein«, sagte er. »Warum fragen Sie mich?«

»Ihr Name stand auf dem Umschlag bei der ersten Kontaktaufnahme. Und Sie haben die Quelle doch damals geführt. Ist sie es? Oder führt man uns an der Nase herum?«

Wahrscheinlich hatte er als junger Mann genauso lässig über V-Leute gesprochen. Er wollte den jungen Kerl schütteln und ihm ins Gesicht schreien, dass er nicht mit Halmafiguren spielte, sondern mit Menschen.

Ria. War sie es wirklich? Und wenn ja, warum meldete sie sich?

Als sie damals hinwarf, hatte es Krach mit Gehlen gegeben. Eine derart gute Wirtschaftsquelle wollte Gehlen nicht ziehen lassen. Hähner hatte sie verteidigt, am Ende hatte er selbst den BND verlassen müssen.

Er sagte: »Sieht echt aus, wenn Sie mich fragen. Aber natürlich kann es trotzdem getürkt sein. Die Stasi hätte Freude daran, Sie mit Falschinformationen zu füttern. Der einzige Weg sicherzugehen, dass die Sache kein Versuch ist, Ihnen ein vergiftetes Geschenk zu machen –«

»Ich weiß, ich weiß«, unterbrach ihn Görgen. »Wir müssen eine Lieferung an kostbaren Informationen verlangen, die von der Stasi niemals für eine solche Operation freigegeben werden würden. Wir erhöhen den Preis. Aber ich wollte vorher hören, was Sie sagen.«

»Sieht mir nach ihr aus.«

Görgens Augen leuchteten. »In der Wirtschaftsspionage haben wir seit sechs Jahren niemanden mehr gehabt, keinen Einzigen seit neunzehnsiebenundsechzig!«

»Alle hochgegangen oder abgeschaltet oder tot?«, fragte Hähner entsetzt.

»Was können Sie mir über diese Ria Nachtmann sagen?«

»Hatte eine Liebschaft mit einem Journalisten aus Westberlin. Das konnten wir ihr nicht durchgehen lassen, es hätte alles verdorben. Sie wäre über kurz oder lang damit aufgeflogen und aus dem Ministerium geworfen worden, wo wir sie aber dringend brauchten. Sie hat darauf bestanden, dass das ihre Privatsache sei. War noch sehr jung. Sie hat nicht begreifen wollen …«

»Haben Sie sie damals angeworben?«

Schon bei ihrer ersten Begegnung, vor dem Lügendetektortest, hatte sie ihm eine Szene gemacht. Aber ihre Schwäche war zugleich ihre Stärke. Sie war sich wie kaum jemand darüber im Klaren gewesen, was sie wollte und nicht wollte, und hatte sich durch nichts aufhalten lassen.

»Was wird sie verlangen? Was motiviert sie?«

»Geld jedenfalls nicht. Sie hat sich anfangs mit Händen und Füßen dagegen gewehrt, welches von uns anzunehmen.«

»Also Arroganz. Sie spioniert, weil sie sich dann ausgefuchster fühlen kann.«

Der Kerl ärgerte ihn immer mehr. »Haben Sie die Akte nicht gelesen?«

»Sie meinen, das mit ihren Eltern? Nichts für ungut, aber Sie haben die Akte nicht besonders gut geführt. Kein Vorwurf! Ich sag's nur. Waren wohl noch andere Regeln damals.«

»Sie wollte ihre Schwester finden. Jolanthe.« Und vielleicht auch Rache. Wobei, verbittert war sie ihm nie erschienen. Rachedurst hinterließ für gewöhnlich furchtbare Spuren. »Sind Sie hier, um meine Arbeit zu beurteilen?«

»Ist nicht meine Aufgabe.« Görgen lächelte schief. »Sie sind jetzt beim Verfassungsschutz, nicht mehr beim BND. Darf ich?« Er nahm den Brief und die Abschrift. »Wenn noch Fragen auftauchen, melde ich mich. Sie wird gutes Material für uns haben. Wird natürlich alles gegengeprüft. Wenn die uns ein faules Ei legen wollen, fliegt das früher oder später auf. Aber Sie sagen, sie ist es wirklich? Das wäre der Oberknaller.« Görgen verabschiedete sich mit schwungvollem Handschlag. Er fühlte sich offensichtlich überlegen. Hähner war in seinen Augen altes Eisen, hatte Rost angesetzt.

Schon war Görgen draußen, er verabschiedete sich charmant von der Sekretärin.

Hähner folgte ihm. »Hören Sie, wenn Sie Kontakt aufnehmen … Sagen Sie ihr bitte, dass ich sie grüßen lasse.«

»Sie haben recht, das könnte uns nützen.«

»Und sagen Sie ihr, dass es mir leidtut.«

»Was?«

»Sie wird schon verstehen.«

Er musste sich einfach eingestehen, dass es ein Fehler gewesen war, hier anzuheuern. Das Eingeständnis schmerzte. Warum hatte es sieben Jahre gedauert, bis er bereit war, den Tatsachen ins Auge zu blicken?

Am Nachmittag, nachdem er immer wieder bei der Arbeit an Ria gedacht hatte und an ihren verletzten, fragenden Blick, meldete er sich beim Gruppenleiter Funkwesen, Hans Watschounek, und bat um eine Versetzung. Das tägliche Abhören des Agentenfunks langweile ihn.

Watschounek beäugte ihn skeptisch. »Ich brauche Sie in meiner Abteilung.«

»Was ich tue, können auch andere machen.«

»Sie fühlen sich also unterfordert?« Er reichte Hähner den Schlüssel zu seinem Panzerschrank. »Da drin sind entschlüsselte Funksprüche der vergangenen zwanzig Jahre, mit denen wir nichts anfangen konnten. Vielleicht finden Sie etwas. Da können Sie mal so richtig Ihre grauen Zellen anstrengen.« Er lachte. »Am Ende werden Sie mich darum bitten, einfach wieder den feindlichen Agentenfunk abhören zu dürfen.«

Hähner nahm den Schlüssel. Kündigen konnte er in vier Wochen immer noch.

Er schloss den Schrank auf und holte die Kiste mit Funksprüchen heraus. Er nahm sie mit an seinen Schreibtisch. Beim BND hatte man ihm einen besonderen Blick für die Details nachgesagt. Daran glaubte er nicht recht. Aber er war nie zu faul zum Denken gewesen. Vielleicht fand er etwas, das den anderen entgangen war. Die Erinnerung an Ria und an seine Zeit beim BND biss ihn auf schmerzhafte Weise. Und manchmal besaß selbst ein Schmerz seine guten Seiten.

Аэрофлот stand auf dem weißen Rumpf des Flugzeugs. Darunter zogen sich zwei blaue Linien die gesamte Flugzeuglänge entlang, unterbrochen nur durch die Gangway, die Leonid Iljitsch Breschnew vor wenigen Minuten hinabgeschritten war.

Die Ehrenkompanie der Nationalen Volksarmee zog vorüber. Die Soldaten trugen weiße Handschuhe, und auf ihre Gewehre waren Bajonette aufgepflanzt. Der Marschschritt mit den hocherhobenen Beinen erschien Erich Honecker plötzlich lachhaft. Er hatte etwas über unverbrüchliche Freundschaft und die unzerstörbare Waffenbrüderschaft zwischen der Sowjetunion und der DDR gesagt, aber auch das erschien ihm im Nachhinein zu hochgestochen.

Er fragte sich, ob es richtig gewesen war, die gepunktete Krawatte anzuziehen, ausgerechnet heute. Ist nichts mehr dran zu ändern, beschied er sich. Dann grübelte er, wann er Breschnew das Geschenk überreichen sollte. Breschnew stand neben ihm, er war einen halben Kopf größer als

Honecker und herrschte über ein Weltreich, in das die DDR zweihundertmal hineinpasste und das sich von Osteuropa ausgehend über das gesamte Nordasien erstreckte – und sie schenkten ihm eine Uhr. Honecker schwitzte.

Als die Parade vorüber war, beugte er sich nach hinten und ließ sich das Kästchen reichen. Besser, er brachte die Sache hinter sich. Er übergab es Breschnew. »Ein kleines Andenken an deinen Besuch«, sagte er. Sein Russisch war nicht übel, aber warum klang seine Stimme so hoch? Er hörte sich an wie Ulbricht. Entsetzlich war das.

Breschnew öffnete das Kästchen. Die raupenartigen, buschig schwarzen Augenbrauen verfinsterten den Blick. »Warum schenkt ihr mir eine Uhr, auf der Stalin abgebildet ist?«

Das ist nicht Stalin, wollte Honecker sagen, das bist du. Aber wenn er das aussprach, sagte er damit nicht, dass Breschnews Abbild Stalin ähnelte? Das durfte er auf keinen Fall andeuten. Er schluckte.

Breschnew reichte die Uhr seiner Entourage weiter. Sie gingen gemeinsam auf die Staatskarossen zu, die auf dem Rollfeld nahe dem Flughafengebäude parkten. Dort stand »der große Alex«. Mit dem würde er ein Wörtchen zu reden haben. Ihn derartig zu blamieren! Eine Uhr! Und dann noch so, dass Breschnew sich nicht erkannte!

Hatte Schalck nicht gerade erst Breschnew verärgert, indem er das Gelände um den Potsdamer Platz für 31 Millionen DM an Westberlin verkaufte? Die Sowjetunion hatte von der Summe erfahren und verärgert bemerkt, man habe unter großen Opfern Berlin befreit, da gehe es nicht an, Gebiete an den Feind zu verkaufen.

Schalck reagierte nicht auf seine Blicke, weder hob er reumütig die Schulter, noch machte er beschwichtigende Gesten. Er sah einfach weiter energievoll nach vorn, Breschnew entgegen.

Alexander Schalck wog hundertdreißig Kilo. Um das Übergewicht abzutrainieren, schwamm er jeden Tag eine Stunde in der Sporthalle von Dynamo, das war kein Geheimnis. Dass er unter Knieschmerzen litt, hatte ihm Wuschech verraten, der Arzt, der auch für Honecker als Unterhändler in humanitären Belangen arbeitete. Es lag am Übergewicht. Wuschech hatte Schalck ein Fahrradergometer in den Hauskeller in der Manetstraße gestellt und überwachte dort mehrmals die Woche sein zweistündiges Training, wobei er Puls und Blutdruck beachtete und dementsprechend die Belastung einstellte. Tja, aber er würde um eine Meniskusoperation nicht herumkommen. Ein schwacher Trost.

Du hast mich enttäuscht, dachte Honecker. Bloßgestellt hast du mich.

Was grinste der so? Schalck hatte doch selbst beobachtet, wie unzufrieden Breschnew mit seinem Geschenk war.

»Genosse Generalsekretär«, sagte Schalck jetzt, wo sie ihn beinahe passiert hatten, »wir hätten noch ein Geschenk für dich!«

Du meine Güte, Schalck sprach tadelloses Russisch, als wäre es seine Muttersprache. Was steckte in diesem Pfundskerl! Und er hatte noch ein Geschenk?

Schalck trat aus der Reihe und näherte sich einem geparkten Auto, das etwas abseits stand und von einer grauen Schutzdecke verhüllt war. Breschnew blieb stehen. Sein Interesse war geweckt. Mit kräftiger Geste riss Schalck die Decke herunter. Sie glitt den Rest des Weges wie von allein hinab und enthüllte einen in der Morgensonne gleißenden Heckflossen-Cadillac, pink, mit weißen Gummireifen.

Honecker stockte der Atem. Die Ehrenformation, die Mitglieder des Zentralkomitees, sie alle …

Man konnte doch nicht dem Generalsekretär der Kommunistischen Partei der Sowjetunion das Auto des Klassenfeindes … Man konnte doch nicht …

Und Willi Stoph sah das, der gierte doch auch nach der Macht, der zählte die Äpfel am Baum, um sicherzustellen, dass ihm die Personenschützer keinen stahlen. Wer so misstrauisch war, für den war dieser Fauxpas ein gefundenes Fressen …

Breschnew lief mit breitem Strahlen auf den Wagen zu. »Das erste Auto, in das ich mich verliebt habe«, sagte er. Kurz, bevor er es erreichte – die Arme ausgestreckt, als wollte er es umarmen –, drehte er sich plötzlich um und drohte Honecker mit dem Zeigefinger. »Sie wussten das! Sie wollten mich reinlegen mit Ihrer Uhr, na, na!« Dann lachte er herzhaft.

10

Das Telefon läutete. Sie hob ab. »Ministerium für Staatssicherheit, Dierks.«

»Grenzübertritt Jens Fichtner. Ich sollte Ihnen doch Bescheid geben.«

Sie sah sich nach der Tür um. Dann sagte sie leise: »Hängen Sie jemanden an ihn dran. Aber keine Berichte, verstanden? Kein Papierkram.«

Stille in der Leitung. Schließlich sagte die Stimme: »In Ordnung.«

»Wenn er stationär geht, will ich benachrichtigt werden.« Sie legte auf.

Sie holte tief Luft, hielt den Atem an und atmete dann langsam wieder aus. Was tat sie hier? Eine klare Missachtung der Befehle.

Sie wählte die Nummer des »Büros für Besuchs- und Reiseangelegenheiten« im Westberliner Bezirk Charlottenburg, das ihren Recherchen nach Fichtners Wohnung am nächsten lag. Am Apparat meldete sich ein MfS-Kollege, der dort arbeitete. Sie kannte ihn noch aus seiner Zeit in der Abteilung VIII, Durchsuchungen und Sicherung der Transitwege. Sie fragte, ob ein Jens Fichtner kürzlich ein Tagesvisum beantragt habe.

Nach kurzer Überprüfung bestätigte der Kollege.

»Welchen Reisezweck hat er angegeben?«, fragte sie.

»Tourismus.«

Sie bedankte sich und legte auf.

Aus dem Spezialkoffer holte sie eine Perücke und befestigte sie auf ihrem Kopf: braune gelockte Haare. Dann setzte sie sich eine falsche Brille auf. Sie zog das abgewetzte braune Jäckchen an und schlüpfte in klobige schwarze Schuhe. Sie ging einige Male im Zimmer auf und ab, bis sie zufrieden war mit ihrem Gang: Er musste müde wirken und proletarisch.

Am Fensterbrett blieb sie stehen und nahm einen ihrer Flaschengärten hoch. Sie drehte ihn in den Händen. Eine Miniaturlandschaft unter Glas. Moos bedeckte den Boden, ein malerisches Stück trockener Wurzel fügte sich darin ein, und ein immergrüner Schlangenbart mit zarten langen Blattzungen.

Die Luftfeuchtigkeit im Glas war hoch, das limitierte auch das Wachstum, denn es fand wenig Stoffumsatz statt. Für gewöhnlich nahmen Pflanzen mit ihren Wurzeln Nährstoffe auf, wenn sie oben an den Blättern Wasser verdunsten lassen konnten. Nur dann kam ein Wasserstrom zustande. Die Pflanzen in den Hermetosphären konnten nicht viel verdunsten und blieben kleiner. Dabei kränkelten sie nicht, sondern passten sich an. Sie wurden zu kunstvollen Arrangements in ihren durchsichtigen, verschlossenen Gefäßen. So genügsam. Es konnten Jahre vergehen, ehe ein Gießen oder Umtopfen nötig wurde. Die Feuchtigkeit blieb immer erhalten, sie schlug sich an den Scheiben nieder und floss zum Boden zurück, von der Umwelt abgeschlossen.

Die DDR war auch so eine Hermetosphäre. Sie blieb – so gut es ging – unabhängig von der kapitalistischen Welt.

Marga stellte die Flasche ab und drehte die benachbarte, damit die *Primulina tamiana* nicht einseitig zum Licht wuchs. Nur wenige Pflanzen blühten im abgeschlossenen Glas, diese war eine Ausnahme.

In der dritten Flasche kroch ein Schleimpilz die Innenseite der Scheibe entlang. Marga öffnete sie und fütterte den Pilz mit einer Haferflocke. Er war dem Untergang geweiht, dauerhaft würde er in der Hermetosphäre nicht überleben.

Sie sah zum Telefon, wartete darauf, dass man ihr sagte, er sei zur Boxhagener Straße 25 gefahren, nicht irgendwohin mit einem Reportageauftrag und nicht eine alte Tante besuchen. Eine ganze Weile stand sie still, den Blick auf das schwarze Bakelit des Telefons geheftet. Dann ging ein Ruck durch ihren Körper, und sie holte ihre Dienstpistole aus dem Aktenschrank, die AP-9 aus ungarischer Produktion, und steckte sie in ihre Henkeltasche.

Sie hatte keinen Auftrag, Jens Fichtner und Ria Nachtmann zu überwachen. Genau genommen hatte sie Befehl erhalten, es *nicht* zu tun. Aber ihr Erfolg würde ihr rückwirkend recht geben. Dass mit denen etwas nicht stimmte, davon war sie hundertprozentig überzeugt. Sie war auf der Jagd. So wie früher bei der K5, als sie gleich nach dem Krieg Nazis aufgespürt hatte. Kein elender Papierkram mehr, keine dämlichen Regeln. Einfach nur Jägerin sein. Es erfüllte sie mit dem Gefühl von Klarheit, von Bestimmung.

Endlich, das Telefon.

Boxhagener Straße 25.

Jens ging die Treppen zu Rias Wohnung langsam, beinahe andächtig hinauf. Er war Jahre nicht hier gewesen. Er strich über den braun lackierten Handlauf des Geländers, atmete den Duft des Hauses ein.

Auch Westberlin hatte seine schmuddeligen Ecken. In

Kreuzberg und im Wedding ließ man sein Kind lieber nicht im Kinderwagen, wenn man kurz die Einkäufe hochtrug. Es war schon vorgekommen, dass Ratten am Wagen hochkletterten. Im Wedding wurden gerade ganze Häuserblöcke abgerissen, man wurde des Schimmels und des Drecks anders nicht mehr Herr. Auch wenn sich manche darüber aufregten und es »Kahlschlagsanierung« nannten – hier im Osten konnte man sehen, was passierte, wenn man es unterließ. Jens hatte das Gefühl, die Zeit wäre stehen geblieben. Während man im Westen am Kottbusser Tor das Neue Kreuzberger Zentrum errichtete und gegenüber der Urania das Philips-Hochhaus, besaß Rias Haus immer noch denselben schmutzig gelben Wandanstrich und die Fenster dasselbe rissige Holz.

War er ungerecht? Vor vier Jahren war der Fernsehturm eingeweiht worden, zum Ärger des Westens, denn der Osten beanspruchte jetzt, das Zentrum der Stadt zu besitzen. Der Fernsehturm war das dritthöchste frei stehende Bauwerk der Welt, eine Machtdemonstration. Man sollte sehen, wer Berlin in der Hand hatte.

Aber während im Westen auch in der Breite Neubauten erwünscht waren und man sie als Symbol für den Lebenswillen und die Lebensfähigkeit Westberlins förderte, fehlte es im Osten an Baumaterial und Geld. Man redete von der Weltrevolution, doch die Bänder standen still, weil es an Ersatzteilen mangelte. Die Schuld daran trugen immer andere, natürlich. Man lobte sich selbst dafür, den Faschismus mit Stumpf und Stiel ausgerottet zu haben, der Westen habe das nicht gemacht. Dabei hatte man an die Stelle der braunen Nazidiktatur nur die rote Diktatur der Kommunisten gesetzt. Man schaffte keine Diktatur ab, indem man sie einfach durch eine andere ersetzte. Die pluralistische Demokratie im Westen wollte man partout nicht sehen, da verschloss man die Augen. Auch hörte man ungern, dass die angeblich so faschistische Bundesrepublik derzeit von einem ehemaligen Widerstandskämpfer, Willy Brandt, regiert wurde.

Diese verlogene Seite hatte Ria gewählt. Sie war hier lieber als bei ihm. Das wollte ihm nicht in den Kopf. Seine Schritte wurden immer langsamer, er näherte sich ihrer Tür. Ihre plötzliche Abreise aus Warna … Die erneute Geheimdienst-Anbiederei … Was wollte er hier noch?

Er hatte ihren Blick gesehen in Warna, sie liebte ihn. Warum warf sie die Zukunft jedes Mal weg, sobald sie in greifbare Nähe gerückt war? Was machte ihr eine solche Angst? Er musste sie das fragen.

Dieses Mal, schwor er sich, würde er nicht vor ihr kriechen. Er würde versuchen, sie wachzurütteln.

Er klingelte.

Ria war erstaunlich schnell bei der Tür. Sie öffnete. »Jens.« Ihr Hals rötete sich.

»Darf ich reinkommen?«

Sie zögerte. »Du solltest nicht hier sein.«

»Du hast ein Talent, mir wehzutun, Ria.«

»Wenn ich dich reinlasse, musst du dich ins Hausbuch eintragen.«

»Ist doch egal! Sollen sie uns beobachten.«

»Es ist eben nicht egal.« Sie hielt die Tür auf, ließ ihn eintreten und schloss eilig hinter ihm wieder. Sie zog ihre Schuhe an.

»Ria, ich –«

»Nein, hier nicht.« Sie zog sich die Jacke an. »Komm.«

Draußen auf der Straße hakte sie sich bei ihm unter. Sie

ging eilig, zog ihn mit. An der Warschauer Straße stiegen sie in die S-Bahn. Sie saßen sich gegenüber in der Bahn, und Ria sagte nichts, sie schaute nur. Das konnten wohl nur Frauen auf diese Weise. Ihm wurde flau im Magen.

Endlich stiegen sie aus. Erst auf dem Alexanderplatz wurden Rias Schritte langsamer. Pärchen und Gruppen spazierten in weiten Abständen über den Platz. Ria fragte leise: »Geht es dir gut?«

»Ich denke jeden Tag an dich. Ich will das nicht. Aber ich bin verdammt dazu.«

Sie drückte seinen Arm.

Lächelte sie? Sie lächelte! »Als du in Warna nicht kamst«, schimpfte er, »habe ich dort den ganzen Tag gestanden und auf dich gewartet. Ich habe geheult. Ich habe es nicht verstanden. Und dann frage ich im Hotel nach, und sie sagen, dass du abgereist bist. Abgereist! Das war wie eine kalte Dusche. Und das Nächste, was ich von dir bekomme, ist … dieser Brief.«

»Nicht so laut. Bitte.«

»Ich weiß nicht, was ich dir noch glauben kann. Merkst du nicht, dass dir dieser Mist das Leben kaputt macht?«

»Mein Leben haben andere zerstört. Da war ich zehn.«

»Ja, ich weiß, deine Eltern, das war ungerecht und grausam, und es tut mir leid, was ihnen zugestoßen ist und damit auch dir. Aber soll es wirklich auf ewig dein Leben bestimmen? Du musst darüber hinwegkommen, sonst hast du die Stasileute in deinem Verstand und deinem Herzen, bis du alt und grau bist. Willst du das? Wirf sie raus! Schließ ab mit der Sache, Ria. Das ist mein Ernst. Tu es, bevor es dich ganz kaputt macht.«

»Über eine schlechte Schulnote kommt man weg. Über eine Sommergrippe oder eine zerdepperte Kanne. Aber nicht über so etwas. Das lässt sich nicht auffegen wie ein paar Scherben, und dann wirft man sie in den Müll, und das war's. Außerdem ist die Sache noch nicht abgeschlossen.«

»Aber du hast doch Jolanthe wieder. Du merkst es nur nicht, weil du so fest den Blick auf die Vergangenheit richtest.«

»Da täuschst du dich.«

Sie schwiegen. Wandten sich zum Centrum-Warenhaus. Dann wieder gen Haus des Lehrers. Sie machten kehrt und umrundeten die Weltzeituhr, auf der sich behäbig die Planeten drehten. Er sagte: »Ich habe das Gefühl, dass du immer dann zurückzuckst, wenn es schön werden könnte mit uns. Was du in Warna versprochen hast, gilt das überhaupt noch? Irgendwann werde ich mich zurückziehen müssen von dir, sonst verbrenne ich.«

Rias Hand in seiner Armbeuge umklammerte ihn fester. Sie schwieg, aber er konnte sehen, dass sie mit den Tränen rang.

»Du sagst nichts dazu?«, fragte er.

»Ich muss da noch etwas in Ordnung bringen«, sagte sie leise.

»Also soll ich warten? Wieder warten? Wenn man mir ein Buch empfiehlt, kann ich es beinahe schon deshalb nicht mehr lesen, weil ich es mir nicht frei ausgesucht habe. Ich liebe meine Freiheit, das weißt du. Und dich? Kann ich nicht vergessen, kann ich nicht fortschieben. Du bist in mir lebendig, ob ich das will oder nicht. Glaubst du, das ist schön für mich?«

»Vermutlich nicht«, sagte sie und hielt weiter seinen Arm.

Warum hatte sie ihn sich ausgesucht? Sie hätte sein Kind sein können, zumindest körperlich, er war ein Bär von Statur, sie mehr als einen Kopf kleiner. Er begehrte sie sexuell und sie ihn, trotzdem war diese Vater-Tochter-Ebene nicht von der Hand zu weisen: Er der erfahrene Westjournalist, sie die Sekretärin im Osten. Suchte sie eigentlich nicht ihn, sondern ihren Vater? Und so, wie sie ihn nicht finden konnte, niemals mehr finden konnte, so vereitelte sie auch eine funktionierende Beziehung zwischen ihnen? War er auf verquere Weise eine Mischung aus Partner und Vaterersatz für sie?

»Ich habe Angst um dich, Ria«, sagte er und berührte ihre Hand, die in seiner Armbeuge lag.

Sie zog die Hand weg. »Komm nicht mehr her, Jens.«

»Ist das dein Ernst? Das willst du so?«

Sie nickte. »Ja, es ist mein Ernst.«

Schimmerten da nicht Tränen in ihren Augenwinkeln? Ihre schmalen Hände, zitterten sie nicht?

Also der Abschied. Diesmal für immer. Er blieb stehen und zog Ria zu sich heran. Während er sie umarmte, beugte er sich zu ihr hinunter und küsste sie. Dann löste er die Umarmung und nahm zärtlich ihr Gesicht in die Hände, küsste Stirn und Augen, Nase und Mund. Er schmeckte Salz, ob es seine Tränen waren oder ihre, wusste er nicht zu sagen. Er strich ihr das Haar hinter das Ohr. Er nickte. Sagen konnte er nichts mehr.

Marga Dierks ging in den klobigen Schuhen über den Alexanderplatz, nur dreißig Meter von den sich Küssenden entfernt. Es war ein Glücksfall gewesen, dass sie die beiden auf dem Weg zur S-Bahn noch erwischt hatte.

Der Kuss war echt. Er geschah nicht zur Tarnung, um ungesehen eine Filmrolle in die Tasche des anderen zu stecken, und er war kein Versuch, ihr Treffen zu legitimieren. Vielleicht war das ihr Denkfehler gewesen im Verhör. Die beiden liebten sich wirklich. Auch das Treffen in Warna konnte aus Liebesgründen geschehen sein.

Aber Liebe war niemals rein. Jacob hatte die Fürsprache ihres Vaters gebraucht, um ein Kunststudium beginnen zu können. Und auch Ria wollte von Jens etwas, sie würde den Westjournalisten instrumentalisieren. Was plante sie?

Trotz allem beneidete sie Ria, die so begehrt wurde. Du meine Güte, jetzt schüttelte es den Mann sogar. Er wandte sich abrupt ab und ging zum S-Bahnhof. Ria presste sich Zeigefinger und Daumen in die Augen, als könnte sie so ihre Tränen aufhalten. Als der Mann im Eingang zum S-Bahnhof verschwunden war, wandte sich Ria Nachtmann ebenfalls ab und ging in eine andere Richtung. Sie hielt ihre Oberarme umklammert, als wäre ihr kalt.

Sicher empfand sie den Schmerz wirklich. Darüber hinaus war ihr aber alles zuzutrauen. Schon im Verhör hatten bei Marga die Instinkte Alarm geschlagen, was diese Frau betraf. Warum hatte sie sich nicht in ihrer Wohnung von ihm verabschiedet, wenn sie doch eine Trennung plante? Einer Frau passierten Trennungen nicht einfach so. Wieso der Alexanderplatz, wieso die große Fläche? *Wollte* sie, dass man diese Trennung sah?

Jacob hatte sie gern im Verborgenen geküsst, nur ein einziges Mal war es in der Öffentlichkeit geschehen, vor einer Parteiveranstaltung, und sie hatte damals sofort begriffen, für wen dieser Kuss gedacht gewesen war: für ihren Vater. Würde man sich nicht, wenn man einander zum letzten Mal sieht, zurückziehen, so wie Tiere sich zum Sterben verkrochen?

Das Ganze war inszeniert. Und sie würde herausfinden, warum.

11

Annie nahm die Milch aus dem Kühlschrank. Der Plastikschlauch, in den sie eingeschweißt war, fühlte sich ekelhaft schleimig an. Sie rief rüber zum Wohnzimmer: »Mutti, gab es keine saubere Milch?« Sie kaufte nicht oft ein, sie war ja meistens beim Training, aber wenn sie es tat, tastete sie in der Kaufhalle in der Wanne kalter, schwappender Milchschläuche nach Exemplaren, die nicht verschmiert waren. Klar, manchmal gab es einfach keine sauberen, weil wieder mal ein Schlauchbeutel beim Transport aufgeplatzt war, das roch man auch gleich, saure Milch. Dann musste man eines der schleimigen Exemplare nehmen.

Seufzend stellte sie den Milchschlauch in den Hartplastik-Ständer und wusch sich anschließend im Spülbecken die Hände. Sie holte die Schere aus dem Schub und schnitt eine Ecke der Milchtüte auf. Vorsichtig kippte sie den Gießer nach vorn. Oft verhielt sich der Milchschlauch nicht wie geplant und knickte plötzlich ein und – »Scheibe!« Milch schwappte auf den Tisch.

Mutter rief mahnend aus dem Wohnzimmer: »Annie, bitte.«

»Ich hab bloß Scheibe gesagt, Mutti, nicht Scheiße.«

»Jetzt hast du's gesagt.«

»Können die den bekloppten Ständer nicht zwei Zentimeter höher machen? Kauf die Milch nächstes Mal in

Flaschen, bitte. Egal, auch wenn sie mehr kosten. Ich hasse diese Schläuche.«

Da hatten sie so schön die alten Milchkannen durch Glasflaschen abgelöst, jeder liebte den Stanniolverschluss der Flaschen, weil man den Prägedruck so schön mit dem Fingernagel glatt rubbeln konnte. Und dann hatte jemand diese murksige Erfindung der Milchschläuche machen müssen.

»Du sollst sowieso keine Milch trinken. Schon gar nicht am Abend! Was ist mit deinem Gewicht?«

»Ach, Mutti!«

Es klingelte.

Die Mutter ging zur Tür. Annie hörte sie sagen: »Du? Ich dachte, du bist im Urlaub.«

»Darf ich reinkommen?«, fragte jemand.

Ria betrat die Küche, grüßte Annie.

Annie brummte eine Erwiderung und wischte die Pfütze auf der Wachstuchtischdecke weg. Damit der Lappen nicht stank, wusch sie ihn gründlich mit Wasser aus.

»Annie, könnten wir … Wärst du bereit, einen kleinen Spaziergang mit mir zu machen?«

Verwirrt blickte sie hoch. Den Tonfall kannte sie noch nicht. Und Ria sah auch anders aus heute. War sie krank? »Wenn es sein muss. Bin eigentlich ziemlich k. o. vom Training.«

»Nur einmal um den Block. Bitte.«

»Da kann ich ja jetzt nicht Nein sagen, oder? Ich sag schnell Mutti Bescheid.« Sie zog sich die Jacke an und rief der Mutter zu, was sie vorhatten.

Unten vor dem Haus fragte Ria: »Geht es dir gut … mit deiner Mutter?«

»Sie beschwert sich, dass ich mein verschwitztes Sportzeug einfach nur ins Bad werfe. Und sie hat panische Angst, dass ich zunehme und in der Sportschule Ärger kriege. Also alles bestens, wie immer.«

Sie gingen los. Ria sagte: »Es könnte sein, dass Leute kommen und dir Dinge über mich erzählen.«

»Was für Dinge?«

»Lügen.«

Über den Hof gellte der Ruf einer Nachbarin: »Torsten, Abendbrot!« Zwei Tauben liefen über den Boden. Sie pickten nach einer Schachtel Karo, gaben aber rasch auf und suchten am Beetrand weiter.

»Warum tun die das?«

»Sie wollen mir schaden.«

Wer könnte Ria schaden wollen? Das war absurd. Sie war eine Beamtenschnepfe, eine Person mit drögen Ansichten, die sie nach dem Russischunterricht fragte und nach ihrem Musikgeschmack und anderen dummen Sachen – die Begegnungen, die sie hatten, waren immer enttäuschend. Mutti war immerhin Kunstlehrerin. Und mit ihr konnte man sich streiten. Aber Ria konnte unmöglich Feinde haben. Selbst die Feinde würden mit ihr nichts anzufangen wissen. Also Themenwechsel. »Ich dachte, du bist in Warna.«

»War ich ja.«

»Wolltest du nicht länger bleiben?«

»Es hat mir nicht gefallen.«

Irre, wie schräg sie drauf war heute. Wie konnte einem der Urlaub am Schwarzen Meer nicht gefallen? »Du warst einfach ein Jahr zu früh da.«

»Wie meinst du das?«, fragte Ria verwundert.

»Da sind die Turn-Weltmeisterschaften. Nächstes Jahr.«

Was war mit Ria heute los? Man konnte auch sonst nicht

besonders gut mit ihr reden, aber derart still und in sich gekehrt hatte Annie sie noch nie erlebt. Dann sollte sie eben nicht herkommen, wenn sie so schlecht gelaunt war. Die wirklich wichtigen Dinge hätte sie sowieso nicht mit ihr besprochen. Zum Beispiel, dass sie heute, als alle die Hand aufhalten mussten und der Trainer jedem eine blaue Pille hineinlegte, zum ersten Mal nur so getan hatte, als würde sie das Mittel schlucken, und es stattdessen draußen in den Gulli geworfen hatte. Den Trainer zu hintergehen war ihr schwergefallen. Seine Anweisungen waren sonst für sie Gesetz, seine Auswertung nach einem Wettkampf, seine Analyse ihrer Leistung und ihrer Fehler. Und jetzt hatte sie ihn betrogen.

Die Sportlergemeinschaft war wie eine Familie, aber davon verstand Ria nichts. Und Mutti genauso wenig. Und Vati war ja dauernd in seinem Modelleisenbahnverein oder sortierte seine Briefmarken oder verkroch sich hinter der Zeitung.

Sie waren fast schon um den Block herum. Ria sagte: »Hör zu, ich wollte dich nicht beunruhigen. Ich habe nur Ärger auf der Arbeit, und ich hatte die Sorge, dass sie versuchen, dich mit reinzuziehen.«

»Schon in Ordnung.«

Da war die Haustür. Ria blieb stehen. »Denkst du, wir könnten uns in den nächsten Wochen mal mit Jolanthes Kindern treffen?«

Maja und Florian waren fast zwei Jahre älter als sie, sie waren in Ordnung, aber interessierten sich nicht für Sport. Annie hatte im Gegenzug die neuesten Kinofilme nicht gesehen. Sie spielte nicht Klavier und verstand wenig von Holz, auch wenn sie Florians Konstruktionskünste bewunderte. Sie waren verwandt, mehr aber auch nicht. »Irgendwann mal, ja.«

Ria sah zu Boden. »Damals, als wir dir gesagt haben, dass ich deine Mutter bin … Was hast du da gedacht?«

Sie war schockiert und traurig gewesen, nicht die Tochter der Frau und des Mannes zu sein, die sie bisher für ihre Eltern gehalten hatte. Aber Ria war so eigenartig heute, so schwach und so empfindsam, dass sie entschied, nicht die Wahrheit zu sagen. »Ich habe mich gewundert.«

Ria hob den Blick. Sie sah Annie fest in die Augen. »Und was denkst du jetzt?«

Danach hatte sie noch nie gefragt. Ria vermied das Thema eigentlich nach Kräften. Jetzt plötzlich das offene Gespräch? »Lass uns ein andermal darüber reden. Heute ist mir nicht so danach.«

Ria nickte. »Ja, natürlich.«

»Ich geh hoch, Ria.«

Sie gaben sich die Hand. Ria hielt ihre Hand um eine Winzigkeit zu lang.

Im Treppenhaus war sie immer noch aufgewühlt von dem eigenartigen Gespräch. Sie hatte oft gedacht, dass es kein Wunder war, dass ihr leiblicher Vater Ria verlassen hatte. Es war ein böser Gedanke. Aber er war sicher berechtigt. Ihr Vater war viel spannender als Ria, davon war sie überzeugt. Ob die Stasifrau tatsächlich wusste, wer er war, oder es herausfinden konnte? Und wenn es dazu kam, wäre er dann bereit, sie zu treffen?

Oben in der Wohnung griff sich Annie ein Geschirrtuch und trocknete die Teller ab, die Mutti gerade abgespült hatte. Nach einer Weile hatte sie aufgeholt, und Mutti reichte ihr immer das nasse Geschirr aus dem Abwaschbecken. Annie fragte: »Wie konnte Ria mich als Säugling weggeben? So etwas macht man einfach nicht.«

»Nein«, sagte die Mutter. »Ich verstehe es auch nicht. Aber für deinen Vater und mich war es ein großes Glück.«

»Sie war sehr jung, oder?«

»Trotzdem darf man so etwas nicht tun. Man tut es einfach nicht, als Mutter.«

Stefan Hähner las den Funkspruch wieder und wieder. Geburtstagsgrüße an »G.«, am 1. Februar 1956 über Agentenfunk verschickt. Eine unglaubliche Dummheit.

Er wusste, dass die Stasi beim Vergeben von Decknamen oft Worte mit gleichem Anfangsbuchstaben wählte, aus Faulheit oder um der Übersicht willen. Alle Männer der Bundesrepublik durchzugehen, deren Name mit »G« begann und die am 1. Februar geboren waren, war sinnlos. Das mussten Zigtausende sein. Aber eine Spur war es doch. Warum hatte man sie nicht weiterverfolgt?

Watschounek trat von hinten an seinen Schreibtisch heran und sah ihm über die Schulter. »Was haben Sie da?«

Er zeigte es ihm.

»Das ist siebzehn Jahre her. Der Agent wird längst nicht mehr aktiv sein.«

»Vielleicht finde ich doch was«, sagte er.

Watschounek wünschte ihm Glück.

Eine halbe Stunde später hielt er den Zettel neben einen zweiten Funkspruch, der ebenfalls hatte entschlüsselt werden können. Dieser war am 6. Oktober 1956 über den Äther gegangen und hielt Geburtstagsgrüße an »Chr.« fest. Dieselbe Unvorsichtigkeit, ein zweites Mal.

»Chr.«, das konnte – bei einem Decknamen wie »Chrom« oder »Chronist« – im Klarnamen ein Christian sein. Oder Christoph. Mit »Chr« begannen wenige Namen. Wie viele

Ergebnisse würde es geben, wenn er alle Personen mit entsprechendem Vornamen heraussuchte, die am 6. Oktober Geburtstag hatten?

Zwei Agenten. Zwei Geburtstage. Oder ein Paar? Der Deckname könnte auch »Chrysantheme« gelautet haben und der echte Name Christel.

Ging nicht vor Jahren, als er noch beim Bundesnachrichtendienst gewesen war, das Gerücht um, die SPD sei durch ein Agentenpaar aus dem Osten infiltriert worden? Ein Überläufer hatte das behauptet, aber es waren keine Anhaltspunkte zu finden gewesen. Angenommen, die Geburtstagsgrüße betrafen dieses Paar, und es war 1956 noch nicht an Ort und Stelle in der SPD gewesen, sondern gerade erst im Flüchtlingsstrom aus der DDR in die Bundesrepublik geschleust worden, und man hatte es deshalb nicht aufdecken können?

Er bat Watschouneks Sekretärin, ihm eine Liste aller Personen der SPD-Führung samt deren Geburtsdaten zu erstellen.

»Bis in welche Ebene?«, fragte Ella.

»Lassen Sie die Kreisverbände erst mal. Die Bezirke und Landesverbände genügen mir. Aber fangen Sie mit dem Parteivorstand und den wichtigsten Mitarbeitern an. Wäre gut, wenn ich die schon heute Nachmittag haben könnte.«

»Ich muss Herrn Watschounek fragen«, sagte sie mit einem verschwörerischen Zwinkern. Natürlich würde sie es für ihn tun, vielleicht erwähnte sie es bei Watschounek nur beiläufig.

Er bedankte sich und fragte, ob sie mit in die Kantine käme.

»Tut mir leid. Da ist gerade dringende Arbeit reingekommen. Sie sollten sich vorher überlegen, ob Sie mich bei der Arbeit oder beim Essen brauchen.«

Sie lachten.

In der Kantine aß er paniertes Fischfilet. So gut hatte es ihm schon lange nicht mehr geschmeckt. Eigentlich nicht mehr, seit Großmutter gestorben war. Wenn es niemand bei der SPD war, würde er womöglich im NADIS fündig werden. Im Nachrichtendienstlichen Informationssystem wurden Informationen über Verdächtige gesammelt, die nach den bisherigen Werbungsmustern für die Auslandsspionage der DDR interessant sein könnten. Und man verzeichnete die Kontakte von Spionageverdächtigen, also zum Beispiel die Menschen, die zu ihrer Entlastung als Zeugen vor Gericht ausgesagt hatten.

Kaum hatte er sich nach dem Essen wieder an seinen Schreibtisch gesetzt, brachte ihm Ella eine zwölfseitige Liste. »Das ist erst der Anfang«, sagte sie, »aber ich muss jetzt wirklich etwas für Herrn Watschounek tippen. Ich mache später weiter.«

Rasch ging er die Vornamen in der SPD-Führung durch und verglich die Geburtstage. Kein Treffer. Und die Mitarbeiter? Günter Guillaume war am 1. Februar geboren, die rechte Hand von Bundeskanzler Willy Brandt.

Er ging ins Rechenzentrum. Eigentlich dauerte ein Suchauftrag mehrere Tage, aber weil er sagte, es sei eilig, gaben die Techniker den Namen Guillaume gleich über Lochkarten in den NADIS-Großrechner.

Sie legten ein Band ein, auf dem Daten gespeichert waren. *Dsch-Dsch,* spulte der Rechner das Band vor, dann ein Stück zurück, wieder vor, während er die Datensätze auslas und nach dem Namen suchte, der ihm auf der Lochkarte eingespeist worden war, Guillaume. Der Techniker legte das nächste Band ein. Dann das nächste.

Schließlich spuckte der Schnelldrucker etwas aus, er hämmerte die Buchstaben in wilder Folge aufs Papier. Weitere Magnetbänder wurden eingelegt, wieder ratterte der Schnelldrucker, und die Motoren, die die Magnetbänder drehten, surrten.

Als das letzte Magnetband stillstand und der Drucker verstummt war, reichte ein Techniker Hähner die Ausdrucke. Sie bestanden ausschließlich aus Großbuchstaben wie bei einem Telegramm, aber es waren aufwühlende Buchstaben: Tatsächlich war Guillaume bereits in drei Spionagefällen als Zeuge vernommen worden. Er hatte sich also im Umfeld von drei Personen bewegt, die als Spione enttarnt worden waren, und war doch selbst immer als unbelastet aus der Überwachung entlassen worden.

Was waren das für Gerichtsverfahren gewesen?

Er las sich mit klopfendem Herzen fest. 1972 war ein Spion des DDR-Auslandsnachrichtendienstes »Hauptverwaltung Aufklärung«, HVA, in Westberlin festgenommen worden. Er hatte zwei Minoxfilme bei sich gehabt. Darauf: Dokumente des Düsseldorfer DGB-Vorstandes. Sein Führungsagent, den man mit ihm am Treffpunkt festnahm, hatte 3.600 DM und einen Zettel bei sich, auf dem er den Namen Guillaume notiert hatte, und behauptete im Verhör, er habe seinen Agenten vor Guillaume warnen wollen, weil Guillaume ein gefährlicher rechtskonservativer SPD-Mann sei und Kontakt zur westdeutschen Spionageabwehr habe, so sei zumindest das Gerücht gegangen bei der Staatssicherheit.

Womöglich log der Führungsagent nicht in allen Punkten im Verhör. Wahrscheinlich hatte er seinen Agenten tatsächlich vor Guillaume warnen wollen. Aber das war der alte Trick: Man verkaufte eine Halbwahrheit für die Wahrheit, die man mit Inbrunst verteidigte und vertrat, und schmuggelte so eine Lüge ins Verhör. Was, wenn er nicht deshalb vor Guillaume warnen wollte, weil Guillaume etwa Kontakt zur westdeutschen Spionageabwehr hatte – was im Übrigen laut der Nachprüfungen des Gerichts nicht stimmte –, sondern weil sein Agent geplant hatte, Guillaume als Quelle anzuwerben? Und das konnte die HVA nicht zulassen, denn irgendwann hätten Guillaume und der Spion entdeckt, dass sie beide bereits für die HVA arbeiteten. Der strenge Grundsatz war: Spione durften einander nicht kennen, damit im Fall von Verhaftungen nicht großer Schaden entstand. Kein Geheimdienst der Welt duldete solche Querverbindungen. Nur zu ihren Residenten im Operationsgebiet oder zum Führungsoffizier durften Agenten Kontakt haben. Davon abgesehen waren sie Einzelkämpfer.

Neben dem Fall mit den Minoxfilmen hatte Guillaume Verbindungen zu zwei weiteren Fällen gehabt, dem eines Pressefotografen und dem eines wegen Spionage verurteilten Ehepaars. Wie wahrscheinlich war es, dass jemand drei Mal unschuldig mit Spionagevorwürfen in Berührung kam?

Es musste eine Akte aus dem Notaufnahmelager über ihn geben. Jeder, der aus der DDR nach Westdeutschland geflüchtet war, hatte dort Angaben über seinen Lebenslauf und seine Fluchtgründe zu machen. Musste er nicht zudem einer Sicherheitsprüfung unterzogen worden sein, als er im Parteiapparat aufstieg? Auch diese Unterlagen waren zu beschaffen. Womöglich gab es Widersprüche in seinen Angaben.

Er kehrte ins Büro zurück und bat Ella darum, Guillaumes Akte aus dem Notaufnahmelager zu beschaffen, möglichst sofort, notfalls per Fernkopie-Fax. Außerdem brauche er Angaben über dessen Frau.

Eine kurze Irritation huschte über ihr Gesicht. Sie schien auf einen Flirt zu warten, auf einen Scherz. Seine sachliche Stimmlage und die knappen Angaben waren ungewohnt. Dann begriff sie: Es war etwas Ernstes. Eine Bedrohung,

Sie notierte sich den Namen Guillaume und griff ohne Umschweife zum Telefon. Als er das Zimmer verließ, wählte sie bereits.

An seinem Schreibtisch verfasste er eine erste Verdachtsmeldung, mit der er bei Watschounek die Genehmigung einholen wollte, die Aufzeichnungen der Sicherheitsprüfungen einzuholen.

Er war möglicherweise dabei, einen ostdeutschen Spion zu enttarnen. Und nicht irgendeinen. Der Gedanke erschütterte ihn regelrecht: Wenn Guillaume tatsächlich für die HVA im Einsatz war, dann arbeitete ein Spion des Ostblocks jeden Tag im engsten Umfeld des Bundeskanzlers, war bei Besprechungen anwesend, plauderte mit den Sekretärinnen, begleitete den Bundeskanzler auf Reisen, kannte seinen Tagesablauf, seine politischen Pläne, seine Einschätzung der internationalen Lage. An welche Art von Dokumenten kam Guillaume als persönlicher Referent des Bundeskanzlers heran? Besaß er eine Sicherheitsfreigabe für den Umgang mit geheimen Verschlusssachen?

Ella betrat sein Büro.

Er sah hoch.

»Ich habe geklopft«, sagte sie. »Soll ich …?«

»Nein, kommen Sie herein. Ich war nur in Gedanken.«

»Weil Sie das doch recht dringend haben wollten …« Sie reichte ihm einige Papiere.

Eigentlich hätte sie wieder gehen müssen, aber sie blieb noch in der Tür stehen. »Ich kenne Sie jetzt zweieinhalb Jahre, seit ich hier angefangen habe. Noch nie hab ich Sie so ernst erlebt. Ist es schlimm?«

»Ich darf nicht mit Ihnen darüber sprechen.«

»Natürlich. Bitte entschuldigen Sie.« Ella wandte sich ab.

Er sagte rasch: »Noch ist es nur ein Verdacht.«

Sie drehte sich wieder zu ihm um. Sie sah besorgt aus.

»Aber ja«, sagte er, »wenn es sich als wahr herausstellt, ist es schlimm.«

»Verstehe.« Sie lächelte betrübt. »Danke.« Leise schloss sie hinter sich die Tür.

Er verschaffte sich einen Überblick über das, was sie gebracht hatte. Die Befragungen überflog er zunächst nur. Er suchte die Daten. Günter Guillaume war am 12. Mai 1956 aus der DDR geflüchtet und hatte im Notaufnahmelager Gießen Unterschlupf gefunden. Der Zeitpunkt passte.

Und seine Frau? Er blätterte weiter.

Sie hieß Christel. Geboren war sie am 6. Oktober.

Es fuhr ihm wie ein Stromschlag durch die Knochen.

Betäubt saß er da und starrte auf das Datum.

Dann zog er das Blatt aus seiner Schreibmaschine, auf dem er die Verdachtsmeldung begonnen hatte, und zerriss es. Er würde ein Dossier zusammenstellen für Watschounek. Wie von einem Katapult geschleudert fand er sich in dem Metier wieder, aus dem er vor Jahren ausgeschieden war. Er kannte diese Welt. Er kannte sie gut.

Es galt, einen Spion zu fangen. Einen Spion und seine Frau.

12

Je älter sie wurde, desto schwerer fiel es ihr, sich in junge Menschen hineinzuversetzen. Das Mädchen, das für sie Ria Nachtmann entlarven sollte, war sechzehn. Annie wuchs in einem stabilen Staat auf, der sich um seine Bürger sorgte – wobei oft gerade die gut versorgten Bürger besonders aufmüpfig waren. Wer lungerte in der Berliner Innenstadt herum, trug lange Haare und hörte die weltverachtende Musik des Klassenfeinds? Die Söhne der höheren Parteikader.

Sie selbst war arm gewesen, sie hatte in den Geflügelläden um die abgehackten Füße und Hälse der Hühner und Enten betteln müssen. Aus diesen Abfällen, die andere nicht mehr haben wollten, hatten sie Geflügelsuppe gemacht. Eine bunte Papierschlange, die man an einem Stab schwenkte, war für sie ein kostbares Spielzeug gewesen. Annie dagegen war sicher mit einem Puppenhaus und einer Kinderpost und Wundertüten und Buntpapier aufgewachsen. Sie hatte in ihrer Kindheit keine amerikanischen Zigarettenstummel vom Boden aufgelesen, hatte nicht darauf gelauert, dass ein G. I. eine halb gerauchte Zigarette wegwarf, und war dann hingesprungen, nur um beschämt mitzubekommen, dass sich die Amerikaner über die traurige Gier der Deutschen amüsierten. Die russischen Soldaten waren Marga immer lieber gewesen, die waren wenigstens ausgemergelt gewesen wie sie.

Wie viel war damals eine Packung Lucky Strike wert gewesen! Annie aber wurde gefördert, sie durfte an einer Kinder- und Jugendsportschule trainieren, bekam eine exzellente ärztliche Versorgung und gutes Essen. Konnte man da nicht ein wenig Dankbarkeit und Bereitschaft zur Mithilfe erwarten?

Stattdessen jammerte das Mädchen von ihrem anstrengenden Training und behauptete, für zusätzliche Aufgaben keine Zeit zu haben.

Sie wollte also nicht. Nun, die wenigsten wollten von sich aus. Man musste ein wenig nachhelfen. So wie die meisten Menschen keine eigene Meinung hatten. Sie musste durch Druck von außen in sie hineingepresst werden wie das Schmieröl in eine Maschine.

Marga straffte ihre Haltung und betrat das Schulgebäude. Im Flur roch es nach Bohnerwachs, Schweiß und zerkochten Kartoffeln. Sie fand das Sekretariat und verlangte, mit der Direktorin zu sprechen.

»Sind Sie die Mutter einer Schülerin?«, fragte die Sekretärin, während sie sich, bereits eingeschüchtert, mit ihren breiten Hüften hinter der Schreibmaschine erhob, als hätte man sie beim heimlichen Rauchen erwischt.

»Oberleutnant Marga Dierks, Staatssicherheit.«

Die Sekretärin zog den Kopf ein und ging voraus, sie anzumelden, aber Marga wartete nicht, sie folgte ihr einfach und trat ins Büro der Direktorin.

Honeckers Konterfei blickte milde von der Wand herab. Die Vorhänge am Fenster waren gelborange, die Möbel von der billigsten Machart.

»Sind Sie wegen der Übernachtungsgäste aus Kuba da?«, fragte die Direktorin.

»Welche Übernachtungsgäste?«

»Die während der Weltfestspiele in unserer Schule unterkommen sollen.«

Mit solchem Kleinkram schlugen die sich hier herum. Kein Wunder, dass es mit dem Land nicht zügiger voranging. Marga wies sich aus und erklärte, was die Direktorin zu tun hatte.

Die Frau wand sich. »Der gesellschaftliche Auftrag unserer Schüler besteht darin, sportliche Höchstleistungen zu erringen. Die Kinder haben dreißig bis vierzig Stunden Training in der Woche, dazu noch die Schulstunden, das fordert unsere Jugendlichen wie einen erwachsenen Schwerarbeiter. Ich müsste das im Leitungskollektiv –«

»Sie brauchen da gar nichts im Leitungskollektiv zu besprechen. Sie tun einfach, was ich Ihnen gesagt habe, verstanden? Und Sie reden mit niemandem darüber.«

»In … Ordnung.« Die Direktorin sah aus, als hätte sie Zitronensaft geschluckt.

»Und jetzt kopieren Sie mir alle Schulunterlagen der Turnerinnen.« Sie trat ans Fenster. »Sind da unten welche von ihnen zu sehen?«

Die Direktorin trat neben sie und erklärte mit weinerlicher Stimme, welche Mädchen zu den Turnerinnen gehörten.

Marga marschierte hinaus. Wenn man Dinge erledigte, gab das einen eigenen Schwung, den sie mochte. Nicht lange zaudern, sondern tun. Das hatte sie von ihrem Vater gelernt. Auf dem Hof sprach sie die Mädchen an und stellte einige Fragen zu Annie. Die Antworten interessierten sie nicht. Dich krieg ich, Mädchen, dachte sie. Du wirst merken, mit fortschrittlicher politischer Haltung lebt es sich besser.

Am Morgen berichteten Annies Freundinnen, jemand habe sich nach ihr erkundigt. Gesine fragte: »War diese Frau von der Schmiere?«

»Unsinn«, sagte Annie. Aber sie spürte die Skepsis der anderen. Ein feiner Riss war in ihre Freundschaft geraten.

»Was hast'n angestellt?« Respekt schwang in Doreens Stimme mit – irgendwas musste sie ja auf dem Kerbholz haben, wenn sich die Stasi nach ihr erkundigte –, aber auch Bitterkeit.

Es klingelte. Physik. Bald brüteten sie alle über der Aufgabe:

> Der Korb eines Fahrstuhls mit einer Masse von 600 kg bewegt sich beim Heben im Verlauf der ersten 4 s gleichmäßig beschleunigt und legt dabei einen Weg von 8 m zurück. Dann bewegt sich der Korb gleichförmig weiter. Berechnen Sie die Zugkräfte, die in jeder der beiden Bewegungsphasen auf das Seil wirken! (Reibungswiderstände bleiben unberücksichtigt.) Welche verschiedenen Arten von Arbeit werden in den ersten 4 s verrichtet? Berechnen Sie diese Arbeiten in Nm!

»Entnehmen Sie dem Tafelwerk die entsprechenden Gesetzmäßigkeiten«, sagte der Lehrer.

Sie hasste Physik. Da war ihr sogar Chemie mit Substitution und Eliminierung und Reaktionen mit Protonenübergang lieber.

Ihre Klasse war über die Jahre immer kleiner geworden. Die ersten Mädchen hatten die Sportschule schon nach drei Wochen verlassen, damals in der dritten Klasse. Das Trainingspensum war ihnen zu hart gewesen. Damals waren sie fünfundzwanzig Schüler gewesen. Später nur noch zwanzig. Dann fünfzehn. Jetzt waren nur noch zehn Turnerinnen übrig. Die Auslese war gnadenlos. In der Abiturstufe würden die verbliebenen Sportlerinnen Einzelunterricht erhalten.

Annie fragte sich, ob die anderen ihr noch die Hand geben würden, wenn sie sich bereit erklärte, an die Stasifrau zu berichten.

Sie würde das nicht machen. Sie würde niemanden belügen. Nur: Hatte sie nicht längst damit begonnen? Die Stasifrau trieb bereits einen Keil zwischen sie und die anderen. Wie war das aufzuhalten?

Warum hatte die Staatssicherheit ausgerechnet sie ausgewählt? Sicher wussten die von ihrer verquickten Familiengeschichte. Die Stasi glaubte wohl, dass sie es bei entwurzelten Menschen leichter hatte.

Es folgten Unterrichtsstunden in Russisch, Mathematik, Staatsbürgerkunde und dann Geschichte mit dem Thema Gründung der DDR – zum dritten Mal, sie hatten das doch schon in Geografie in der fünften und in Staatsbürgerkunde in der siebenten Klasse behandelt. Annie konnte sich nicht konzentrieren.

Wussten die wirklich, wer ihr leiblicher Vater war? Sie hatte sich oft ausgemalt, dass er jemand ganz Besonderes war, der deshalb nicht offen zu ihr, seinem Kind, stehen konnte. Er würde sie aus dieser Lage retten können. Vermutlich genügte ein Anruf von ihm, und sie würden von ihr ablassen.

Am Nachmittag, nach dem Training, gab Selle bekannt, wer nach Rerik an der Ostsee fahren würde. Er begann theatralisch: »Ins Lager zur Vorbereitung für die Eröffnungsveranstaltung der Weltfestspiele der Jugend faaahren: Gesine Weber. Astrid Vollnagel.« Ein Name nach dem anderen fiel, die Kameradinnen freuten sich, sie rissen die Arme hoch und jauchzten. Er machte es spannend, Annie begriff, dass er sie etwas triezen wollte, er zögerte es offenbar mit Absicht heraus, ihren Namen zu nennen. Dann war die Auflistung plötzlich zu Ende. »Die anderen trainieren hier weiter«, sagte er.

»Ich nicht?«, fragte sie ihn fassungslos, als die Ersten schon zur Umkleidekabine gingen.

»Nein«, sagte er knapp. »Reicht nicht ganz, von deinen Leistungen in den letzten Wochen her.«

Aber das war gelogen. Sie war besser als die meisten von denen, die er aufgerufen hatte, und er wusste das genau!

Auf dem Weg zur Straßenbahn ließ sie ihrer Wut über diese Ungerechtigkeit freie Bahn. Michael kam nicht zu Wort. Sie zerriss den ganzen Schulbetrieb in der Luft, zählte die Wettkämpfe auf, die Spartakiaden, wie viele schon ausgeschieden oder zur Rhythmischen Sportgymnastik gewechselt waren, weil sie das Turnen leistungsmäßig nicht schafften, aber sie, Annie, hatte durchgehalten und sich fortlaufend verbessert, und jetzt war sie endlich bei den Senioren und wurde nicht mal für eine behämmerte Festspielevorbereitung mitgenommen?

Als sie einmal schwieg, um Luft zu holen, sagte er unvermittelt: »Die schmeißen mich raus.«

»Was?«

»Ich muss mich bei der Sportärztin melden.«

»Das heißt doch nicht, dass sie dich rauswerfen. So ein Quatsch. Ich muss da jede Woche hin. Was glaubst du, was ich schon alles ausprobiert habe, um die Waage auszutricksen. Da kann ich dir Tipps geben! Am besten wirken Entwässerungstabletten. Oder, wenn dir das zu hart ist, Sennesblättertee. Eigentlich ist das Unsinn, weil man ja nur Wasser verliert, es nützt bloß für den Moment, damit sie eine schöne Zahl in ihre Liste eintragen können beim Wiegen, aber dann lassen sie dich in Ruhe.«

»Du verstehst das nicht«, sagte er. »Zum Ende des Schuljahrs bin ich weg. Die werden mich nur noch abtrainieren, damit ich nicht plötzlich dick werde und tot umfalle, wenn ich keinen Leistungssport mehr betreibe. Dann ist Schluss.«

»Ich bin auch manchmal faul im Training. Aber wenn es darauf ankommt, im Wettkampf, kann ich meine Leistung abrufen. Und du doch auch. Was hast du denn angestellt? Ich glaube nicht, dass die dich –«

Er funkelte sie zornig an. »Ich fliege raus, Annie. Begreif das mal.«

»Aber dein Vater ist doch im Elternaktiv.« Kaum hatte sie es gesagt, wollte sie es am liebsten wieder zurücknehmen. Was redete sie hier für einen Schwachsinn. »Bei euch in der Leichtathletik sind die Anforderungen recht hoch«, sagte sie leise und tastete nach seiner Hand.

»Bei euch Turnern auch. Ich bin einfach nicht gut genug.« Er ließ sie stehen und ging.

Ihr Geschimpfe wegen des Trainingslagers an der Ostsee war ihr im Nachhinein peinlich. Du meine Güte, was musste in Michael vorgehen! Wie musste er sich fühlen! Aber er schmiss zu schnell hin. Bestimmt gab es noch Möglichkeiten, das wieder hinzubiegen. Sie hatte doch auch manchmal gedacht, dass die ganze Mühe, das jahrelange Training, umsonst gewesen wäre. Jedes Mal hatte sie sich am Ende doch entschieden weiterzutrainieren. Sie würde sich einen Platz in der Nationalmannschaft erobern.

Und er? Eigenartig, dass sie ihn gerade jetzt rauswarfen,

wo sie auch ihr das Leben schwer machten. Was, wenn das dazugehörte? Wenn sie ihr einfach alles zerstörten? Die Macht dazu besaßen sie.

»Nicht Michael«, stieß sie zwischen den Zähnen hervor. »Den lasst ihr schön in Ruhe.« Aber sie hatte weiche Knie dabei, und ihr war nach Heulen zumute.

Wortlos legte Hähner das Dossier auf den Tisch.

Watschounek blickte auf. »Das soll ich lesen?«

»Am besten sofort.«

Watschounek schlug das Dossier auf. Schon nach wenigen Augenblicken versteifte er sich. Spannte die Kiefermuskeln an. Er riss die Seiten um, kam am Ende des Dossiers an, blätterte wieder nach vorn. Er schüttelte fassungslos den Kopf, strich sich mit der Hand über die Stirn, wieder und wieder, blinzelte.

Als er endlich den Blick hob, sagte er heiser: »Wir müssen sofort zum Präsidenten.«

Günther Nollau, der Präsident des Bundesamts für Verfassungsschutz, residierte in einem hellen Büro mit modernen Möbeln. Eine schlichte Sachlichkeit ging von dem aufgeräumten Zimmer aus. Beim Lesen des Dossiers wurden seine Lippen blass. »Ist Guillaume nicht gründlich genug geprüft worden?«, fragte er. »Jeder, den sie im Bundeskanzleramt einstellen wollen, wird doch von uns durchleuchtet. In seiner Position …« Nollau stand auf und ging zum Fenster. Er schien plötzlich Schmerzen zu haben, er verzog das Gesicht. »Guillaume hat dort Zugriff zu streng geheimen Verschlusssachen. Es wäre Aufgabe des Verfassungsschutzes gewesen, die Platzierung eines Spions an dieser Stelle um jeden Preis zu verhindern.«

Watschounek sagte: »Setzen wir ihn sofort fest.«

Nollau machte eine abwehrende Handbewegung. »Nicht ohne gerichtsfeste Beweise.«

»Und die Funksprüche?«, fragte Hähner entgeistert. »Das ist exakt sein Geburtsdatum und im zweiten Funkspruch das seiner Frau! Reicht das nicht, um die Guillaumes dingfest zu machen?«

»Es haben auch andere an diesen Tagen Geburtstag.«

»Andere, deren Namen mit G. und Chr. beginnen? Die in mehrere Gerichtsverfahren wegen Spionage verwickelt waren und im Lebenslauf widersprüchliche Angaben gemacht haben?«

Nollau blieb stur. Man könne vor Gericht nicht einmal beweisen, ob Guillaume den Radioapparat eingeschaltet gehabt habe, um die Funksprüche zu hören. Das seien allenfalls Verdachtsmomente. Die reichten für eine Hausdurchsuchung und eine Vernehmung Guillaumes durch die Abteilung Staatsschutz des BKA. »Wenn man da aber nichts findet, hat man alles verspielt. Und wenn die Funksprüche als Beweis vor Gericht verwendet werden, erfährt die Stasi, wie gut wir ihren Funkverkehr entschlüsseln können. Diesen taktischen Vorteil kann ich nicht leichtfertig aus der Hand geben.«

»Leichtfertig?«, wiederholte Hähner. »Es geht hier um einen Spion im Kanzleramt!«

Nollau bat ihn und Watschounek noch einmal, sich hinzusetzen. Er sah jetzt aus, als wäre er schwer krank. Als sie saßen, erklärte er mit erstaunlicher Ruhe: »Durch die Funksprüche enttarnen wir dreißig Spione oder vierzig, nicht bloß zwei. Sie haben uns schon enorm geholfen, auch in anderen Fällen. Das hört von einem Tag zum anderen auf, wenn die DDR erfährt, dass wir sie entschlüsseln können.«

Polizeiliche Ermittlungen in Spionagefällen seien immer ein Balanceakt. Man brauche genügend gerichtstaugliche Beweise, damit der Spion verurteilt werden könne. Andererseits dürfe man dem gegnerischen Geheimdienst möglichst keine Hinweise darauf geben, wie die eigene Spionageabwehr arbeite. Das sei nun mal knifflig.

»Und was tun wir jetzt?«, fragte Hähner. »Wir haben einen Spion der Staatssicherheit im direkten Umfeld des Bundeskanzlers.«

In jedem Fall werde er umgehend Innenminister Genscher informieren, sagte Nollau.

Er brachte sie zur Tür. Draußen, als sie auf den Fahrstuhl warteten, versuchte Watschounek, Hähner zu beruhigen. Nollau als Präsident des Verfassungsschutzes habe, genauso wie der Präsident des Bundeskriminalamts, eine Art Immediatvortragsrecht beim Innenminister. Das sei für Notfälle so eingerichtet worden, wenn es um die innere Sicherheit der Bundesrepublik gehe. Davon mache man derart sparsam Gebrauch, dass es ein starkes Alarmsignal sei, wenn Nollau jetzt bei Genscher anrufe und um ein eiliges Treffen bitte.

Kaum waren sie zurück in der Abteilung Funkwesen, klingelte auch schon das Telefon. Nollaus Sekretärin war am Apparat. Innenminister Genscher erwarte sie am kommenden Morgen in seinem Büro.

Stefan Hähner schlief schlecht in dieser Nacht. Lange Zeit konnte er nicht zur Ruhe finden. Als er endlich doch wegdämmerte, träumte er, dass man Willy Brandt durch einen V-Mann der Staatssicherheit ersetzt hätte, der sich unter einer täuschend echten Willy-Brandt-Gesichtsmaske verbarg.

Über Hans-Dietrich Genschers fleischigen Wangen funkelten lebhafte blaue Augen. Er schüttelte Watschounek, Nollau und Hähner die Hand, sein flinker Blick sprang von einem zum anderen, er war in frischer Morgenlaune. Sie setzten sich, und Nollau berichtete. Die gute Stimmung schwand zusehends. Genscher holte seine metallumrandete Brille hervor und setzte sie auf. Er begann, Details zu notieren, stellte knappe Rückfragen. Die letzten fünf Monate vor Guillaumes Übertritt in die Bundesrepublik seien nicht belegt? Und es seien tatsächlich diese Funksprüche …? Er wurde zusehends blasser.

Die Sache musste ihm besonders nahegehen. Genscher stammte aus Halle an der Saale, die Versöhnung der beiden deutschen Staaten lag ihm am Herzen. Er traf sich in Bonn regelmäßig mit anderen Hallensern, so hieß es, und redete anhänglich mit ihnen von der alten Heimat. Mit fünfundzwanzig hatte er die DDR verlassen, jetzt war er sechsundvierzig, und die Einheit Deutschlands war seitdem nicht wirklich näher gerückt. Ein Spion der Staatssicherheit in Willy Brandts persönlichem Büro verschob das Ziel in noch weitere Entfernung.

Seine Gegner warfen ihm vor, zu vorsichtig zu agieren und zu langsam – aber er konnte auch rasche Entscheidungen treffen. Als letztes Jahr Terroristen während der Olympischen Spiele einen Teil der israelischen Olympiamannschaft als Geiseln nahmen, hatte Genscher sich selbst als Ersatz für die gefangenen Israelis angeboten. Er war persönlich in das von den Terroristen besetzte Gebäude gegangen und hatte sich in ihre Gewalt begeben, um mit ihnen zu verhandeln. Seine Entschlossenheit war eine Überraschung für die Nörgler gewesen. Nachdem keine Verhandlungslösung mehr möglich schien und man am Flughafen Fürstenfeldbruck einen gewaltsamen Befreiungsversuch startete, der mit dem Tod aller Geiseln endete, bot Genscher seinen Rücktritt an. Willy Brandt hatte das abgelehnt, es sei alles Menschenmögliche getan worden.

Jetzt fragte Genscher: »Sie wissen, was es bedeuten würde, wenn sich der Verdacht nicht erhärten lässt? Er ist ein enger Mitarbeiter von Willy Brandt. Der Verfassungsschutz stünde da, als würde er eine Intrige gegen den Bundeskanzler spinnen.«

Nollau nickte.

»Wir brauchen Beweise.«

Nollau empfahl G-10-Maßnahmen.

»Also Telefon- und Briefkontrolle des Verdächtigen?«, fragte Genscher.

»Wir müssten ihn auf einem seiner Treffs überführen.«

»Das heißt, er soll auf seinem Posten als Referent bleiben, ohne Einschränkung seiner Zuständigkeiten.«

»Alles sollte so weiterlaufen wie bisher, damit er kein Misstrauen schöpft. Währenddessen beobachten wir ihn unauffällig.«

Genschers Blick schwenkte zu Stefan Hähner. »Was sagen Sie?«

Nollau räusperte sich empört. Dass Genscher seinen Untergebenen um Alternativvorschläge bat, empfand er zu Recht als Beleidigung. Andererseits war er erst ein Jahr im Amt, es fehlte ihm an Erfahrung. In Hähners Augen handelte der Innenminister genau richtig. Stefan Hähner sagte: »Das würde bedeuten, den Bundeskanzler zum Köder zu machen. Zum Spielmaterial.«

Genscher rieb sich die Stirn. »Sie sind die Fachleute. Ich

überlasse Ihnen das operative Handeln. Aber wir müssen Bundeskanzler Brandt informieren. Zumindest das.«

Nollau wand sich. Es sei ihm lieber, wenn man Brandt noch nicht informiere.

»Wenn Sie Guillaume observieren, dann observieren Sie auch den Bundeskanzler!«

Nollau versprach, mit seinen Agenten vorerst nur Guillaumes Frau anzuvisieren.

Genschers Gesicht wurde abweisend. Er verschränkte die Arme vor der Brust. Heute sei sowieso ein Koalitionsgespräch anberaumt, am Nachmittag im Kanzlerbungalow. Er werde Brandt danach um ein Gespräch unter vier Augen bitten und ihn einweihen.

Die Sache war entschieden. Genscher konnte mit seiner herzlichen Art Nähe erzeugen, aber er war auch eine Autorität, das war deutlich zu spüren. Er verabschiedete sie sachlich.

Draußen auf dem Parkplatz befahl Nollau, dass sofort mit der Überwachung begonnen werden solle. »Als Erstes brauchen wir Guillaumes Autokennzeichen. Und Fotos vom Ehepaar. Ich will wissen, zu welchen Zeiten sie arbeiten und ob Dienstreisen anstehen. Stellen Sie Teams für die Überwachung zusammen. Und beginnen Sie unverzüglich.«

13

Es war Breschnews erster Besuch in der Bundesrepublik. Ein sowjetischer KP-Generalsekretär in Bonn – das war ein Beweis dafür, dass Willy Brandts Politik Früchte getragen hatte. Bonn war groß beflaggt. Im Garten der Kanzler-Residenz gab Breschnew Rut, Willy Brandts Frau, einen nicht enden wollenden Handkuss. Es gefiel Willy Brandt nicht. Es hatte den Anschein, als hätte Breschnew am liebsten nicht nur Ruts Hand lange geküsst.

Seit Längerem schrieben Leonid Breschnew und er sich Briefe, man konnte von einem besonderen Vertrauensverhältnis sprechen, aber auch das hatte Grenzen. Zum Beispiel hatte Brandt ihm vorab über seine Entourage klarmachen lassen, dass er unter keinen Umständen umarmt oder geküsst werden wollte, was der Russe sonst gern tat. Immerhin, Breschnew machte einen Scherz, und sie lachten gemeinsam.

Brandt fragte sich, ob Breschnew von Guillaume wusste – wenn der denn tatsächlich ein Spion war. Aber diese Herzlichkeit, das konnte unmöglich nur Show sein. Breschnew war gerne hier, er genoss den Besuch. Und er mochte Willy Brandt. Als CDU und CSU vor einem Jahr versucht hatten, ihn mit einem Misstrauensvotum im Bundestag zu stürzen, hatte Breschnew einen KGB-Agenten mit einem Koffer voll Geld nach Westdeutschland geschickt und vorgeschlagen, damit Unionsabgeordnete zu bestechen, die dann für Willy Brandt stimmen sollten. Eine Million US-Dollar! Natürlich hatte er die illegale Hilfe aus Moskau abgelehnt, und er hatte die Abstimmung trotzdem gewonnen. Ein Zeichen war es dennoch gewesen, Breschnew wollte ihn im Amt. Und Brandt fragte sich seitdem, ob Breschnew nicht hinter seinem Rücken doch Unionsabgeordnete gekauft hatte, um ihm zu helfen.

Jemand hatte der DDR-Regierung durchgegeben, dass Breschnew ein Mercedes Coupé geschenkt bekommen würde. So hatten sie letzte Woche während seines DDR-Aufenthalts versuchen können, das Geschenk mit einem Cadillac zu übertrumpfen. Ob Guillaume dahintersteckte? Aber er konnte jetzt nicht bei jeder undichten Stelle seinen Mitarbeiter verdächtigen. Wo führte das hin? Noch war nichts bewiesen.

Nachdenklich absolvierte er die nötigen öffentlichen Auftritte und Sachgespräche, dann lud er Breschnew und seine Begleiter zum Essen ein. Statt des repräsentativen Palais Schaumburg hatte er einen privaten Raum auf dem Venusberg vorbereiten lassen. Bald saßen sie eng zusammen um den Tisch, vierundzwanzig Leute in bester Stimmung. Breschnew trank und wurde immer fröhlicher. Brandt hielt sich zurück. Diese Guillaume-Geschichte beschäftigte ihn. Wenn nun doch …? Was hatte Guillaume in den letzten Monaten gesehen? Worüber hatte er mit ihm gesprochen?

Guillaume war clever, fix und findig, ein guter Organisator, fleißig, umgänglich. Er hatte ihn immer für loyal gehalten. Natürlich fiel ihm Guillaumes Liebe auf die Nerven, seine hündische Ergebenheit. Aber ein Agent der Stasi – der? Erst kürzlich hatte er Guillaume eingeladen, ihn im Juli zum Erholungsurlaub in Norwegen zu begleiten. Es gab ja auch dort

Amtsgeschäfte zu erledigen, und da wäre Guillaume nützlich. Beide würden sie ihre Familien mitbringen.

Breschnew lachte nicht mehr. Das Gespräch kam ins Rutschen, er hatte nicht aufgepasst, plötzlich ging es um den Zweiten Weltkrieg. Warum musste er sich immer um so etwas kümmern, konnten nicht seine Mitarbeiter besser aufpassen? Mit dem ehemaligen Kriegsgegner über Details der Schlachten zu reden, konnte für einen Eklat sorgen, für Beleidigungen und einen Rückschlag in der Ostpolitik. Breschnew berichtete mit leiser Stimme über seinen Einsatz als Politkommissar der Roten Armee, er schilderte die Schlacht um Kiew, den Vormarsch auf Noworossijsk, für den seine Männer unter schwersten Angriffen zweihundertfünfundzwanzig Tage lang eine kleine Landzunge am Schwarzen Meer als Brückenkopf hatten halten müssen. Er beschrieb Tote, Feuerpausen, deutsche Kriegsgefangene. Er erzählte, wie er sich mit der 4. Ukrainischen Front an der Ostkarpaten-Operation beteiligt und weiter bis nach Prag durchgekämpft hatte. Finanzminister Helmut Schmidt, der Oberleutnant der Wehrmacht gewesen war, antwortete mit einem Bericht über seine Erfahrungen als deutscher Flakoffizier im Kampf gegen die Rote Armee. Der ganze Tisch schwieg, als herauskam, dass sich Schmidt und Breschnew einige Zeit am gleichen Frontabschnitt gegenübergelegen hatten. Man sah Breschnew an, wie sehr ihn dieser Moment bewegte. Keine zwei Völker hatten sich tiefere Wunden geschlagen als das deutsche und das sowjetische.

Breschnew setzte wieder an, etwas zu sagen. Sein Übersetzer beeilte sich, die russischen Sätze ins Deutsche zu übertragen, auch er hatte die Anspannung bemerkt. »Krieg und Kalter Krieg sind eine schreckliche Sache. Manche Leute begreifen nicht, dass die Welt jetzt wirklich im Frieden leben kann. Das ist das Ergebnis der Technik. Jeder weiß ungefähr, was der andere hat, Betrug und List scheiden aus. Wir sollten die Waffen reduzieren. Nicht nur Waffen globaler Reichweite, auch die von europäischer Dimension.«

Es wärmte Brandt die Brust. Dieser Russe war ein Mann nach seinem Herzen.

Als Breschnew allzu betrunken wurde, brachte Brandt ihn hinauf auf den Petersberg. Breschnew genoss den wunderbaren Blick auf den Rhein, immer wieder wies er mit großer Geste hinab und ächzte vor Vergnügen. Dann blieb sein Blick an einem nagelneuen Mercedes 450 SLC hängen, der vor dem Hotelportal parkte. Brandt erklärte stolz, dass man ihm dieses Auto im Namen der Mercedes Benz AG zum Geschenk mache.

Breschnew ging um den Wagen herum. Er strich zärtlich mit der Hand über den Lack, dann rief er aus: »Schlüssel steckt!« Schneller, als man es ihm zugetraut hätte, saß Breschnew hinter dem Lenkrad und zündete den Motor. Bestürzte Sicherheitsbeamte eilten herbei.

Breschnew aber lenkte den Mercedes bereits vom Vorplatz und auf die kurvige Straße den Berg hinunter. Viel zu schnell, viel zu unvorsichtig. Er verlor die Kontrolle, der Wagen geriet ins Schlingern, er krachte gegen einen Baum, es klirrte fürchterlich, und Metall verbog sich kreischend. Die Sicherheitsleute rannten zum Unglücksort. Auch Brandt rannte.

Sie hievten Breschnew aus dem Auto. Der füllige Russe putzte sich die Anzughose ab, er schimpfte in russischer Sprache. Offenbar war er unverletzt. Er sah das im Mondschein dampfende Auto an, dann sagte er: »Nitschewo, habe ich noch Cadillac.«

Das Kurzwellenradio roch metallisch neu. GRUNDIG stand in Großbuchstaben darauf. Sie drehte am silbernen Rad, streifte durch die Frequenzen. Sie hörte fremde Sprachen, Rauschen, Musik.

Mit dem Kauf des Radios im Intershop am Ostbahnhof war sie ein großes Risiko eingegangen. Sie hatte es zusammen mit einer Jeans erworben, damit es nicht so auffiel, und hatte sich zurechtgelegt, was sie sagen würde, falls die Verkäuferin ihren Ausweis verlangte. Aber die Verkäuferin fragte nichts, sie sah Ria nur mürrisch an. Ihr war beinahe die Brust zersprungen, als sie mit dem Radio nach draußen getreten war. Zwei Stunden lang war sie durch die Stadt gelaufen, bis sie sicher war, dass ihr niemand folgte. Dann hatte sie den Heimweg angetreten.

Sie sah nach der Tür. Radios mit gespreizter Kurzwelle gab es in der DDR sonst nicht zu kaufen. Der Besitz des Radios war noch keine Straftat, aber er machte sicherlich stutzig. Sie rückte die Kopfhörer zurecht und drehte auf 3,7 Megahertz.

Sittiche zu verkaufen, singen so schön wie im Radio. Beim Anblick der Anzeige im *Tagesspiegel* hatte sie sofort begriffen. 37 Mark, das musste mit der Senderfrequenz zusammenhängen. Die Uhrzeiten, wann die Züchter erreichbar waren, konnten nur die Sendezeiten sein. Montag, Donnerstag und Sonntag, das war ihr Sendeplan. Die Sendung wurde wiederholt um sieben und um neun.

Der BND war interessiert.

Plötzlich auf- und abschwellende Töne. Irgendwo im Westen funkte ein Sender eine Botschaft. Die Mauer und der Stacheldraht an der Grenze konnten sie nicht aufhalten. »Es liegen Mitteilungen vor für vier-sieben-eins«, sagte eine weibliche Stimme. Das war Rias Code, zumindest vermutete sie es, weil die Zahlen in der angeblichen Telefonnummer der Singsittichzüchter vorkamen. Die weibliche Stimme kündigte 73 Gruppen an. Schon folgten die Zahlen, sachlich aufgesagt. Ria schrieb mit. In der Wiederholung überprüfte sie die Niederschrift. Dann sagte die Frau »Ende«, und es folgte ein langer Ton.

Radiowellen hinterließen keine Spuren, aus diesem Grund verwendete man Kurzwellen-Funk, und weil er keine allzu auffällige Ausrüstung aufseiten der Agenten erforderte. Trotzdem war ihr, als hätten die angesagten Zahlen blutrote Spuren auf ihren Zimmerwänden hinterlassen.

Sie begann, die Nachricht zu entschlüsseln. Man hatte dieselbe Methode verwendet wie sie in ihrem Brief, die Buchstaben waren entsprechend der Nachkommastellen der Zahl Pi verschoben. Keine sichere Verschlüsselung. Die Funkbotschaft würde die letzte mit dieser gewagten Methode sein. Ria verbrannte ihre Niederschrift, zog sich Jacke und Schuhe an, schloss leise hinter sich die Wohnungstür und verließ das Haus. Sie fuhr mit der S-Bahn zum Plänterwald. An ihren Fingern klebte noch Ruß.

Nach kurzer Suche fand sie den Spazierweg und bald auch den v-förmig geteilten Baum. Sie ging daran vorüber und observierte zunächst. Als sie sicher war, dass keine anderen Spaziergänger in diesem Waldstück unterwegs waren, kehrte sie zum Baum zurück und hob einen dicken Aststumpf auf. Sie schraubte sein Ende ab und entnahm dem darin verborgenen geheimen Fach ein schwarzes Päckchen. Rasch schob sie es am Rücken in den Hosenbund, schraubte den Ast zu und legte ihn wieder ab. Sie ging zurück zur S-Bahn-Station. Falls die Funküberwachung der Stasi die

Botschaft nach einigem Herumprobieren ebenfalls entschlüsselte, kam sie zu spät und würde ein leeres Versteck vorfinden.

Das Päckchen drückte leicht gegen Gesäß und Rücken. Aber im Gehen verbarg es ihr Sommermantel, und auch solange sie saß, konnte niemand es sehen.

Zu Hause schnitt sie es vorsichtig auf. Im Päckchen befanden sich zehn Briefumschläge mit Westanschrift und DDR-Absender, die DDR-Briefmarke war schon darauf. Drinnen steckten bereits geschriebene Briefe. Außerdem enthielt das Päckchen lange Streifen Einmal-Codes mit fünfstelligen Zahlen und ein weißes Blatt Papier mit chemischem Geheimschreibmittel zum Durchdrücken. Ria roch daran. Es verströmte einen feinen, kaum wahrnehmbaren scharfen Geruch.

Ria verfasste im Schein der Schreibtischlampe eine Nachricht. Sie übersetzte jeden Buchstaben ihrer Nachricht in eine Zahl und subtrahierte sie von den Fünfergruppen auf dem neuen Codestreifen. Anschließend legte sie das weiße Blatt über den Brief mit Tarntext und darüber ein weiteres Blatt, auf das sie die Zahlen-Fünfergruppen ihrer Nachricht schrieb. Das weiße Blatt drückte das chemische Geheimschreibmittel durch, zwischen die Zeilen des Tarntextes, den ihr der BND hatte zukommen lassen.

Sie schrieb das heutige Datum über den Brief, klebte ihn zu und fuhr mit der nächsten Tram einige Stationen, dann stieg sie in die Linie 63 um. Am Hackeschen Markt, weit entfernt von ihrer Wohnung, warf sie den Brief in einen Briefkasten ein.

Um 21:00 Uhr setzte sich Christian Büchel im Ministerium für Staatssicherheit, Zentralobjekt Wuhlheide, Abteilung

Funkabwehr, aufrecht hin und schraubte die Kappe vom Füllfederhalter, als er die Erkennungsmelodie des BND-Zahlensenders hörte. »Wesselhymne«, so hieß sie in westlichen Agentenkreisen, nach Gerhard Wessel, dem Präsidenten des bundesdeutschen Nachrichtendienstes.

Er lauschte der Ansagerin. Die Stimmen der drei Frauen, die dort die Zahlen sprachen, waren ihm vertraut. Heute war es wieder die junge Frau, die er besonders mochte. Auf eine untergründige Art, für die er sich schämte, wünschte er sich, mit ihr einmal auszugehen. Er hatte schon mehrmals nachts im Traum ihre Stimme gehört und sich dann nach dem Aufwachen eine Urlaubsreise mit ihr ausgemalt und eine Hochzeitsnacht.

Sie war fleißig und engagiert und sprach bewusst verständlich, damit die BND-Agenten auch unter widrigen Umständen ihre Ansagen gut verstanden. Die Fünf ließ sie wie »Fünnef« klingen, die Neun nannte sie »Neujen«. Es war eine junge Stimme, sie musste schön sein. Niemand durfte etwas davon ahnen, dass er fantasierte, mit der Feindin ins Bett zu gehen. Beinahe täglich war sie hier bei ihm, ihre Stimme nah an seinem Ohr in den weich gepolsterten Kopfhörern, die im Westen hergestellt worden waren, bei ihr, auch wenn der Empfangsapparat, in den er sie eingesteckt hatte, sowjetischen Ursprungs war. Sprach sie mit ihm, dann vergaß er die neben ihm sitzenden Kollegen, die andere Frequenzen abhörten.

Ihre Nachrichten ließen sich nicht entschlüsseln, aber er hatte zu analysieren, wie viele Funksprüche es waren und an wen sie sie richtete. Vermutlich sendete sie auch eine Reihe blinder Sprüche, um die Funkabwehr in die Irre zu führen, Sprüche, für die es keinen Empfänger gab außer ihm.

Heute war es eine Nachricht für 471. Eine lange Nachricht. Er schrieb die Ziffern mit. Als die geliebte junge Stimme »Ende« sagte, kam es ihm vor, als würde sie mitten im Telefongespräch auflegen.

»Ich komme nicht weiter mit diesem Henning Nowak.« Der Kollege schwitzte, es roch nicht mehr gut im Büro, seit er es betreten hatte.

»Das müssen Sie nicht. Der Fall ist klar.« Marga sah zur Tür. Belauschte jemand ihr Gespräch?

»Er ist noch längst nicht weichgeklopft.«

»Es gilt die interne Konspiration.« Den Sinn dieser »internen Konspiration« hatte sie nie verstanden. Warum mussten die einzelnen Abteilungen voreinander Geheimnisse haben? Sie arbeiteten doch am gleichen Ziel!

Er war Vernehmer und gehörte zur Hauptabteilung IX. Sie selbst durfte als Angehörige der Spionageabwehr Verdächtige nur zu Beginn einige Tage verhören, dann hatte sie die Delinquenten an die HA IX abzugeben und erfuhr nur noch über die Akten Einzelheiten des Verfahrens.

»Der Mann ist wie aus Stein!«, seufzte der Kollege.

Sie gab ihm einen langen, bohrenden Blick. »Jeder hat eine Schwachstelle.«

Die Schweißflecken unter seinen Achseln, die glänzende Oberlippe, es war wirklich erbärmlich.

»Also gut«, sagte sie. »Ich gehe rein.« Das verstieß gegen die Regeln, aber der Offizier hatte ihr gerade eine derartige Steilvorlage gegeben, dass sie nicht länger widerstehen konnte. Insgeheim feixte sie. Als man Henning Nowak aus dem Haftkrankenhaus überführt hatte, hatte sie dafür gesorgt, dass er in eine schlecht gereinigte Zelle kam, die nach

Kot und Urin stank, und hatte veranlasst, dass er vorzugsweise nachts verhört wurde. Unterbrochen wurden die Verhöre nur, wenn er wegen seiner schlecht verbundenen Schusswunde zu viel Blut verlor.

Sie hatte sich entgegen den Regeln jedes Verhörprotokoll beschafft. Bewusst hatte sie ihn nicht selbst verhört, auch nicht zu Beginn, wo es noch möglich gewesen wäre. Ihre Besessenheit von diesem Fall sollte den oberen Etagen nicht auffallen. Immerhin hatte man sie von seiner Schwägerin, Ria Nachtmann, bereits zurückgepfiffen.

Auf dem Weg zum Verhörraum ging sie in Gedanken die Protokolle der vergangenen Tage durch. Dem Kollegen war es gelungen, Henning Nowak durch druckvolle und geschickte Fragemanöver kleinere Dienstvergehen zu entlocken. Das würde dabei helfen, ihn als unzuverlässigen Grenzsoldaten hinzustellen. Die Vergehen würden sich zu Sabotagedelikten aufbauschen lassen, auch wenn es einiges Geschick brauchen würde, da es nur Albernheiten waren, wie dass er mal sein Handtuch der Grenztruppen mit in den Urlaub genommen hatte. Wichtiger waren die kritischen Äußerungen, die zur Degradierung von Henning Nowak geführt hatten. Hier konnte man ihm »planvolle Zersetzungstätigkeit unter Angehörigen der Grenztruppen« anhängen.

Marga schloss die schallgedämpfte Tür hinter sich. Ein Aberwitz, es hörten sowieso über die installierte Anlage die Kollegen mit, zudem saß ein Protokollant im Zimmer. Sie nahm Platz. Henning Nowak war blass. Natürlich, die Schüsse, das Krankenhaus. Er hatte herbstfarbenes Haar, das sich über der Stirn bereits zurückzog. Die hohe Stirn stand ihm, sie gab ihm das Gesicht eines Philosophen. Er hatte braune Augen und leicht hervortretende Augäpfel. Seine Konstitution war erstaunlich für sein Alter, das sah sie sofort, auch wenn die Häftlingskleidung nicht gut saß. Seine Gesichtshaut war tief gefurcht. Er hätte einen guten General abgegeben. Falsch abgebogen, mein Freund, dachte sie.

Sie reichte ihm Papier und Stift. »Schildern Sie Ihren persönlichen Werdegang, Elternhaus, Schule und so weiter.«

Er sah sie befremdet an. »Warum?«

»Ich will mir ein Bild Ihrer Täterpersönlichkeit machen.«

»Ich bin kein Täter. Ich habe niemandem geschadet.«

»Sie sind ein Feind des Friedens und des Sozialismus.«

»Auch darüber sind wir unterschiedlicher Auffassung.« Er schob ihr das Blatt Papier zu. »Wo sind meine Frau und meine Kinder?«

»Was? Sie wollen Auskünfte von mir? Und verhalten sich so unkooperativ? Und den Vorwurf in Ihrer Stimme verbitte ich mir. Sie allein haben Ihre Familie ins Unglück gestürzt.«

»Bringen Sie mich zurück in meine Zelle.« Seine Stimme war jetzt distanziert, und er sah zu einem Punkt hinter ihr, als ginge es dort weit in die Ferne.

Wenn sie nicht aufpasste, würde er den Rest der Vernehmung schweigen. »Sie haben genau gewusst, dass Ihnen im Westen Befragungen der Geheimdienste bevorstehen. Was hätten Sie denen über die Grenzsicherungen der DDR verraten?«

Er gab keine Antwort.

»Hätten Sie eine Aussage gegenüber westdeutschen und westalliierten Geheimdiensten gemacht, ja oder nein?«

Der Füllfederhalter des Protokollanten kratzte über das Papier. Dann verharrte der Federhalter über dem Blatt. Die Frage war notiert. Der Protokollant wartete auf eine Antwort von Henning Nowak.

»Hat Sie jemand im Vorfeld des Fluchtversuchs angesprochen? Sind Sie geworben worden? Wie lange war Ihre Flucht bereits geplant?«

Als erneut keine Antwort kam, diktierte sie dem Protokollanten: »Trotz Gelöbnis und mehrfacher Belehrung war Henning N. bereit, der DDR großen Schaden zuzufügen. Sein Fluchtversuch ist mit dieser Absicht geschehen. Damit besteht die Gesellschaftsgefährlichkeit der Tat. N. ist ein vom Westen verhetztes Subjekt. Durch Medienkonsum westlicher Fernseh- und Radiosender sowie durch persönliche Kontakte ist seine politische Einstellung, die zunächst schwankend war, ins Feindselige ausgeartet. Seine Fahnenflucht hat er im Bewusstsein begangen, damit dem Sozialismus zu schaden und den Feinden des deutschen Volkes bei ihren Kriegsvorbereitungen zu helfen. Er gab zu, dass er über die Vernehmungen während des Aufnahmeverfahrens in Westdeutschland Bescheid wusste und willens gewesen sei, dort Angaben zu machen.«

Es gelang. In Nowaks Gesicht regte sich etwas. Seine Lippen bewegten sich lautlos. Schließlich sah er sie wieder an und sagte leise: »Sie wollen eine Abschreckung bei den Grenztruppen erreichen. Meine Verurteilung soll mittels Rundbefehl allen bekannt gemacht werden, oder nicht? Deshalb brauchen Sie eine hohe Strafe für mich, und die kriegen sie nur, wenn Sie mir Spionage anhängen.«

Der Protokollant schrieb frenetisch.

Sie befahl: »Das wird nicht protokolliert!«

Der Protokollant strich Nowaks Antwort hastig aus.

Sie nahm Henning Nowak fest in den Blick. »Sie halten sich für besonders klug. Das war schon immer der Fehler der Dummen.«

Aber Nowak sprach unbeirrt weiter. Die Anklageschrift sei identisch mit dem Abschlussbericht des MfS, sein Pflichtverteidiger würde durch das MfS ausgewählt werden, und die Militärrichter seien ehemalige MfS-Offiziere. Er fragte: »Wozu brauchen Sie noch meine Aussage?«

Er kannte sich aus. Marga begriff, dass er etwas Erschreckendes darstellte: Er war einer von ihnen. Kannte die genauen Pläne, die Machtstrukturen, die Hindernisse und das Gefüge der Welt. Und doch hatte er sich enttäuscht abgewandt. Er war keiner Westpropaganda auf den Leim gegangen. Er schätzte den Osten richtig ein. Nur sah er dort keine brauchbare Zukunft.

Zweifel erwachten in ihr, die sie seit Langem unterdrückte. War nicht schon der Bau der Mauer ein Armutszeugnis gewesen? Die West-Berliner mussten gehindert werden, weiterhin in den Osten einzudringen und die volkseigenen Läden rechtswidrig leer zu kaufen, natürlich. Der Staat subventionierte die Grundnahrungsmittel, sie waren sowieso schon sehr günstig in der DDR, und dann tauschten die Westberliner Gauner noch zum Schwindelkurs 1:5 ihr Geld in DDR-Mark um und kauften spottbillig Brot und Fleisch und Butter weg und schleppten sie nach drüben. Schmarotzer wohnten günstig zu niedriger Miete im Osten und arbeiteten im Westen für Westgeld. Hinzu kamen die vielen, die jede Woche die DDR für immer verließen. Vor allem um die gut ausgebildeten Fachkräfte war es schade gewesen. All das hatte so nicht weitergehen können.

Aber auch wenn die Parteipresse den Mauerbau als Sieg über »die Krupps und Thyssens und Schlotbarone« feierte, zeigte er mit seinem Stacheldraht auf schmerzhafte Weise, dass die Bevölkerung nicht freiwillig in der DDR blieb. Er war eine Niederlage gewesen, kein Sieg, das hatte sie schon damals schmerzhaft empfunden. Er war Rettung in höchster Not. Die DDR, in die sie alle Hoffnung setzte, wäre sonst ausgelaufen wie ein durchgerosteter Eimer.

Sie hatte sich damals vorgenommen, noch härter zu arbeiten, damit die Mauer so schnell wie möglich wieder abgerissen werden konnte. Sie wusste um die vom Feind betriebene systematische psychologische Einwirkung.

Aber bei Henning Nowak war es anders. Er war enttäuscht. Die DDR mit seinen Augen zu sehen tat ihr weh. Für einige furchtbare Augenblicke war sie nicht mehr sicher, ob sie ihr Leben in eine gute Institution investierte.

Rasch machte sie sich klar, dass der gesellschaftliche Fortschritt wichtiger war als alles andere. Sie konnte es sich jetzt nicht leisten, am Rand einer inneren Krise entlangzubalancieren. »Gehe nicht ohne uns den richtigen Weg, denn ohne uns ist er der falscheste«, hatte Vater immer gesagt mit den berühmten Worten von Brecht. Und war es nicht auch gut, sich einen Rest von Illusion zu bewahren? Wer wäre man ohne sie?

Sie wünschte sich nichts sehnlicher, als den kranken Sozialismus zu heilen und voranzubringen. Je älter sie wurde, desto deutlicher wurde ihr, wie steinig der Weg war. Manchmal fürchtete sie sogar, die Partei könnte scheitern. Aber das hieß nicht, dass es der richtige Weg war aufzugeben.

»Eine letzte Frage«, sagte sie, »dann können Sie zurück in Ihre Zelle.«

»Und die wäre?«

»Sie waren Kommunist. Ihre Schwägerin, Ria Nachtmann – können wir ihr trauen?« Sie hob die Hand. »Bevor Sie antworten, denken Sie nach. Ich möchte Ihnen ein Angebot machen. Ihre Frau kommt frei, und ich sorge persönlich dafür, dass sie Besuchserlaubnis im Zuchthaus erhält. Schon bald nach Ihrer Verurteilung werden Sie Jolanthe sehen. Und die Kinder, wenn Sie mögen, obwohl laut Haftordnung eigentlich keine Kinder zugelassen sind. Glauben Sie mir, ich kann Gutes für Sie bewirken. Ria Nachtmann hat sich abfällig über Sie geäußert, nicht mal die Flucht bringt er zuwege, hat sie gesagt. Sie sprach von einer möglichen Trennung zwischen Ihnen und Ihrer Frau. Offenbar berät sie Jolanthe in dieser Richtung. Wie schätzen Sie Ria Nachtmanns politische Haltung ein?«

»Selbst wenn sie das gesagt hätte«, erklärte er müde, »glauben Sie im Ernst, ich könnte meiner Frau noch gerade ins Gesicht sehen, nachdem ich ihre Schwester ins Unglück gestürzt habe?«

»Das ist nicht Ihre Verantwortung. Sie sagen uns einfach die Wahrheit.«

»Ihre Intrigen müssen Sie selbst spinnen. Ich habe Ria als aufrechte, freundliche junge Frau erlebt. Mehr gibt es dazu nicht zu sagen. Sie erwarten, dass ich Ihnen Persönliches über andere Menschen erzähle, und stellen sich mir nicht mal mit Namen vor. Sie und Ihr Kollege versuchen seit Tagen, mir die Worte im Mund umzudrehen, und geben Lügen über mich zu Protokoll, und dann nehmen Sie das Wort ›Wahrheit‹ in den Mund. Ich weiß, dass ich untergehen werde. Ihnen wünsche ich, dass Sie aufwachen.« Er erhob sich und rief mit Befehlsstimme in Richtung der geschlossenen Tür: »117 abholen!«

Auf dem Weg in die Zelle zitterten Henning die Knie. Man hatte ihm angeboten, was er mehr ersehnte als alles andere:

Seine Frau und die Kinder zu sehen. Nicht zu diesem Preis, dachte er, nicht zu diesem Preis. Aber es fiel ihm schwer, sich selbst zu überzeugen.

Fürchtet euch nicht vor denen, die den Leib töten, doch die Seele nicht töten können; fürchtet viel mehr den, der Leib und Seele verderben kann in der Hölle.

Sein Geheimnis hatte er bewahrt. Und wenn Boy überlebt hatte, wenn Boy es geschafft hatte und in Sicherheit war, würde er ihm vielleicht folgen können. Mit Boy war ein Teil seiner selbst entkommen, und dieser Teil war bereits im Westen.

Die Bilder, die er vom Westen hatte, waren schemenhaft, er konnte sie nicht recht mit Leben füllen. Bestand der größte Reiz des Westens darin, dass diese Welt unerreichbar war? Vielleicht gab es die offene Gesellschaft gar nicht, in der jeder Gedanke sein durfte und die Selbstbestimmung in alle Richtungen möglich war. Womöglich würde er verbittert im Suff enden. Aber er konnte nicht einen Tag länger lügen.

14

Im Briefverteilamt am Nordbahnhof waren sämtliche Briefe und Pakete des Tages vorsortiert an einer Eisentür abzugeben. Dahinter befand sich eine »besondere Dienststelle der Deutschen Post«, zu der die Postbediensteten keinen Zutritt hatten. Sie lag in der zweiten und dritten Etage. Ihre achtzig Angestellten besaßen Dienstausweise der Post, aber sie hielten sich ausschließlich in den vierzig Räumen hinter der Eisentür auf, also in den oberen Etagen des Briefverteilamts, und zu Mittag in der Kantine saßen sie gesondert und sprachen nur leise.

Gudrun Niehoff trug den blauen Kittel der Post. Allerdings hatte ihr Kittel keine Taschen, was sie vom ersten Tag an als Beleidigung empfunden hatte. Man traute ihr tatsächlich zu, das Westgeld, das sie aus den Umschlägen nahm, für sich selbst einzustecken. Nachdem sie all diese Verschwiegenheitsklauseln unterschrieben hatte und zudem noch von einer Kollegin im selben Zimmer überwacht wurde, glaubte man tatsächlich, sie würde Geld stehlen. Es kam jede Woche eine Menge zusammen. Beträge über 100 DM waren herauszunehmen und für das MfS zu sammeln. Aber sie war keine Diebin.

Sie hatte pro Schicht etwa fünftausend Sendungen zu prüfen, rein äußerlich, davon wurden etwa tausend geöffnet, dokumentiert und wieder verschlossen. Damit hatte sie genug zu tun. Sie war geradezu eingesperrt von Stellwänden, die von oben bis unten mit langen Listen bedeckt waren. Immer wieder nahm sie einen Brief, verglich Adressat und Absender mit den Listen, roch kurz am Brief und legte ihn in die Kiste. Selten gab es einen Treffer. Sie liebte diese Momente, wenn eine Adresse übereinstimmte. Ein Treffer gab den zurückliegenden erfolglosen Stunden einen Sinn. Als wäre er ein ungehorsames Kind, sortierte sie den Brief aus, und er ging zur genaueren Prüfung an die technische Abteilung, die ihn über Dampf öffnete. Dort las man ihn und hielt erste Eindrücke auf einer Karteikarte fest. Man kopierte den Inhalt fürs MfS, stellte, wenn nötig, Haftbefehle aus oder leitete zumindest Überwachungsmaßnahmen ein.

Sie gehörte zur Abteilung M des Ministeriums für Staatssicherheit. Auch wenn sie mit niemandem darüber sprechen durfte, was sie hier tat, der Beruf forderte heraus und war von Bedeutung. Sie traf die Entscheidung zum Weiterleiten oder Einbehalten der Post. Sie entschied, welches Schicksal die Absender und die Empfänger traf.

Und die meisten Menschen waren dumm.

Einzubehalten waren Sendungen an westliche Zeitungen, Radiosender und Fernsehanstalten. Wie blöd konnte man sein, denen zu schreiben? Außerdem waren Briefe genauer zu prüfen, die an Empfänger mit akademischen Titeln gingen oder an Amnesty International oder Angehörige der Kirche. Briefe an Journalisten und Diplomaten wurden ebenfalls herausgefischt.

Auch für die umgekehrte Richtung interessierte sich das MfS, für Briefe aus dem Westen in den Osten. Einschreiben waren verdächtig, ebenso Briefe mit gestempeltem oder geklebtem Absender oder, noch schlimmer, ganz ohne Absender. Hinter Namen wie »Lotte M. Schmidtchen« oder »Dirk

P. Markmeier« steckte die CIA. Für Amerikaner war der Mittelname üblich und sie übersahen, dass er in Deutschland kaum verwendet wurde.

Auf den Fahndungstafeln vor ihr waren zudem Anschriften und Schriftproben von Verdächtigen befestigt. Längst musste sie nicht mehr bei jedem Brief vergleichen, sie hatte ihre schwarzen Schafe schon im Kopf.

Kein Brief aus Berlin wurde von der Post befördert, bevor er nicht über ihren oder den Schreibtisch ihrer Kolleginnen gegangen war. In der Provinz mochte das anders sein, aber in Berlin verstand die DDR keinen Spaß. Und kein Brief aus Westdeutschland gelangte in die Hände eines DDR-Bürgers, ohne zuvor geprüft zu werden.

Pakete und Päckchen wurden von den Kollegen durch ein Röntgengerät geprüft, um technische Geräte herauszufiltern, die der Spionage dienen konnten, oder Kassetten und Tonbänder, die wurden in den Abhörstützpunkten der Stasi gebraucht und verbesserten die Qualität der Telefonkontrolle. Sie hatte nur die Briefe und Postkarten. Leicht, dünn, vermeintlich unschuldig. Ein Teil der einbehaltenen Post kehrte ins Briefverteilamt zurück, das wusste sie, diese Briefe wurden trotz alledem zugestellt, vielleicht, damit ihre Empfänger nichts ahnten.

Was die Leute schrieben! Welche Berge an Post jeden Tag zu bewältigen waren, allein in Berlin! Heute war nur Kleinkram dabei. Vor allem Karten und Briefe an den RIAS wegen dieser schrecklichen Musikratesendung »Das klingende Sonntagsrätsel«. Neben ihr seufzte die Kollegin.

Gudrun fragte: »Allet jut bei dir?«

»Ich versumpfe hier bald. Der ganze Mist, den sie in den Westen schicken!«

Gudrun nahm wieder einen Brief, verglich die Adressen, roch daran und wollte ihn in die Kiste stellen, da hielt sie inne und roch erneut daran. Haftete dem Umschlag nicht ein muffiger Geruch an? Sie war geschult worden. Ein muffiger Geruch war verdächtig. Der Feind arbeite mit vorgeschriebenen Briefen, die in Verstecken tagelang der Nässe und der Erde ausgeliefert waren, und obwohl sie eingewickelt waren, nahmen sie den Geruch der Erde an. So hatte man es ihr erklärt. Der Inhalt würde belanglos sein, aber am Schräglichtgerät oder mithilfe von Chemikalien konnte man Geheimschrift sichtbar machen, die zwischen den harmlosen Text des Briefes geschrieben war.

Ihr Herz schlug so fest, dass sie meinte, ihr würde die Brust zerbersten. »Ick hab was«, sagte sie und stand auf.

»Lass mal sehen!«

»Nee.« Sie drückte den Brief an ihre Brust.

Die Kollegin verzog enttäuscht den Mund. »Meinst du, das ist was für die M-Kartei?«

»Das«, sagte Gudrun leise, »is was für die Abteilung 34.« Sie trug den Brief über den Flur zum Büro des Abteilungsleiters. Wahrscheinlich würde man ihn nach dem Öffnen, Kopieren und Wiederverschließen in die reguläre Postbeförderung zurückgeben, um den Spion in Sicherheit zu wiegen und durch weitere Briefe neue Hinweise auf ihn zu erhalten und ihn allmählich einzukreisen. Was nützte eine kurze Störung, wenn der Spion daraufhin den Kommunikationsweg änderte? Man durfte ihn nicht warnen.

Jetzt hatten sie eine Schriftprobe des Spions. Die Schriftprobe würde auf den Fahndungslisten der Stellwände erscheinen, auf ihren genauso wie auf denen ihrer Kollegen. Gemeinsam würden sie fortan die Augen offen halten. Und sobald der Spion einen Fehler machte, schnappte die Falle zu.

An manchen Tagen glaubte Ria, gewöhnliche Sekretärinnenarbeit zu leisten. So wie man sich die DDR schöngucken konnte, so konnte man sich auch seinen Beruf schöngucken. Mit dem Fußschalter startete sie den schnellen Rücklauf des Diktiergeräts, ihre Kopfhörer zwitscherten dazu. Dann begann sie mit der Wiedergabe und tippte zu Schalcks sonorer Stimme, während sich das Band mit normaler Geschwindigkeit voranbewegte. In anderen Abteilungen wurden Diktate noch auf Spule aufgenommen, in manchen sogar auf Platte. Bei ihnen war es schon die moderne Kassette.

Sie liebte ihre Optima Electric M 100. Der Motor der elektromechanischen Schreibmaschine surrte leise, wie in Erwartung. Rührte sie die Tasten an und gab nur ein wenig Kraft hinzu, schoss der Hebel zum Papier, das schwarze Kohleband hob sich dazwischen, und schon prangte in dunkler Druckfarbe der Buchstabe auf dem Papier. Die Schrift auf dem weißen Blatt erschuf eine Wirklichkeit, sie bewegte Waren über Landesgrenzen, kaufte Schiffe, beorderte Bauarbeiter auf Großbaustellen im Westen und ließ Geld zurückfließen auf die Konten der Kommerziellen Koordinierung.

Manchmal kam sie früh zur Arbeit und es fehlten ein paar Ordner, dann wusste sie, dass die Staatssicherheit sich etwas geholt hatte. Niemand sprach darüber. Für Dr. Schalck war es in Ordnung und damit für die gesamte KoKo. Die Stasi-Offiziere waren keineswegs verschämt. Am helllichten Tag kamen sie in die KoKo und befragten die Außenhändler, die von einer Westreise zurückgekommen waren. Sie wollten wissen, wen sie getroffen hatten und wie die Gespräche gelaufen seien, wie ihr persönlicher Eindruck von den Verhandlungspartnern sei und ob es Versuche gegeben habe, sie abzuwerben und zum Verbleib im Westen zu überreden. Die Stasi-Offiziere waren höflich, gebildet und freundlich. Sie gehörten beinahe zum Kollektiv.

War die Schreibmaschine unschuldig, die Geld auf Nummernkonten schickte und Schmuggel und Steuerhinterziehung beauftragte? War sie, Ria, unschuldig?

Allein durch den von Schalck organisierten Alkoholschmuggel gingen der Bundesrepublik jedes Jahr zehn Millionen Mark an Steuern verloren. Die KoKo nutzte unter anderem die Transitstrecke: Zuerst kaufte sie für wenig Geld Hochprozentigen in Polen oder Ungarn. Anschließend lud sie ihn eingeweihten westdeutschen Fernfahrern, die mit leeren Lkw von Westberlin zurück ins Bundesgebiet fuhren, in die Fahrzeuge und verplombte sie wieder. Die Lkw-Fahrer schmuggelten den unversteuerten Alkohol am westdeutschen Zoll vorbei ins Bundesgebiet.

Sah man von den verwerflichen Inhalten ab – durfte man das? –, dann liebte Ria ihre Büroarbeit. Sie beendete das Diktat. Der nächste Brief war eine Routinesache, sie musste ihn nicht selbst tippen. Sie holte die Lochbandkassette aus dem Schrank, entnahm der weißen Hülle das Lochband und legte es in den Schreibautomaten ein. Es bedurfte nur eines Knopfdrucks, und der Optima 528 ratterte los. Die Lochkombination steuerte ihn, sie ließ ihn mit sechshundert Anschlägen die Minute wiederholen, was Ria vor vier Wochen getippt und durch den Lochbandstanzer in Lochschrift auf Band hatte speichern lassen. Auch die Zeilenschaltung führte er korrekt aus.

Und das war nur ein Schreibautomat, nicht mal ein Computer. Ria konnte verstehen, dass es in der letzten Zeit in der KoKo so oft um elektronische Komponenten gegangen war und darum, wie sich das Embargo des Westens umgehen ließ, das den Export von Computerteilen in die DDR verbot.

Wehmütig nahm sie Abschied von all den Dingen im Büro. Sie strich mit den Fingerspitzen über die Schreibmaschine, die sie so viele Jahre treu begleitet hatte, rührte an die Telefonanlage, kniff in die dunkelgrün gestreiften, gelbrandigen Blätter des Bogenhanfs. Sie sah aus dem Fenster auf die Freifläche, von der im Winter die Schneeräumfahrzeuge Schnee in den Spreearm kippten. Dahinter lag der Fluss, dann kamen die Hochhäuser der Fischerinsel. Kaum zehn Minuten Fußweg von hier entfernt lag der Grenzübergang Heinrich-Heine-Straße.

Der BND wollte sichergehen, dass sie echt war. Sie musste etwas liefern, das die Stasi nie hergeben würde, um eine falsche Spionin zu platzieren. Etwas Kostbares. Aber auch wenn sie die Sekretärin eines der mächtigsten Männer der DDR war – vertrauliche Dienstsachen wurden nur ausgegeben, wenn der Anlass es erforderte. Die Abteilung Information und Dokumentation hütete sie in einem Raum mit Tresoren unterschiedlicher Größe, der jeden Abend mit Siegelmasse und einem speziellen Siegel plombiert wurde. Auch tagsüber wurden aus Sicherheitsgründen viele Türen im Haus verschlossen, weshalb die KoKo von ihren Mitarbeitern scherzhaft »die Schlüsselburg« genannt wurde. Nach allem, was in den letzten Tagen passiert war, wäre es Wahnwitz, an der Siegelstelle Geheime Verschlusssachen anzufordern, an denen sie momentan nicht zu arbeiten hatte.

Zweites Problem: Sie hatte keine unauffällige Spionagekamera mehr. Die Minox hatte der BND bei ihrem Ausstieg zurückgefordert. Wie konnte sie Dokumente vervielfältigen? Sicher nicht in der zentralen Kopierstelle – dort trugen die Mitarbeiter in genaue Listen ein, wer welches Dokument kopieren ließ.

Auch ohne dass sie Dokumente aus dem Tresorraum holte, besaß sie kostbares Wissen, zum Beispiel über die Briefkastenfirmen und geheimen West-Besitztümer der KoKo. An die dazugehörigen Adressen kam sie heran. Sie würde die Bedeutung der Firmen aus dem Gedächtnis ergänzen müssen.

Was konnte sie an ihrem Schreibtisch unbemerkt bearbeiten und am Ende des Tages aus dem Haus tragen?

Immer wieder zwischen den Tagesaufgaben verfasste sie Briefe. So konnte sie die Adressen tippen, ohne aufzufallen. Sie holte sie aus dem Stahlblechschrank mit Hängeregistratur, den Inhalt der Briefe erfand sie frei. Mal ging es um Warenbewegungspläne und Valutapläne, dann um Planerfüllung, Jahreslieferverträge oder überfällige Beträge in Valutamark. Sie mussten nur einer ersten oberflächlichen Überprüfung standhalten. Wo es ging, ließ sie echte Informationen einfließen, die sie später für den BND markieren würde.

Auch schrieb sie, um die Anzahl der Briefe zu reduzieren, wo immer es passte eine weitere Adresse hinein, indem sie Zusammenhänge zwischen den Firmen erfand: Betrifft Lieferung vom 25.4. an F.J. Elsner & Co in Innsbruck mit Niederlassungen in Hongkong und Singapur. Dass Elsner mit Chemikalien und Genussmitteln handelte und Finanzgeschäfte abwickelte, würde sie zu Hause durch Randnotizen ergänzen.

Sie schrieb einen Brief an Elmsoka Establishment Internationale Import-Export-Handels-Gesellschaft, Hauptstraße

33, Vaduz in Liechtenstein, eine Briefkastenfirma der Intrac Handelsgesellschaft mbH, über die Spekulationsgeschäfte abgewickelt wurden, während man einen direkten Geschäftsbezug zur DDR vermied. Im Brief erwähnte sie, dass realisierte Erlöse auf das Konto 528 bei der Deutschen Handelsbank AG abgeführt werden sollten.

Dann war da die frisch gegründete Anstalt Unionbau in Vaduz, bei der Bankkonten verschiedener Gesellschaften der KoKo geführt wurden und die drei Nummernkonten bei der Bank für Handel und Effekten in Zürich führte. Ria erwähnte deren Nummern im Brief: 12 032, 12 033 und 12 034. Es würde den BND interessieren, welche Bankbestände dort verwaltet wurden.

Sie schrieb an die Central Trading Company S.A.L., die ein Lager im Freihafen von Beirut gekauft hatte. An die Maschinenbaufirma Dimter GmbH in Illertissen. Die Friam Handel B.V. in Haarlem, die mit Schrott, Kugellagern, Stahl und technischen Artikeln handelte.

Die Interschiff GmbH in Hamburg kaufte und verkaufte Schiffe, aber sie befrachtete sie auch und kümmerte sich um die Papiere und Steuern, was für die KoKo Gelegenheiten schuf, geltende internationale Handelsabkommen zu umgehen.

Von der Wittenbecher u. Co. GmbH in Essen würde der BND bereits wissen, deren Tricks mussten längst aufgedeckt worden sein. Man hatte sie ursprünglich als Geldschleuse für die KPD benutzt. Von der SED wurde mittels Kurieren Geld an die Wittenbecher u. Co. GmbH überbracht, die es bei der Bank einzahlte, wo es später Beauftragte der KPD wieder abhoben. Inzwischen war die KPD im Westen ja längst verboten, aber die Firma gab es noch.

Und es gab Schwarzhandelsringe, die unter Umgehung der Steuern und Gesetze mit Alkohol, Zigaretten, Kraftstoffen und Technologie handelten.

Auch die Kunst und Antiquitäten GmbH konnte der BND noch nicht kennen. Sie war gerade neu gegründet worden, um Gegenstände und Antiquitäten zu verwerten, die durch die Staatssicherheit bei Republikflüchtlingen oder »Staatsverbrechern« einbehalten worden waren. Man wollte diese Güter in den Westen exportieren und dort verkaufen. So machte man doppelt Gewinn: Die Menschen, die aus politischen Gründen in den Gefängnissen einsaßen, wurden zu einem guten »Stückpreis« über den Häftlingsfreikauf in den Westen verhökert, und ihren Besitz machte man drüben ebenfalls zu Geld.

Dann war da die internationale Spedition Richard Ihle in Hamburg. Die Richard Lämmerzahl GmbH, die mit Möbeln und Stoffen und Kunst handelte und in Zermatt in der Schweiz eine lukrative Seilbahn betrieb. Die Intrac Handelsgesellschaft mbH, die mit Erdöl, Diamanten und Abfall handelte.

Ria dachte sich Brieftexte über Gewinnpläne und Prämien aus, und sie flocht, so gut es ging, Fakten in die Briefe mit ein. Die verräterischen Details verbarg sie im Gewirr der Phrasen. Immer wieder ging es um die Planerfüllung, das Wort passte überall, und auch die westlichen Unternehmen, die mit DDR-Firmen zu tun hatten, kannten es. Wenn in einem Jahr der Plan nicht erfüllt werden konnte, griff man zu Tricks: Ungewollte Ware wurde einem mitspielenden Kunden im Westen in den letzten Dezembertagen ausgeliefert und als verkauft gerechnet, und der reklamierte sie wie vereinbart im Januar und schickte die Ware wieder zurück.

So sicherte sich der Außenhandel der DDR die Prämien, die das Ministerium bei erfolgreich erfüllten Planvorgaben an die Mitarbeiter der Außenhandelsbetriebe verteilen durfte.

Eine Kollegin, angelockt durch das Rattern der Schreibmaschine, fragte: »Viel zu tun heute, hm?«

»Kennst ihn doch«, sagte Ria und nickte in Richtung von Schalcks Büro.

Am Nachmittag ging sie früher als sonst, in der Hoffnung, dass der Sicherheitsdienst nachlässiger wäre, weil er glaubte, sie gehe nur kurz einen Kaffee trinken und kehre dann zurück.

Man hielt sie dennoch auf. »Darf ich kurz in Ihre Tasche sehen.« Es war mehr eine Feststellung als eine Frage. Hatte Schalck die Sicherheitsleute angewiesen, sie schärfer zu kontrollieren?

Ria hielt ihm notgedrungen die Tasche hin.

Der Mann vom Sicherheitsdienst hob die Briefe heraus und sah Ria fragend an.

Die Poststelle der KoKo kümmerte sich sonst um so etwas und brachte die Post des Tages gesammelt am Abend fort. Sie sagte: »Die Frankiermaschine klemmt mal wieder. Aber das muss eilig weg.«

15

Sein Leben war geschrumpft. Ein winziges Campingwaschbecken mit Plastikwasserhahn. Zwei Eisenbetten übereinander, Armeedecken. Klapptisch. Hocker. Aluminiumbesteck. Ein Blechnapf. Alle zwei Wochen durfte er für sieben Minuten duschen, mit Kernseife und ein wenig Waschpulver als Haarwaschmittel.

Das Essen war miserabel. Eine zusätzliche Strafe. Morgens kalte, bittere Hafermehlsuppe. Mittags ein Schlag Graupeneintopf. Unter normalen Umständen hätte er das Essen erbrochen, hier kratzte er die Schüssel leer. Er brauchte jedes Gramm.

Einmal im Monat erlaubten sie ihm, einen Brief an Jolanthe zu schreiben. Höchstens eine Seite. Im Gegenzug durfte er einen Brief empfangen. Besuch war nicht gestattet. Irgendwann, wenn er sich gut benahm, würde Jolanthe alle drei Monate kommen dürfen, für eine halbe Stunde. Keine Kinder. »Stellen Sie sich darauf ein, der Abschied ist dann immer schwer.« Manche Häftlinge verzichteten ganz auf die Besuche, weil sie den Schmerz nicht ertragen konnten.

Die Gesichter hier waren verhärtet, wie aus Borke. Die Blicke stumpf. Wer eine lange Haftstrafe verbüßte, trug gelbe Streifen auf Ärmeln, Hosenbeinen und dem Rücken. Auch er sah so aus. Die Streifen sollten Fluchtversuche erschweren.

»Du musst dich anpassen«, sagten sie ihm. »Du musst vergessen. Vergiss die Welt da draußen.«

Spazieren zu gehen und spontan zu entscheiden, rechts oder links, heimwärts oder weiter. Erfrischende Herbstluft und feuchtes Gras zu berühren und das Moos auf einem Stein mit der Hand zu liebkosen. Schwalben im Flug. Eine Streuselschnecke beim Bäcker. Ein Windbeutel und die Freude, wenn er mit echter Schlagsahne gefüllt war, nicht nur mit Sahna-Creme aus Margarine. Die Narva-Leuchtstoffröhre in der Küche zu Hause: Wie sie mehrfach aufblinkte, wenn man das Licht einschaltete, und ein gläsernes Geräusch von sich gab, bis sie schließlich dauerhaft leuchtete. Jolanthe im Pyjama, die sich einen Tee kochte und sich nach ihm umdrehte, während der Teekessel zu pfeifen begann, und ihn verschlafen anlächelte.

Florian, der über seinen Hausaufgaben mit einem Druckbleistift spielte, dessen vordere Zangen öffnete wie das Maul eines Kraken und beobachtete, wie sie sich langsam wieder um die Bleistiftmine schlossen. Die Diskussion, ob er bei den Hausaufgaben gleichzeitig Radio hören könne oder nicht.

Jolanthe beim liebevollen Zurechtrücken der Topfpflanzen auf der Fensterbank. Maja beim Tuschen. Die Schönheit in Majas jungem Gesicht. Wie sie ihm die Hausschuhe nachtrugen, »zieh die an, du kriegst kalte Füße«, wie sie lachten, wenn er am Abendbrottisch die Fischbüchse aufmachte und scheinheilig in die Runde fragte, ob noch jemand etwas davon wolle.

Der Schmerz blieb. Er brauchte ihn, der Schmerz hielt ihn wach.

Was er sich von den anderen abguckte, waren praktische Dinge. Sie gingen langsamer, als die Wärter es wollten, und ließen sich durch ihr Schreien nicht beeinflussen, sie blieben bei ihrem Tempo. Es war eine Frage der Selbstbehauptung. Man musste sich seine Würde bewahren, auch im Gefängnis.

Und sie vertrauten niemandem.

Von Anfang an hatte er einen Zellengenossen, und er begriff bald, was das bedeutete: die Fortführung der »politisch-operativen Arbeit« in der Haft. Der Kerl redete viel. Vermutlich war er ein echtes Mitglied der Staatssicherheit, eingeschleust, um ihn während der Haft weiter auszuforschen. Wie viele von ihnen gab es hier? Wer in der Sonderhaftanstalt einsaß, war entweder Republikflüchtling, Fluchthelfer oder ehemaliger Parteiangehöriger. Sogar gefallene Offiziere der Staatssicherheit waren inhaftiert. Der Staat fürchtete diese rebellische Mischung und wollte offenbar kein Risiko eingehen.

Wie er das mit der Flucht gemacht habe? Ob es da keine Selbstschussanlagen gegeben habe?, fragte der Zellengenosse.

Noch keine Splitterminen, sagte Henning.

Das habe er gewusst?

Jeder habe das gewusst.

Dann verstehe er das, dann hätte eine Flucht gelingen können. Und warum habe es nicht geklappt? Und was habe er überhaupt vorgehabt im Westen?

Henning ging nicht darauf ein. Er blieb bei den technischen Details. Zu reden half dabei, die Langeweile zu überwinden. Die SM-70 werde in seinem Grenzabschnitt sicher auch bald eingeführt. Bisher seien dort aber nicht einmal Streckmetallzäune gebaut worden, es gebe nur zwei Stacheldrahtzäune von zweieinhalb Metern Höhe, und die seien durchgerostet. Und dann sei da natürlich der sechs Meter breite Kontrollstreifen.

Über die Tretminen sprach er nicht. Dafür umso ausführlicher über die Hunde.

Nach drei Stunden musste der Zellengenosse wegen einer angeblichen ärztlichen Untersuchung fort. Henning nutzte die Gelegenheit, um die Eisenstäbe im Zellenfenster zu prüfen. Sie waren nicht in normalen Mauerstein gefasst, sondern in Marmor. Es enttäuschte ihn. Es war unmöglich, sie zu lösen. Zudem führte das Zellenfenster hinunter auf einen Innenhof, der zu keiner Seite hin offen war.

Acht Jahre Zuchthaus, vom Militärobergericht Berlin wegen Fahnenflucht und Spionage über ihn verhängt. Er war jetzt offiziell »Staatsverbrecher«. Gefesselt hatte man ihn auf dem Rücksitz eines Polizeiwagens nach Bautzen gebracht, vier Bewaffnete als Begleitschutz. Bei der Ankunft in der Sonderhaftanstalt hatten sie gescherzt: »Willkommen im Gerechtigkeitskombinat.« Das hatte er zunächst nicht verstanden, inzwischen aber wusste er, dass sich die Sonderhaftanstalt in einem Gebäudekomplex befand, in dem Polizeidienststelle, Kreisdienststelle des Ministeriums für Staatssicherheit, Gericht und Haftanstalt beieinanderstanden.

Und wenn das, was zunächst wie geballte Stärke wirkte, in Wirklichkeit eine Schwäche war? Selbst ein Hochsicherheitsgefängnis wie dieses musste Schwachstellen besitzen.

Muss ich es ertragen, Gott?, betete er. Ist das der Ort, an den du mich gebracht hast? Ich konnte nicht mehr lügen. Lügen im Politunterricht. Lügen zu Hause. Lügen in mir drin.

Er hatte gegenüber den untergebenen Soldaten von einer »verschärften Klassenkampfsituation« sprechen müssen, davon, dass der Gegner wieder und wieder versuche, »unsere Sicherheitsmaßnahmen an der Grenze zu durchkreuzen«. Obwohl er wusste, dass das nicht stimmte.

Und wenn Salz knapp war oder Kinderkleidung oder Schuhe, hatte er sagen müssen, dass »aus dem Westen gelenkte Gerüchtemacherei eine falsche Panikstimmung erzeugt« habe, wodurch Hamsterkäufe entstanden und dadurch die Vorräte aufgebraucht worden seien. Dabei wusste er genau, dass Fehler in der Planung oder in der Produktion den Mangel hervorgerufen hatten.

Ich konnte nicht länger lügen, Gott.

Sie hatten sogar verlangt, dass er vor den Soldaten über den Glauben herzog. Und Jolanthe? Sie schliefen nicht mehr miteinander. Vor den Kindern nannten sie sich »Schatz« und »Bärchen«, aber die Ehe war nur noch eine Ruine gewesen.

Am nächsten Morgen wurde er in eine Arbeitszelle geführt. Man erklärte ihm, dass er von jetzt an täglich dort eingeschlossen werde, um Schütze zu montieren, elektrisch zu betreibende Schalter mit Magnetspulen für Maschinenanlagen.

Als der Wachmann und der Brigadier fort waren, prüfte er das Fenster. Es führte auf keinen Innenhof, sondern nach draußen. Wenn es ihm gelingen würde, Fenster oder Wand zu durchbrechen ... Draußen warteten eine vier Meter hohe Mauer und ein Elektrozaun mit 380 Volt Wechselstrom. Außerdem schien es Signaldrähte zu geben, die bei Berührung Alarm gaben und die Mauer absicherten. Wann wurden sie abgeschaltet? Gab es solche Momente?

Er betastete die Wände. Die Wand rechts der Tür war kühl, sie musste zugleich die Außenmauer des Gebäudes sein.

Er hörte Schüsse und spürte, wie sie in seinen Leib einschlugen. Noch einmal würde er das nicht überleben. Aber acht Jahre in diesen Mauern würden ihn genauso zerstören.

Die nächsten Tage beobachtete Henning, zu welchen Zeiten der Brigadier kam, um seine Arbeit abzuholen und neues Material zu bringen. Es gab lange Stunden, in denen ihn niemand störte.

Einmal, als der Brigadier bei ihm war, um neue Kupferdrähte zu bringen und die fertigen Schütze abzuholen, wartete Henning ab, bis der Mann die neuen Schütze hochstemmte und ihm den Rücken zudrehte, und griff rasch zu, noch bevor sich der Brigadier wieder zu seinem Werkzeugkasten kehren konnte. Er hielt den kleinen Schraubenzieher so in der Hand, dass Handteller und Unterarm ihn verbargen.

Nachdem der Brigadier gegangen war, wartete er eine Stunde, ob er nach dem Werkzeug suchen kam. Nichts geschah. Er rückte den kleinen Hängeschrank von der Wand ab und kratzte probeweise ein wenig den Mörtel auf. Das Schaben war nicht besonders laut, und die Schraubenzieherspitze arbeitete sich gut in die Wand vor.

16

Was hatte das Miststück vor? Es war eine gute Entscheidung gewesen, sie am Samstag zu überwachen. Was Ria Nachtmann als Stadtbummel tarnte, war nichts anderes als der Versuch, Beschatter zu erkennen und abzustreifen. Marga wurde sich dessen immer sicherer.

Seit die Fünf-Tage-Arbeitswoche eingeführt und die wöchentliche Arbeitszeit auf vierundvierzig Stunden reduziert worden war, hatten die Leute einfach zu viel Zeit. Und nie dankten sie es. Es gab Gemoser, weil man zum Ausgleich Ostermontag, Christi Himmelfahrt, Buß- und Bettag und den Reformationstag abgeschafft hatte.

Heute aber nützte ihr die Sache einmal. In der Kommerziellen Koordinierung konnte sie Ria Nachtmann nicht überwachen, einige Mitarbeiter dort waren Offiziere der Staatssicherheit im besonderen Einsatz, sie würden ihre Eigenmächtigkeit an das »Haus« melden. Wenn sie überhaupt etwas bemerkten, Schlafmützen, die sie waren! Dass ihnen das falsche Vögelchen nicht aufgefallen war, erfüllte Marga mit Verachtung.

Schon wieder dieser Zickzack-Kurs. Ria Nachtmann passierte die Tische eines Eiscafés, warf einen Blick auf die Tapferen, die in der Frühlingssonne mit ihren »Gemischten Eisbechern« mit Papierschirmchen draußen saßen, und bog links ab.

Ein Laden für Briefmarkensammler, vor dessen Schaufenster vier Kinder standen, die Augen abgeschirmt, um die reizvollen Auslagen genauer betrachten zu können. Eine Würstchenbude. Und Ria Nachtmann bog rechts ab.

Sie plante etwas.

Marga widerstand dem Drang, sich am Bauch zu kratzen, wo der kleine Kasten festgeschnallt war. Im Augenblick tat er nichts, er war stumm. Aber das technische Gerät war empfindlich, und sie würde es noch brauchen.

Ruhig bleiben. Sie hielt so weiten Abstand, dass sie riskierte, Ria aus den Augen zu verlieren. Für gewöhnlich waren zum Beschatten vier oder besser sechs Leute vorgesehen, jede zusätzliche Kraft konnte den entscheidenden Ausschlag geben. Während der Verfolgte herauszufinden versuchte, ob man ihn beschattete, gaben sich die Verfolger alle Mühe, nicht bemerkt zu werden. Da Agenten darin geschult waren, nach wiederkehrenden Gesichtern oder Autokennzeichen Ausschau zu halten, hießen mehr Fahrzeuge und mehr Beschatter auch, dass es unwahrscheinlicher wurde, bemerkt zu werden – man konnte sich abwechseln, an der nächsten Hausecke konnte ein Kollege übernehmen, immer neue Gesichter, immer neue Autos.

Sie hingegen war allein. Deshalb gab sie Ria eine lange Leine und ließ sich weit zurückfallen. Ihr genügte es, ab und an Rias Haarschopf zu erblicken, sie hatte sich ihren Gang eingeprägt, ihre Pose, wenn sie vor einem Schaufenster stand und unauffällig in der Scheibe nach der Spiegelung von Verfolgern suchte. Mädel, da musst du früher aufstehen, dachte sie grimmig. Sie war wie ein Bussardweibchen, und Ria war das Mäuschen auf weitem Feld.

Sie wusste intuitiv, wann Ria sich umdrehen würde.

Wusste, wann sie die Richtung änderte. In einem Hauseingang drehte Marga ihre Jacke auf links und gab ihr damit eine andere Farbe, aus dem Karton im Einkaufsnetz holte sie den Hut. Von Nahem hätte Ria sie trotzdem erkannt, aber auf die große Entfernung musste sie ihr wie eine neue Person erscheinen. In der Jackentasche hatte Marga einen blauen Dederonbeutel aufbewahrt, den holte sie jetzt heraus und steckte alles andere hinein.

Als sie wieder heraustrat, war Ria nicht mehr zu sehen. Marga kämpfte die Unruhe nieder. Der Ostbahnhof war in der Nähe. Dorthin könnte Ria unterwegs sein.

Sie hatte sich dem Bahnhof wie zufällig immer weiter genähert, war dann wieder etwas vom Kurs abgewichen, aber zuletzt erneut darauf hingeschwenkt. Und wenn sie nur hinging, um eine Fahrt anzutäuschen und dann doch nicht zu fahren?

Zu dumm, dass die Apparatur nicht auf achtzig Meter Entfernung funktionierte. Vielleicht wäre ein Sprühstoß mit radioaktiver Lösung auf ihre Kleidung effektiver gewesen als die präparierte Nadel, die sie unter Rias Schuhsohle versteckt hatte. Andererseits wechselte man Kleidung öfter, Schuhe nicht. Die Nadel konnte auch bei wechselndem Wetter in den kommenden Wochen noch nützlich sein. Und selbst mit der radioaktiven Lösung auf der Kleidung hätte sie bis auf zehn Meter herangehen müssen, um Ria zu orten.

Die beiden kleinen Kästen, die sie sich um den Oberkörper geschnallt hatte, saßen seitlich, Hauptgerät und Batteriekasten, nur der kleine Krabbler – kaum briefmarkengroß – lag mit seinem Halterungsriemchen mittig auf ihrer Bauchoberseite, sie spürte ihn wie einen Fremdkörper durch das Unterhemd.

Sie beneidete die Männer, denen der Operativ Technische Sektor das gesamte Gerät in spezielle Aktentaschen gebaut hatte, deren Henkel vibrierte, wenn sie sich dem markierten Ziel näherten. Von den Frauen wurde wieder einmal mehr Einsatz erwartet. Sie trugen die Kinder aus, teilten die Nährstoffe mit ihnen. Sie pflegten die Kranken. Sie knieten am Boden und fegten, schrubbten, bohnerten. Sie wuschen die Wäsche, spülten den Dreck der Männer aus der Kleidung. Und selbst bei der Staatssicherheit war es so: Die Männer bekamen Werkzeuge, die Frauen trugen das Gerät stattdessen am eigenen Leib herum.

Da war Ria wieder. Sie ging in Richtung des Ostbahnhofs, wie erwartet. Geschickt nutzte sie die lange Schlange vor einem Privatbäcker, um außer Sicht zu gelangen. Jetzt ging sie schneller, betrat das Bahnhofsgebäude, sah hoch zur großen Uhr.

Es wirkte, als versuchte sie, einen Zug zu erreichen. Das konnte Schauspielerei sein, ein letzter Versuch, Verfolger aus der Deckung zu locken. Wenn Ria zu einem Zug eilte, mussten das auch ihre Beschatter tun.

Und was, wenn es stimmte?

Ein fahrender toter Briefkasten: So konnte sie gestohlene Informationen aus der Kommerziellen Koordinierung an den Westen übermitteln. Marga schoss das Blut ins Gesicht. Wie hatte sie so dumm sein können.

Sie hastete in die Bahnhofshalle. Eilte an Schaltern vorüber. Dort war das Miststück, diese Treppe ging sie hoch. Besaß Ria tatsächlich die Dreistigkeit, trotz aller Überwachungsmaßnahmen in den »Ost-West-Express« einzudringen, der von Moskau kam und nach Köln und Paris fuhr, darin ihre Fracht abzuladen und vor Abfahrt des Zuges wieder hinauszuspringen? Der Express fuhr doch durch das Gebiet der DDR einfach hindurch, nur Transitreisende durften ihn benutzen, nach dem streng bewachten Halt in Berlin-Friedrichstraße hielt er erst wieder an der Grenze in Marienborn.

Marga nahm ebenfalls die Treppe. Sie hörte einen schrillen Pfiff, stürzte auf den Bahnsteig und sprang in den Zug, gerade noch, bevor die Türen zuknallten.

Es war nicht der »Ost-West-Express«. Das hier war ein gewöhnlicher »Sputnik«.

Ein Mann nickte ihr mit anerkennend geschürzter Lippe zu. »Dit hätte schiefjehn können. Schwein jehabt.«

Marga drängelte sich durch den vollen Zug. Sie lauschte auf Vibrationen an ihrem Bauch. Hatte Ria sie reingelegt? Sie hatte sie doch die Treppe hochgehen sehen. Aber es war möglich, dass sie sich hinter dem Kiosk versteckt hatte und gar nicht in den Zug gestiegen war.

Der Krabbler blieb ruhig.

»Wo wollen Sie denn hin?« Der Schaffner versperrte ihr den Weg. »Zeigen Sie mir erst mal Ihre Fahrkarte.«

»Ich habe keine.«

»Nicht mal die 70 Pfennige waren drin?«

Sie zog ihren Dienstausweis hervor. »Was sind die Anschlusszüge in Potsdam?«, fragte sie.

»Glauben Sie, ich trag das Kursbuch mit mir rum?« Er ließ sie stehen wie eine Schülerin, die den Unterricht störte. Lässig knipste er weiter die Fahrkarten der Passagiere.

Vielleicht hatte er nicht so genau hingesehen und hielt sie für eine einfache Polizistin oder so etwas. Vielleicht brauchte er eine Brille. Aber wie kontrollierte er dann die Fahrkarten? Nein, er hatte wahrgenommen, dass sie von der Staatssicherheit war. Er musste einer jener Ur-Berliner sein, die gegen

Uniformen, Rangabzeichen und Amtsträger jeder Art instinktiv aufbegehrten. Unter anderen Umständen, Freundchen …, dachte sie.

Der »Sputnik« verließ die Stadt und zog auf dem südlichen Außenring Richtung Genshagener Heide. Als er in den Bahnhof einfuhr, stellte sich Marga an die Tür, bereit hinauszuspringen, falls sie Ria sehen sollte. Wieder ein Pfiff. Und Abfahrt.

Fuhr Ria Nachtmann nur jemanden besuchen und war vorhin durch die Stadt geschlendert, weil sie noch Zeit totzuschlagen hatte, um nicht zu früh zur Verabredung zu erscheinen?

Marga musste sich eingestehen, dass sie sich in der Vergangenheit hier und da durchaus mal getäuscht hatte. Wer auf der Jagd war, bemerkte mitunter Auffälligkeiten, wo gar keine waren, weil er in seiner Überempfindlichkeit keine Zufälle mehr hinnehmen konnte.

Rias Verhalten im Verhör war aber ein deutliches Indiz gewesen. Sie verbarg etwas, und sie verbarg es zu gut. Eine einfache Lügnerin war sie nicht. Dass Schalck die Verhöre hatte abbrechen lassen, hieß längst nicht, dass sie unschuldig war.

Marga arbeitete sich weiter im Zug vor. Die Doppelschiebetüren zwischen den Waggons gingen schwer, und der Fahrtlärm in den Zwischenbereichen war ohrenbetäubend. Da! Ein Zucken an ihrem Bauch. Sie verharrte im Bereich zwischen zwei Waggons und wartete. War es nur eine technische Störung gewesen? Nein, das Gerät meldete sich deutlich. Ria musste im nächsten Wagen sein. Zufrieden suchte sich Marga einen Stehplatz an der Tür ihres Waggons.

Der nächste Halt war Potsdam Hauptbahnhof.

Touristen, die den Park Sanssouci besuchen wollten, räumten ihre Stullen, Thermoskannen und Kekse in die Rucksäcke und drängten schwatzend an die Tür.

Marga stemmte die Ellenbogen in die Seiten, sie würde sich den Platz an der Tür nicht nehmen lassen. Der Zug kam zu einem quietschenden Halt. »Steigen Sie aus?«, fragte jemand ungeduldig hinter ihr. Aber Marga wartete, bis die Tür hörbar zischte, dann erst drückte sie die Griffe zu den Seiten und schob die beiden Türflügel auf. Sie trat auf den Bahnsteig, bereit, sofort wieder umzukehren, sollte der Zug abgepfiffen werden und Ria nicht in Sicht sein.

Doch da war sie, auf dem Bahnsteig. Marga ließ sich von der Menge mitspülen. Aber Ria strebte nicht zum Ausgang. Sie wechselte nur das Gleis. Marga musste sich gegen die Sanssouci-Menge stemmen, endlich hatte sie sich freigeschwommen und folgte Ria über die Treppen. Als sie das Gleis erreichte und die Anzeige las, ging ein Kälteschauer durch sie. *Schnellzug D-444 Richtung Köln.*

Der Schnellzug fuhr ein, die purpurrot gestrichene Diesellok zog dunkelgrün lackierte Wagen. In den letzten, einen Mitropa-Speisewagen, stieg Marga mit einigen anderen ein.

Sie befragte das Personal. Man verstand ihren Tonfall sofort, diese Leute wussten, wenn jemand dienstlich mit ihnen sprach. Der Speisewagen werde in Magdeburg abgekoppelt, erklärten sie. Für die Wagennummern 253 bis 260 brauche man eine Platzreservierung, aber vorn bei der Lok gebe es auch drei Wagen ohne Platzreservierungen.

Sie versetzte sich in Rias Lage. In den drei Wagen ohne Platzreservierungen würde die Transportpolizei die Fahrgäste besonders genau durchleuchten, denn dort waren Personen zu vermuten, die sich unter die regulären Westreisenden schmuggelten und eine Republikflucht versuchten. Ria wäre klug genug, sich in den mittleren Wagen aufzuhalten.

Der fahrende tote Briefkasten zur Informationsübergabe war aber nur eine Möglichkeit. Vielleicht reiste sie auch mit gefälschtem Pass zu einem Treffen mit ihrem Führungsagenten in den Westen? Oder sie verließ die DDR gänzlich, weil sie sich seit dem Verhör nicht mehr sicher fühlte? Auch dafür bräuchte sie falsche Papiere, die ihr nur ein verfeindeter Geheimdienst beschafft haben konnte.

Marga war abberufen worden von diesem Fall. Welche Folgen hätte es, wenn sie Ria festnahm? Mit einer Belobigung konnte sie kaum rechnen. War es klüger, den Kollegen im Zug einen Hinweis zu geben und sie die Sache durchziehen zu lassen?

Ria würde belastendes Material bei sich tragen. Entweder geheime Informationen zur Übergabe an einen westlichen Geheimdienst oder einen gefälschten Pass. Damit war sie erledigt.

Sie beschloss, sich die Kollegen zunächst einmal anzusehen. Die sollten es auf keinen Fall verpatzen.

In der Mitte des Zuges begann der Signalgeber an ihrem Bauch zu zucken. Als das Vibrieren stärker wurde, wandte sie im Vorübergehen ihr Gesicht vom Abteil ab, um nicht von Ria erkannt zu werden.

Sie war das Raubtier, das seine Beute umkreiste. Endlich wieder eine Beute, die alle Mühen der Jagd wert war.

Hoffentlich war nicht bloß Trapo im Zug. Die guckte zwar unter die Sitzbänke und prüfte die Deckenverkleidung der Abteile, aber konnte wohl kaum mit Ria Nachtmann umgehen. Sie schmuggelte keine westlichen Zeitschriften oder theologische Literatur oder hatte Geld im Schuh versteckt. Wenn ihre Instinkte sie nicht trogen, ging es bei Ria um Staatsgeheimnisse, die der DDR auf Jahre schaden konnten. Jemand von der Staatssicherheit musste im Zug sein, Passkontrolleinheiten in Uniform und dazu einige Nachrichtenoffiziere in Zivil zur politisch-operativen Sicherung der Reisenden. Wenn die Kollegen ihr fähig genug erschienen, würde sie denen die Festnahme überlassen.

Ria vertiefte sich in die *Für dich.* Doch sie las nicht. In Wahrheit lauschte sie angespannt den Gesprächen der Rentnerinnen in ihrem Abteil. Es ging um Freunde, die keine Verwandten im Westen hatten und deshalb keinen Besuchsantrag stellen konnten.

Die Rentnerinnen warfen ihr prüfende Blicke zu. Eine von ihnen sagte: »Im Westen, da haben sie die Rente an die Löhne gekoppelt. Die steigt von ganz allein.«

Die anderen nickten. Sie wussten offenbar genau, was gemeint war, wagten aber nicht, es vor Ria auszusprechen.

Die Renten in der DDR waren niedrig und wie festgefroren. Mancher hegte den Verdacht, dass die DDR ihre Rentner auch deshalb in den Westen reisen ließ, weil sie hoffte, dass viele von ihnen gleich dortblieben. Wertvolle Arbeitskräfte waren sie nicht mehr, und man sparte sich die Zahlung der Rente, wenn sie ausreisten.

»Tja, und bei uns …« Die mutige Rentnerin seufzte, während die anderen um eine Winzigkeit die Augen aufrissen oder beschämt aus dem Fenster sahen.

Ria sagte: »Ich glaube, die wollen Sie loswerden!«

Jetzt gab es erleichtertes Gelächter. Also doch nicht von der Stasi, die junge Frau, mochten sie denken.

Was waren sie unvorsichtig. Wenn ich von der Stasi wäre,

dachte Ria, hätte ich genau diesen Scherz gemacht und dann darauf gewartet, dass meine Opfer noch leichtsinniger werden, weil sie mich für ungefährlich halten.

12:50 Uhr. Der Zug verließ Genthin. Solange sie in der Nähe von Berlin gewesen waren, hatte sie mit erhöhter Aufmerksamkeit bei Transportpolizisten und verdeckt mitreisenden Offizieren der Staatssicherheit gerechnet. Dr. Schalck hatte in der Kommerziellen Koordinierung häufig davor gewarnt, die Stadt zu unterschätzen. Berlin sei ein Eldorado der Geheimdienste, sagte er. Genauso musste es die Stasi sehen. Aber jetzt, zwischen Genthin und Magdeburg, gönnten sich die Sicherheitskräfte im Zug sicher eine letzte Pause, bevor es in die Nähe der Grenze ging.

Sie schob die Abteiltür auf und trat in den Gang. Ein paar Leute waren in Brandenburg und Genthin zugestiegen, man nahm gern mal einen Interzonenzug für ein Stück der Reise, weil diese Züge neuere und bessere Waggons besaßen. Auch sie hatte sich einen Fahrschein nach Magdeburg gekauft, es war legal, dafür den Interzonenzug zu verwenden, solange man nicht versuchte, bis zur Grenze darin zu bleiben. Erst hinter Magdeburg, auf der Strecke nach Marienborn, würden die strengen Kontrollen einsetzen.

Im benachbarten Abteil saß ein junges Paar, dezent gekleidet und in ein Gespräch vertieft. Sie sahen interessiert hoch, blickten ihr ins Gesicht. Stasioffiziere? Ria ging weiter. Konnte sein, dass sie auch nur bis Magdeburg mitfuhren. Aber ungewöhnlich war es doch, ein Pärchen in diesem Alter hier zu sehen.

In den Westen fuhren vor allem alte Leute, man bespöttelte die Interzonenzüge deshalb als »Mumienexpress«. Wenn man jung war, war eine Genehmigung zum Westbesuch nur in Ausnahmefällen zu ergattern und niemals mit dem Ehepartner. Der und die Kinder hatten als Pfand im Land zu bleiben.

Wieso waren die zu zweit hier? Waren es zurückkehrende Bundesbürger? So hatten sie nicht ausgesehen. Andererseits fehlte ihnen die angespannte Aufmerksamkeit, die Ostdeutsche vor dem Übertritt ins westliche Ausland befiel wie Kosmonauten vor einem Weltraumflug.

Sie ging lieber zwei Waggons weiter nach hinten. Wie viel Zeit hatte sie? Sie hatte den Fahrplan auswendig gelernt. Burg (b Magdeburg) Abfahrt 13:20 Uhr, Magdeburg Ankunft 13:48 Uhr, Abfahrt 14:16 Uhr. Um diese Zeit musste sie den Zug verlassen haben, sonst würde sie denen in die Fänge geraten. Es war eigenartig gewesen, die westdeutschen Städtenamen zu lesen, schwarz auf weiß gedruckt im ostdeutschen Kursbuch, als wären es Orte, an die man einfach reisen konnte: Marienborn Ankunft 14:49, Helmstedt Ankunft 15:39 Uhr, dann Braunschweig, Hannover, Minden, Bielefeld, Hamm (Westf), Köln. Irgendwo auf einem dieser Halte würde ein Agent des BND einsteigen und ihre Nachricht aus dem Versteck holen.

Als sie die Toilettentür öffnete, schlug ihr der strenge Geruch des Desinfektionsmittels Wofasept entgegen. Sie schloss sich ein. Tat so, als würde sie sich im Spiegel betrachten, machte Grimassen, zupfte ihren Pony zurecht. Unauffällig sah sie dabei nach den Schrauben, mit denen der Spiegel befestigt war. Eine davon sah anders aus. Ihr Puls schnellte in die Höhe. Womöglich beobachtete sie gerade ein Mitarbeiter der Staatssicherheit vom Waschraum hinter dem Spiegel aus durch ein Untersuchungs-Cystoskop, mit dem man eigentlich in der Klinik Harnblasen spiegelte. Der BND hatte sie letzte

Woche via Funk in den Absprachen für den fahrenden toten Briefkasten gewarnt. Es war eine Neuentwicklung der Stasi, medizinische Ausrüstung, umgebaut zur Überwachungskamera. Der Kopf des Gerätes ähnelte einer Schraube und fiel Uneingeweihten nicht auf. Schoss der Nachrichtenoffizier gerade Fotos von ihr? Oder war der Beobachtungsposten nicht besetzt?

Es gab nur einen Weg, das herauszufinden.

Ria holte die Dose Florena-Hautcreme aus der Hosentasche, öffnete sie und klaubte eine Zeigefingerspitze Creme heraus. Die strich sie dick auf das als Schraube getarnte Ende des Cystoskops. Dann legte sie das Ohr an die glatte Wand aus Sprelacart und lauschte. Keine Flüche, kein Knarren eines Stuhls. Nichts. Sie wartete eine weitere Minute. Niemand kam, um ihr das Schmugglerhandwerk zu legen.

Sie tastete nach dem winzigen Paket, das an der Innenseite ihres Hosenbunds klebte, und zog es hervor. In Kürze würden die Transportpolizisten mit Spürhunden durch den Zug gehen und sämtliche Hohlräume, die Zugtoiletten und alle Abteile gründlich prüfen. Sie würden potenzielle Verstecke abtasten. Der Mülleimer schied aus, die Heizung ebenfalls. Kurz überlegte Ria, den Seifenspender aufzuschrauben, der bei Drehung trockene Seifenflocken auf die Hand raspelte. Zu offensichtlich.

Sie holte den Vierkantschlüssel aus der Hosentasche. Dann klappte sie den Toilettendeckel zu und kletterte in Strümpfen darauf. Nach oben gereckt, schraubte sie die Deckenverkleidung ab.

Sie stellte sich auf die Zehenspitzen und spähte in den Schacht mit Rohren für das Wasser und die Heizung. Das leise Singen der Schienen und die Lichtspiegelungen verrieten, dass der Schacht nach unten hin offen war. Hoffentlich hielt der Streifen Heftpflaster noch fest genug, mit dem sie das Päckchen in ihrem Hosenbund befestigt hatte. Sie nahm den Vierkantschlüssel zwischen die Zähne und reckte beide Hände hinauf, um das Päckchen zu befestigen. Immer wieder drückte sie den Daumen auf das Heftpflaster, um weitere Bläschen mit Klebemittel aufplatzen zu lassen.

Aus dem Gang gedämpfte Stimmen.

»Ist das System nicht installiert?«, fragte jemand.

»Doch. Aber es ist tot.«

Ria erstarrte.

Die Klappe zuschrauben, schnell sein und so tun, als wäre nichts. Aber man würde ihre Personalien aufnehmen und erfahren, wo sie arbeitete, und dann würden die Techniker des MfS diese Toilette in sämtliche Einzelteile zerlegen. Man würde das Päckchen finden.

Wenn sie jetzt die Tür aufbrachen, war sie tot.

Ria zog das Päckchen wieder ab und riss es mit den Zähnen auf. Sie überlegte, die Schnipsel des Films zu schlucken. Aber was, wenn man sie inhaftierte und ihre Ausscheidungen überwachte? Sie warf die dunklen Schnipsel in den Schacht. Dass bloß keiner hängen blieb, dass alle von ihnen durch den Luftzug hinausgesogen wurden! Nachdem sie auch die Hülle des Päckchens hinausgeworfen hatte, schraubte sie eilig die Klappe zu.

Es donnerte gegen die Toilettentür. »Aufmachen!«

Sie stieg von der Toilette und in ihre Schuhe. »Augenblick, bitte«, sagte sie. Ihre Finger waren schmutzig vom Schacht. Sie drehte den Seifenspender, wusch sich mit den Flocken die Finger sauber, wischte auch den Vierkantschlüssel ab. Sie trocknete ihn mit ihrem Rock und ging in die

Hocke, den Schlüssel immer noch mit dem Rock umfassend. Auf diese Weise legte sie ihn unten neben die Toilette.

Sie sah hinauf zur Klappe. Zog sich eine Socke aus und machte ihre Spitze nass. Dann stieg sie noch mal auf den Toilettendeckel und wischte die Ränder der Deckenklappe sauber, wo sie sie berührt hatte.

Es klopfte laut an die Tür. Faustschläge.

»Bin gleich so weit«, rief sie, als sie wieder hinunterstieg. Sie zog die Socke an.

Ein Werkzeug setzte metallisch an der Tür an. Kurzes Knirschen. Die Tür sprang auf.

»Kommen Sie.« Zwei Männer nahmen sie unter den Armen und führten sie hinaus. Sie sah noch, wie der Mann des jungen Pärchens aus dem Nachbarabteil sich vor die Toilette kniete und den Deckel öffnete. Sie war froh, dass sie die Filmschnipsel nicht dort rausgeworfen hatte. An den feuchten Wänden des Rohrs wären womöglich welche kleben geblieben.

Jetzt musste sie gut sein. Glaubwürdig schauspielern, Angst und Ärger zeigen.

Sie rechnete sich aus, wie lang die Strecke war, die man entlang der Schienen Zentimeter für Zentimeter absuchen musste, wenn man den Verdacht hegte, dass sie etwas durchs Toilettenrohr abgeworfen haben könnte. Vom Moment des ersten Verdachts bis zur Festnahme waren es vielleicht vier Minuten gewesen. Der Zug fuhr hundertzwanzig Kilometer pro Stunde, das waren zwei Kilometer pro Minute. Insgesamt also acht Kilometer Strecke. Kein Pappenstiel. Und da sie davon ausging, dass die Stasioffiziere bei einem hastigen Blick aus dem Fenster nicht genau wissen konnten, wo der Zug sich gerade befand, würden es fünfzehn oder zwanzig

Kilometer sein, die infrage kamen. Es lag viel Müll auf dem Schotter zwischen den Gleisen, dauernd ließ ein Zug durch die Plumpsklos und die Schiebefenster der Abteile etwas zurück, Zigarettenkippen, Exkremente, Toilettenpapier, die Reste von Pfeffi-Packungen, Taschentücher. Das alles war mit spitzen Stöcken zu sortieren, während man immer in der Gefahr war, von einem heranrauschenden Zug überfahren zu werden. Auf fünfzehn oder zwanzig Kilometern Länge war es die Nadel im Heuhaufen.

Der Wind und die Sonne würden die Filmschnipsel bald unbrauchbar machen. Die Frage war also, wie glaubhaft konnte sie ihre Unschuld beteuern – bei ihrer Vorgeschichte!

Die Männer brachten sie in ein Dienstabteil. Forderten sie streng auf, sich zu setzen. Sie blickte in ein vertrautes Gesicht. Das Erschrecken und die Angst musste sie nicht vortäuschen, nur deutlich genug hindurchdringen lassen.

Die Verhörspezialistin lächelte kurz. Rias Reaktion schien ihr zu gefallen. »So sieht man sich wieder«, sagte sie. »Wo fahren Sie hin? Magdeburg, nehme ich an?«

»Ja. Wobei ich auch erst überlegt habe, in Burg auszusteigen, wegen Brigitte Reimann.«

»Brigitte Reimann. Das ist die Person, die Sie treffen wollen?«

»Unsinn. Sie ist vor ein paar Wochen gestorben. Sie war eine Schriftstellerin. Ich bewundere sie schon lange, ›Ankunft im Alltag‹, ›Die Geschwister‹, wissen Sie?«

»Erwartet Sie jemand in Magdeburg?«

»Nein.«

»Zeigen Sie mir Ihre Platzkarte.«

»Die liegt in meinem Abteil. Auch die Fahrkarte. Wagen zweihundertachtundfünfzig, Platz sechsundsiebzig.«

»Und was machen Sie dann hier am Ende des Zuges?«

»Das wissen Sie doch. Ich war auf der Toilette.«

»Sie gehen durch den halben Zug für eine Toilette?«

»Die anderen waren besetzt, und ich wollte mir die Beine vertreten.«

»Waren besetzt, soso.« Die Verhörspezialistin musterte sie. Dann sagte sie streng: »Ziehen Sie sich aus. Legen Sie die Sachen hierhin.« Sie wies auf die kunstlederne Sitzbank neben Ria.

Die Vorhänge des Dienstabteils waren zugezogen, sowohl vor dem Fenster als auch zum Gang hin. Trotzdem kostete es Ria einige Überwindung, dem Befehl nachzukommen. Mit Frösteln dachte sie an die eiserne Zellentür in Hohenschönhausen, an das Kommando: *Gesicht zum Fenster, Kniebeuge! Jetzt ziehen Sie die Pobacken auseinander und beugen sich vor.*

Die Verhörspezialistin glitt mit findigen Fingern über jeden Zentimeter ihrer Kleidung, prüfte Nähte, las jedes Schildchen.

Nach einer halben Stunde durfte Ria sich wieder anziehen. Der Zug fuhr über einige Weichen und bremste dann stark ab. Lautsprecherdurchsagen waren von draußen zu hören. Sie waren in Magdeburg eingetroffen.

Das junge Pärchen kam, beide mit verschmutzter Kleidung und hochgekrempelten Ärmeln. Er sagte: »Nichts. Bis auf diesen Vierkantschlüssel.« Er hielt ihn hoch.

Die Verhörspezialistin fauchte: »Fassen Sie den nicht an!«

»Es sind keine Fingerabdrücke darauf«, sagte er ruhig. »Und genau genommen ist das hier unser Arbeitsbereich.«

Die Verhörspezialistin sah zu Ria. »Wie eigenartig. Keine Fingerabdrücke. Man würde doch meinen, jemand hätte ihn angefasst, um damit zu arbeiten, oder?«

»Ich bin Sekretärin. Mit Werkzeugen kenne ich mich nicht aus.« Planmäßiger Aufenthalt des Zuges in Magdeburg waren achtundzwanzig Minuten. »Ich muss jetzt aussteigen. Was werfen Sie mir eigentlich vor? Im Mai sollte ich für meinen Schwager bluten. Wer ist es diesmal, für wen komme ich in Sippenhaft, obwohl ich nichts getan habe?«

»Diese Nazibegriffe verbitte ich mir! Und Ihr Unschuldsgehabe zieht bei mir nicht.« Im Gesicht der Spezialistin arbeitete es.

Es war nur eine Intuition, aber Ria meinte, dass sich die Sache für diese Frau gar nicht so eindeutig darstellte. Sie wagte einen Vorstoß. »Bin ich jetzt festgenommen? Ich würde gern mit meinem Vorgesetzten telefonieren, Dr. Schalck.«

»Steigen Sie aus«, sagte die Spezialistin. Eine Strenge war da in ihrem Blick, ein Hass. Tonlos fügte sie hinzu: »Einen schönen Tag in Magdeburg.«

17

Leutnant Christian Büchel von der Abteilung Funkabwehr der Staatssicherheit stutzte, als die geliebte Stimme der Ansagerin erneut eine Nachricht für 471 ankündigte. Schon wieder 471? Zum dritten Mal diese Woche. Er schrieb den Funkspruch mit, Fünfergruppen von Zahlen, die sich nicht entschlüsseln ließen. Anschließend ging er zu seinem Vorgesetzten, Hauptmann Stehr, und erstattete Bericht.

Stehr rauchte Kette, im Büro waren die Gardinen schon gelb. Er drückte seine Zigarette im Aschenbecher aus und zündete sich eine neue an. »Und die Nachrichten werden ständig wiederholt?«

»Zu verschiedenen Uhrzeiten, ja.«

»Die haben einen neuen Spion und wissen noch nicht, wann er empfangsbereit ist. Oder seine Tarnung lässt keine Regelmäßigkeit zu. Er ist ihnen wichtig. So wichtig, dass sie riskieren, uns aufmerksam zu machen.« Stehr rieb sich das Kinn. »Wie viele Zahlengruppen hattest du?«

»Fünfundsechzig diesmal. Es waren aber auch schon über siebzig, einmal sogar über achtzig.«

»Beachtlich.« Stehr nahm den Hörer vom Apparat. »Verbinden Sie mich mit Generalmajor Grüner. Nein. Ja, es ist dringend.«

Grüner! Der Chef der Spionageabwehr der DDR! Übersprang sein kleiner Hauptmann da nicht einige Etagen?

Er schickte sich an, das Zimmer zu verlassen, aber Stehr winkte ihm hierzubleiben.

Nach einigen Minuten hatte er plötzlich jemanden am Apparat. Wie er aus dem Stuhl hochfuhr, mit Hörer und qualmender Zigarette in der Hand, und Haltung annahm, zeigte, dass es ein Hochgestellter sein musste. Stehr meldete, dass die Sprüche an 471 ungewöhnlich oft wiederholt würden und auffällig lang seien. »Übergreifend? Verstehe. Fünf Mann.«

Stehr legte auf. »Es wird eine abteilungsübergreifende Fahndungsgruppe mit dem Namen ›Stechapfel‹ gebildet. Offenbar haben auch die Kollegen bei der Postkontrolle in letzter Zeit wiederholt etwas gefunden. Könnte dieselbe Person sein, die da liefert und beliefert wird. Generalmajor Grüner hat bereits mit dem Genossen Mielke darüber gesprochen. Wir werden den Feind aufspüren und unschädlich machen.«

Man wollte sie von Ria Nachtmann ablenken. Beschäftigt die mal, die dreht sonst noch durch. Jetzt hatte Marga also eine übergreifende Fahndungsgruppe zu leiten. Von wegen Erfahrung, das Ganze war ein erbärmlich schlecht kaschierter Schachzug, um sie wegzudirigieren von dem, was sie wirklich interessierte. Angewidert blickte sie in die stupiden Gesichter. Ein Funker, eine dicke Vierzigerin von der Postkontrolle, ein schlecht rasierter Kollege, der kurz vor der Rente stand und sicher nicht mehr viel investieren würde, und ein verwirrter Berufsanfänger.

Und bis auf ein paar Handschriftproben und nicht zu entschlüsselnde Funknachrichten hatten sie nichts.

Sie sagte: »Genosse Blüchel, Sie werden –«

»Büchel.«

»Dann eben Büchel. Sie legen für 471 eine Akte an. Dokumentieren Sie alle Sprüche und suchen Sie nach Gemeinsamkeiten, nach Mustern. Wird eine neue Nachricht immer am selben Wochentag gesendet? Häufen sich die Nachrichten vor einem bestimmten Ereignis? Und Sie« – sie deutete auf den Alten – »beschaffen uns eine professionelle Beurteilung der Schriftprobe. Ich will wissen, was ein Fachmann dazu sagt. Der Schriftsachverständige soll ein Gutachten anfertigen.«

Die vier sahen sie erwartungsvoll an.

»Haben Sie selbst noch Ideen?«, fragte Marga.

Beschämt senkten die Angesprochenen den Blick.

Marga seufzte. Sie fragte die Dicke aus der Postkontrolle: »In welche Briefkästen wurden die Briefe eingeworfen, wissen Sie das?«

»Im Stadtzentrum, also nicht in den Randbezirken … glaub ich. Alexanderplatz, Hackescher Markt.«

Die Fahndungsgruppe stand auf wackeligen Füßen. Sie waren ja noch nicht mal sicher, ob die erhöhte Funkaktivität ebenfalls »Stechapfel« betraf. Und was sollten die Handschriftproben bringen? Natürlich verstellte »Stechapfel« seine Schrift. Jeder gute Agent würde das tun. Die Staatssicherheit fraß dumm und sinnlos vor sich hin wie eine Amöbe. Zweihunderttausend IMs hatte sie sich schon einverleibt, sie verschlang Menschen und Material und band Kräfte. Aber so fand sie letztendlich auch die meisten gefährlichen Gegner.

»Ich will das genau wissen. Natürlich wählt die Zielperson Briefkästen mit hohem Postaufkommen aus. Aber vielleicht sagt uns die Gegend auch etwas über ihren Wohnort oder ihre Arbeitsstelle. Apropos Arbeit: Was tut die Zielperson, was macht sie für den BND attraktiv?«

Sie gab sich zielstrebig, und sie beherrschte diese Rolle gut. Insgeheim aber dachte sie an Ria Nachtmann. Die Demontage der Toilette hatte nichts zutage gebracht. Nichts. Vielleicht irrte sie sich, was diese Frau betraf. Doch während ihr Verstand zweifelte, hatte sich ihr Instinkt festgebissen und konnte nicht loslassen.

Der Spitzel schnarchte. Henning legte die Hand an das zerkratzte Eisengestell des Doppelstockbetts. Wie viele Menschen hatten schon in dieser Zelle ihre Lebenszeit verdämmert? Wie viele waren in diesem Bett gestorben?

Die Atemluft war verbraucht und stank nach der Linsensuppe, die der Kalfaktor ihnen mit einer Kelle aus dem Kübel geschöpft hatte.

Das Perfide war, dass er die Wahl gehabt hatte. Er hätte hier nicht landen müssen. Er dachte an das Gespräch mit dem Bataillonskommandeur vor einem Jahr. Das Dienstzimmer würde er nie vergessen. Es war spartanisch eingerichtet, nur die drei schwarzen Telefone auf dem Tisch hatten gezeigt, dass von hier aus eine militärische Maschinerie dirigiert wurde. Daneben ein Aschenbecher, eine Matrjoschkapuppe mit rotem Kopftuch und eine Vase mit Plastikblumen, außerdem ein gerahmtes Foto der Ehefrau. Hinter ihm an der Wand hing das Bild von Honecker und etwas niedriger der Fahneneid, eingerahmt wie eine Sporturkunde.

»Wie geht es Ihrer Frau?«, hatte der Bataillonschef gefragt.

Es hatte ihn geärgert, dass der Kerl nach seiner Frau fragte. Sie ging ihn nichts an. Aber die Partei interessierte sich für alles, und Jolanthe arbeitete nicht in der Küche der Kaserne wie die Ehefrauen der meisten anderen Offiziere.

Sie wohnte nicht mal im selben Ort, sie war mit den Kindern in Jüterbog geblieben. Das gefiel der Partei nicht, und man stieß ihn bei jeder Gelegenheit darauf.

»Gut«, antwortete er knapp.

»Wissen Sie, unser Politoffizier ist der Meinung, Sie sollten aus dem Grenzdienst entfernt werden. Aber ich glaube noch an Sie. Sie könnten längst Oberleutnant sein und eine ganze Kompanie anführen, wenn Sie endlich mal über Ihren Schatten springen würden! Dieses Gerede über Gott gehört sich nicht für einen Offizier der Grenztruppen. Hören Sie auf mit dem religiösen Quark. Juri Gagarin war im Weltall. Wir haben nachgesehen. Es gibt keinen Gott. Seien Sie doch ehrlich mit sich selbst, es geht gar nicht um Religion, sondern um Ihre Eltern oder Ihre Großeltern, Sie wollen da eine Tradition hochhalten, und das verstehe ich. Gehen Sie zu Ostern oder zu Weihnachten in die Kirche, wenn Sie nicht anders können, aber bewahren Sie Stillschweigen darüber. Sperren Sie diesen Glauben in Ihr Oberstübchen ein.« Er tippte sich an die Stirn. »Und da bleibt der Unsinn auch. Verstehen wir uns?«

Er zögerte. Dann sagte er ohne rechte Überzeugungskraft: »Jawohl, Genosse Oberstleutnant.«

»Besser wäre es, wenn Sie sich ein für alle Mal davon lösen würden.«

»Jawohl, Genosse Oberstleutnant.«

»Das ist Ihr zweiter Mangel. Wir beobachten es schon eine ganze Weile. Es fällt Ihnen schwer, sich sofort und bedingungslos für einen Beschluss einzusetzen. Sie zaudern. Sagen wir es deutlich: Momentan sind Sie ein Rostfleck am scharfen Schwert des Sozialismus. Aber aus Ihnen kann noch etwas werden. Ich habe bei Ihnen eine Ausnahme gemacht, weil Sie schon so lange der Sache der Partei dienen.«

Er salutierte und wollte schon abtreten, da sagte der Bataillonskommandeur noch: »Wir haben wenige gute Offiziere, unter uns gesprochen. Und Sie haben solche Qualitäten! Sie sind intelligent, Nowak. Sie können strategisch denken, und Sie kommen gut an bei der Truppe. Machen Sie es mir nicht so schwer, Sie zu fördern. Wir können an der Grenze ausschließlich Leute gebrauchen, auf die wir uns verlassen können.«

Eigentlich hatte er es schon damals gewusst: Er würde fortgehen müssen.

Schon länger hatte er damit begonnen, die Streifen vom Bundesgrenzschutz mit einer kleinen Geste zu grüßen, einem Nicken oder einem Heben der Hand. Sie waren zwangsläufig zu Bekannten geworden. Natürlich nahm er nichts von ihnen an. Wenn sie eine Stange Zigaretten über die Grenze warfen oder eine BiFi, gab er sie dem Alten und meldete den Vorfall. Er war der Spieß, der Einpeitscher der Kompanie, er musste Vorbild sein für die einfachen Soldaten. Zudem wusste man nie, ob ein Grenzaufklärer sich in der Nähe versteckt hielt, um das Verhalten an der Grenze zu überwachen.

Es ärgerte ihn, dass die Soldaten auf ihren Stuben keine Radios haben durften, und er genehmigte es den meisten von ihnen und stellte ihnen eine Bescheinigung dafür aus. Offiziell durften sie nur DDR-Sender hören, die mit Pflaster auf der Skala gekennzeichnet wurden. Wurden sie beim Hören von Westsendern erwischt, musste er das Gerät konfiszieren und ihnen die Erlaubnis zum Betreiben eines Transistorradios entziehen. Dabei störte es ihn inzwischen selber, dass ihnen die marxistisch-leninistische Weltanschauung aufgedrückt wurde, obwohl sie die weite Welt noch gar nicht kannten.

Dass Deutschland in Ost und West geteilt worden war, erschien ihm mehr denn je wie purer Zufall. Hatte man es auf den ersten Plänen nicht mit einem Querstrich in eine Nord- und eine Südhälfte zerschnitten? Die Mauer hätte genauso gut am Main stehen können. Nur weil der Norden den Zugang zum Meer und zugleich das steinkohlereiche Ruhrgebiet gehabt hätte und der Süden bloß Berge und Wälder, hatte man gefeilscht und schließlich die Elbe zum Grenzfluss gemacht.

Er wusste, dass der Warschauer Pakt mit seinen Armeen der NATO deutlich überlegen war. Die westlichen Länder hielten sich nur durch die Atomwaffen und die Drohung, bei einem Angriff damit zurückzuschlagen. Er wachte hier mit seinen Männern an der Trennlinie zwischen zwei unterschiedlichen Gesellschaftssystemen, an der Grenze zwischen den zwei größten Militärblöcken der Erde. Und sie hatten alle zu erschießen, die auf die andere Seite wechseln wollten.

Manchmal kam im Westen ein ganzer Bus voller Zivilpersonen an die Grenze, sie besuchten die Grenze wie eine Sehenswürdigkeit. Ein paar Spaßvögel riefen dann, sie sollten ihre Waffen wegwerfen und rüberkommen. Äußerlich ließen sich die Soldaten nicht aus der Ruhe bringen, aber viele von ihnen dachten wohl, dass sie der Aufforderung gern folgen würden.

Denn die Wahrheit war ja, dass sie hier waren, um zu verhindern, dass die DDR auslief wie ein löchriger Eimer. Und wenn sie marschierten und dabei das Lied der Grenztruppen sangen: *Grün ist meine Waffenfarbe, / Die so stolz ich trag. / Grün ist auch ein Kleid von ihr, / Das so gern ich mag* – dann machten die Leute in den Dörfern die Fenster zu. Durchquerten sie mit Fahrzeugen der Grenztruppen einen Ort, dann vermieden es die Menschen, auf die Straße zu gehen. Und seine Soldaten klagten, dass sie bei Tanzveranstaltungen kein Mädchen abbekamen.

Oh, er wusste doch, dass seine Soldaten heimlich in den Westen schrieben, um sich bei ihren Verwandten für Pakete zu bedanken. Sie schrieben keinen Absender auf den Brief und steckten ihn, wenn sie Ausgang hatten, in den Briefkasten. Es war streng verboten für Grenzsoldaten, nach Westdeutschland zu schreiben. Aber wie sonst sollte die Westschokolade auf den Zimmern landen, wenn sie nicht von Verwandten im Westen kam, über einen Umweg von ostdeutschen Freunden geschickt?

Dann der Vorfall. Der Junge war kaum älter als Florian gewesen. Siebzehn vielleicht. Er ließ sich nicht zum Stehenbleiben bewegen. Nicht durch Warnrufe. Nicht durch Schüsse. Die Mine ging mit einem satten Platzen hoch. Sie warf Fetzen von Erdboden und ganze Grasstücke in die Luft und riss dem Jungen die Beine weg, pflückte sie ihm ab. Wie eine Puppe flog er und wurde auseinandergerissen.

Jemand hatte ihn wegtragen müssen, den blutenden Rumpf. Jemand hatte ihm unter die Arme greifen und ihn davonschleppen müssen. Jemand konnte nicht anders, als ihn zu halten, als wäre er sein Sohn. In jemandes Armen war der Junge verblutet.

Er hatte daraufhin Sachen gesagt, die ihn nach Schwedt hätten bringen müssen. Aber der Bataillonskommandeur hatte ihn vor dem Schlimmsten bewahrt, er hatte den Kompaniechef angewiesen, ihn zum Soldaten zu degradieren, auf den niedrigsten Dienstgrad, und dafür gesorgt, dass er aus Sicherheitsgründen an einen anderen Grenzabschnitt versetzt wurde. Er hatte ihn angebrüllt: »Kommen Sie zu Sinnen, Mann!«

Das, von dem sie glaubten, er habe es im Affekt gesagt, war schon lange in ihm gereift. Und es würde ihn über kurz oder lang nach Schwedt bringen, dachte er damals, ins Militärgefängnis, wo sie alle hinsteckten, die sich »staatsfeindlicher Hetze« schuldig machten. »Dafür bringe ich Sie nach Schwedt« – wenn ein Offizier das androhte, verstummten alle Soldaten und wurden blass. Niemand wollte mit einem Dachschaden ins restliche Leben gehen, und es hatte sich herumgesprochen, in welchem mentalen Zustand Soldaten waren, die aus Schwedt zurückkehrten.

Schwedt war es nicht geworden.

Dafür Bautzen. Wer von diesem Gefängnis wusste, nannte es nur hinter vorgehaltener Hand.

Er pulte sich einen Rest Mauerstaub unter dem Daumennagel hervor. Schlaf, Henning. Du hast sie schon geärgert. Und wenn es dir gelingt, wirst du sie bald noch sehr viel mehr ärgern.

Er war überreizt. Obwohl er müde war, gelang es ihm einfach nicht, in den Schlaf hinüberzusinken. Er wollte nicht an Jolanthe denken. Es würde zu sehr wehtun. Trotzdem kehrten seine Gedanken immer wieder zu ihr zurück.

Ihr erster Blickwechsel. Wie sie ihn angesehen hatte, die kurze Andeutung eines Stirnrunzelns, dann ein flüchtiges Lächeln, scheu. Er hatte damals gespürt, dass es ein außergewöhnlicher Moment war, der alles veränderte. Nie hatte er geglaubt, dass er sich schon elf Monate nach Katrins Tod neu verlieben würde.

Wenige Wochen später Jolanthes Hand in seinem Ärmel, zärtlich. Sie streichelte seinen Unterarm, unendlich sanft.

Dann ihr erster gemeinsamer Urlaub. Er sah sie vor sich, wie sie vom Baden im Meer zu ihm zum Handtuch kam, ihre Haut golden und salzig, ihr Haar blond gebleicht von der Sonne und strähnig vom Wind.

Und später, als sie längst verheiratet waren, liebenswerte Kleinigkeiten wie die Angewohnheit, dass sie nie klingelte, immer nur klopfte. Sie mochte die Klingel nicht, ihren schrillen Ton. Das Klopfen war zarter. Und als er sie wieder einmal damit aufzog, hatte sie gesagt, dass man verschieden klopfen könne. Durch das Klopfen könne man zeigen, dass man es eilig hat, oder so klopfen, dass es klang wie ein freundliches »Hallo, ich bin da«. Und das war es bei ihr meist. »Hallo, ich bin da.«

Wann war es gekippt? Wann war aus dem warmherzigen Miteinander kühler Respekt geworden und aus dem kühlen Respekt eine bloße Mitbewohnerschaft, eine pragmatische, oft lästige, meistens aber – und das war das Schlimmste – unwichtige Nebensache, die möglichst nicht zu stören hatte?

Wann war er nicht mehr stolz darauf gewesen, dass sie Heinrich Böll las und Franz Werfel, heimlich unter dem Verkaufstisch im Blumenladen? Wann hatte es angefangen, ihn zu stören, dass sie so viel Fahrrad fuhr, und nicht, um irgendwo hinzugelangen, sondern aus Jux und weil es ihr gefiel? Täve, hatte er oft spöttisch zu ihr gesagt, wegen Täve Schur, dem berühmten Radrennfahrer. Sie sollte nicht Rad fahren, nicht auf diese Weise, das taten Männer, und sie war seine kleine Frau.

Aber das war der erste Fehler gewesen, sie so zu sehen. Sie war eben nicht seine kleine Frau gewesen. Sie war immer noch das Wunder, das sich zu bestaunen lohnte. Die Unergründete. Er verfügte nicht über sie.

In einem Anfall von Kontrollsucht hatte er das Fahrrad verkauft, damit sie zu Hause war, wenn er kam, und ihn brauchte als Beschützer und zum Anlehnen. Er hatte nicht akzeptieren wollen, welche Kraft sie hatte, nicht wahrhaben wollen, wie stark sie war, auch wenn sie schmal gebaut war und ihm gerade bis zur Brust reichte. Sie war ihm in manchem überlegen gewesen, und das zu akzeptieren war ihm nicht leichtgefallen.

Er war ein Idiot gewesen. Und wenigstens das wollte er ihr noch sagen. In Freiheit.

18

Erich Honecker ist so abgemagert, dass er nur noch auf der Pritsche liegen kann. Er versucht aufzustehen. Die Beine rühren sich nicht. Er will den Arm heben. Zuerst zucken nur die Finger ein wenig, dann schafft er es, ein paar Zentimeter hebt er ihn. Der Unterarm ist ein Knochen, von Haut umhüllt. Ein gütiger Mithäftling kniet sich vor seine Pritsche und flößt ihm Wassersuppe ein, viel geht daneben, der Mithäftling tadelt ihn wie eine Mutter, und Erich schlürft im Liegen von der Suppe, was er kann. Aber der Mithäftling ist nicht zufrieden, er stellt die Schüssel ab, packt ihn an der mageren Schulter und schüttelt ihn, schüttelt und schüttelt und schüttelt und ruft: »Erich!« Die Rippen brechen ihm, der Kerl wird ihn umbringen, er muss aufhören, sofort.

Erich schlug die Augen auf. Es war dunkel im Zimmer, aber er konnte Margot riechen, und er sah schemenhaft ihr Gesicht und spürte ihre Hand an seiner Schulter.

»Du hast so gewinselt im Schlaf«, sagte sie. »Hattest einen Albtraum, hm?«

Er setzte sich im Bett auf, hob die Füße über die Bettkante, es ging wie durch ein Wunder. Er war nicht abgemagert. Verwirrt schlüpfte er in seine Lederpantoffeln. Das Nachthemd war schweißgetränkt.

Heute stand die jährliche Gefängnisbesichtigung an, war es nicht so? Aber der Traum hatte ihn belogen. Im Gefängnis war er Kalfaktor gewesen, hatte anderen Brot oder Wurst beschafft, die schlimmer hungerten als er. Wenn, dann hätte *er* im Traum jemanden füttern müssen, nicht umgekehrt.

Er schloss leise die Schlafzimmertür, schlurfte hinüber ins Büro und knipste die Schreibtischlampe an. Er setzte sich an die Akten. Schrieb sein »Einverstanden, E.H.«. Nach Sonnenaufgang kam die Masseuse, er begleitete sie in den Massageraum, legte sich hin.

Diese Frau tat ihm gut, nicht nur mit den gekonnten Knetbewegungen auf seinem Rücken. Ihr ganzes Wesen strahlte eine solche Ruhe und weibliche Würde aus. Margot war immer noch eifersüchtig, sie sah nicht ein, dass es einen Massageraum in ihrem Haus geben musste, und schon gar nicht, dass er gern mit der Masseuse plauderte. Dabei lief bis auf ihre Gespräche nichts, auch wenn er es gern gehabt hätte, aber nein, es war eine Freundschaft, und was gab es Kostbareres? Der intime Moment jeden Morgen mit ihr, wie sie sich freute, ihn zu sehen, und dass sie keinen Politiker in ihm sah und keinen Macher, nicht den Ersten Sekretär des Zentralkomitees, sondern einfach einen Mann und Freund. Margot tobte vor allem, wenn er ins Objekt »Wildfang« fuhr, wo er auch nackt badete. Das wusste Margot und konnte nicht ertragen, dass auch dahin die Masseuse mitkam.

Er spürte seinen Körper nach der ausgiebigen Massage und hatte Hunger. Heute frühstückte er Sahne mit frischen Südfrüchten. Margot verzog verwundert das Gesicht. Sonst war das Obst, das in Westberlin eingekauft wurde, an ihm verschwendet. Er mochte für gewöhnlich weder Bananen noch Weintrauben, Birnen oder Kiwis, aber heute aß er sie, schön in kleine Stücke geschnitten mit reichlich Sahne, um die Vorstellung des Abmagerns zu vertreiben. Es machte ihm Freude, Margot zu verwirren. Er sagte ihr nichts vom Hergang seines Traums, auch als sie fragte nicht, er sagte: »Ach, das war nichts.«

Dann ließ er sich nach Brandenburg chauffieren, in den Stadtteil Görden und hinaus aus der Stadt zum mächtigen Gebäudekomplex des Zuchthauses.

Gefängnisleiter Fritz Ackermann empfing ihn mit seinen leitenden Mitarbeitern. Wie jedes Jahr ließ sich Erich alles vorführen, die Hunde, die Suchscheinwerfer. Zehn Jahre war er in Haft gewesen, den größten Teil davon, von 1937 bis 1945, hier. Er dachte an die Angst. An die Schläge.

Warum kam er jedes Jahr wieder hierher? Warum holte er diese Gefühle hoch? Es war ihm ein Rätsel, aber er verspürte einen inneren Drang dazu.

Immer montags die Hinrichtungen der »Volksschädlinge«. Das Blut der Geköpften wurde aufgefangen, um es für Bluttransfusionen zu verwenden. Die jungen Männer, die mit ihm einsaßen, hatten gegen das NS-Regime Widerstand geleistet, öffentlich Zweifel am Sieg der deutschen Wehrmacht geäußert oder sich dem Wehrdienst entzogen. Sie saßen wegen Vorbereitung zum Hochverrat. Oder einfach, weil sie Kommunisten waren.

Auch jetzt waren dreitausend Häftlinge in den vier Zellenhäusern eingesperrt, wie damals. Man hörte sie, wie man in einem Bienenkorb die Bienen summen hörte. Es war nie still im Gefängnis. Er dachte: Jetzt sind mal die anderen dran, die, die mich damals ins Gefängnis geworfen haben. Er hatte kein Mitleid mit den Häftlingen. Fluchthelfer, Spione waren hier inhaftiert. Kriminelle. Nicht Unschuldige wie damals.

Er äußerte den Wunsch, seinen Zellenflur zu sehen und seine damalige Zelle, wenigstens von außen.

Ackermann wand sich. Aber Erich blieb hartnäckig. Also blieb dem Gefängnisleiter nichts anderes übrig. Man brachte ihn in den Flur. Hier hab ich beim Zählappell gestanden, dachte er und stellte sich vor seine damalige Zelle. Plötzlich sah er wieder den Mithäftling vor sich stehen, einen LLer, lebenslänglich inhaftiert, der ihm tief in die Augen sah und plötzlich das Knie hochriss, um es ihm in die Weichteile zu rammen. Er krümmte sich, und der Kerl grinste höhnisch, und die Wachen guckten weg.

»Kann ich rein?«, fragte Erich.

»Ist belegt«, sagte Ackermann.

»Immer noch drei Mann?«, fragte Erich.

Ackermann bestätigte.

Er hatte die Zelle nicht vergessen. Acht Quadratmeter, ein Etagenbett und eine Klappliege, ein Tisch, ein Schemel und das Klo. »Ich werde trotzdem reinschauen.«

Der Gefängnisleiter schloss mit rotem Kopf die Zelle auf.

Erich sah in die Gesichter dreier Häftlinge, und er erschrak. Sie sahen aus wie vernünftige Leute. Ihr Blick war wach. Das waren keine dumpfen Verbrecher, sondern die Gesichter von Zellenkollegen, mit denen er, wäre er hier eingesperrt, stundenlang gute Gespräche führen würde. Welche Vergeudung von Talent, von menschlicher Begabung! Waren sie tatsächlich so gefährlich, dass man sie nicht draußen herumlaufen lassen konnte? Verdienten sie die Haftstrafe?

Der Moment verwirrte sie genauso wie ihn. Einer stammelte: »Guten Tag, Genosse Honecker.«

Ackermann drängte ihn hinaus und verschloss die Zellentür wieder.

Aber die drei gingen Erich nicht aus dem Kopf. »Politische?«, fragte er.

»Ein Viertel der Insassen ist politisch, das ist wenig, es waren mal viel mehr. Machen Sie sich keine Gedanken, Genosse Erster Sekretär, es hat hier alles seinen korrekten Hintergrund.«

Erich dachte an seine Flucht, als er im letzten Kriegsjahr mit einer Häftlingskolonne in Berlin Brandbomben aus den Dachböden räumen, Sprengbomben entschärfen und Luftschutzkeller hatte freischaufeln müssen. Um elf Uhr vormittags war es gewesen. Die anderen Häftlinge und er hatten einen Dachboden von Ziegeln befreien sollen, die beim letzten Bombenangriff heruntergefallen waren. Die Sonne hatte durch die Dachlatten geschienen. März war's gewesen, und kalt. In einem günstigen Moment waren sein Freund Hanke und er an den Dachlatten hochgeklettert und über den Firstbalken zum angrenzenden Haus balanciert. Er war gelernter Dachdecker, die Höhe machte ihm nichts aus. Sie waren in eine Dachluke geklettert, durch den Bodenraum gerannt und die Stiege hinuntergehastet. Über die Trümmer der benachbarten Hausruine waren sie zur Frankfurter Allee entkommen. Nur um entsetzt festzustellen, dass dort Hunderte Polizisten und Soldaten im Einsatz waren, um eine Schneise durch den Schutt zu graben. Hanke und er trugen schwarze Häftlingskleidung mit breiten gelben Streifen auf den Oberarmen und an der Hosennaht, sie mussten jedem auffallen als Entflohene. Sie hatten sich versteckt und tagelang im Versteck gewartet, hatten gezittert vor Hunger und Anspannung.

Schließlich hatten sie sich getrennt, weil es leichter war, allein durchzuschlüpfen.

Charlotte und ihre Großmutter hatten ihn aufgenommen, trotz der Gefahr für sie. Die Großmutter war Zeugin Jehovas, sie sah es nicht gern, dass er mit Charlotte tändelte, aber ihn zu verraten, das ging auch nicht. Er als junger Mann, und alle in seinem Alter waren im Feld, da wären Fragen gestellt worden. Es ging nicht auf Dauer. Nachbarn, Gestapo, die Gefahr, auch für Charlotte und die Großmutter, wurde zu groß. Er kehrte ins Gefängnis zurück, freiwillig.

Dort immer die Angst, im letzten Moment von den Wachmannschaften erschossen zu werden, wie es vielerorts geschah. Bis am 27. April 1945 ein russischer Panzer auf das Gefängnistor zurollte. Wie sie die Rotarmisten bejubelt hatten! Die anderen Häftlinge und er hatten sie umarmt, sie hatten gemeinsam die Internationale angestimmt: *Wacht auf, Verdammte dieser Erde!* Sie waren frei, im Frühling, bei warmer, milder Luft.

Unvergessen, wie er Freudentränen weinte. Die sowjetischen Soldaten, die Befreier, die Klassenbrüder, die Bahnbrecher einer neuen, besseren Zukunft der Menschheit waren gekommen.

Er hatte dann ein wenig gelogen. Hatte seine Rolle bei der Übergabe des Gefängnisses an die Rote Armee etwas übertrieben und seine organisatorischen Fähigkeiten in Bezug auf die geheimen politischen Treffen der Häftlinge bedeutender dargestellt, als sie gewesen waren.

Aber das war aus praktischen Gründen nötig gewesen. Nein, er bedauerte die Häftlinge nicht. Die waren heute nicht ohne Grund im Gefängnis, es war nicht wie damals. Ernst Thälmann war von den Nazis ohne Gerichtsurteil elf Jahre gefangen gehalten und am Ende hingerichtet worden ohne einen Prozess! Heutzutage lief das alles in geregelten Bahnen.

Als sich das große Gefängnistor hinter der Tschaika-

Limousine schloss und sie über die Landstraße brausten, freute sich Erich, frei zu sein. Er freute sich, nach Hause fahren zu können.

Trotzdem war es dieses Jahr nicht wie sonst gewesen. Der Anblick der drei Häftlinge hatte sich in sein Gemüt gesetzt wie ein ärgerliches Steinchen. Er war nicht gewissenlos. Er hatte manche Dinge nicht auf die feine Art geregelt. Das rührte sich heute in ihm.

Die Toten an der Mauer waren ihm immer unvermeidbar erschienen, aber wie er Walter Ulbricht vor zwei Jahren vom Thron gestürzt hatte, war etwas schäbig gewesen. Er war zusammen mit Männern der »Hauptabteilung Personenschutz« des Staatssicherheitsdienstes zum Sommersitz Ulbrichts nach Dölln hinausgefahren, die Männer bewaffnet mit Maschinenpistolen, und hatte sie angewiesen, zuerst die Telefonleitungen zu kappen und dann alle Tore und Ausgänge zu besetzen, während er hineinging und Ulbricht zwang, ein Rücktrittsgesuch an das Zentralkomitee zu unterschreiben. Es war kein ehrenvoller Abgang für ihn gewesen.

Gegen ihn bei den Sowjets zu intrigieren, das war notwendig gewesen. Aber die Rigorosität des Ganzen beschämte Erich im Nachhinein. Im Standardwerk *Politisches Grundwissen* war Ulbrichts Name hundertmal genannt worden. Jetzt, in der zweiten Auflage, wurde er nicht einmal mehr erwähnt.

Erich erinnerte sich daran, wie Walter Ulbricht in der Politbürositzung im Oktober vor zwei Jahren noch verzweifelt versucht hatte, seinen Sturz zu verhindern, wie man ihm Lügen und Verleumdungen vorwarf, dabei selbst aber Kleinigkeiten aufbauschte, um ihn loszuwerden: Dinge, die er angeblich gesagt hatte, oder den Umstand, dass seine Frau einmal nach einer Rede des Genossen Breschnew auf dem

Parteitag nicht geklatscht haben sollte, Banalitäten, die man in schäbiger Weise benutzte, um ihn abzusetzen.

Und gestern hatte er auf andere Art gefrevelt. Er hatte über die Filmanlage in seinem Haus, die er mitsamt einer verschiebbaren Leinwand in den Flur des Obergeschosses hatte einbauen lassen, einen Tierfilm gesehen und dann, weil es eine günstige Gelegenheit war und Margot in ihrem Amt als Ministerin für Volksbildung verreist war, noch einen Erotikfilm. Der Acht-Millimeter-Filmapparat hatte gerattert, und er hatte sich entspannt.

Aber er brauchte Entspannung! In Kürze begannen die »Weltfestspiele der Jugend«. Die DDR war das bessere Deutschland, das würden bald auch die im Westen einsehen. Diese Arbeit verlangte ihm eine Menge ab. Da waren eben auch mal Pausen notwendig.

»Wie geht es Ihrem Garten?«, fragte er den Fahrer.

Das Gesicht des Fahrers leuchtete auf. »Gut, Genosse Honecker, gut! Wir haben gerade Kohlrabi gesetzt, und die Gurken gießen meine Hanni und ich jeden Tag.«

Niemand ging mit den Personenschützern und den Fahrern so kameradschaftlich um wie er. Doch. Er war schon in Ordnung.

Ria ertrug es kaum, Jolanthe anzusehen. Jolis Augen lagen tief in den Höhlen, der Mund, der so fein hatte lächeln können, war wie aus Holz. Das ganze Gesicht eine schmale Totenmaske.

Das eigene Leiden ließ sich wiegen, messen und beziffern. Es schmerzte grell und hatte klare Kanten. Das Leiden eines anderen aber tauchte wie ein Wal aus der Tiefe, und es blieb im dunklen Ozean. Seine Grenzen waren unklar. Man wusste nicht, wie schlimm es war. Wusste nicht, wie lange der andere es noch aushalten konnte. Das machte es schrecklich, jemanden leiden zu sehen, schrecklicher, als selbst zu leiden.

»Ich wusste nicht, dass du so an Henning hängst.« Gleich, nachdem sie es gesagt hatte, bereute sie es.

Kurz zog ein Ausdruck von Irritation über Jolanthes Gesicht. Dann sagte sie leise: »Ich wusste es selbst nicht.« Sie sah stumpf vor sich hin. »Früher, ja. Aber in letzter Zeit … Es war alles verschüttet, vergraben.«

Was hatten sie Jolanthe bei der Staatssicherheit angetan? Sie am Schlafen gehindert, sie Tag und Nacht Verhören unterzogen, ihr gedroht, sie angeschrien? Vermutlich hätte all das bereits genügt, einen sensiblen Menschen, wie Joli es war, zu brechen. Aber sie war auch eine Mutter, sie hatte die Kräfte einer Löwin. Hatte man sie in eine Bückzelle gesperrt, in eine Stehzelle, in eine lichtlose kalte Zelle ohne Orientierung und Zeitgefühl? Sie wagte nicht zu fragen.

Jetzt sammelten sich Tränen in Jolis Augen. »Henning ist in Bautzen.« Sie sah Ria an. »Ich will ihn nicht verlieren.«

»Ich weiß.«

»Ich hab ihn dazu getrieben, verstehst du? Er ist meinetwegen in den Stacheldraht gerannt.«

»Das weißt du doch gar nicht.«

»Die Schuld wiegt so schwer auf meiner Brust, Ria, du kannst dir das nicht vorstellen. Und wenn er jetzt hingerichtet wird? Oder wenn sie ihn für immer einsperren? Ich stürze mich vor den Zug, Ria, ich verkrafte das nicht. Ich habe ihn doch geliebt, immer geliebt! Ich wollte mich entschuldigen bei seiner nächsten Heimfahrt, ich hatte eingekauft für ein gutes Essen für ihn. Ich weiß nicht, warum ich so ein Scheusal war. Kannst du denn nichts tun, auch nicht bei Dr. Schalck? Der ist doch ein mächtiger Mann, hast du nicht selbst gesagt, dass er die Strippen zieht?«

Ria machte eine Geste, die Joli daran hinderte weiterzureden, und stand auf, um einen Block und einen Füller zu holen. Dabei sagte sie: »Das stellst du dir so einfach vor. Bei Republikflucht kann auch er nicht viel machen.«

Sie schrieb: *Sie belauschen uns vielleicht,* und schob Joli den Block hin, während sie weitersprach. »Versuchen kann ich es. Aber ich glaube nicht, dass ich viel erreiche.«

Joli reichte ihr den Block zurück. Sie hatte darauf geschrieben: *BND?*

Es kostete Ria einiges an Selbstbeherrschung, ungebremst weiterzureden. Sie tat es und führte parallel dazu den Dialog auf dem Papier weiter.

Wie kommst du denn darauf?

Joli antwortete: *Die Fragen, die man mir bei der Stasi gestellt hat, waren deutlich.* Das letzte Wort unterstrich sie dreimal.

Was hast du ihnen gesagt?

Joli presste die Lippen aufeinander. *Nichts. Hilf ihm.* Diese Worte unterstrich Joli sechsmal.

Ich versprech's.

Es würde kompliziert werden. Sie würde einen weiteren der vorbereiteten Briefe nehmen und zwischen die Zeilen in fremder Handschrift unsichtbar ihre eigene Schrift setzen. Sie würde erklären, dass das Einbringen der Informationen in den toten Briefkasten im Zug nicht gelungen sei. Das hatten sie bereits gemerkt, sie würden bestürzt danach gesucht haben. *Schicken Sie einen Kurier,* würde sie verlangen, *ich kann mich nicht mehr exponieren.*

Aber man hatte die Informationen ja haben wollen, weil man ihr noch nicht traute. Man hatte sie als Beweis eingefordert, weil man im BND fürchtete, sie sei nicht real, sondern werde von einem Team von Stasi-Offizieren dargestellt. Das hatten sie ihr nicht gesagt, und doch war es sonnenklar. Dass die Übergabe jetzt gescheitert war und sie einen Kurier verlangte, würde den BND noch misstrauischer machen. Schickten sie jemanden in den Osten? Auch auf die Gefahr hin, dass am verabredeten Ort kein Spionagematerial wartete, sondern Herren in Zivil, die die Handschellen klicken ließen?

»Und die Kinder?«, fragte Ria.

»Es geht«, sagte Jolanthe. »Sie haben sich natürlich schreckliche Sorgen gemacht. Und sie tun es noch. Henning ist ihr Papa und wird es immer bleiben. Vor allem Maja vermisst ihn sehr.«

Jolanthe musterte ihre Schwester. Alles lag in diesem Blick. Das Flehen um Unterstützung. Die Frage, wer sie eigentlich war.

Wenn Joli ahnte, dass Ria für den BND arbeitete, was machte das mit all ihren Gesprächen in den letzten Jahren? Gesprächen, die Offenheit vorgegaukelt hatten, wo keine gewesen war, die ihr halbes Leben hatten ausblenden müssen, ihre Ängste, ihren Zorn, ihre Fragen?

Schau, was sie aus uns gemacht haben, schrieb Jolanthe.

Sie hatten als Kinder im Garten der Oma Schwarze Johannisbeeren gepflückt und sie in der Faust zerquetscht und waren, während ihnen der dunkelrote Saft den Arm hinunterrann, zur Mutter gelaufen und hatten gerufen: »Ich blute!«

Sie hatten, wenn der Vater ihnen vorlas und aus lauter Langeweile die Geschichte anders weiterspann, streng gerufen: »Das steht da nicht.« Und er hatte Stimmen ausprobiert und sie ins Extrem geführt, von hoher Piepsstimme bis zum brummigen Bass, er hatte Akzente gesprochen, bis sie ihn wieder ermahnten: »Lies richtig, Papa!«

Ria hatte Jolanthe das Schwimmen beigebracht und das Fahrradfahren.

Dann wurden ihre Eltern inhaftiert und sie, die Schwestern, auseinandergerissen. Jede wurde in eine andere Familie gesteckt wie in einen engen Sack, der kaum noch das Atmen zuließ, zehn Jahre ohne ein Lebenszeichen voneinander. BND und KGB waren es gewesen, denen sie verdankte, die Schwester zurückzuhaben. Und zugleich waren sie es gewesen, die ihr die Schwester erneut nahmen. Denn wie konnte man einander nah sein, wenn man schwieg? Wenn man das, was einem das Herz zerriss, voreinander verbergen musste?

Die drei Buchstaben auf dem Blatt zwischen ihnen, das B, das N und das D, ließen ihre dahingeplauderten Nachmittage der letzten Jahre rückwirkend wie eine Scharade erscheinen. Joli hatte ihr geholfen, Kleider zu nähen. Sie hatten Halma gespielt. Hatten zusammen für Gojko Mitić geschwärmt, oder viel mehr für den Indianer, den er jeweils darstellte, Harka in »Die Söhne der großen Bärin«, dann den Mohikaner Chingachgook, den Dakota-Häuptling Weitspähender Falke, vor drei Jahren den Schoschonen Shave Head, vor zwei Jahren den Seminolen Osceola, letztes Jahr Tecumseh. Sie hatten zusammen »Sag mir, wo du stehst« gesungen.

Und jetzt sah Jolanthe sie an und fragte mit den Augen: Wer bist du?

19

Sie wusste genau, aus welchem weiteren Grund man ihr diese Fahndungsgruppe aufgezwungen hatte. Den Herren vom »Haus« war es schon seit Längerem zuwider, dass sie als Frau Vernehmungen vornahm. Die bildeten sich etwas ein auf ihren Studienabschluss an der Potsdamer Hochschule der Staatssicherheit. Als würde Erfahrung im Feld nichts zählen. Sie hatte die härtesten Nüsse geknackt. Nicht ohne Grund wurde sie seit Jahren in verschiedenster Verwendung eingesetzt. Enttäuscht hatte sie niemals.

Nach außen hin gab es all die Traktoristinnen und Kranführerinnen, die wurden in den Zeitungen gefeiert. Aber sobald es um höhere Verantwortung ging, mauerten die Herren plötzlich. Man musste nur ins Zentralkomitee gucken, da saßen fast nur Männer.

Major Oehme wollte davon nichts hören. »Es gibt niemanden, der alles kann, Marga.«

»Versuche ich einen Bus durch die Stadt zu steuern? Bin ich Kunstmalerin geworden? Ich tue bloß das, was ich beherrsche: Ich spüre Menschen auf. Und bringe ihre Schurkereien ans Licht.«

»Die Vernehmer, die jetzt die Verhöre führen, haben operative Psychologie studiert. Die wissen genau, was in den Leuten vorgeht. Sie können sie zersetzen und problemlos zum Reden bringen.«

»Hab ich etwa irgendwen nicht zum Reden gebracht? Ein-, zweimal vielleicht, aber meine Quote sollen die erst mal nachmachen! Dafür braucht man kein Studium, dafür braucht man Lebenserfahrung!«

Noch zwei Stunden nach dem Schlagabtausch mit Major Oehme fielen ihr Argumente dazu ein, die sie hätte vorbringen sollen. Damals in der K5, der frühen politischen Polizei nach dem Krieg, war sie auch eine der wenigen Frauen gewesen. Die großen Nazis waren längst in den Westen geflohen, aber sie ekelte sich auch vor den kleinen und machte sie gern unschädlich. Die schworen dann, man habe sie gezwungen, der NSDAP beizutreten. Keiner hatte den Mumm zuzugeben, dass er aus Überzeugung Nazi gewesen war, immer waren es arme, durch die Umstände genötigte Menschen. Überhaupt hatte es nur drei Nationalsozialisten gegeben: Hitler, Göring und Goebbels.

Auch jetzt war die Bevölkerung noch nicht reif für ein Leben ohne Aufsicht. Und es gab Wölfe im Schafspelz, die in die Herde einfielen, so wie Ria Nachtmann. Sie würde diese Wölfin zur Strecke bringen, ganz egal, wer sie schützte.

Die Unterlagen für die Fahndungsgruppe füllten ihren Schreibtisch. Darunter, und daran arbeitete sie eigentlich die meiste Zeit, hatte sie ihre Notizen zum Fall Ria Nachtmann geschoben. Sie trug zusammen, was sie selbst bei ihren Observierungen bemerkt hatte: Rias Wege, Gewohnheiten, Kontakte. Und sie ging wieder und wieder die Verhörprotokolle durch.

Es klopfte. Der Beinahe-Rentner trat ein. Er legte ihr ein Dokument auf den Tisch, kratzte sich den Kopf. »Der Sachverständige sagt, es ist die Schrift einer Frau. Aber das ergibt doch keinen Sinn. Eine Bürgerin hat wohl kaum Zugang zu

Informationen, die für den BND von Wert sind. Ist sie die Ehefrau eines Funktionärs? Oder die Geliebte von jemandem? Welchen Beruf soll sie denn haben, wenn sie geheime Informationen weitergibt?«

Margas Finger zuckten. O doch. Es ergab Sinn. Frenetisch wühlte sie durch ihre Unterlagen, grub sie ineinander, den Fall der Fahndungsgruppe und die Notizen zu Ria Nachtmann. Womöglich war es ein und derselbe Fall! Ria konnte die Spionin sein, um die der BND ein solches Aufheben machte. »Sie ist Sekretärin in einem Ministerium«, sagte sie.

Der Mitarbeiter sah sie mit großen Augen an. »Natürlich. Dass ich darauf nicht gekommen bin!«

Marga gab Order, Schriftproben aller Sekretärinnen in den DDR-Ministerien zu besorgen. Darum solle kein großes Trara gemacht werden, es genüge, unauffällig die Zahlen zu prüfen, die von den Sekretärinnen geschrieben würden. Der Schriftsachverständige solle dann vergleichen, welche Zahlen den Proben aus den abgefangenen Briefen entsprächen, trotz der verstellten Handschrift. Sie selbst würde sich um die KoKo kümmern.

Ria Nachtmann!

Nicht nur, dass ihr Schwager, ein ehemaliger Hauptfeldwebel der Grenztruppen, versucht hatte, in den Westen zu gelangen, und inzwischen in Bautzen einsaß. Sie saß in der Kommerziellen Koordinierung an der Quelle. Sie war die perfekte Spionin.

Annie übte einen Handstand-Überschlag aus dem Seitstütz.

Der Trainer rief: »Die Arme strecken! Und vor der Landung den Kopf zur Brust neigen. Zum hundertsten Mal!«

Wo war sie mit ihren Gedanken? Sie sollte das aus dem

Effeff können. Aber während sie ihren Körper auf die Arme stützte und die Beine kerzengerade in die Höhe streckte, während sie vom Holm absprang und in der Luft die Hände emporreckte, spürte sie ihr Herz, und normalerweise spürte sie es dabei nicht. Heute war es schwer, und die Brust wurde ihr eng.

Michael war gestern nicht erschienen. Nach dem Training war sie nach Hause gefahren, allein in der Tram, ohne ihn. Und heute war sie allein zur Schule gefahren. Warum hatte er ihr nicht Bescheid gegeben?

Als sie vorhin im Sekretariat fragte, hieß es: »Michael Reiche ist kein Schüler der Werner-Seelenbinder-Schule mehr.«

Die hatten ihn rausgeworfen. Er würde jetzt auf eine gewöhnliche Schule gehen und neue Klassenkameraden kennenlernen. Die Mädchen würden ihn anhimmeln, natürlich, und sich darum reißen, ihm den Lernstoff des vergangenen Schuljahrs zu erklären.

Sie überlegte, ebenfalls hinzuschmeißen. Aber es ging nicht. Wer war sie ohne den Sport? All die Jahre hatte sie gehört, dass sie sportlich zur Weltspitze aufsteigen werde. All die Jahre hatte man ein steigendes Niveau der Wettkampfleistungen von ihr erwartet. All die Jahre hatten ihr jeden Tag die Hände geblutet nach dem Training. Sie war Turnerin.

Michaels Aussichten als Leistungssportler waren zertrümmert. Wie musste es ihm gehen! Gerade ihm! Sie hatten gemeinsam versuchen wollen, ohne die Pillen zu gewinnen. Sie hatten das System verändern wollen.

Am Nachmittag fuhr sie zu ihm. Sie sah zögerlich am Wohnblock hoch. Der graue Putz war schadhaft, bei den Mülltonnen stand ein kaputter Kinderwagen. Sie ging zur

Tür und drückte den Knopf am Klingeltableau. Nach einer Weile klingelte sie erneut. Niemand öffnete.

Sie hatte geglaubt, dass sie sich bald küssen würden. Abends war sie oft mit einem Lächeln eingeschlafen, weil sie an Michael dachte. Wozu sparte sie noch auf einen eigenen Plattenspieler, wenn nicht, um mit Michael Musik hören zu können?

Das Haus ließ sie kalt stehen. Du bist hier fremd, sagte das Haus.

Sie machte kehrt und lief nach Hause. Dass er an einer gewöhnlichen Schule war und sie an der Sportschule, würde sie einander unweigerlich entfremden. Sie wusste ja nicht mal, wie es sich anfühlte, richtige Ferien zu haben und Freizeit am Nachmittag.

Vor ihrer Tür wartete die Frau. Natürlich war sie hier. Sie hatte Michael rausgeworfen und wollte sehen, wie Annie reagierte.

»Ich mach's«, sagte sie. »Wenn ihr Michael wieder an die Schule lasst.«

»Der Junge, den du so mochtest? Ich werde sehen, was ich für ihn tun kann.«

»Nein. So läuft das nicht. Sie lassen ihn wieder an die Schule. Und zwar ab morgen.«

»Drohst du mir?«

Sie maßen sich mit den Augen. Annie sah im Blick der Nachrichtenoffizierin keine Beunruhigung. Sie schien Annie freundlich zu mustern, schien zu denken: pfiffiges Mädchen. Eigensinnig, aber wenn es gut geführt wird, wird es nützlich sein.

Denkste. Sie sagte: »Und Michael ist tabu. Den erkunde ich nicht für euch.«

»In Ordnung. Normalerweise würde ich dir jetzt kleine Aufgaben geben, zum Üben und damit wir sehen können, ob du zu deinem Wort stehst. Aber du weißt genau, was du willst. Eine echte Sportlerin muss sich nicht warm laufen. Wie gut kennst du deine Mutter?«

»Mama?«

»Deine leibliche Mutter.«

»Die? Da haben Sie im Karteikasten danebengegriffen.«

»Wieso?«

»Es gibt kaum jemanden, der langweiliger wäre.«

»Vielleicht will sie, dass du genau das denkst.«

Ria? Um die ging es hier? Sie war keine achtzehn gewesen, als sie schwanger wurde. Das passte nicht recht ins Bild. Davon abgesehen, gab es bei Ria nur ihren langweiligen Büroalltag. Ihr ödes Klaviergeklimpere. Dass sie sich nicht für Männer interessierte, obwohl sie noch ganz gut aussah. Sie lebte, als wäre ihr Gespür für die Welt mit dem *einen* Fehltritt als junge Frau erloschen. Es würde sich bald herausstellen, dass sich die Staatssicherheit irrte. Annie war erleichtert. Es war nichts, womit sie Schaden anrichten konnte. Wenn das der Preis war, um Michael zu retten, den zahlte sie gerne. Und dann würde sie die Stasifrau nach ihrem wirklichen Vater fragen.

Henning kletterte auf den Tisch und zog den Hängeschrank in seinen Wandhaken so weit nach vorn, dass er ihn mit einem Stück Kupferdraht am Fenster festbinden konnte. Er löste den ersten Ziegelstein heraus und legte ihn behutsam auf den Arbeitstisch. Dann den zweiten und den dritten. In der klaffenden Mauerwunde bröckelte er weiteren Putz ab. Er hielt inne und lauschte. Weder Schritte noch Schlüsselklimpern. Behutsam kratzte er mit der eisernen Spitze des Schraubenziehers in der Fuge. Es rieselte weiß auf seine Hose herunter und auf den Arbeitstisch, auf dem er hockte.

Kleidung. Was das bedeutete, hatte er früher nicht gewusst.

Für die Gerichtsverhandlung hatte man ihm seine eigene Kleidung gegeben, Jolanthe musste sie für ihn hingebracht und abgegeben haben. Er war offiziell ja noch Untersuchungsgefangener gewesen, im Besitz seiner zivilen Rechte, also hatte er vor Gericht in Zivil erscheinen dürfen.

Er hatte an der Kleidung gerochen. Sie betastet wie ein Engelsgewand. Die Sachen waren frisch gewaschen. Cordhose, Hemd, Unterwäsche, sie rochen nach zu Hause. Ein Liebesbeweis von Jolanthe. Die Sachen sagten, dass er noch ihr Ehemann war.

Wie wohl er sich in der zivilen Kleidung fühlte, erfrischt, stärker.

Man hatte ihm Handschellen angelegt und ihn hinaus auf den Hof gebracht, in einen Barkas-Transporter mit sechs Zellen. In eine davon steckte man ihn, ein kleiner Verschlag nur, in den gerade so ein Mensch passte. Der Uniformierte hatte streng gesagt, er solle keine Dummheiten machen. Bei einem Fluchtversuch werde ohne Vorwarnung von der Schusswaffe Gebrauch gemacht.

Dann am Gericht wieder ein Hof, wieder Bewachung, als wäre er ein gefährlicher Terrorist. Erst kurz vor dem Gerichtssaal gab man ihm seine Schuhe. Er befühlte das Leder. Wie kostbar ihm ein Schuh erschien, Schnürsenkel zu binden, welchen Wert ihm das gab.

Im Gerichtssaal faszinierten ihn die normalen Fenster ohne Gitter. Es war eine Wohltat, den Himmel zu sehen. Im

Bereich für das Publikum saß niemand. Nur er und der Vernehmer und einige Bewacher waren hier, und das Gericht entschied über sein weiteres Leben.

Jolanthe war nicht gekommen. Hatte sie nicht gedurft? Oder nicht gewollt? In der Verhandlung wurden abstruse Theorien darüber vorgetragen, dass er geplant habe, militärische Geheimnisse an den Westen zu verraten. Er wurde angebrüllt. Wurde verächtlich gemacht. Anschließend brachte man ihn zurück in die Zelle, dumpf und geschlagen und verstummt. Als man ihn ein paar Tage später zur Urteilsverkündung fuhr, fühlte er sich um Jahre gealtert. Wieder der Gerichtssaal, und dort: Jolanthe!

Ihr Blick ging ihm durch und durch, es war ein Blick aus dem Leben, nicht die graue Haut der Häftlinge, nicht das tote Stieren, Jolanthe sah ihm bis ins Herz. Wie hatte sie von dem Termin erfahren? Was hatte sie auf sich genommen, um ihr Recht zu erkämpfen, hier zu sein?

Er begann zu weinen. Dem Gericht war es ein Ärgernis und unangenehm, aber er weinte die gesamte Verhandlung, hörte nicht einmal bei der Urteilsverkündung recht zu. »Landesverräterische Agententätigkeit« und »Fluchtversuch«, das hörte er noch, den die Grenzsoldaten erfolgreich »vereitelt« hätten. All das kümmerte ihn nicht. Was ihn kümmerte, war Jolanthe.

Damals hatte er beschlossen, sich nicht der Haft zu beugen. Da hatte er bereits gewusst, dass er fliehen würde. Wie einen Film hatte er es vor sich gesehen, es musste gelingen, weil Jolanthe gekommen war.

Er stoppte. War das nicht das ferne Zuschlagen einer Zellentür gewesen? Eilig setzte er die Ziegelsteine ein, löste den Draht und ließ den Wandschrank an die Wand sinken. Er sprang vom Tisch, fegte die Putzstückchen in seine hohle Hand. Warf sie in das Wasserklosett, fegte erneut und entleerte die Mauerreste ins Klobecken. Er spuckte sich auf die Handkante und wischte penibel den Arbeitstisch ab. Kein Staubkörnchen durfte ihn verraten. Jetzt spülte er Staub und Putz die Toilette hinunter.

Er hörte das Zuschlagen einer weiteren Zellentür, diesmal näher bei ihm. Glücklicherweise befand sich seine Arbeitszelle am Ende des Gangs.

Er räumte das Arbeitsmaterial auf den Tisch, das er am Boden abgestellt hatte, und setzte sich daran. Die Hose! Noch einmal stand er auf und klopfte vorsichtig den Staub herunter. Der Staub wölkte in die Luft und wollte sich nicht niedersetzen. Der Brigadier würde ihn riechen, wenn er ihn nicht sogar sah.

Schon knirschte der Schlüssel im Schloss, und der Riegel wurde beiseitegeschoben. Der Brigadier, ein breitschultriger, massiger Mann mit gerötetem Gesicht, betrat die Zelle. »Junge, was tust du hier? Es staubt wie die Sau!«

»Hab ein bisschen Sport gemacht«, sagte Henning.

»Du bist nicht mehr bei den Truppen. Wie viele Schütze hast du montiert? Darauf kommt es an.«

»Acht.« Henning wies auf die fertigen Stücke.

Der Brigadier schüttelte den Kopf. »Du bist zu langsam. Das gibt Lohnabzug.«

»Mann, ich wollte mir beim Einkauf Zigaretten holen.«

»Dann häng dich mal ein bisschen rein. Die anderen schaffen das Doppelte. Wenn du nicht bald Gas gibst, muss ich das melden.«

Er gab sich zerknirscht. »'tschuldigung. Das Gefummel bin ich nicht gewohnt.«

»Gewöhn dich daran. Wenn ich nachher komme, hast du zwölf Schütze fertig, verstanden?«

»Geht klar, Chef.«

20

Einen kurzen Augenblick zögerte Willy Brandt. Dann reichte er Guillaume die Mappe mit dem Brief an Präsident Nixon.

»Zur Fernschreibstelle?«, fragte Guillaume.

Willy nickte. Er rückte die Pfeife im Mund zurecht, nahm einen Zug und spürte dem leichten Widerstand des Tabaks nach, während der Rauch ihm den Mund füllte. Still sah er Guillaume hinterher, der mit der Mappe unter den Bäumen entlangging. Beflissen lief er den Hügel hinunter, was nicht zu seinem dicken Bauch passte.

Das dunkelbraune hölzerne Ferienhaus in Vangsasen war immer sein Rückzugsort gewesen. Auch wenn er im Sommerurlaub weiterarbeitete, hier war er Privatmann. Nur hier gelang es ihm, einmal für Stunden die Last des hohen Amtes abzustreifen. Er lauschte dem friedlichen Gurgeln des Bachs, der unten am Hang das Grundstück durchquerte, und dem Rauschen der norwegischen Wälder.

Aber der rechte Seelenfriede wollte sich diesmal nicht einstellen. War Guillaume ein Spion der ostdeutschen Staatssicherheit? Zuerst hatte er über diesen Vorwurf gelacht. Ein solches Maß an Verstellung war Guillaume einfach nicht zuzutrauen: dem unterwürfigen, fleißigen und fürsorglichen Mitarbeiter, auf den das Wort »loyal« gemünzt war wie auf keinen anderen. Er müsste ein Mensch mit zwei Identitäten sein, die eine so stimmig wie die andere. Eine Maske trug er nicht. Willy hatte ein gutes Gespür für Masken, seit er selbst im Untergrund gegen die Nazis gekämpft hatte. Wenn Guillaume für die ostdeutsche Staatssicherheit arbeitete, dann war beides echt, das Spitzeln und die hündische Ergebenheit ihm gegenüber. Aber wie passte das zusammen?

Aller Schriftverkehr lief über Guillaume, er brachte die Vorgänge zur Fernschreibstelle des BND in der nahe gelegenen Jugendherberge, wo auch die drei Personenschützer des Bundeskriminalamts wohnten, die zu seiner Absicherung mitgereist waren. Es wäre aufgefallen, wenn er ihm diese Aufgabe genommen hätte, und die Anweisung des Verfassungsschutzes lautete, Auffälligkeiten zu vermeiden.

Zwei BND-Mitarbeiter, die ebenfalls in der Jugendherberge schliefen, verschlüsselten die Post mit der Chiffriermaschine und sandten sie mit dem Fernschreiber nach Bonn. Was, wenn Guillaume die Briefe vorher heimlich abfotografierte? Die zunehmenden Spannungen in den transatlantischen Beziehungen mussten die Sowjetunion brennend interessieren. Auch die Verstimmungen zwischen Frankreich und der Bundesrepublik und der Ärger mit England wären ein gefundenes Fressen für Moskau.

Er hatte mit Guillaume nicht darüber gesprochen, aber dass es um etwas Größeres ging, musste Guillaume spätestens klar geworden sein, als Außenminister Scheel extra per Hubschrauber einflog, um sich vor einer kurzfristig anberaumten Reise nach Washington mit ihm zu besprechen. Und einige Tage später besuchte der US-Botschafter aus Oslo ihren abgelegenen Urlaubsort, um seine Aufwartung zu machen und ihm einen persönlichen Brief von Präsident Richard Nixon zu überbringen.

Wenn Guillaume ein Spion war, musste es ihn arg gewurmt haben, dass er an diesen Brief von Nixon nicht herankam. Umso mehr würde er alles daransetzen, die Antwort darauf zu lesen. Willy überlegte, ob er ihm nachgehen sollte und ihn wie zufällig in der Toilette der Jugendherberge dabei überraschen konnte, wie er den Brief abfotografierte. Aber das war nicht seine Aufgabe. Dafür waren der Verfassungsschutz und der BND zuständig. Außerdem war längst nicht gesagt, dass ihr Verdacht berechtigt war. Vielleicht brachte Guillaume das Schreiben auch in der gewohnten Treue zur Chiffriermaschine, ungeöffnet, und würde in Tränen der Wut ausbrechen, wenn er wüsste, was sein geliebter Chef über ihn dachte.

Willy sah in einiger Entfernung einen Polizisten zwischen den Bäumen patrouillieren, den die norwegische Regierung zu seinem Schutz abgestellt hatte. Was nützte Polizei, wenn die Gefahr innen lag, in seinem eigenen Team?

Sein Sohn war gerade mit Guillaumes Sohn Pierre angeln. Morgen wollten die Frauen mit Pierre und Matze einen Ausflug machen. Die Kinder waren Freunde geworden. Eigentlich hatte ihn das gefreut.

Und Günter Guillaume? Machte es denn schon verdächtig, dass er sich auf Dienstreisen für nichts zu schade war? Dass er Kaffee kochte, ihn chauffierte, einkaufen ging? Musste man einen Mann, der sich so sehr einsetzte, denn gleich verdächtigen? Guillaumes Freude darüber, wenn er ihn lobte, war nicht gespielt.

Rut trat aus dem Haus. Sie hatte geschlafen, ihre Locken waren in Unordnung. Nur in Norwegen erlaubte sie es sich, so herumzulaufen. Es gefiel ihm.

Sie fragte: »Alles in Ordnung?«

»Warum denn nicht?«

Sie musterte ihn schweigend.

Für Rut war Vangsasen die Heimat, sie war nur dreizehn Kilometer entfernt von hier geboren. Er hatte das Gefühl, dass sie anders stand, wenn sie hier war, anders ging, anders lächelte. Sie ruhte in sich. Durchschaute sie ihn auch zuverlässiger als zu Hause in Bonn?

Für ihn war Norwegen zumindest die zweite Heimat. Hier hatte er sich 1933 den Decknamen Willy Brandt zugelegt. Er konnte immer noch das schwere Tauwerk spüren, das ihm auf dem Fischkutter den Nacken und die Oberarme niedergedrückt hatte, durch die schwere Decke hindurch, unter der er sich versteckt hielt, um auf der Flucht der Gestapo zu entgehen. Hier in Norwegen hatte er geschrieben, Vorträge gehalten, hatte aus der Ferne um das Leben von Carl von Ossietzky gekämpft. Er war nach etlichen Monaten sogar mit gefälschtem Pass, getarnt als norwegischer Student, zurück nach Berlin gereist, um die Lage in Hitlerdeutschland zu erkunden und Oppositionelle zu treffen. Damit man ihn nicht erkannte, hatte er Deutsch nur noch mit Akzent gesprochen.

Zeitweilig hatte er sogar die norwegische Staatsbürgerschaft besessen. Aus Herbert Frahm war hier Willy Brandt geworden.

»Du musst es wissen«, sagte Rut, einen enttäuschten Zug um den Mund.

»Heute wieder heißer Räucherfisch?«, fragte er auf Norwegisch.

Sie nickte.

»Mit einer großen Schüssel Salat?«

Schon wurde ihr Gesicht etwas weicher.

»Und zum Nachtisch rote Grütze?« Er lachte sie an, und sie lachte mit. Er wusste, es machte ihr Spaß, der Familie und ihren Freunden die schönen Seiten ihrer Heimat zu zeigen.

»Nur wenn du mit den Jungs und den Sicherheitsleuten noch eine Runde Fußball spielst.«

»Wird gemacht.« Er trat zu ihr und küsste sie.

Was waren das für Leute in Ostberlin, die das ehrliche Bemühen um den Abbau von Spannungen zwischen den beiden deutschen Staaten auf diese Weise honorierten! Klar, auch der BND hätte gern einen Topspion beim Gegner, wie hieß die Chefsekretärin des DDR-Ministerpräsidenten Grotewohl noch mal, die von einem Romeo-Agenten verführt worden war, der sie aushorchte und das Erfahrene an den BND berichtete? Sie war von der ostdeutschen Staatssicherheit festgenommen und mit dem Fallbeil hingerichtet worden. Aber das waren doch andere Zeiten gewesen, damals herrschte der Kalte Krieg. Jetzt war man auf Annäherung aus, er zumindest. Und so wurde es ihm gedankt?

Wenn Guillaume tatsächlich ein Spion war … Tagsüber waren sie beim Sie, abends duzten sie sich. Guillaume kannte seine Schwächen. Dass er manchmal über den Durst trank zum Beispiel, auf der Wahlkampfreise, gute Güte, wie erschöpft war er da, ständig Optimismus auszustrahlen und die Massen mitzureißen und Hände zu schütteln, das ging nur mit viel Alkohol. Aber nicht nur das, Guillaume kannte auch seine Affären, die 19-jährige Condor-Stewardess, deren Collier sich morgens in seinem Hotelbett gefunden hatte, die Journalistinnen, mit denen er in seiner Suite im Sonderzug gern abends noch plauderte … Sollte Guillaume wirklich für die Stasi spionieren, dann wusste davon auch die DDR-Regierung.

Fast ein Jahr lang war er mit diesem Judas während des Wahlkampfs durch das Land gefahren, hatte mit ihm an einem Tisch gespeist und abends mit ihm Wein getrunken. Guillaume hatte immer die Rechnung beglichen und sich um Organisatorisches gekümmert, er hatte ihm im Salonwagen sogar die Kleider und Schuhe für den nächsten Tag bereitgestellt.

Bei vertraulichen Parteibesprechungen war er dabei gewesen. Vielleicht hatte Willy ihn unterschätzt, hatte ihn für fleißig, aber nicht besonders gewieft gehalten, für einen persönlichen Bediensteten – das bereute er jetzt, das war seine Schuld an der Misere, auch wenn die Hauptschuld beim Verfassungsschutz und dem BND lag.

Die Pfeife war ihm ausgegangen, mitten unterm Rauchen. Er riss ein Streichholz an und entzündete den Tabak wieder. Als er kräftig an der Pfeife zog, zu kräftig vor lauter Wut, brannte der heiße Rauch auf der Zunge.

Günter hob den Deckel vom Spülkasten und zog das Päckchen aus dem Wasser. Es war kein Wasser hineingelaufen, zum Glück. Seine umfangreiche Fotoausrüstung war nur zur Ablenkung da, hier wartete die kleine Kamera. Er trocknete sich die Hände mit Toilettenpapier ab und warf es ins Klo. Dann klappte er den Toilettendeckel zu, breitete den Brief darauf aus und fotografierte ihn.

»Geheim«, das war die dritthöchste Stufe nach »Verschlusssache – nur für den Dienstgebrauch« und »Verschlusssache – vertraulich«. Er hätte sich gern die Zeit genommen, den Brief in Ruhe zu lesen. Aber den Beamten des Bundesnachrichtendienstes durfte keine Verzögerung auffallen.

Das Material würde von der DDR-Regierung dem KGB

weitergeleitet werden. Auch die Sowjetunion würde es gern hören, dass Washington die zunehmende europäische Integration skeptisch sah und in Europa lieber einzelne Länder haben wollte als einen geschlossenen Block europäischer Staaten. Dass Großbritannien, Dänemark und Irland der Europäischen Wirtschaftsgemeinschaft beigetreten waren, wurde den USA zu dicke. Meinungsverschiedenheiten zwischen den Nato-Partnern und das schwindende gegenseitige Vertrauen – das war großartiger Stoff!

Außenminister Scheel war gerade in die USA gereist. Er würde die Amerikaner davor warnen, die Europäer unter Druck zu setzen. Die Amerikaner wiederum würden erklären, dass die waffentechnischen Fortschritte der Sowjets so gewaltig seien, dass ohne technologische Nachrüstung der Nato ein nuklearer Erstschlag des Atlantischen Bündnisses nicht länger im Bereich des Möglichen stünde.

Egon Bahr riet Brandt, die guten Beziehungen zu Frankreich nicht zu gefährden. Der französische Außenminister Michel Jobert hatte die Amerikaner erst kürzlich mit Feuerwehrleuten verglichen, die Feuer legten, um es dann mit großer Geste löschen zu können. Auch die Engländer würden sich von den USA nicht bevormunden lassen.

Stundenlang hatte Brandt mit grünem Stift in Egon Bahrs Entwurf einer Stellungnahme herumredigiert, Guillaume hatte es selbst beobachtet. Für Brandt war die Lage schwierig: Er wünschte sich ein engeres Zusammenwachsen der europäischen Länder, andererseits brauchte die BRD die USA als Schutzmacht vor der sowjetischen Bedrohung.

Als Brandt ihm die umgeschriebene Fassung gab und darum bat, sie an den Außenminister weiterzuleiten, hatte er behauptet, sie sei so unleserlich, dass er sie erst abtippen müsse. Das hatte er auch treu getan. Nach dem Verbleib des Originals fragte niemand.

Frankreich verstimmt, England verärgert und Außenminister Scheel und Verteidigungsminister Leber eilig nach Washington entsandt – er war wie berauscht, diese Informationen bald weitergeben zu können. Und jetzt noch ein persönlicher Brief von Willy Brandt an Präsident Nixon! Im Kanzleramt hatte er solche internationalen Schreiben nicht in die Hände bekommen, da war sein Gebiet nur das nationale gewesen. Jetzt aber bekam er Einblick in Verhandlungen auf höchster Ebene.

Die Abschreckungskraft der Nato würde leiden.

Er faltete den Brief zusammen und steckte ihn ein. Dann wickelte er die Minox wieder ein und verbarg das Päckchen im Spülkasten. Er wischte den Toilettendeckel sauber. Routiniert spülte er und trat an die Waschbecken, wusch sich die Hände, besah sein Gesicht im Spiegel.

Als er ins Treppenhaus trat, hörte er von oben Christels Stimme. Er stutzte. Was tat die hier beim BND?

Sie sagte: »Deshalb wollte ich es ja zuerst mit Ihnen besprechen. Wenn Sie nicht einverstanden sind …«

»Das hat mit unserem Einverständnis nichts zu tun, Frau Guillaume«, sagte eine Männerstimme. »Es ist nur eine Sicherheitsfrage, Sie werden das verstehen.«

»Aber natürlich. Selbstverständlich. Es ist nur so, dass ich ja gelernte Sekretärin bin und es einfach dem Herrn Bundeskanzler Brandt anbieten wollte, wo wir doch schon gemeinsam im Urlaub sind.«

War Christel übergeschnappt? Der Offizier des BND war irritiert, man hörte es schon an der Stimme.

»Solange Sie nicht die Telexe schreiben, Frau Guillaume,

und sich auch sonst von der Fernschreibstelle fernhalten … Ich muss da Rücksprache halten. Sie haben nicht die Sicherheitsfreigabe, die Telexe des Herrn Bundeskanzlers zu lesen.«

»Daran habe ich nicht gedacht. Sie haben völlig recht. Bitte verzeihen Sie.«

Sie begegneten sich auf der Treppe. Er nahm Christel in einen eisigen Blick. Oben gab er den Brief des Bundeskanzlers ab. Der BND-Mann, mit dem er sich so gut verstanden hatte die letzten Tage, musterte ihn aufmerksam.

Er versuchte, die Situation durch Verbindlichkeit zu entschärfen, sagte etwas über den Angelausflug von Pierre und Matze und verabschiedete sich wieder.

Unten an der Tür wartete Christel. Schweigend gingen sie in Richtung ihres Ferienhauses.

Als sie außer Hörweite kamen, ging er weiter mit mühsamer Selbstbeherrschung still neben ihr her. Ein Ehepaar beim Nachmittagsspaziergang. Erst unter den dicht belaubten Bäumen zischte er: »Was sollte das gerade?«

»So kämen wir auch an die Sachen ran, die nicht über Telex kommen. Die, die sie mit dem Kurier aus Bonn schicken«, verteidigte sich Christel.

»Du hast sie misstrauisch gemacht.«

»Ich bin gelernte Sekretärin, das hat doch alles seine Logik.«

»Hast du das wirklich nicht mitgeschnitten? Er hat sich gefragt: Wenn die das tippt, macht sie dann für jemanden Durchschläge?«

»Das ist Unsinn. Lass uns hier so nicht reden. Du gefährdest alles.«

»Ach, ich bin auf einmal leichtsinnig? Du hast deinen Vorstoß nicht mal mit mir abgesprochen.«

»*Darum* geht es dir also. Ich habe dich nicht um Erlaubnis gefragt.«

Mochte sein, dass sie über ihn lachten im Umfeld des Kanzlers, dass er ihnen dick und bieder erschien. Aber er besaß Ehrgeiz. Und er schliff seine Klingen auch gern an Christel. Wenn sie sich stritten, fühlte er sich lebendig. So wie die Spionagearbeit ihm das Gefühl gab, am Leben zu sein. Sie forderte ihn, sie verlangte ihm ein Höchstes an Aufmerksamkeit und Planung ab.

»Wenn du etwas Kluges machst, musst du nicht fragen. Aber eine Dummheit wie diese hätte ich gern verhindert.«

»Pah! Hätte es geklappt, dann wärst du der Erste gewesen, der in Lichtenberg in der HVA-Zentrale anruft und sich damit brüstet.«

Er sagte leise: »Wir haben hier etwas Großes aufgebaut, Christel. Lass es uns nicht kaputtmachen.«

In Wahrheit hatte vor allem er gebaut. Allein der Wahlkampf letztes Jahr, wo die Union versuchte, Willy Brandt zum läppischen Übergangskanzler zu machen, wo sie wegen seiner unehelichen Geburt zeterte und wegen des Tarnnamens aus dem Untergrund. »Brandt alias Frahm«, hatte sie geätzt und ihn einen »Vaterlandsverräter in norwegischer Uniform« genannt. Ihm zu helfen war eine Ehre, ihm, der sich gegen die alten Nazis absetzte. Und die Freude, als eine Million Bürger den »Willy wählen«-Button trugen und fast so viele den »Bürger für Brandt«-Anstecker der Wählerinitiative. Es war herrlich gewesen. Die großen, teuren Anzeigen der CDU und die kleineren der SPD, durchnummeriert und mit Argumenten bestückt. Die Kundgebungen mit Willy Brandt mit unglaublichen Besucherzahlen, 35 000 in Essen, 20 000 in Hannover, 17 000 in Köln, er hatte es immer noch vor sich: Die Menschen standen, saßen auf den Treppenstufen, und Brandt sprach frei, er zögerte auch manchmal und formulierte um, damit er seine Sache gut erklären konnte, und dieses Zögern, diese bewusste Sprechweise machte es gerade so eindringlich und zeigte jedem einzelnen Zuhörer, dass er ernst genommen wurde, dass es Willy Brandt darauf ankam, dass *er* verstand.

Selbst in Cordhosen und Urlaubshemd büßte Willy Brandt für ihn nichts von seiner Autorität ein. Auch nicht auf dem Liegestuhl, das Transistorradio auf dem Schoß, beim Mittagsdösen.

Er sah zu Christel hin, die neben ihm leise schimpfte. Betrachtete ihr energisches Gesicht, den harten Zug um ihre Nase. Ergriffen nahm er ihre Hand. Sie quittierte es mit einem spöttischen Auflachen, aber sie löste sich nicht, und nach einer Weile drückte sie seine Hand in stillem Einverständnis. Nur Pierre ahnte nichts davon, was seine Eltern konnten. Es war schade, gern hätte er ihn eingeweiht.

21

»Er will mich nicht mehr sehen«, sagte Annie. Sie schluckte hart. Sie nahm das Kissen auf ihren Schoß, dieses schwarze Kissen aus der Zeit vor ihrer Geburt, auf das mit Farben ein Gemälde aufgetragen war, ein Schloss mit drei Türmen. Als sie klein gewesen war, war sie gern mit den Fingerspitzen über den dicken Farbdruck gefahren, und das tat sie jetzt wieder. Eine erste Träne rann ihr über die Wange.

Beunruhigt starrte Ria sie an.

Natürlich, sie hatte noch nie erlebt, dass sie weinte.

Ria sagte: »Vielleicht braucht er ein bisschen Zeit, um den Rauswurf zu verarbeiten. Das muss schlimm sein, wenn man sein ganzes Leben darauf ausgerichtet hat, Spitzensportler zu werden.«

Annie wischte sich die Träne von der Wange. Es kamen neue nach. »Ich dachte, dass er mich gernhat.« Ihre Stimme klang fremd. Sich vor Ria so zu entblößen fiel ihr nicht leicht.

Ria schwieg. Schließlich kam sie rüber und setzte sich neben Annie. Sie legte ihr warm die Hand auf die Schulter.

Annie wusste nicht, ob sie die Berührung hasste oder liebte, ob sie die Hand abschütteln oder sich für immer an sie schmiegen wollte.

Nach einer Weile fing Ria an, ihr den Haaransatz im Nacken zu kraulen. Etwas geschah in Annie, eine Wärme stieg in ihr auf, die ihr Angst machte. Ein Schluchzen entfuhr ihr, sie schämte sich, und heiße Tränen tropften ihr vom Kinn. Es dauerte eine Weile, bis sie es begriff. Sie weinte, weil sie plötzlich ein kleines Mädchen war, das sich verloren fühlte, und weil da ihre Mutter war, die sie wider Erwarten liebte. Sie weinte, weil es so schön war. Und weil sie es sich als Kind gewünscht hätte.

Alles tat ihr weh, die Augen, die Kehle. Aber sie wollte um nichts in der Welt, dass es aufhörte.

Nach langer Zeit senkte Ria die Hand wieder auf Annies Schulter.

Annie fragte: »Warum hast du mich nie in den Arm genommen?«

»Ich … Ich dachte, dass du es nicht möchtest.«

»Aber welches Kind möchte das nicht?«

»Als du klein warst, fünf oder sechs, hast du mich weggeschoben. Ich dachte, es ist dir unangenehm, wenn ich dich berühre.« Ria war blass geworden. Auch in ihren Augen sammelten sich Tränen.

Sie schweigen beide.

Ria warf einen Blick auf die Wanduhr und machte ein gequältes Gesicht. »Ausgerechnet jetzt! Ich muss los. Können wir das Gespräch später fortsetzen? Ich würde mich freuen, wenn du mich wieder besuchst.«

Annie nickte. Aber als Ria aufstand, blieb sie sitzen.

Ria kam aus dem Flur zurück, die Schuhe schon in der Hand. Sie nahm noch einmal Platz. »Du hast noch mehr auf dem Herzen, oder?«

Es war schwer, die Frau, die gerade so sanft ihren Kopf gestreichelt hatte, zu hintergehen. Aber es bedeutete, Michael zu helfen. Sie musste nachsehen, ob das mit dem Radio stimmte. »Ich dachte … Ich wollte dich fragen, ob ich … In letzter Zeit streite ich nur noch mit Helga. Ob ich nach dem Training vielleicht manchmal hier sein könnte? Ich brauche mal Ruhe. Ich kann das Gekeife nicht mehr hören.«

»Du kannst jederzeit hierherkommen.«

»Du arbeitest doch so lange.« Annie schluckte. »Kann ich einen Schlüssel haben?«

»Na klar. Ich klingele rasch bei Frau Schneider im Ersten und hole mir den Zweitschlüssel zurück. Den geb ich dir.«

Kaum hatte Ria die Wohnung verlassen, stand Annie auf. Also jetzt schon eine Gelegenheit, ganz ohne Schlüssel. Sie ging in die Küche. In der Luft lag noch der Duft von angebrannten Spiegeleiern und verschmorter Butter. Sie öffnete die Schranktüren. Kein Radio. Jemand spülte die Toilette im Haus, die Spülung donnerte lautstark, der Toiletteninhalt gurgelte das ganze Haus hinunter.

Im Bad stand eine Packung IMI auf der Waschmaschine. Das Muschelmuster der Tapeten unterschied sich hier im Bad nicht von dem im Flur. Kein Radio.

Im Wohnzimmer hingen an der Wand gerahmte Kinderzeichnungen von ihr, die Hände der Menschen sahen aus wie Sonnen. Zu viele Finger. Dass die Mutter sie aufgehoben hatte, war ihr immer erschienen, als bewahre sie ein Gedächtnis an die kleine Annie wie an eine Doppelgängerin und vermisse das kleine Mädchen, während sie mit ihr, der jungen Erwachsenen, nichts anzufangen wusste. Heute aber rührte es sie. Vielleicht liebte Ria sie tatsächlich. Der Verrat schmerzte dadurch umso mehr.

Trotz des Brennens in ihrem Bauch trat sie vor die dunkelbraune Schrankwand und öffnete die Türen. Fotoalben. Tischdecken. Klaviernoten, Klaviernoten, Klaviernoten. Die Stasi-Offizierin hatte sich getäuscht. Ria war keine Spionin, dafür war sie nicht der passende Typ. Leise schloss sie die Schranktüren wieder. Eine letzte gab es noch, unten links. Sie schob den Nähkorb beiseite, um Platz zu machen, und öffnete die Schranktür. Sie erstarrte. Ein silbernes Radio. GRUNDIG. Genau wie die Stasi-Offizierin es ihr beschrieben hatte. Ein Kurzwellenradio mit großem silbernem Rad und unzähligen Frequenzen. Annie berührte es. Es war mit Kreuzschrauben montiert. Dafür gab es nicht einmal Schraubenzieher im Osten.

Deine Mutter hat dich dein Leben lang nur belogen, hatte die Offizierin gesagt. *Du schuldest ihr nichts.*

Annie strich über den silbernen Korpus des Geräts. Hörte Ria tatsächlich westlichen Agentenfunk?

Ria Nachtmann arbeitet für feindliche Geheimdienste und schadet unserer Republik.

Rias Schritte im Hausflur. Rasch schloss Annie den Schrank und schob den Nähkorb wieder an seinen Platz. Sie erhob sich. Ihre Gelenke knackten verräterisch. Damit Ria ihr Gesicht nicht sah, drehte sie sich zum alten Klavier hin und tat so, als würde sie das Barometer an der Wand betrachten.

»Das hat dich schon als kleines Kind fasziniert«, sagte Ria, als sie ins Zimmer trat. »Hier, der Schlüssel.«

Annie drehte sich um und nahm ihn in Empfang. »Kann ich noch ein bisschen bleiben? Ich schließe dann auch ab.«

»In Ordnung. Es ist noch Sauerkraut da und ein Rest Kartoffeln, du kannst sie dir warm machen.«

Ria schloss den Trabant auf und setzte sich hinein. Es war ein sommerlich warmer Tag gewesen, die Luft im Auto roch nach dem Stoffbezug der Sitze. Sie freute sich über den Neuanfang mit ihrer Tochter. Hatte sie sich nicht jahrelang danach gesehnt? Annie war heute ungewöhnlich offen gewesen. Warum konnte sie sich nicht vorbehaltlos daran freuen? Dieses Misstrauen in ihr, wie sie es hasste! Sie war verdorben von der Spionagearbeit.

Entschlossen drehte sie den Schlüssel in der Zündung. Der Motor sprang nicht an, also zog sie den Choke und zündete noch mal. Jetzt ging es. Sie drückte das Gaspedal durch, der Motor wurde laut. Dann nahm sie wieder Gas weg und verharrte, sie saß im Auto wie benommen, der Motor lief, es roch nach Abgasen, aber sie konnte sich nicht rühren. Den Schlüssel hätte sie Annie auf keinen Fall geben dürfen.

Sie stellte den Motor wieder ab. Stieg aus und ging zurück zum Haus. Als sie oben klingelte, öffnete niemand. Sie schloss die Wohnung auf und ging durch die Zimmer. Annie war fort.

Es pochte in ihrem Kopf. Ria presste die Handballen an ihre Schläfen. Endlich hatte sich Annie ihr geöffnet, nach Jahren. Und sie konnte das Wunder nicht glauben.

Das Gartenlokal »Casselsruhe« bot ein herrliches Panorama auf Bonn und das Siebengebirge. Zu diesem Zweck war vor der Terrasse einiges vom Wald freigeschnitten worden, sodass der Blick ungehindert ins Tal schweifen konnte. Nur zwei Kiefern standen noch im Blickfeld und eine Eichenhecke. Vom benachbarten Minigolfplatz ertönten vereinzelt Jubelschreie.

Ein Bediensteter fegte den Tanzsaal des Hotels. Auf der Terrasse belohnten Eltern ihre Kinder mit einem Eis für den anstrengenden Aufstieg über die Treppen. Herausgeputzte alte Damen setzten sich an einen Tisch unter den Bäumen und bestellten Kaffee, »draußen nur Kännchen«, sagte die Bedienung und zählte die Kuchensorten auf, »Mohn-, Kirsch-, Apfelkuchen, Bienenstich, Donauwelle«.

Stefan Hähner saß vor heißen Himbeeren mit Vanilleeis, drei Mark fünfzig auf Staatskosten. Seine zwei Begleiter gabelten »Birne schöne Helene« und Eisparfait. Sie gehörten zur Abteilung IV des Bundesamts für Verfassungsschutz, zwei von über hundert verbeamteten Beschattern. Erst als er ihnen von seiner BND-Vergangenheit erzählt hatte, hatten sie begonnen, ihn ernst zu nehmen.

Sie scherzten über kratzige Wollbadehosen aus ihrer Kindheit, dann redeten sie über einen gemeinsamen Freund, der sich mit Nadeln und Ausziehtusche selbst eine Tätowierung gestochen habe, was nicht nur stümperhaft aussehe, sondern sich außerdem auch entzündet habe.

Den Freund gab es nicht. Aber es war wichtig, dass sie wie drei gewöhnliche Ausflügler wirkten. Zwei Tische weiter saßen Christel Guillaume und eine fremde Frau und redeten, und während Stefan laut lachte, ließ er die Hände der beiden Frauen nicht aus den Augen. Wenn die Frau Kurierin war oder sogar Führungsoffizierin, würde es einen Austausch geben. Möglicherweise brachte sie Hilfsmittel aus Ostberlin und nahm umgekehrt Spionagematerial wieder mit. Oder wagten sie keine Übergabe hier im Lokal? Die Handtasche von Christel Guillaume war weiß, die der anderen Frau braun. Eine Vertauschung war unwahrscheinlich, zu auffällig war das Ganze und schlecht vorbereitet.

Vorgestern erst waren die Guillaumes aus dem Urlaub zurückgekehrt. Fast vier Wochen waren sie mit Bundeskanzler Willy Brandt in Norwegen gewesen, da war es nicht unwahrscheinlich, dass sie etwas zu übergeben hatten.

Er war hellwach, die Angriffslust kribbelte in seinem Bauch. Mit vierundfünfzig war er in einem untypischen Alter für einen Außeneinsatz. Meist geriet man vorher aufs Abstellgleis. Aber der Verfassungsschutz verfügte über zu wenige freie Beschatter. Auch wenn dies mit Abstand die wichtigste Operation war, war es bei Weitem nicht die einzige, und man konnte nicht den Rest des Landes wehrlos zurücklassen, um die Guillaumes zu überwachen.

Da sprang er gerne ein. Zu lange hatte er im Büro gesessen, hier atmete er frische Luft. Es erinnerte ihn daran, dass das Leben gefahrvoll und kostbar war.

Man hatte ihn wegen seiner BND-Vergangenheit genommen, reagierte aber zu Anfang entrüstet, als er von einer lückenlosen Überwachung abriet. Er musste viel reden, bis man seinen Argumenten nachgab. Die lückenlose Überwachung wäre ein unverzeihlicher Fehler gewesen. Es war strategisch klüger, die Guillaumes nur während ihrer Freizeit und mit Pausen von ein oder zwei Tagen zu überwachen. Man musste davon ausgehen, dass sie eine nachrichtendienstliche Schulung durchlaufen hatten. Wenn man sie rund um die Uhr beschattete, würde ihnen das früher oder später auffallen. Es kam darauf an, zur richtigen Zeit die Augen offen zu halten. Dieses Treffen im Lokal war ein solcher Zeitpunkt.

Er richtete seine Ledertasche auf die Fremde aus und drückte den Auslöser im Henkel. Gerade hatte sie die Kuchengabel vor den Mund gehoben, vielleicht nicht das beste Bild. Er fotografierte sie erneut. Die Bilder würden vor Gericht helfen, falls man die Frau als Angehörige der ostdeutschen Staatssicherheit identifizierte. Sie gestikulierte jetzt mit der Gabel. Ihm gefielen ihre Fersenriemchenschuhe.

Ihre Eckzähne standen etwas vor, was einen auf die Zähne gucken ließ, wenn sie lachte, aber es war nicht unschön, es hatte sogar etwas Neckisches, Attraktives.

Da, ein Blick. Sie hatte eindeutig zu ihm hingesehen. Ihm wurde die Brust eng. Er sagte: »Aber einen Kaffee trinkt ihr doch noch, oder?« Der Satz, den sie vereinbart hatten für den Fall, dass sie aufflogen.

»Nun mal halblang«, sagte der Beschatter aus Köln. »Ich will in Ruhe mein Eis essen, noch ein bisschen in die Sonne blinzeln und nachher erst mal diese hübsche Bedienung nach ihrem Namen fragen.«

»Doch«, sagte Stefan, »für mich ist es Zeit für Kaffee.«

Die Fremde winkte der Kellnerin und legte Geld auf den Tisch. Christel Guillaume und sie erhoben sich. Immer noch plauderten sie fröhlich, aber er hatte keine Zweifel daran: Sie traten die Flucht an. Die Observierung war aufgeflogen.

Er sagte: »Könnt ihr für mich einen Milchkaffee bestellen? Ich muss rasch was aus dem Auto holen.«

Die beiden Kollegen warfen sich einen kurzen, irritierten Blick zu.

»Soll ich mitkommen und dir Händchen halten?«, scherzte der eine.

»Nicht nötig«, sagte Stefan. »Und wenn du so weitermachst, kannst du zu Fuß nach Hause gehen.«

Er nickte kaum merklich zum Zeichen, dass er verstanden hatte.

Schon verließen die Frauen das Lokal. Stefan folgte ihnen zum Parkplatz, während die Kollegen die Rechnung beglichen. Erneut ein Blick von der Fremden. Sie war Profi. Ihr Lächeln, ihre Lockerheit angesichts der Gefahr waren beeindruckend. Und sicher hatte sie sich ihr Bild von ihm gemacht. Älterer Mann, langsam. Oder: älterer Mann, erfahren?

Die beiden stiegen ins Auto, einen silbergrauen Opel Rekord, das Auto der Guillaumes. Christel Guillaume steuerte ihn vom Parkplatz. Er stieg ebenfalls in seinen Wagen. Heute fuhr er den gewohnten VW Käfer, nur die Nummernschilder hatte der Verfassungsschutz ausgetauscht. Beim Wagenwechsel, damit die Observierung nicht auffiel, wäre ihm ein viertes oder fünftes Auto lieber gewesen. Aber was sie jetzt hatte auffliegen lassen, war wohl nicht das Auto. Sie hatten einen anderen Fehler gemacht. Die Tasche? Die Hose aus grünem Waschcord? Das Plaudern zu dritt? Etwas hatte die Instinkte der Frau geweckt. War es noch nötig, Vorsicht walten zu lassen? Die Frauen verdächtigten ihn. Sicher sein konnten sie nicht. Er folgte ihnen in angemessenem Abstand die Bergstraße hinunter.

Sollte eine von ihnen aussteigen und den Weg zu Fuß über die Treppen zur Hinsekampstraße fortsetzen, würde der Kollege ihr folgen, der ohne Auto den Weg nach unten in die Stadt machte. Der andere Kollege untersuchte währenddessen ihre Sitzplätze und den Boden rings um den Tisch, an dem sie gesessen hatten, da war sich Stefan sicher. Anschließend würde er sich den kurzen Fußweg zum Parkplatz genauer ansehen. Eine Agentin, die Informationen bei sich trug, musste auch einen Notfallplan zu ihrer Beseitigung haben, ganz gleich, ob es Mikropunkte waren oder eine Nachricht in Geheimschrift. Die Art ihres Verstecks in einem Gegenstand musste so beschaffen sein, dass man ihn notfalls unauffällig abstoßen konnte: als zerknüllte leere Streichholzschachtel, die man in einen Mülleimer warf, als winzigen Zettel, den man bei Gefahr unmerklich durchs

Hosenbein fallen ließ, oder in einem Kaugummipapier verborgen. Das würde bei der Staatssicherheit nicht anders sein. Ihnen durfte keine Spur entgehen.

Er rief über Funk das zweite und dritte Team. Als er sah, dass sich das Postauto näherte, bog er ab und ließ die anderen übernehmen. Das Postauto wirkte alltäglich, er konnte sich vorstellen, wie erleichtert die Frauen im Opel Rekord waren, als der VW Käfer abbog und nicht mehr im Rückspiegel zu sehen war, wie sie dachten: Doch keine Observierung, doch bloß drei Männer im Lokal, die ein wenig gegafft hatten, wie Männer manchmal Frauen begafften.

Er nahm einen Umweg zum Hauptbahnhof, parkte abseits und telefonierte mit dem Einsatzleiter. Ja, er sei sicher, dass ein konspiratives Treffen zwischen Christel und einer Unbekannten stattgefunden habe. Die Unbekannte müsse Agentin der HVA sein. Nein, Beweise habe er noch nicht.

Kein Zugriff, lautete der Befehl.

Enttäuscht fragte er per Funk bei den Kollegen nach. Tatsächlich fuhren sie gerade vor den Bahnhof. Seine Ahnung war richtig gewesen. Er setzte sich zur Tarnung eine Brille auf und kämmte sich das Haar mit Brillantine nach hinten. Dann zog er ein kariertes Hemd über.

Er betrat die Bahnhofshalle und stellte sich am Kiosk an. Mit Mühe widerstand er der Versuchung, sich nach der Fremden umzusehen. Lässig erwarb er einen *General-Anzeiger*, setzte sich auf eine Bank und überflog die Schlagzeilen.

Da war sie. Hatte Christel Guillaume ihr geheimes Regierungsmaterial übergeben, trotz der Gefahr? Das Risiko war groß, sie wäre, wenn er die Fremde jetzt festsetzen würde, als Agentin eines feindlichen Geheimdienstes entlarvt und müsste mit einem Gerichtsverfahren wegen Spionage rechnen.

Die Fremde sah auf die Glasscheibe eines Aushangs für Zugabfahrten und richtete ihre Frisur. Gut machte sie das. Sie wirkte wie eine gewöhnliche Reisende. Wehmütig dachte er an Ria Nachtmann, der es auch immer so gut gelungen war, inneren Aufruhr unter einer windstillen, glatten Oberfläche zu verbergen. Derart talentierte Leute waren selten.

Vermutlich kam die Fremde wie Christel und Günter Guillaume aus einer kleinbürgerlichen Familie. Kirchenfernes, schlichtes Arbeitermilieu. Leute aus dieser Schicht hatten inzwischen überall in der DDR das Sagen. Sie waren an die Regierung katapultiert worden. Und auch die meisten MfS-Mitarbeiter stammten aus diesem Milieu.

Ein kluger Schachzug, dass man in der DDR bewusst Personen aus den bisher benachteiligten Bevölkerungsschichten förderte. Für sie war es eine Auszeichnung, der elitären und geheimnisvollen Staatssicherheit anzugehören. Günter Guillaume war doch das beste Beispiel. Er stammte aus bescheidenen Verhältnissen, er besaß nicht mal eine Berufsausbildung, wenn seine Recherchen stimmten. Einfacher Soldat in der Wehrmacht, das war alles, was er je gewesen war.

Es musste ihn mit Stolz erfüllen, Offizier der Staatssicherheit zu sein und zur Verteidigung des Sozialismus beizutragen. Dazu der reizvolle Einsatzort im Westen. Und dank der Schützenhilfe der Staatssicherheit, die womöglich andere Undercover-Agenten eingesetzt hatte, um seine Karriere zu befördern, war er jetzt Referent im persönlichen Büro des Bundeskanzlers.

Er war gespannt auf die Auswertung der Fotos. Sicher würden sie dazu beitragen, die Guillaumes als Spione zu überführen.

Auf eine absonderliche Art beneidete er die Guillaumes und auch die fremde HVA-Agentin. Nicht dass er gern auf ihrer Seite gekämpft hätte. Aber sie besaßen einen Mut, der ihm die letzten Jahre abhandengekommen war. Was riskierte er hier schon? Er befand sich auf dem Territorium seines Landes und hatte sämtliche Polizeikräfte auf seiner Seite. Sollte er irgendwann enttarnt werden, geschah ihm nichts, höchstens würde er auf einen Schreibtischposten beordert.

Sie aber waren allein im Feindesgebiet. Widerwillig zollte er der Fremden Respekt, als sie zu den Bahnsteigen ging. Er folgte ihr mit einigem Abstand und sah zu, wie sie in einen modernen InterCity-Zug stieg. Man konnte sie Kollegin nennen. Auf der falschen Seite, ja. Aber sie war eine Kollegin, die ihre Sache gut machte.

Das Radio plärrte die Abendnachrichten. Günter Guillaume sagte leise: »Das war eine Routinemaßnahme. Die wollten dich nur überprüfen.«

»Wir wurden fotografiert!«

»Ja, von der Abteilung Geheimschutz des BfV. Wegen deiner Bewerbung auf der Hardthöhe.«

Kurz vor dem Norwegenurlaub hatte sich Christel als Sekretärin im Bundesverteidigungsministerium beworben, aber sie konnte nicht recht glauben, dass die Herren im Ausflugslokal damit zu tun hatten.

»Die haben das extra plump gemacht«, sagte Günter. »Die wollten sehen, ob ihr verdächtig reagiert, wenn ihr bemerkt, dass ihr observiert werdet. Euch zu unüberlegten Taten verleiten. Ihr habt doch nichts Dummes gemacht?«

»Nein. Wir haben gelacht, und ich habe Anita zum Zug gebracht.«

»Und das Material?«

»Habe ich ihr im Auto noch gegeben.« Sie zerbiss sich die Lippe. »Ich hätte das nicht tun sollen. Meinst du, die haben sie geschnappt?«

»Wir warten ab, was die HVA sagt. Die machen eine Gefährdungsanalyse. Glaub mir, das wissen die doch auch beim Verfassungsschutz, dass eine geschulte Agentin es bemerkt, wenn sie observiert wird. Die wollten sehen, ob du darauf reagierst. Hast du nicht. Also denken sie, du bist keine Agentin. Und Leute, die sich im Verteidigungsministerium bewerben, müssen sie überprüfen, gerade Sekretärinnen!«

»Und wenn sie uns doch verdächtigen? Ich meine, dich und mich.«

»Dann hätten sie uns wohl kaum in der Nähe von Brandt belassen. Geschweige denn, uns vier Wochen mit ihm in den Urlaub geschickt.«

»Und wenn doch?«

»Du kennst den Alarmplan. Sie werden uns sagen, wie wir uns verhalten sollen.«

»Vielleicht ist es dann zu spät, und wir kriegen keinen geregelten Rückzug mehr hin.«

»Das Ding ist bombensicher: Wir schlagen uns nach Salzburg durch, treffen einen Vertreter der HVA, und der bringt uns in die Tschechoslowakei und von dort in die DDR. Aber das wird nicht nötig sein. Ich bin sicher, du schätzt die Lage falsch ein.«

Wie er da vor ihr stand mit blassem, schweißbedecktem Gesicht und sich bemühte, sie zu beruhigen, sah sie ihren Mann in ungewohnter Klarheit. Er würde auch in der höchsten Gefahr nicht in die DDR zurückkehren. Er hatte gar nicht vor, den »bombensicheren Alarmplan« durchzuziehen.

Die Wahrheit war: Er fühlte sich inzwischen als Bundesbürger. Er war Westdeutscher geworden. Vielleicht war es ihm nicht einmal bewusst. Wählte er nicht längst die Informationen, die er an die DDR weitergab, so aus, dass sie eine deutsch-deutsche Annäherung erleichterten? Versuchte er nicht, Schaden von Brandt abzuwehren? Seine berufliche Zukunft sah er hier im Westen. Auch die Zukunft von Pierre, ihrem Sohn.

Vielleicht hatten sie ja tatsächlich überreagiert. Anita hatte gemeint, einer der Männer habe seine Tasche so merkwürdig verrückt, es sei womöglich eine Kamera darin versteckt gewesen. Sicher konnte sie aber nicht sein.

Und ein Fluchtversuch ins Ausland musste so oder so scheitern, wenn sie bereits überwacht wurden. Er würde dann wie ein Schuldeingeständnis aussehen. »Also gut«, sagte sie. »Warten wir ab, was die Gefährdungsanalyse ergibt.«

22

Seit Tagen fielen junge Menschen in die Stadt Berlin ein wie Heuschreckenschwärme. Vornehmlich Deutsche, aber auch »Helden« aus Vietnam, Studenten aus Kuba, Befreiungskämpfer aus Mosambik und Palästina und Jugendliche aus Frankreich, Italien, den USA, Finnland.

Auf den Plätzen wurden Bühnen aufgebaut. Musiker spielten sich warm. Bei der Staatssicherheit herrschte gute Stimmung, die Kollegen grinsten sich im Flur an und sagten: »Petrus ist Genosse!« Sie rechneten mit Sonnenschein zu den Weltfestspielen.

Im Radio lief seit Wochen die offizielle Festspielhymne:

Ja, ja, wir treffen uns auf jeden Fall
im Sommer 73 zum zehnten Festival.

Marga Dierks hielt nichts von dem Rummel. Der war bloß ein Zurschaustellen der Kraft, war bloß ein Protzen Richtung Westen und ein wenig Verzückung für die Jugendlichen im eigenen Land. Es sollte die eingeschränkte Reisefreiheit vergessen machen, sollte ausdrücken: Alle kommen zu uns, ihr müsst nicht mehr weg.

Dabei war es viel wichtiger, den Rückstand der DDR-Computerproduktion auszugleichen. Robotron musste es laut Plan bis in zwei Jahren schaffen, mit dem Westen gleichzuziehen. Solche Dinge waren wichtig. Nicht das Gefeiere.

Sie entfloh der Stadt. Mit der S-Bahn fuhr sie nach Köpenick und nahm einen Bus bis zur Haltestelle Rübezahl. Von dort aus wanderte sie in die Müggelberge, immer tiefer in den Wald hinein.

Natürlich war sie kaputt. So wie viele kaputt waren durch den Krieg und die Erziehung der Eltern, die ihrerseits im Krieg so viel erlitten hatten. Aber man musste nach vorn blicken und eine Gesellschaft bauen, die es besser machte.

Werd jetzt bloß nicht sentimental.

Sprach da wirklich sie in ihren Gedanken, oder war es die Mutter?

Mit Tränen erreichst du gar nichts.

Sie musste jetzt ihren Kurs halten. Sorgfältig sein mit dem Vögelchen Ria Nachtmann. Sie durfte es nicht aufscheuchen. Deshalb war es so gut, wenn die Tochter das Nest der Verräterin ausspionierte.

Natürlich konnte sie mit den Kollegen reinmarschieren, Ria Nachtmann festnehmen und ihre Wohnung auf den Kopf stellen lassen. Aber die Frau war unerwartet klug, schon in der Zugtoilette hatte sie ihre Gegner ausmanövriert.

Glücklicherweise hatte jeder Mensch ein psychologisches Gerüst in sich, das nicht endlos belastbar war. Auch Ria Nachtmann war zu zerrütten. Man musste es nur klug anfangen. Die Tochter würde durch das schlechte Gewissen, das Ria Nachtmann plagte, ein Schwachpunkt ihres Gerüsts sein. Und zumindest dafür waren die Weltfestspiele gut: Sie würden einen weiteren Keil zwischen Ria und Annie treiben, dafür hatte sie gesorgt.

Der Wald war ihr seit vielen Jahren vertraut. Die Stelle lag weitab der Wege, und selbst den Förstern und den Jägern sagten die Bäume und Büsche nichts, nur ihr war der Flecken bekannt wie ein Zimmer ihrer Wohnung.

Vor Jacobs Grab blieb sie stehen. Kein Stein wies darauf hin, dass er hier lag. Die Natur hatte ihn in sich aufgenommen und all die Jahre nichts verraten.

»Du hast gewusst, dass du mich nicht verlassen sollst«, sagte sie. »Du hast es gewusst. Mensch, Jacob.«

Sie hockte sich hin und strich zärtlich über die hellen Blätter eines Sprösslings. Sie dachte an die junge Köchin aus dem Ganymed, die ihm, schon ein halbes Jahr nachdem er dort angefangen hatte, den Kopf verdrehte mit ihrem glockenhellen Lachen und den Grübchen und der kindlichen hohen Stirn. »Was sollte das?«

Fest umfasste sie den Sprössling, packte ihn und riss daran. Er krallte sich im Boden fest, gab seine Blätter her, aber der Strunk wollte nicht aufgeben.

Sie ließ den Strunk.

Er hätte das alles anders haben können. Sie hätte es ihm schön gemacht in ihrer Wohnung, hätte ihn umsorgt, er hätte den ganzen Tag Rezepte ausprobieren und malen können, und sie wäre arbeiten gegangen, hätte zusätzlich noch eingekauft und den Abwasch übernommen und ihm abends ein heißes Bad bereitet.

Aber er hatte seine Augen nicht bei sich behalten können. Hatte dem Appetit nachgegeben, hatte die Kollegin unbedingt befingern müssen. Ein bisschen Selbstbeherrschung, war das denn zu viel verlangt gewesen?

Wie er damals gekommen war, um sich von ihr zu trennen, wie er blass gewesen war vor Angst, wie er ihre gefasste Reaktion mit großen Augen bestaunt hatte. Was sie dann getan hatte, war wie losgelöst von ihr, fremd, als hätte es ein anderer getan. Sie hatte dem Toten nicht ins Gesicht blicken können, es war schrecklich für sie, dieser Vorwurf in seinem Gesicht, dieses Entsetzen. Jacob hatte sie angesehen wie ein Gespenst. Er verstand nicht, er war voller Horror.

»So schlecht ist es doch nicht im Wald, oder? Hier hast du Tiere und Bäume und den Wind und den Regen. Und sie kann dich hier nicht finden. Sie hat dir nicht gutgetan. Du warst ja gar nicht mehr du selbst! Ich passe auf dich auf. Ist schon gut. Das kann einem Künstler passieren.«

Sie legte sich auf den sonnenbeschienenen Waldboden und sah hinauf in die Baumkronen. »Mir? Geht's gut, Jacob. Ich stopfe einem verlogenen Biest den Rachen. Wollte mich nur kurz bei dir ausruhen.«

Sechzigtausend Menschen füllten das Stadion der Weltjugend. Olympia in München war ein Jahr her. Jetzt zeigte die DDR ihre Art der Spiele. Tauben für den Frieden flogen auf. Abgesandte von allen fünf Kontinenten zogen unter dem Jubel der Zuschauer ins Stadion ein, und Bläser ließen die Festivalfanfare erklingen.

Eine motorisierte Stafette mit Festivalfeuern aus Prag, Budapest, Warschau, Bukarest, Moskau, Wien, Helsinki und Sofia, den bisherigen Gastgebern der Weltfestspiele, fuhr ins Stadion ein. Vor der Tribüne übernahm der Weltrekordhalter im Stabhochsprung Wolfgang Nordwig die Flammen und vereinigte sie. Begleitet von zwei jungen Mädchen, trug er die Fackel an den jubelnden Zuschauern vorbei einmal um das Stadion und dann hoch hinauf zur Flammenschale. Dort loderte das Festivalfeuer auf.

Annie war glücklich, neben Michael zu sitzen. Sie jubelte

mit all den anderen. Nur Michael saß starr da, er applaudierte nicht, sprang nicht mit auf, wenn es die anderen um sie herum von den Sitzen hochriss. Es verunsicherte sie.

Jetzt trat Erich Honecker im hellen Anzug in die vorderste Reihe der überdachten Tribüne und begann seine Eröffnungsrede. »Die von uns allen herbeigesehnte Stunde der Eröffnung der zehnten Weltfestspiele der Jugend und Studenten für antiimperialistische Solidarität, Frieden und Freundschaft ist gekommen. Es ist mir eine hohe Ehre und große Freude, Ihnen, den Abgesandten der Jugend aus über hundertvierzig Ländern der Erde, in Berlin, der Hauptstadt der sozialistischen Deutschen Demokratischen Republik, ein herzliches Willkommen zu entbieten.«

Tosender Beifall wogte durch das Stadion.

Annie fragte sich, warum sich Michael so sehr dagegen wehrte, Teil von etwas zu sein. Ihr hatte es Spaß gemacht, Altstoff zu sammeln und ihn morgens zur Schule zu bringen. Sich einzubringen. Ihr gefiel, dass Honecker von Frieden sprach und von Solidarität. Es gab so viel Ungerechtigkeit in der Welt, und der Sozialismus war ein guter Lösungsansatz dafür. Sie wollte der DDR vertrauen, es sollte ihr Land sein. Offenbar dachte Michael anders darüber, und das tat ihr weh.

»Gemeinsam mit der Sowjetunion und den anderen sozialistischen Bruderstaaten«, sagte Erich Honecker, »gemeinsam mit der internationalen Arbeiterbewegung, gemeinsam mit allen Kämpfern für nationale Befreiung gegen den Imperialismus fühlt sich die Deutsche Demokratische Republik der Sache des Friedens und des Humanismus, der Freiheit und Unabhängigkeit der Völker, des Fortschritts der gesamten Menschheit zutiefst verpflichtet.«

Michael stöhnte leise.

»Stimmt was nicht?«, fragte sie ihn.

»Freiheit der Völker«, sagte er leise, »und an der Mauer wirst du erschossen. Welche Freiheit ist das? Wir dürfen nicht mal nach Frankreich oder nach Italien.«

Honeckers Stimme hallte blechern durch das Stadion. »Mögen diese zehnten Weltfestspiele erlebnisreiche Tage der freundschaftlichen Begegnung, der freimütigen Diskussion, der Freude und des Frohsinns bringen!«

Michael wiederholte höhnisch: »Freimütige Diskussion. Wer es glaubt …«

Schon drehten sich zwei FDJler um, die vor ihnen saßen. Sie starrten Michael finster an.

Die Menge applaudierte Erich Honecker und begann jetzt zu skandieren: »Frie-den! – Freund-schaft! – Soli-dari-tät!«

Wieder ertönten die Fanfaren, und jetzt tat sich der Wald der roten Fahnen auf, und die Dynamosportler marschierten in das Stadion. Das war ihr Verein! Annie stieß Michael den Ellenbogen in die Seite. Sie konnten stolz sein. Die Sportler bewegten sich im Takt der Musik, kraftvoll, energiegeladen. Sie trugen weiße Hosen und rote Oberteile mit dem Emblem des SC Dynamo, schwangen die Arme. Der Block der Männer stand im Geviert. Linksdrehung, Rechtsdrehung. Der Gleichklang der Bewegungen faszinierte. Jetzt verwoben sich die Bewegungen ineinander, jeder Schritt, jeder Griff gelang. Hockstütz, Kopf hoch, Hockstütz.

Der Block der Mädchen und Frauen schwang den Ball, machte vier Schritte vorwärts und ließ zur gleichen Zeit viermal den Unterarm mit dem Ball kreisen. Die beiden Blöcke mischten sich und formten Menschenpyramiden. Oben, auf der Spitze, machte ein Turner einen Handstand. Auf der

Spitze einer der Menschenpyramiden, in acht oder zehn Metern Höhe, stellte sich Karin Janz in Pose.

»Wusstest du«, fragte Michael, »wer den ganzen Schulbetrieb bei uns finanziert? Die Schwimmhallen, die Sporthallen und Turngeräte? Wer das Essen bezahlt, das wir jeden Tag bekommen?«

»Nein.«

»Das Ministerium für Staatssicherheit.«

»Quatsch.«

»Weißt du nicht, warum wir Dynamo heißen? Dynamo, das ist die Sportvereinigung der Tscheka in der Sowjetunion. Nach der sind wir benannt, weil auch unser Sportclub zur Staatssicherheit gehört.«

In ihr zitterte es. Wusste er von ihrer Verabredung mit der Geheimdienstoffizierin? Wusste er, warum er wieder in der Schule und im Training aufgenommen worden war? »Jeder Sportler tritt doch irgendwie für sein Land an«, sagte sie. »Und er sucht sich nicht aus, ob das Land alles super macht. Ist ein amerikanischer Sportler verantwortlich für die Landung in der Schweinebucht? Oder für den Vietnamkrieg?«

Michael sah stur nach vorn. Er sagte in den Applaus hinein: »Ich sag's ja nur, weil ich sauber kämpfen will. Ich will gewinnen, und ich will unseren Verein voranbringen. Aber da muss sich etwas ändern. Der erste Vorsitzende unseres Sportvereins ist Erich Mielke. Seit zwanzig Jahren. Der Chef der Stasi.«

Sportstudenten liefen mit roten Seidenfahnen über das Feld, Studentinnen kamen hinzu mit Seidenblau. Die beiden Farben vermischten sich und bildeten die Festivalblume. Ein großes »Ah!« und »Oh!« ging durch die sechzigtausend, und Annie sah zu Michael und fragte: »Wirst du jetzt den ganzen Tag so miesepetrig sein?«

Ihre Stimme bebte, und Michael sah sie verwirrt an, fast sorgenvoll.

Sie dachte an das Treffen mit der Offizierin in einer geheimen Stasi-Wohnung nur drei Häuser weiter von ihrem und an die Verabredung, die sie getroffen hatten: Die Stasi würde dafür sorgen, dass Michael und sie an der Sportschule blieben, und Annie würde dafür für sie arbeiten. Das Arrangement sollte nur so lange dauern, wie sie an der Sportschule »Werner Seelenbinder« waren, anschließend sollte es enden.

Aber auf dem Nachhauseweg mit weichen Knien war Annie klar geworden, dass sie Michael und sie auch nach der Schulzeit in der Hand haben würden. Wenn sie als Hochleistungssportler Wettkämpfe im Ausland bestreiten wollten, brauchten sie jedes Mal die Genehmigung der Staatssicherheit.

»Ist mit dir alles in Ordnung?«, fragte Michael und rührte an ihren Arm.

»Na klar«, log sie.

»Ich bin vielleicht miesepetrig. Aber du bist nicht du selbst … irgendwie.«

4:00 Uhr wurde Henning durch das laute Klingelzeichen geweckt. Er wusch sich über dem kleinen Waschbecken, warf sich kaltes Wasser ins Gesicht und unter die Achseln. Dann reichte er seinen Blechnapf durch die Klappe in der Tür und bekam einen Schlag Hafermehlsuppe hinein. Er setzte sich auf das Bett und löffelte die bittere Suppe. Mit der Spitze des Aluminiumlöffels kratzte er alles aus und leckte ihn anschließend ab. Er würde womöglich lange nichts zu essen bekommen.

Die Zellentür wurde geöffnet. Sie mussten im Flur antreten. Er bemühte sich, an diesem Morgen alles so zu tun wie sonst. Er marschierte mit seinem Kommando die Treppe hinunter zu den Produktionsräumen. Es gelang ihm, einen Blick auf die Armbanduhr des Wachmanns zu erhaschen. Sie waren heute früh dran. Das war gut.

Man ließ ihn in seine Arbeitszelle. Material war schon vom Brigadier bereitgestellt. Aber statt sich an die Relais und Schütze zu machen, wartete er, bis der Wachmann ihn eingeschlossen hatte, klappte den Wandschrank hoch und befestigte daran den Haltedraht. Die Wachen mussten jeden Häftling in seine Arbeitszelle bringen, das ergab eine Weile, in der sie keine Gelegenheit für Kontrollen hatten.

Er löste alle zweiunddreißig Steine, die er freigekratzt hatte, aus der Mauer und legte sie in den toten Winkel neben der Tür. In den letzten Wochen hatte er sich durch die gesamten sechzig Zentimeter der Wand gearbeitet. Jetzt stand nur noch die dünne Schicht Außenputz zwischen ihm und der Freiheit.

Aber die Wachleute, die draußen zur Tagschicht kamen, durften keine herumliegenden Putzstücke bemerken. Vorsichtig drehte er ein kleines Loch in die Schicht. Er spürte den kühlen Luftzug, der in seine Zelle drang. Mit den Fingern bröckelte er weitere Stücke heraus und trug sie zur Toilette. Das Loch wurde größer und größer. Zehn vor fünf musste es sein.

Er steckte kurz den Kopf hinaus. Verdammt, unten lag im kalten Licht der Scheinwerfer doch einiges an Putzbröseln. Die Wachleute würden nach oben sehen, um herauszufinden, woher der Putz kam. Er durfte jetzt keine Zeit mehr verlieren. Wie tief mochte es sein? Fünf Meter?

Es kribbelte in seiner Brust. *Mut ist nicht die Abwesenheit von Angst, sondern die Erkenntnis, dass etwas anderes wichtiger ist als die Angst,* hatte er einmal gelesen. Er schickte ein Stoßgebet zum Himmel, stieg auf den Arbeitstisch, drehte sich auf den Bauch und steckte die Beine rückwärts ins Loch. Mit einem Ächzen fasste er nach dem Draht und zog daran, während er durch das Loch kletterte, der Hängeschrank lehnte sich wieder an die Wand und verbarg das Loch, man würde nichts sehen, wenn man in die Zelle blickte, jetzt hing er, auf die Unterarme gestützt, an der Kante seines Mauerdurchbruchs, die Beine über der Tiefe. Er ließ sich hinab, bis nur noch die Hände die Ziegelkante hielten, und sprang.

Der Aufprall tat weh bis in die Hüfte. Und es knallte lauter, als er gedacht hätte. Der Hof zwischen Haftanstalt und Gericht war schwach beleuchtet. Er humpelte zur Umwehrungsmauer und kletterte daran hoch. Etwas riss unter seinem Griff. Es war ein dünner Draht.

Die Alarmanlage schrillte und gab Lichtsignale. Hauptwachtmeister Lutzny sah auf die Dienstuhr an der Wand, sie zeigte 5:02 Uhr. Er nahm den schwarzen Hörer vom Apparat und informierte den diensthabenden Offizier, Leutnant Uhlich.

»Die Sache geht in Ordnung«, sagte der. Er klang unkonzentriert.

Vermutlich fuhr ein Lkw durch das Tor. Wer baute eine Alarmanlage so, dass sie nicht nur anschlug, wenn der Draht an der Außenmauer zerrissen wurde, sondern auch jedes verdammte Mal, wenn das Tor zum Einlassen von Fahrzeugen geöffnet wurde?

Uhlich hätte ihn informieren müssen, dass er das Einfahrtstor öffnete, dann hätte er den Alarm vorher ausgeschaltet. Aber natürlich, ihn konnte man ja springen lassen. Er war ja nur die Hauswache.

Er hatte sich gestern Nachmittag hingelegt, wie er es immer vor der Nachtschicht tat, hatte aber schlecht geschlafen, weil sie zu Hause ein Neugeborenes hatten. Zwar stillte seine Frau es gleich, wenn es Hunger bekam, aber wach wurde er trotzdem jedes Mal. Ein Leben war das nicht mehr, man spürte den Schlafmangel wie eine dumpfe Glocke über dem Schädel. Warum hatte sie unbedingt ein drittes Kind haben wollen?

Er putzte sich im Waschraum die Zähne. Das machte er immer gern noch vor dem Schichtwechsel, dann konnte er sich zu Hause gleich schlafen legen. 5:20 Uhr schaltete er die Alarmanlage wieder ein, der Lkw musste ja inzwischen durch sein. Sie leuchtete und lärmte immer noch. »Macht das verdammte Tor zu«, brummte er. Aber ertragen konnte man das nicht. Er schaltete die Anlage wieder aus.

In den Mietshäusern waren die meisten Fenster noch dunkel. Nur in vereinzelten Wohnungen brannte schon Licht. Er las die Schilder einer Lessing-Apotheke und einer Nachtbar »Sirena«. Von Bautzen II, dem »Gelben Elend« am Rande der Stadt, hatte er gehört. Die Sonderhaftanstalt hingegen schien mitten in der Stadt zu liegen.

Bald würden Leute auf der Straße sein. Sie würden Alarm schlagen, wenn sie ihn mit seiner Drillichkleidung sahen.

Er schlug sich nach rechts durch den Park, überquerte eine Hauptstraße und drang in eine Gartenkolonie vor. Die Polizei der ganzen Stadt würde inzwischen alarmiert sein. Dort vorn schien es hinauszugehen ins Grüne. Er hastete voran. Tatsächlich, hinter den Gartenzäunen begann eine Wiese, und es ging in die Weite mit Büschen, Bäumen,

Sträuchern im frühen Morgenlicht. Buchfinken und Stare sangen herrlich. Das war die Freiheit! Und hörte er nicht auch einen kleinen Flusslauf plätschern? Die würden ihm mit Hunden folgen, aber wenn er durch Wasser watete, konnten die Hunde seine Spur nicht aufnehmen. Er lief über die Wiese, bis er auf den Fluss stieß, zog die Schuhe aus und stieg ins Wasser. Schnell sogen sich seine Hosenbeine voll, aber er vergeudete keine Zeit mit Krempeln, er watete eilig den Fluss entlang. Das Wasser war kalt. Einmal trat er auf einen Ast am Grund des Flusses, und ein scharfkantiger Grat bohrte sich ihm in die Fußsohle. Er hätte vor Schmerz beinahe aufgeschrien. Humpelnd watete er weiter.

Ob er die Häftlingskleidung einfach ausziehen und wegwerfen sollte? Andererseits war es noch kühl am Morgen, und einen Mann in grauer Unterwäsche und »Fleischerhemd« würde man genauso der Polizei melden.

Das hatten sie sich gut überlegt mit der blauen Drillichjacke und der Hose mit den nadeldünnen weißen Längsstreifen, so etwas trug sonst niemand im Alltag, es sah aus wie ein Pyjama. Dazu die aufgenähten »Schussbalken«, die dicken gelben Markierungen auf dem Rücken, den Ärmeln und seitlich an der Hose. Die Kleidung entlarvte ihn auf den ersten Blick als entflohenen Häftling.

Er dachte daran, wie er im Politunterricht für die jungen Soldaten von der ständigen Bedrohung durch die BRD gesprochen hatte. Zweifel am »antifaschistischen Schutzwall« hatte er pariert: Das Bewusstsein der Bürger sei noch nicht stark genug ausgeprägt, um dem raffinierten Klassenfeind zu widerstehen. Deshalb lasse man sie nicht in die BRD reisen, sie würden dort den Verlockungen der kapitalistischen Glitzerwelt erliegen. Aus Fürsorge verhindere das der Staat.

Außerdem hätte es der Gegner im Westen auf die sozialistischen Errungenschaften der DDR abgesehen, die mit Waffengewalt zu schützen waren.

Kein Wort hatte er darüber verloren, dass die Menschen vor der DDR davonliefen und das Land auszubluten drohte.

Hätte er nicht schon während der Umschulung darauf kommen müssen, als es dauernd um Personenkontrollen ging, bei denen man Verdächtige im Stehen und im Liegen durchsuchte? »Der Feind steht im Westen«, hatte es geheißen. Warum sollten die Grenzsoldaten der DDR dann nach Osten schauen? Die Sperranlagen waren ganz offensichtlich so angelegt, dass eine Flucht von Osten nach Westen verhindert werden sollte. Erschien ein Bürger aus einem Ort im Grenzgebiet nicht zur Arbeit, wurden sofort die Patrouillen verstärkt. Dabei musste man glückliche und freie Bürger doch nicht hinter Zäunen und Todesstreifen gefangen halten.

Was er den jungen Soldaten als Hauptfeldwebel darüber beigebracht hatte, »Grenzverletzer festzunehmen« oder »einen Grenzdurchbruch mit der Schusswaffe zu verhindern«, das hieß: einen Menschen zu töten. Einen Menschen, der sich nach Freiheit sehnte.

Beschämt dachte er daran, was er in der »Rotlichtbestrahlung«, im wöchentlichen Politunterricht, erzählt hatte. »Jeder Grenzer ist ein kleiner Außenminister und trägt eine hohe Verantwortung im Grenzdienst. Mit Ihrem Auftreten draußen am Zaun sorgen Sie dafür, wie der Klassenfeind die DDR außenpolitisch wahrnimmt! Die vollständige und ordnungsgemäße Trageweise der Uniformen ... nicht das Käppi abnehmen, nicht die Ärmel hochkrempeln im Sommer ...«

Sie hatten für das Erschießen von Flüchtenden Prämien gezahlt! Hundertfünfzig Mark für den Todesschützen und drei Tage Sonderurlaub. Sie hatten es geschafft, dass ein Soldat sich fragte, wenn er einen Menschen rennen sah, der wegwollte: Er oder ich? Die Strafe fürs Nichtschießen konnte Militärhaft in Schwedt bedeuten.

Und er war geblendet zur Patenklasse in der örtlichen Schule gegangen und hatte mit den Schülern Grenzsoldaten aus Knete gebastelt und Gewehre geformt, und die Kinder hatten auf seine Frage, wozu das Gewehr gut sei, geantwortet: »Verbrecher abknallen, die abhauen wollen«, und er hatte den Jungpionieren weisgemacht, dass die Grenzsoldaten dafür sorgten, dass sie im Frieden lernen und spielen könnten. Am Ende des Nachmittags hatten gleich mehrere der Erstklässler Grenzsoldaten werden wollen.

Dabei begriff jeder, der persönlich mit den Grenzsicherungsanlagen in Berührung kam, dass sie etwas Unmoralisches darstellten. Sie waren menschenfeindlich. Die DDR tönte immer, bei ihr stünde der Mensch im Mittelpunkt. Aber sie errichtete Mauern und Stacheldraht und schoss auf jeden, der das Land verlassen wollte.

Hunderte Male hatte er bei der Vergatterung gesagt: »Grenzverletzer sind Agenten, Spione, Personen, die unsere Republik verraten wollen.«

Jetzt war er selbst so einer.

Er verließ den Fluss und schlug sich durchs Unterholz. Bei jedem Schritt spürte er die Schürfwunden, Kratzer und Stauchungen. Er lief, bis er nicht mehr konnte, und versteckte sich dann im tiefen Gebüsch wie ein Tier und lauschte auf die Menschen in der Ferne. Als er Hundegebell hörte, riss es ihn hoch, trotz der Erschöpfung humpelte er weiter, fort, fort von Gefängnis und Tod.

23

»Tut mir leid wegen gestern.« Michael sah sie nicht an. Er blickte nach vorn zur Bühne, wo Manfred Krug amerikanische Hits sang.

»Als er Jazz gesungen hat, hat es mir besser gefallen.«

»Ich mein's ernst, Annie. Manchmal bin ich … Ich sehe alles zu schwarz.«

»Komm, wir gehen woanders hin. Neunzig Bühnen, und Rockmusik ist plötzlich auch erlaubt. Wir verpassen gerade die Puhdys! Und die Renft-Combo!«

Er wandte sich ihr zu. »Mir kommt nur alles so verlogen vor.«

»Du meinst, weil sie sonst immer gesagt haben, Blues und Rock wären ›westlich dekadent‹?« Sie gab ihm einen spöttischen Blick.

Draußen liefen sie an einem Chor vorüber, der Propagandalieder schmetterte. Über die nächste Bühne wirbelte eine Volkstanzgruppe aus der Sowjetunion. Die Marx-Engels-Allee krönte – weiße Schrift auf blauem Grund, ein halbes Hochhaus bedeckend – das Spruchband:

Die Jugend der DDR grüßt die Jugend der Welt.

Viele trugen Jeans, und viele rauchten Zigaretten herunter wie Grundnahrungsmittel, auf eine biedere stumpfe Art.

Nur manche Frauen rauchten cool und elegant wie Filmstars.

An einer Bude warf man mit Ringen auf Gegenstände wie Weinflaschen, kleine Plüschtiere oder anderes Spielzeug. Die Gegenstände standen auf quadratischen Sockeln.

»Sieht nicht schwer aus«, sagte Michael.

Ein Jugendlicher, der das Pionierhalstuch bewusst lässig geknotet hatte, sodass es etwas Verwegenes hatte, drehte sich zu ihm um. »Kannste selber probieren, Großmaul.«

Michael bezahlte und warf gekonnt. Es stellte sich aber heraus, dass man »eingefangene« Gegenstände nicht gewann, wenn der Ring auf einer Ecke des Sockels liegen blieb, was jedes Mal passierte.

Kopfschüttelnd zogen sie weiter.

»Was denkst du«, fragte Michael, »warum haben sie mich plötzlich wieder zurückgeholt?«

»So ist das mit der Planung von ganz oben. Irgendwer, der keine Ahnung hat, dachte: Ach, wir haben zu viele in der Leichtathletik. Und dann hat einer, der über ihm steht, zurückgerudert, weil sie dich doch brauchen.«

Er schwieg.

»Ich hab dir gesagt, gib nicht auf. Und siehst du, da bist du.« Sie nahm seine Hand und drückte sie. Weil sie aber nicht wusste, ob er einverstanden war, ließ sie die Hand bald wieder los.

Was war das nur mit Michael, warum fühlte sie sich in seiner Nähe immer so unsicher?

Die Jugendlichen, an denen sie vorbeiliefen, sprachen die unterschiedlichsten Sprachen. Sie waren klein und dunkelhäutig, trugen eigenartige Hüte. Waren groß und blass, flirteten miteinander. Waren albern, sangen fremde Lieder.

»Seltsam«, sagte Michael. »Die meisten von uns waren noch nie außerhalb der DDR. Ich war noch nicht mal in der Tschechoslowakei. Und jetzt ist die halbe Welt bei uns.«

Auch wenn über die Solidarität mit den Menschen in Afrika und Lateinamerika viel geredet wurde – sie um sich zu haben war etwas vollkommen anderes. Es war aufregend und ungewohnt. Gerade hörte sie ein paar blasse junge Erwachsene eine eigenartige Sprache sprechen. War das Französisch? Die französische Delegation war nach derjenigen der Sowjetunion die zweitgrößte, fast tausend Teilnehmer sollten es sein. Gesine, die gern einen Franzosen kennenlernen wollte, hatte gesagt, sie wohnten in einem Gebäude der Hochschule für Ökonomie. Angeblich war jeder dritte Jugendliche in Frankreich arbeitslos. Erstaunlich, dass sie sich die Fahrt überhaupt hatten leisten können.

Das durfte man nicht vergessen. Die westlichen Länder erschienen einem überlegen und paradiesisch, dabei gab es dort Drogen an jeder Ecke, und Studenten waren gezwungen zu arbeiten, um ihr Studium zu finanzieren.

Heute war sie glücklich, heute wollte sie glücklich sein mit ihrer DDR. Und gab es nicht Grund zum Staunen? Gerade hier am Alexanderplatz, auf den sie zusammen schlenderten. Der gewaltige Fernsehturm! Wenn man hinauf zur silbernen Kugel blickte, wurde einem schwindlig, so weit oben im Himmel befand sie sich. Und das Interhotel Stadt Berlin, das mit seinen achtunddreißig Stockwerken auch nicht gerade klein war. Das vornehmste Hotel des ganzen Landes, sagte man. Oder das Centrum-Warenhaus mit seiner wabenartigen Aluminiumfassade. Annie war vor zwei Wochen darin gewesen und erst einmal eine Weile begeistert die Rolltreppen gefahren.

Im Vorübergehen hörte sie zwei langhaarige Jugendliche über einen »Wüstenplaneten« reden und über einen »Herrn der Ringe«. Ein ganzer Planet voller Wüstensand, was für eine tolle Vorstellung!

»Guck mal, die sind von der Jungen Union«, sagte Michael.

Davon hatte sie noch nie gehört. »Was soll das sein?«

Er zog sie zu einer Gruppe junger Männer in gelben T-Shirts, die gerade Kisten am Boden abstellten und begannen, Flugblätter zu verteilen. Schnell waren sie von Männern umzingelt, die gleich mehrere Flugblätter auf einmal nahmen und sie in ihren Aktentaschen verschwinden ließen. Unverdrossen verteilten die jungen Männer weiter. Sie reichten auch Annie eines der Flugblätter. Sie nahm es. »Menschlicher Fortschritt ist nur in Freiheit erreichbar«, stand da. Freie Wahlen wurden gefordert und eine unzensierte Presse. Die Junge Union sprach sich »gegen die Bevormundung der Völker durch politische Doktrin« aus, »gegen den totalen Herrschaftsanspruch einer Ideologie, gegen die Bevorzugung einzelner Klassen, sei es in Ausbildung und Beruf, gegen Beschränkung der Arbeitsmöglichkeiten von Wissenschaftlern und Intellektuellen, gegen Bürokratie, Dirigismus und totalen Staat«.

FDJler tauchten auf, die mindestens Anfang dreißig waren, was gar nicht sein konnte, es war, als hätten sie sich die Blauhemden als Tarnung übergezogen. Sie verwickelten die Westler in eine Diskussion. »Macht mal hier nicht den großen Otto«, sagte einer.

Der Anführer der gelben T-Shirts verteidigte sich. »Da drüben ist der Kurfürstendamm, ich kann da problemlos hinfahren. Warum könnt ihr das nicht? Was ist mit den Menschenrechten, mit der Freiheit?«

Die falschen FDJler lachten. »Was ist mit Vietnam?«, konterten sie. »Und überhaupt, die CDU, das sind doch Revanchisten, Kriegstreiber und Kapitalisten. Ihr lasst euch vom Monopolkapital steuern.«

Von weiter hinten rief jemand: »Ami go home!«

»Genau«, nahm einer der falschen FDJler den Faden auf. »Washington hält sich für den Anführer der freien Welt, aber die arbeiten mit Militärdiktatoren zusammen wie General Franco in Spanien oder General Park in Südkorea. Und ihre anderen Verbündeten sind autoritäre Monarchen wie der persische Schah.«

Michael und sie wurden mit Ellenbogenkraft zurückgedrängt, die Männer umringten die Westdeutschen jetzt vollständig. Und es kamen weitere heran. Einer der Männer musterte angewidert Michaels Hose. »Immer diese Jiens«, sagte er. Er sprach das J wie in Jauche aus. »Als gäb's bei uns keine anständige Kleidung. Schäm dich.«

Michael wollte etwas erwidern, aber Annie zog ihn fort. Leise sagte sie: »Ist dir nicht klar, von welchem Club die sind?«

»Doch. Gerade deshalb lasse ich mir von denen nichts bieten.«

Der Alexanderplatz war so voll, dass schon dreißig Meter weiter niemand etwas von dem Vorfall mitbekommen hatte. Hier war die Stimmung bestens. Im Brunnen badeten Festivalteilnehmer. Die Volkspolizisten standen dabei und lächelten sogar. Jugendliche mit nacktem Oberkörper und langen Haaren saßen auf dem Brunnenrand, sie sahen aus wie Vorboten von Studentenunruhen. An einem normalen Tag hätte man sie keine fünf Minuten gewähren lassen.

Michael und Annie schoben sich durch die Menschentrauben. Junge und Alte redeten miteinander, Arbeiter und Akademiker, Lehrer und Schüler. Es herrschte Chaos, und es war herrlich.

Eine Gruppe hatte sich im Kreis aufgestellt und sang einander zu: »C-A-F-F-E-E, trink nicht so viel Caffee! Nicht für Kinder ist der Türkentrank, schwächt die Nerven, macht dich blass und krank. Sei doch kein Muselmann, der das nicht lassen kann!« Sie starteten eine schnellere Runde und dann noch eine schnellere und brachen in Gelächter aus, als sie sich verplapperten.

Überall wurde musiziert und getanzt und diskutiert. Diese unbeschwerte Atmosphäre, diese Freiheit – so musste es sich in Woodstock angefühlt haben. Rockmusik, freie Rede, lange Haare, alles zuvor Undenkbare war auf einmal erlaubt. Vielleicht währte es nicht nur die angekündigten neun Tage, vielleicht blieb ein Teil davon für immer bestehen. Die DDR wagte den Aufbruch. Übermütig schmiegte sich Annie bei Michael an, und zu ihrer Überraschung legte er ihr den Arm um die Hüfte. So liefen sie durch die Stadt, als wäre alles gesagt. Annie war glücklich.

24

Ria schaltete das Radio aus und nahm die Kopfhörer herunter. Wieder nichts. Seit der gescheiterten Übergabe im Zug sendete der BND keine Nachrichten mehr für sie. Was bedeutete das Schweigen? Beratschlagten sie immer noch das weitere Vorgehen?

Sie schienen abzuwägen, ob sie ihr trauen konnten. Das, was als Prüfung gedacht gewesen war, hatte kein Ergebnis gebracht. Es stand im Raum, dass die Stasi sich für sie ausgab und ihre Briefe verfasste, um dem BND eine Falle zu stellen.

Sie räumte Radio und Kopfhörer in den Schrank. Ihr gingen die Möglichkeiten aus. Dem BND als Beweis für ihre Zuverlässigkeit kostbares Material zukommen zu lassen war nach der Geschichte im Zug schwieriger geworden. Die Stasi beobachtete sie. Sich aus der Deckung zu wagen war riskant geworden.

Die Sonne brach zwischen den Wolken hervor und schien durch die Gardinen. Das Zimmer wurde hell. Vom Dach des gegenüberliegenden Hauses flogen Tauben auf. War da jemand? Hatten sie ihr Radiohören beobachtet und notierten die Zeiten? Sie würde auch damit vorsichtiger sein müssen; musste das Radio unregelmäßig einschalten und mit dem Agentenfunk öfter aussetzen, damit man kein Muster parallel zu den Sendezeiten des BND feststellen konnte.

Henning würde es noch lange im Gefängnis aushalten

müssen. Auf einen wie ihn wurde geschossen, während die Händler der KoKo die gleiche Grenze passierten, die man ihm verboten hatte, und gemütlich in den Westen fuhren. Was war das für eine Welt!

Ria ging in die Küche und kochte sich Nudeln. Dann saß sie vor dem dampfenden Teller und konnte nicht essen. Sie hörte, wie hinter ihr der Kühlschrank ansprang. Sie hörte die Uhr ticken, sah zu den bunt bemalten Tellern an der Wand. Sie wollte einfach ein Mensch sein, etwas Menschliches tun, wollte leben.

Aber die hatten sie in den Klauen. Die sozialen Wohltaten, die der Staat verteilte, waren immer nur gnadenhalber von oben gewährt. Es gab keinen Anspruch darauf. Die Miete war billig, aber wer nicht spurte, bekam keine Wohnung. Das Studium war kostenfrei, aber wer eine andere politische Meinung vertrat, verlor den Studienplatz. Bei Genehmigungen für Urlaubsreisen wurden Querulanten nicht mehr bedacht. Oder man landete gleich in der Untersuchungshaft der Stasi. Im Guten wie im Schlechten waren die Untertanen der Willkür der Partei ausgeliefert.

Ria hasste das Gefühl der Ohnmacht und Abhängigkeit.

Vielleicht bekämpfe ich deshalb diesen Staat, dachte sie. Damit ich mich nicht so verdammt ausgeliefert fühle.

Aber obwohl die sich schon wieder an ihrer Familie vergriffen hatten, musste sie für den Moment die Füße still halten. Überstürztes Handeln war nicht zielführend, das hatte Hähner ihr beigebracht. Die Stasi wartete darauf, dass Ria einen Fehler machte, also musste sie sich den nächsten Schritt gut überlegen.

Sie spießte einige Nudeln auf die Gabel und aß.

Henning schlich sich an das Dorf Jenkwitz an und beobachtete einen Schuppen. Es war klar, dass er mit dieser Jacke und dieser Hose nicht weit kommen würde, er brauchte andere Kleidung. Also hockte er im Gebüsch und beobachtete eine geschlagene Stunde lang den Schuppen, ohne dass er wagte, den Platz zu überqueren. Erst kamen spielende Kinder vorbei. Dann goss eine ältere Frau die Gemüsebeete. Als sie fort war, wurde ein Terrier vorbeigeführt, der großes Interesse zeigte, zu ihm ins Gebüsch vorzudringen. Ihm schlug bereits das Herz im Galopp, da wurde der Hund von seinem Frauchen an der Leine weitergezerrt.

Endlich schien die Lage günstig. Er ließ die Jacke mit den schrillen gelben Streifen im Gebüsch und kroch, nur im Unterhemd, hinaus. Gleich richtete er sich auf und ging eiligen Schrittes über den Platz. Er entriegelte den Schuppen, schlüpfte hinein und zog die Tür wieder zu. Im Halbdunkel fingerte er an den speckigen Stielen der Gartengeräte entlang. Er fand einen rostigen Haken, aber es hing keine Jacke daran. Vorsichtig öffnete er die morsche Truhe. Blechgeschirr war darin, alte Zeitschriften. Eine alte Decke fand er. Die legte er sich über die Schultern. Immerhin etwas. Sie roch muffig.

Gerade wollte er mit der Decke wieder durch die Tür nach draußen schlüpfen, da hörte er Schritte. Jemand blieb vor der Tür stehen und machte sich daran zu schaffen. Eine Männerstimme sagte: »Frau Geibel, haben Sie einen Mann gesehen, eins fünfundachtzig groß, mit gelben Streifen auf der Kleidung?«

»Nein, hab ich nicht. Suchen Sie wen?«

Henning schlich sich in den Winkel hinter der Tür.

»Ist einer ausgebüxt aus dem Gefängnis. Halten Sie die

Augen offen! Und gehen Sie nach Einbruch der Dunkelheit besser nicht mehr raus.«

»O Gott.«

Prompt ging die Tür auf. »Also hier ist er nicht, sagen Sie?«

»Nein, ich hab keinen Mann gesehen. Ist er gefährlich?«

»Allerdings.« Die Schuppentür schloss sich wieder.

»Aber was mach ich, wenn ich ihn sehe?«

»Sie rufen uns an. Und schließen Sie bitte diesen Schuppen ab. Alle Kellerräume und Schuppen müssen fest verschlossen sein. Da der Flüchtige in Strafgefangenenkleidung ist, versucht er, sich tagsüber zu verstecken. Gerade in den Randgebieten von Bautzen sollte die Bevölkerung jetzt aufmerksam sein.«

»Ich geh besser gar nicht mehr in den Keller.«

»Soll ich einmal nachgucken bei Ihnen?«

»Bitte, ja. Können Sie den nicht recht bald wieder einfangen?«

»Das tun wir. Mehr als dreitausend Polizisten sind im Einsatz. Der entwischt uns nicht. Morgen ist er wieder hinter Gittern, das sag ich Ihnen. Und dann kommt er da nie wieder raus. Also, haben Sie ein Schloss für diesen Schuppen?«

»Sind ja nur die Gartengeräte drin. Aber ich muss im Keller gucken. Ogottogott, ich als Frau, ich kann doch da jetzt nicht runtergehen, wenn der Mann mich abmurkst!«

»Ich gehe ja mit Ihnen.«

Die Schritte entfernten sich. Henning wartete mit angehaltenem Atem. Dann öffnete er die Schuppentür um einen Spalt. Der Platz schien menschenleer zu sein. Wenn die beiden im Keller waren, war es seine einzige Chance. Neben der

Schuppentür lagen ein Stapel Steckbriefe auf dem Hackklotz und eine Schachtel Reißzwecken. Henning nahm sich einen der Steckbriefe und hastete zum Gebüsch.

Er musste die Jacke mitnehmen. Wenn sie die hier fanden, konnten sie seine Position eingrenzen. Er stopfte sich den Steckbrief in den Hosenbund, klemmte sich die Jacke unter den Arm und rannte, die Decke über den Schultern, Richtung Wald.

Herr im Himmel, betete er, lass sie nicht aus dem Fenster sehen. Bald keuchte er vor Anstrengung. Der letzte Tausend-Meter-Lauf in voller Ausrüstung war lange her. Er hätte in der Zelle mehr trainieren müssen.

Mit schweißnassen Händen faltete er im Wald den Steckbrief auseinander. Da war ein Foto von ihm. Darunter hieß es:

1000 Mark Belohnung!

Gesucht wird der gefährliche Rechtsbrecher
Nowak, Henning

Größe: I,85 m
Gestalt: untersetzt
Haarfarbe: dunkelblond, Fassonschnitt
Stirn: zurückweichend
Augenfarbe: blaugrau
Kinn: vorspringend
Nase: dick, geradlinig
Zähne: teilweise schief
Besondere Merkmale: Narbe im Bauchbereich
Obengenannter trägt Häftlingskleidung mit

gelben Streifen auf Rücken, Ärmel und Hosen
Bekleidung kann gewechselt sein

Die Bevölkerung wird gebeten, die Volkspolizei bei der Fahndung nach dem Flüchtigen aktiv zu unterstützen und Versteckmöglichkeiten wie Keller, Böden, Stallungen, Schuppen, Garagen, Gartenanlagen und Ähnliches zu überprüfen sowie Diebstähle von Bekleidungsstücken, Lebensmitteln oder Fahrzeugen und Wahrnehmungen, die auf die Anwesenheit oder die Bewegung des Flüchtigen schließen lassen, sofort der Volkspolizei zu melden.

Er musste so schnell wie möglich Richtung Norden kommen. Dreitausend, die ihn jagten. Bautzen würde inzwischen wimmeln von grünen Lastwagen und Uniformen.

Er hatte Durst. Und er war müde. Zugleich aber peitschte ihn die Angst.

Eintausend Mark waren eine unglaubliche Summe. Eine Verkäuferin verdiente vierhundert im Monat. Jeder würde nach ihm Ausschau halten. Und wer ihn sah, würde ihn sofort verraten.

Er forderte sich den eiligen Laufschritt zwei Stunden lang ab. Dann begann die frische Narbe zu schmerzen. Immer häufiger pausierte er, um zu lauschen und sich die Seiten zu halten. Es dunkelte. Er näherte sich jetzt der Autobahn. Schon von Weitem hörte er das beständige Lärmen der Wagen. Im Schutz eines schmalen Waldstreifens kam er bis an eine fünfzig Meter lange Brücke heran. Wenn er den Schildern glauben konnte, gehörte die Brücke zur Landstraße aus

Cannewitz in Richtung Preititz. Sie selbst war nicht befahren, aber sie bot keinerlei Deckung gegenüber den Fahrzeugen auf der Autobahn darunter. Es war unmöglich, sie zu überqueren, ohne gesehen zu werden.

Er hielt sich versteckt, bis es tiefe Nacht geworden war. In der Dunkelheit ging er los, auch wenn er wusste, dass ihn die Scheinwerfer der Autos anstrahlen würden. Auf halber Strecke über die Autobahn sah er ein einzelnes Licht, das ihm entgegenkam. Ein Moped. Er legte sich noch einmal die Decke über die Schultern zurecht, sodass sie die gelben Streifen sicher verbarg, und hoffte, das Gelb an seinen Hosenbeinen würde dem Fahrer nicht auffallen. Als das Moped ihn passierte, wandte er das Gesicht ab und sah zur Autobahn hinunter.

Es hielt nicht an. Danke, Gott, betete er.

Da hörte er, dass das Moped am anderen Ende der Brücke wendete.

Er rannte los. Als er gerade das Ende der Brücke erreichte, holte ihn das Moped ein. Er schlug sich zur Seite in die Felder. Hörte, wie das Moped hingeworfen wurde, wie ihm jemand folgte.

»Stehen bleiben!«

Er rannte um sein Leben.

»Volkspolizei, ich schieße!«

Er schlug einen Haken und rannte weiter. Schlug wieder einen Haken. Die harten Stoppeln des abgeernteten Feldes zerstachen ihm die Beine. Die Dunkelheit war seine Verbündete. Schrei nur, dachte er, dann fehlt dir die Luft zum Laufen.

Der Polizist kam ihm nach.

Bald schmerzte ihm die Kehle vom harten Atem. Sein Speichel wurde süß und klebrig. Er rannte, rannte.

War da überhaupt noch ein Keuchen hinter ihm? Er wurde langsamer, sofort fühlte es sich an, als würde ihm Blei in die Beine schießen. Nichts war zu hören. Der Polizist musste aufgegeben haben. Was würde der jetzt machen? Wahrscheinlich zum Moped zurückgehen und nach Cannewitz zur öffentlichen Telefonzelle fahren, um das Volkspolizeikreisamt in Bautzen anzurufen.

Dieses Mal war er sportlicher gewesen. Aber was, wenn ihn drei oder vier Polizisten einkreisten? Dann war er chancenlos.

25

Am 1. August 1973 erwachten in den Grünanlagen der Ostberliner Innenstadt Zehntausende von Jugendlichen, die dort kampiert hatten. Freundschaften waren geschlossen worden, Adressen ausgetauscht, und manche nannten die Jugend-Weltfestspiele wegen der Abenteuer der Nacht scherzhaft Jugend-Feldbettspiele. Tausende hatten sich verliebt, auch solche, die kaum die Sprache des anderen beherrschten. Die unbeschwerte Atmosphäre machte bewusst, was man in den vergangenen Jahren vermisst hatte, und sie berauschte. Schon bald zogen die Jugendlichen wieder Arm in Arm durch die Stadt.

Miriam Makeba gab auf dem Alexanderplatz ein Konzert. Die Jazz Optimisten mit ihrem Trompeter Meinhard Lüning spielten. Chilenische Musiker traten auf. Das usbekische Ensemble Bachor tanzte. In Weißensee im Künstlerklub reihte sich Lesung an Konzert.

Im Gästehaus der Regierung am Döllnsee inmitten der stillen Schorfheide nördlich Berlins, abseits der Musik und Liebesschwüre, starb um 12:55 Uhr ein Achtzigjähriger. Mehr als zwanzig Jahre lang war er Erster Sekretär des Zentralkomitees gewesen, elf Jahre Vorsitzender des Staatsrates der DDR und des Nationalen Verteidigungsrats. Niemand war ihm an Macht gleichgekommen. Auf dem Papier war er noch immer Vorsitzender der SED.

Erich Honecker aber hatte ihn kaltgestellt. Und er hatte nicht auf seinen Tod gewartet. Schon einige Tage zuvor hatte man das Walter-Ulbricht-Stadion in »Stadion der Weltjugend« umbenannt, bevor man dort die Festspiele eröffnete.

In der Stille der Schorfheide nahm Walter Ulbricht einen letzten Atemzug. Dann hörte der Herzmuskel auf, weiter Blut durch seinen Körper zu pumpen. Die Nachricht von seinem Ableben wurde nach Berlin durchgegeben. Sein Tod kam gerade ungelegen. Das bunte Treiben der Weltfestspiele sollte nicht gestört werden. Acht Millionen Besucher und Gäste aus hundertvierzig Ländern sollten die DDR als weltoffen, fröhlich und zukunftszugewandt erleben, dafür hatte man einen großen Aufwand getrieben.

Man verkündete am Nachmittag, dass es sein Wunsch gewesen sei, dass das Festival eindrucksvoll zu Ende geführt werden möge und sich die antiimperialistische Solidarität und Freundschaft weiter festige. Was natürlich Unsinn war, da er bereits vor Wochen nach einem Schlaganfall ins Koma gefallen war. Während man Vorbereitungen dafür traf, die Briefmarken mit seinem Konterfei aus dem Verkehr zu ziehen, wurde im Haus des Staatsrats eine Kondolenzecke eingerichtet, wo sich ausländische Gäste vor Ulbrichts Porträt verbeugen konnten.

Hatte sie anfangs noch voller Freude mitgefeiert, wurde Annie beim Anblick der entspannten, lachenden Jugendlichen allmählich bewusst, wie ungewöhnlich ihr eigenes Leben war, mit dem täglichen Training bis über die Schmerzgrenze und dem ständigen Fokus auf Leistung und Wettkampf.

Es war offensichtlich, andere fühlten sich gut ohne Leistung. Sie lebten einfach ihr Leben, hatten die Nachmittage frei, aßen Eis, glotzten Fernsehfilme. Es gab für sie keine Anforderungen außerhalb der Schule. Irgendwann hatten sie einen Beruf, der sie ernährte, für den sie das Nötigste taten, auf dessen Chefs sie schimpften, und freuten sich am Wochenende mit ihrer Familie im Garten.

Wie kam es, dass sie so anders war? Sie war offensichtlich nicht normal. Versuchte sie, den Makel ihrer Herkunft auszugleichen? Dass ihre eigene Mutter sie nicht hatte haben wollen? Kämpfte sie gegen etwas in sich selbst, das sie nicht recht zu fassen bekam, und musste deshalb beständig an ihre Grenzen gehen?

Der Anblick der feiernden Jugendlichen irritierte sie. Aber er rieb nur wund, was seit Michaels Rauswurf in ihr an die Oberfläche gekommen war. Immer wieder stieß sie es nach unten, lachte. Sie lobte, was die DDR hier auf die Beine gestellt hatte. Unerbittlich tauchte der Gedanke wieder in ihr auf: Sie hatte geglaubt, wer die Leistung brachte, kam auch voran. Dass die Stasi in der Lage war, Michael von der Schule zu werfen, ohne dass es einen Grund in seinem sportlichen Vermögen hatte, warf verstörende Fragen auf.

Sie hatte ihre Kindheit, ihre Jugend, ihr ganzes Leben dem Sport gewidmet. Wenn das wegbrach, war sie keine fünf Pfennige mehr wert.

Michael sagte: »Willst du einen Witz hören?«

»Im Moment nicht.«

»Doch, den muss ich dir erzählen. Ein DDR-Bürger will Schuhe kaufen und geht versehentlich in eine Metzgerei: ›Sie haben keine Schuhe hier?‹ Antwortet der Metzger: ›Keine Schuhe gibt es nebenan. Hier gibt es nur kein Fleisch!‹«

»Sehr lustig.« Sie wollte das Land so nicht sehen. »Kann ja sein, dass es bei uns weniger zu kaufen gibt.«

»Außer bei Genex und in den Intershops.«

»Aber wir haben den Klassengegensatz abgeschafft, mit dem die im Westen immer noch kämpfen. Das ist auf lange Sicht die bessere Wahl. Im Westen befinden sich Kapitalisten und Arbeiter im Gegensatz zueinander. Man hat ständig Angst, seine Arbeitsstelle zu verlieren, es gibt Streiks und Lohndumping. Willst du das haben? Wir haben es durch Abschaffung der Kapitalistenklasse überwunden.«

»Du klingst wie unser Staatsbürgerkunde-Lehrer.«

»Es macht einen Riesenunterschied. Für mich zumindest. Der Staat gehört uns! Wir dienen uns selbst. Und seit keine Fachkräfte mehr abwandern, geht es auch wirtschaftlich voran.«

»Du meinst, seit man uns eingemauert hat.«

»Es geht doch jetzt vorwärts, nicht ganz so explosionsartig wie im Westen, aber beständig.«

»Ich will ja auch den Sozialismus«, lenkte er ein. »Aber nicht so! Die Bonzen haben ihre Träume verloren, sag ich dir. Sie schreiben bloß noch Parteiprogramme, tote Worte. Sie trauen auch dem Volk nicht mehr zu, dass es träumt und gute Veränderungen will. Deshalb lassen sie uns bespitzeln, deshalb verbieten sie uns zu reisen. Ihr Sozialismus ist behäbig geworden, er hat einen dicken Bauch bekommen. Währenddessen kriegt man im Radio und im West-Fernsehen mit, dass es Offenheit gibt und natürlich auch Streit und Revolte, vor allem aber Veränderung!«

»Du meinst die Bombenanschläge der RAF? Ulrike Meinhof und Andreas Baader? Im Westen gibt es Offenheit, na gut, aber auch Bomben und bettelnde Menschen und Drogen.«

Michael lächelte. »Du siehst schön aus, wenn du rote Wangen bekommst.«

Ein Jugendlicher in ihrer Nähe rief: »Hey, das ist Biermann!«

Unter der Weltzeituhr bildete sich ein Pulk. Auch Michael drängte hin und zog Annie mit sich. Gedichte von Wolf Biermann kursierten überall, von Hand abgeschrieben und weitergeschenkt, und es gab illegale Tonbänder mit seinen Liedern. Dabei hatte Biermann seit Jahren Auftrittsverbot. Klar, dass der Mann Michael gefiel. Er war unbequem.

Michael schob sich durch die Menge nach vorn und erkämpfte ihnen einen Platz in der ersten Reihe.

Wolf Biermann trug einen Schnauzbart und hatte blaue, kämpferische Augen. Jetzt stimmte er ein Lied an, in dem es um Che Guevara ging, und nahm während des Singens den breitkrempigen schwarzen Hut vom Kopf.

Wie er da stand und ganz ohne Instrumente sang, berührte Annie. Er ließ das Lied wirken, ohne Erklärungen, ohne ergänzende Worte, und sang dann gleich noch eines. Vielleicht hätte ihn eine Gitarre auf dem Weg hierher an die Stasispäher verraten. Er hatte nur seine Stimme mitgebracht.

Jungpioniere mit steif gebügelten weißen Pionierhemden, die roten Pioniertücher der sowjetischen Komsomolzen zusätzlich zu ihren üblichen blauen um den Hals gebunden, lauschten verwirrt. Daneben präsentierten Jugendliche in Kunstledersandalen ihre dreckigen Zehennägel und kratzten sich den Kopf. Und ein Student raunte: »Die sind hier in politischen Fragen schon ein bisschen weiter.«

Als ein Blauhemd schimpfte, warum Biermann beim Klassenfeind im Westen veröffentliche, schrie ihn die Menge nieder. »Weil wir ihn sonst im Osten überhaupt nicht hören könnten! Wenn du seine Sachen nicht verstehst, dann halt die Klappe!«

Es sei sein erster Auftritt seit acht Jahren, sagte Wolf Biermann. Er sang jetzt ein Lied, das noch niemand gehört hatte.

Wann ist denn endlich Frieden
In dieser irren Zeit
Das große Waffenschmieden
Bringt nichts als großes Leid

ES blutet die Erde
ES weinen die Völker
ES hungern die Kinder
ES droht großer Tod
ES sind nicht die Ketten
ES sind nicht die Bomben
ES ist ja der Mensch
der den Menschen bedroht

Die Welt ist so zerrissen
Und ist im Grund so klein
Wir werden sterben müssen
Dann kann wohl Friede sein

ES blutet die Erde
ES weinen die Völker
ES hungern die Kinder
ES droht großer Tod
ES sind nicht die Ketten
ES sind nicht die Bomben
ES ist ja der Mensch
der den Menschen bedroht

Um sie herum das große Feiern, die große Verbrüderung, und er sprach es aus: Das war nicht die Realität. Während sie es sich gut gehen ließen, standen sich bis an die Zähne bewaffnete Staaten gegenüber, und nichts von diesem Festival hatte etwas daran geändert.

Als das Lied beendet war, herrschte betroffene Stille unter ihnen.

Wolf Biermann sprach Michael und Annie an, die direkt vor ihm standen. »Und ihr? Ihr seid doch die Jugend, ihr seid die Hoffnung.«

Sie brachten nichts heraus, und er lächelte nur und begann das nächste Lied. Dann das nächste. Er sang, bis er heiser wurde. Die fünfzig Menschen, die ihn dicht gedrängt umgaben, schützten ihn: Jugendliche, die Musik von Neil Young, Led Zeppelin und Marvin Gaye mochten, die Höchstpreise bezahlten, um unter der Hand Platten der Beatles, der Bee Gees oder der Rolling Stones aus dem Westen zu kaufen. Sie waren auf Anhieb verliebt in diesen Mann, der einfach sang, schlicht mit seiner Stimme, ohne Schlagzeug und E-Gitarren. Seine Lieder besaßen Überzeugungskraft.

Am Ende verabschiedete er sich und zog davon, begleitet von einigen Jugendlichen, die noch reden wollten.

Michael blieb stehen. Er sprach mit rauer Stimme, so berührt war er. »Die Weltzeituhr«, sagte er, »ist das nicht verrückt? Hier können wir sehen, wie spät es in den Ländern ist, in die wir nicht fahren dürfen. Warum stellen die uns so etwas überhaupt hin?«

Zwei Kubaner lächelten Annie an, sie sprachen kein Deutsch und kaum Englisch, aber sie redeten in ihrer Muttersprache auf sie ein und baten sie durch Gesten, mit ihnen zu gehen.

Fanden sie nicht die Mädels mit den kurzen Röcken schöner, die hohe weiße Kniestrümpfe trugen und sich – so fand es Annie – den Männern geradezu anboten?

Die Kubaner hatten locker geöffnete weiße Jacken, und sie lachten freundlich.

Sie sah aus dem Augenwinkel, wie sich Michaels Körper versteifte. Michael sagte: »Geh ruhig mit, wenn du willst.«

Sie schüttelte den Kopf. »Idiot.« Sie boxte ihn in die Seite.

26

Das Konzept von Freizeit schien den Trainer wütend zu machen. Immer wieder, wenn ihr eine Übung misslang, murmelte er Abschätziges über die Weltfestspiele der Jugend. War Herr Selle nur mit ihr so streng? Obwohl manche anderen schon nach Hause gehen durften – was sicher bedeutete, dass sie zu den Festspielbühnen pilgerten –, hatte er sie die ganze letzte Stunde die Wende aus dem Seithandstand üben lassen. »Gewicht beim Wenden nicht über den Stützarm legen! Mit gestreckten Hüften drehen! Und denke an die Blickrichtung.«

Endlich ließ er sie kurz Pause machen. Sie überlegte, ob sie die Riemchen von den glühenden Händen lösen sollte. Obwohl es sie danach verlangte, entschied sie sich dagegen. Das Blut aus den aufgeplatzten Blasen würde über das Magnesium laufen, und es würde gleich weitergehen mit dem Training. Also trank sie nur ein paar Schlucke aus ihrer Wasserflasche.

Selle betrachtete sie.

Sein Blick machte sie unsicher. »Stimmt etwas nicht?«, fragte sie.

»Ich denke darüber nach, was unser Ziel sein sollte, Annie, für die nächsten zwölf Monate.«

Wieder so fit zu werden wie vor den Weltfestspielen? Beinahe hätte sie es laut gesagt. Es waren bloß drei Tage gewesen, die sie freibekommen hatte. Drei läppische Tage! Natürlich merkte man das im Training. Aber das war doch wieder aufzuholen. Sie räusperte sich. »Und was denken Sie?«

Er lächelte grimmig. »Kippe, Rückschwung in den flüchtigen Handstand am oberen Holm, halbe Drehung, Abschwingen und aus dem Konterschwung mit den Hüften am unteren Holm Salto vorwärts gegrätscht in den Hang am oberen Holm.«

Sie schluckte. Der Salto von Weltmeisterin Karin Janz. »Ich weiß nicht. Meinen Sie, das kann ich erreichen?«

»Du wirst es erreichen. Und wir feilen an deiner Haltung, bis sie gut genug ist für die Europameisterschaften in Norwegen in zwei Jahren.«

»Im Ernst?« Eine Wärme explodierte in ihrer Brust.

»Du wirst die Elemente nicht bloß technisch einwandfrei ausführen. Du brauchst Akkuratesse und Eleganz beim Vortrag. Körperspannung vom Scheitel bis in die Zehenspitzen. Armhaltung. Im Wettbewerb bringt die Virtuosität zwei Zehntelpunkte. Das kann entscheidend sein.« Er nahm ihr die Wasserflasche aus der Hand. »Also, hopp, weiter geht's!«

Sie strahlte. Die Schmerzen in den Händen waren vergessen.

Nach zwei weiteren Stunden Training war sie erschöpft bis ins Letzte. Selle und sie waren jetzt die Einzigen in der Halle. Sie spürte die Hände bei jedem Herzschlag, der Blut in die schmerzenden Handflächen pumpte. Arme und Beine waren schwer und wie aus Stein. Endlich ließ er sie nach Hause gehen.

Sie konnte kaum erwarten, Michael die Neuigkeiten zu verkünden. Was, wenn sie gleich noch bei ihm vorbeifuhr? Verabredet waren sie nicht, und er mochte Spontaneität nicht besonders. Aber er würde sich daran gewöhnen müssen. Sie lachte in sich hinein.

Und wenn er nicht da war, wenn seine Eltern ihr sagten, dass er auf die Festspiele gefahren war? Sie würde hinfahren und noch mal über den Alex streunen. Vielleicht begegnete sie ihm. Wenn nicht, konnte sie zumindest noch ein wenig Festivalluft schnuppern.

Der Wind strich ihr nach dem Duschen angenehm in die nassen Haare, während sie zur Tramhaltestelle am Weißenseer Weg lief.

Norwegen! Skien! Gewinnen, das war das eine, aufs Treppchen zu kommen. Aber wie oft hatte sie beim Training, wenn nichts mehr ging, an die Städte gedacht, die sie sehen würde, wenn sie gut genug war. Dieses Jahr würden die Europameisterschaften der Frauen in London stattfinden. Einmal nach London zu kommen! Oder auf den amerikanischen Kontinent! Oder in den Fernen Osten! Das war die passende Belohnung für die Quälerei im Training, für die Knochenmühle.

Um sechs war sie heute aus dem Haus gegangen, hatte von sieben bis neun trainiert, dann war Schule gewesen, dann wieder Training, für die anderen bis sechs, für sie … puh. Wie spät war es eigentlich, um acht?

Sie sah auf ihre Armbanduhr. Als sie den Blick wieder hob, setzte für einen Moment ihr Herz aus. Die kleine Frau kam ihr entgegen. Die Offizierin.

»Guten Abend«, sagte sie freundlich. »Warst lange beim Training heute, es läuft also gut?«

»Das wissen Sie doch sicher.«

»Spar dir deine Feindseligkeit für jemanden auf, der dein Gegner ist. Ich stehe auf deiner Seite, Annie.«

In ihrer strengen Überlegenheit erinnerte die Offizierin sie an ihre frühere Russischlehrerin. Die hatte nie schreien müssen. Die Klasse war ihr gefolgt, ohne es je zu wagen aufzubegehren. Vom ersten Tag an hatte Annie sie gefürchtet. »Sie stehen auf meiner Seite? Ich weiß noch nicht mal, wie Sie heißen.«

»Marga Dierks. Sag gern Marga zu mir.« Die Offizierin ging jetzt in Richtung der Haltestelle, und Annie begleitete sie notgedrungen.

»Frau Dierks, ich weiß nicht, was Sie sich erhoffen. Aber ich bin nicht die Richtige fürs Rumspionieren und Berichten und so was.«

»Du bist nicht nur die Richtige, sondern sogar die Einzige, die mir helfen kann. Aber du sollst es nicht umsonst tun. Ich habe mir etwas Fabelhaftes für dich überlegt.«

Die Europameisterschaften? War das von der Stasi ausgegangen? Annie wurde übel. »Sie ...«

»Ich habe deinen Vater ausfindig gemacht. Du kannst ihn treffen.«

Annie blieb stehen. Sie flüsterte: »Wie bitte?«

»Deine Mutter hat dir nie viel von ihm erzählt, oder?«

Annie schüttelte den Kopf.

»Du hast ein negatives Bild von der Staatssicherheit. Das haben viele. Aber du musst wissen, wir sind nicht da, um etwas zu zerstören. Wir sind da, um zu helfen. Der Neuanfang nach der Katastrophe des Nationalsozialismus wäre ohne uns nie geglückt. Die Kriegstreiber im Westen würden doch nichts lieber sehen als den Untergang der DDR.«

Ihr Vater. Sie würde ihren Vater kennenlernen. »Will er mich sehen?«

»Und ob. Das wollte er schon lange. Er wusste nur nicht,

wo ihr lebt. Er ist viel unterwegs, weißt du, und hat in jeder Stadt nur wenig Zeit.«

»Ist er …?«

»Künstler. Ein weltbekannter, großer Künstler.«

»Musiker?«

»Er ist Bassist.«

Sie hatte immer gewusst, dass er etwas Besonderes sein musste. In ihrer Kindheit hatte sie davon geträumt, dass er eines Tages kommen würde, um sie abzuholen, sie zu befreien. Später, als Jugendliche, hatte sie geglaubt, wenn ihre leibliche Mutter so langweilig war, musste ihr leiblicher Vater umso spannender sein. Suchten sich nicht oft Gegensätze?

»Deine Mutter«, sagte Marga Dierks, »hätte sich nie so erniedrigt, ihn wieder zu kontaktieren. Sie glaubt, dass sie für ihn ein junger Hüpfer ist, den er mal im Bett hatte, nichts weiter. Aber du siehst, auch dafür kann die Staatssicherheit gut sein: Kontakte herzustellen.«

»Sie verlangen sicher eine Gegenleistung.«

»Du hast mir schon sehr geholfen mit deinem Bericht über das Radio. Diesmal musst du mir etwas aus der Wohnung deiner Mutter mitbringen. Nichts Großartiges. Einen kleinen Papierstreifen mit Zahlencodes. Einen vorgeschriebenen Brief in einer unbekannten Handschrift. Oder Notizen, die du nicht verstehst. Durchsuche ihren Schreibtisch für mich, die Bücher im Regal, auch die hinteren Winkel der Küchenschränke und den Spülkasten der Toilette. Du wirst etwas finden, da bin ich ganz sicher.«

»Warum gehen Sie nicht selber rein? Machen Sie das nicht – fremde Wohnungen aufschließen und die Sachen darin angucken?«

»Ich kann in ihre Wohnung eindringen, natürlich kann

ich das. Ich kann einen ganzen Trupp schicken, der die Schränke bis in den letzten Winkel filzt. Aber ich versuche, es zu vermeiden, gerade in einem Fall wie diesem. Ria würde es merken und womöglich Material vernichten, das wir nicht gefunden haben. Ich muss zuerst verstehen, was sie genau tut.«

Du meine Güte. Diese Frau war erstaunlich offen ihr gegenüber. Es verblüffte Annie, und wider Willen nahm es sie etwas für Marga Dierks ein.

»Wenn du willst, wird es unser letztes Geschäft sein. Du gibst mir die Sachen, und dann siehst du mich nie wieder.«

»Und meine Mutter?«

»Vergiss nicht, sie versteckt deinen Vater vor dir, seit deiner Geburt. Sie hat sich miserabel verhalten, hat dich weggegeben, was keine Mutter tun sollte. Und jetzt holst du dir deinen Vater zurück. Es ist nur berechtigt, dass sie dafür auch etwas verliert. Die Notizen werden uns helfen, die Feinde der DDR zu bekämpfen.«

»Woher weiß ich, dass Sie meinen Vater wirklich gefunden haben?«

»Mädel, Mädel … Auch das musst du noch lernen, der Staatssicherheit zu vertrauen. Er ist im Interhotel am Alexanderplatz. Wenn du willst, fahren wir gleich hin.«

Der Mund wurde ihr trocken. Sie würde heute Abend ihren Vater kennenlernen!

»Also, haben wir eine Verabredung?«

Sie sagte zögerlich: »Ich hab jeden Tag Training bis spät. Ich kann das erst am Wochenende machen mit der Wohnung.«

Marga Dierks winkte einem Taxi, und es hielt am Straßenrand. Sie hielt Annie die Tür auf. Nachdem sie eingestiegen waren, sagte Marga Dierks dem Fahrer das Ziel, und er fuhr los. Er lenkte souverän und ruhig.

»Mich würde dein politischer Standpunkt interessieren«, sagte die Offizierin.

»Ich … bin gegen den Imperialismus. Menschen sollen keine anderen Menschen ausbeuten.«

»Das ist schon mal ein Anfang. Für eine sozialistische Sportlerin, die ins Ausland reisen möchte, ist es wichtig, sich klar zu sein, wo man steht. Wenn du willst, kann ich dich auf die gesellschaftliche Situation in diesen Staaten vorbereiten. Du wirst es mit Provokationen zu tun bekommen. Man wird versuchen, Einfluss auf dich auszuüben und dich von deiner Hauptaufgabe abzulenken.«

Annie sah aus dem Fenster. Je weiter sie in die Innenstadt vordrangen, desto mehr junge Leute füllten die Gehwege. »Helga wird sich Sorgen machen.«

»Deine Stiefmutter glaubt bestimmt, du treibst dich an den Bühnen der Festspiele herum.«

Auch wieder wahr.

Bald hörten sie die Musik vom Alexanderplatz dröhnen. Das Taxi kam nur noch im Schneckentempo voran. Die Feiernden umspülten es. Manche schlugen im Scherz auf das Dach.

Schließlich hielten sie an. Annie stieg aus. Sie sah an der Hotelfassade hoch.

»Hundertzweiunddreißig Meter«, sagte Marga Dierks, und obwohl sie schmunzelte, konnte sie einen gewissen Stolz nicht verhehlen. Sie führte Annie durch eine gläserne Tür in das Gebäude. Sofort roch es anders. Vanilleduft, und das Licht floss sanfter. Auf dem Boden der Empfangshalle wechselten sich marmorierte und glänzend schwarze Platten ab.

Annie wagte kaum darüberzulaufen. RECEPTION strahlte in erleuchteten Buchstaben über einem langen Tresen. Auf frei zugänglichen Tischen standen Telefone und moderne Lampen. Zeitungen lagen da: *The Guardian, Frankfurter Allgemeine, Süddeutsche Zeitung.* Und die Menschen hier schienen aus einer anderen Welt zu kommen. Die Männer trugen edle Anzüge und bewegten sich mit selbstbewusster Schwere. Die Frauen waren fein geschminkt. Goldschmuck blinkte an ihren Händen und Hälsen.

Annie kam sich vor, als wäre sie im Westen.

Marga Dierks drückte einen Knopf in der Wand, und vor ihnen öffneten sich die Türen einer silbern glänzenden Kammer, in der sanfte Musik spielte. Sie traten hinein.

»Nicht erschrecken. Der Lift ist recht schnell«, sagte die Offizierin.

Aber Annie merkte nichts davon, bis auf ein leichtes Kribbeln im Bauch. Als sich die Türen wieder öffneten, waren sie im 38. Stockwerk.

Die Fenster des Panorama-Restaurants boten einen weiten Blick über Berlin. Das Hotel überragte alle Gebäude der Stadt, mit Ausnahme des benachbarten Fernsehturms, dessen beleuchtete Säule wirkte, als wäre sie extra für das Restaurant errichtet worden.

Marga Dierks sprach leise mit einem Kellner. Dann sagte sie: »Es wird ein kurzes Treffen sein, diesmal, aber wenn du mir die Sachen gebracht hast, könnt ihr meinetwegen ganze Wochenenden miteinander verbringen.«

Annie schluckte trocken.

»Gleich benachbart gibt es eine Bar. Dort warte ich. Genieße es, Annie. Und vergiss dann nicht deinen Teil der Abmachung.«

Der Kellner brachte sie zu einem Tisch am Fenster. Er ging lautlos. Auch die anderen Kellner im Raum wirkten in ihrer Zurückhaltung fürsorglich und devot.

Ein Mann drehte sich am Tisch zu ihnen um. Stand auf. »Du bist also Annie.« Er lächelte.

Die ganze Situation kam ihr seltsam unwirklich vor. Sie biss sich auf die Lippe. Was sagte man, wenn man jemanden seit sechzehn Jahren herbeigesehnt hatte? »Hallo«, brachte sie heraus.

»Eine Schönheit bist du. Setz dich doch.« Er nahm Platz. »Und du bist Turnerin?«

Sie erzählte vom Training, von den Wettkämpfen und ihren bisherigen Erfolgen. Aber sie war nicht bei der Sache. Sie betrachtete ihren Vater. Er war blond, und er war muskulös. Er trug einen Schnauzbart. Dass sie als Sportlerin immer so kämpfen musste, ihr Gewicht zu halten, war offenbar das Erbe von ihm, er besaß eine Körperlichkeit, die dem Turnen deutlich entgegenstand. Das Grübchen an seinem stoppelig rasierten Kinn faszinierte sie, und die starken, behaarten Hände, die auf der Tischplatte ruhten.

»Du hast eine gute Zukunft vor dir als Sportlerin«, sagte er. »Ich bin stolz auf dich.«

Alle Tische waren mit Rosen geschmückt. Die kleinen Vasen sahen kostbar aus, sie mussten aus Kristall sein. Am Nachbartisch unterhielten sich Gäste auf Englisch.

Der Vater bemerkte ihren Blick. »Alle wollen in das beste Restaurant der Stadt. Ein beliebter Treffpunkt. Die alliierten Soldaten werden mit Bussen aus dem Westen angekarrt und später wieder abgeholt.«

Verwirrend war sein linkes Auge, das etwas vom Blick abschweifte und nach außen sah.

Er zeigte darauf und lachte. »Das? Ich sehe ein bisschen schärfer – das rede ich mir zumindest ein.«

»Kannst du …?«

»Nein, ich gucke nur mit dem gesunden Auge. Reicht völlig aus.«

Wie entspannt er mit seinem Mangel umging! Überhaupt strahlte er ein Selbstbewusstsein aus, das ihr imponierte.

Zwei Tische weiter saßen Asiaten und sprachen in einem herrlichen fremden Singsang. Das war die Welt ihres Vaters. Diese Welt war nicht eng und kleinbürgerlich. Sie atmete Weite. »Bist du wegen der Festspiele hier?«, fragte Annie.

»Wir haben im Volkspark Friedrichshain gespielt. *Call of Ceres.* Du hast bestimmt schon von uns gehört.«

Das hatte sie nicht, aber wie sollte sie auch, wenn sie den ganzen Tag trainierte. Außerdem war an Westplatten schlecht heranzukommen. Wenn sie einmal dabei sein könnte, wenn sie ihn auf der Bühne erleben könnte, wie großartig das wäre! Und er müsste zu einem ihrer Wettbewerbe kommen und sie anfeuern.

Er lächelte. »Du musst unbedingt die Ananasbowle kosten. Die machen sie hier vorzüglich.« Er hob den Arm, und sofort kam ein Kellner.

Als er wieder fort war, fragte sie: »Warum hast du Ria verlassen, damals?«

Er wurde ernst. Schob sein Cognacglas hin und her, sah auf die leise hin- und herschwappende Flüssigkeit. Schließlich sagte er: »Ich hab immer gedacht, ich lebe für meine Musik. Aber jetzt merke ich, dass das nicht alles sein kann.« Er hob den Blick. »Mit mir wäre keine Frau glücklich geworden. Auch deine Mutter nicht. Ich bin doch dauernd unterwegs.«

Der Mann war im Grunde ein Fremder. Aber sie dachte bereits: Ach Papa. Er würde ihr vertrauter werden.

Er sah auf seine Uhr. »Mein Flieger geht bald. Ich bin für ein paar Tage in Paris. Aber ich komme nächste Woche wieder nach Berlin. Diesmal spielen wir zwar im Westen, aber wenn du willst, können wir uns treffen. Dann mit etwas mehr Ruhe. Gerne wieder hier oben im Restaurant.«

Sie schluckte und nickte nur. Er meinte es ernst. Er wollte sie kennenlernen.

27

»Dit is der Wahnsinn!« Wenn Schalck in gemütlicher Runde berlinerte, wirkte er trotz seiner 41 Jahre und ungeachtet der Körpermasse wie ein kleiner Junge. »Uff dem Alex waren noch nie so viele Leute.«

Seine Begeisterung steckte die Außenhändler und Abteilungsleiter an. Es war lange her, dass die Stimmung derart gut gewesen war in einer Sitzung. Die Männer lachten, machten Witze. Ria ließ die Bemerkungen weg, sie hatten im Sitzungsprotokoll nichts zu suchen. Sie notierte: *Genosse Schalck würdigt die Bedeutung der Weltfestspiele der Jugend.*

»Dit wird ooch unsere Jeschäfte befeuern«, sagte Schalck. »Die Welt kiekt uff die Hauptstadt der DDR und sieht hier die jute Laune der Jugend in unserem Land. Ick sare euch, von diesen Tagen werden jute Impulse ausjehen.«

Ria schrieb: *Ein guter Einfluss der erfolgreichen Weltfestspiele auf den Außenhandel der DDR wird erwartet.*

Dann aber wurde Dr. Schalck plötzlich ernst. Seine Hände, die eben noch durch die Luft gefuhrwerkt hatten, sanken auf die dunkel glänzende Tischplatte nieder. »Es gibt natürlich auch Schatten, da wo Licht ist.«

Abteilungsleiter, Einkäufer und Außenhändler stutzten.

Er sagte: »Es hat einen Gefängnisausbruch gegeben. Ein Mann ist aus der Sonderhaftanstalt in Bautzen abgehauen. Nur für den Fall, dass eure Westkontakte euch darauf ansprechen – irgendwie kriegen diese Bluthunde von der westlichen Presse ja immer Wind davon.«

»Ein Politischer?«, fragte der Abteilungsleiter für Handelspolitik.

»Nein«, sagte Schalck. »Ein Grenzsoldat, der bei der Republikflucht erwischt worden ist. In der Außenwirkung ist das aber nicht viel besser für uns. Ein Mann will die DDR verlassen, wird dabei angeschossen, und jetzt entkommt er auch noch aus dem bestgesicherten Gefängnis des Landes. Kein Wort zu den Hintergründen an irgendjemanden! Sonst liest es morgen das ganze Land. Was uns betrifft, ist er ein gewöhnlicher Krimineller, mehr müssen die nicht erfahren.«

»Selbstverständlich.«

»Ihr könnt euch vorstellen, dass man alles Menschenmögliche tut, um ihn wieder einzufangen. Dreitausend Polizisten sind im Einsatz, NVA-Einheiten, Hubschrauber und Hundestaffeln. Ich habe euch nur informiert, Genossen, damit ihr nicht auf kaltem Fuß erwischt werdet, wenn euch die Handelspartner im kapitalistischen Ausland darauf ansprechen. Legt euch etwas zurecht, womit ihr die Sache alltäglich erscheinen lassen könnt. Ihr könntet sagen, dass sie bei uns wenigstens nur flitzen und keine Bomben bauen. Lasst euch nicht auf ein Gespräch über die Hintergründe ein. Ich denke, die Sache wird sich in den nächsten vierundzwanzig Stunden erledigen. Bis dahin: Gute Weiterarbeit!« Er schlug seine Mappe zu und erhob sich, und die anderen standen ebenfalls auf.

Ria fragte leise: »Soll ich das letzte …?«

»Das wird natürlich nicht ins Protokoll aufgenommen«, sagte Schalck. »Und komm bitte gleich mit in mein Büro.«

Ein Grenzer, angeschossen, in Bautzen. Ihr zog sich die

Brust zusammen. Die würden ihn abknallen, sobald er ihnen vor die Flinte lief. Entflohener Häftling auf der Flucht erschossen.

Die Kladde mit dem Protokoll an ihre Brust gedrückt, betrat sie Dr. Schalcks Büro. Ihr Blick fiel auf den WTsch-Apparat für das abhörsichere Telefonnetz, das den höchsten Funktionären des Staates, der Partei und des MfS vorbehalten war. Schalck wusste in der Regel mehr.

Er setzte sich und sah sie an. »Du hast nichts damit zu tun, oder?«

»Womit?«

»Dem Gefängnisausbruch.«

»Wie sollte ich denn?«

Schalck atmete lange aus. »Mädchen. Es ist ein besonderer Blick, den wir hier bei der KoKo haben. Wir sehen die DDR gleichzeitig von innen und von außen. In diesen Genuss kommen nicht viele.«

»Ich verstehe nicht.« Sie sah die Zelle vor sich, hörte das ewige leise Sirren der kalt leuchtenden Neonröhre an der Decke. Sie vernahm den Befehl: *Gesicht zur Wand. Hände auf den Rücken und die Beine auseinander.*

»Ich verrate dir wahrscheinlich kein Geheimnis, wenn ich sage, dass Genosse Mielke kein Freund unserer Westorientierung ist. Aber er hält uns einstweilen den Rücken frei, auch gegen die Stimmung im MfS. Das ist eine Gunst, die wir nicht verlieren dürfen.«

Es war also Henning. Er war aus dem Gefängnis ausgebrochen.

»Es gab einen Anruf kurz vor der Sitzung. Aber du wirst verstehen, wir müssen dich sicherheitshalber beurlauben, bis sich die Sache beruhigt hat.«

Ria schluckte.

»Das Protokoll gibst du bitte der Kollegin Schlicke, sie wird es tippen.«

Ria verließ das Büro. Wie benommen erledigte sie die letzten Handgriffe, dann ging sie zum Auto, stieg ein und senkte die Stirn auf das Lenkrad. Ihr Hals war wie verschlossen, sie konnte kaum atmen. Ein Beben ging über ihren Körper hinweg. Ihre Hände umkrampften das Lenkrad.

Wie hatte sie glauben können, es würde ihr gelingen, den Staat ein zweites Mal auszumanövrieren? Sie, die ständig falsche Entscheidungen traf? Sie hatte Annie weggegeben, anstatt darauf zu beharren, dass sie als Sechzehnjährige in der Lage sei, ein Kind großzuziehen. Dann war sie mit Jens einem wunderbaren Mann begegnet, einem mit Herz und Humor und voller Wärme und Liebe ihr gegenüber, war aber aus Sorge, Annie nicht wiederzusehen, zurück in die DDR gegangen. Jetzt war Annie sechzehn und legte keinen besonderen Wert auf die Gesellschaft ihrer Mutter. Prima Entscheidung also.

Wenn auch noch Henning starb, weil ihre Kontaktaufnahme mit dem BND nicht vorankam, welche Jahre lagen dann noch vor ihr? Bittere, matte, dumpfe Jahre. Allein, ohne Jens. Eingesperrt in diesem Land.

Ein Klopfen riss sie aus ihren Gedanken. Sie kurbelte die Scheibe herunter.

»Geht es Ihnen gut?«, fragte eine runzelige Alte.

»Na ja, ging schon besser.« Ria wischte sich die Tränen aus dem Gesicht.

Die Alte gab ihr ein Stofftaschentuch, auf das bunte Blumen gedruckt waren.

»Danke.« Ria entfaltete es und putzte sich die Nase. »Ich wasche das und geb's Ihnen wieder.«

»Nicht nötig.« Die Alte tätschelte Ria den Arm. »Männer sind Schweine, was?«

»Sie sagen es.«

Als die Alte gegangen war, dachte Ria: Ich habe einen hohen Preis bezahlt. Das soll nicht umsonst gewesen sein. Es ist meine Familie. Henning gehört dazu. Ich lasse nicht zu, dass sie ihn töten.

Damals, mit zehn, hatte sie entsetzt zusehen müssen, wie man ihren Vater festnahm und wie ihre Mutter mitgenommen wurde. Jetzt war sie zweiunddreißig. Sie würde nicht hinnehmen, dass man erneut ihre Familie zerstörte.

So musste es sich für Jolanthe anfühlen: Henning verschwand aus ihrem Leben wie damals die Eltern, und sie war machtlos.

Nein, dachte Ria. Wir sind nicht machtlos.

Sie ließ den Motor an. Als sie auf die Straße scherte, bog weiter hinten ebenfalls ein Auto vom Straßenrand in den Verkehr ein. Ein Wartburg. Sie behielt ihn im Rückspiegel im Blick. Er ließ zwei Autos zwischen ihnen, aber blieb an ihr dran.

Ria bog in die Inselstraße ein. Er folgte. Das war also diesmal die Strategie. Man erwartete, dass sie ihre Beschatter zu Henning führte.

Sie fuhr ruhig. Nahm die Ampeln so, dass ihr Verfolger ohne größere Anstrengung bei ihr bleiben konnte. Eine Viertelstunde lang folgte sie behäbig der Strecke Richtung Südosten. Über den Baumwipfeln auf der linken Straßenseite drehte sich das Riesenrad des Kulturparks. Hier bog sie nach rechts in den Dammweg ein und parkte am Rand der Kleingartenkolonie. Sie stieg aus und sah den Wartburg vorüberziehen, um eine Winzigkeit zu langsam. Der

Beschatter folgte ihr nicht in den Dammweg, also hatte sie erfolgreich in seinen Kopf gepflanzt, was sie gern dort haben wollte. Er gab es wahrscheinlich gerade an die anderen des Überwachungsteams durch: Ria Nachtmann besucht ihre Stiefeltern. Vorerst nichts Aufregendes.

Das war Schritt eins, wenn man beschattet wurde. Nicht hektisch werden. Den Verfolgern die Arbeit leicht machen. Sich logisch verhalten und einen alltäglichen Weg nehmen.

Zeit für den zweiten Schritt. Die Beschatter waren gelangweilt, es war der richtige Moment, das Unerwartete zu tun, während sie nicht mehr genau hinsahen.

Bevor sie eine Fußstreife vorbeischicken konnten, ging sie zum Haus von Onkel Tillich. Sie öffnete das verwitterte Tor der Garage und schlüpfte hinein. Tillichs altes Horch P240 Cabriolet wartete im Dunkeln. Ria schraubte die Nummernschilder ab. Onkel Tillich würde es erst in einigen Wochen bemerken, er fuhr kaum noch mit dem Auto, er behielt es nur, um nicht das Gefühl zu haben, eine Tür würde zum letzten Mal zugeschlagen werden.

Wieder draußen, schob sie sorgfältig das Garagentor hinter sich zu und kehrte mit den Nummernschildern zu ihrem Auto zurück. Sie warf die Schilder hinter den Fahrersitz. Dann fuhr sie los.

Statt auf die Köpenicker Landstraße zurückzukehren, nahm sie die Kiefholzstraße zum Baumschulenweg und fuhr über Johannisthal nach Altglienicke. So vermied sie das gut überwachte »Adlergestell« und den Kontrollpunkt an der Stadtgrenze.

Sie hielt Ausschau nach verdächtigen Autos. Bei einem Motorradfahrer war sie kurz unsicher, aber er verschwand und kehrte nicht wieder. Also raus aus der Stadt und Land gewinnen. Sie fuhr Richtung Schönefeld. Bei Waltersdorf bog sie nach kurzer Suche in ein Waldstück ein. Hier wechselte sie die Nummernschilder. Pastellweiße Trabants 601 gab es auf den Straßen wie Sand am Meer, danach konnten sie nicht fahnden. Und mit dem neuen Nummernschild war sie fürs Erste unsichtbar geworden.

Ihre eigenen Nummernschilder vergrub sie im Gebüsch unter Erde und Laub. Für den Fall, dass sie angehalten und das Auto durchsucht werden würde, war es besser, sie nicht dabeizuhaben. Sie stieg wieder ein und nahm die Autobahn nach Dresden.

Henning war nicht dumm. Er musste bemerkt haben, mit welchem Einsatz man Jagd auf ihn machte. Er würde sich verstecken. Wo? Gab es ein Versteck, auf das die Polizei nicht kam, das sie aber, weil sie Henning kannte, in der Lage war zu erraten?

Ihr Schwager redete nicht viel. Aber sie wusste, Henning mochte Tiere. Wenn eine Katze auf seinen Schoß sprang, konnte er stundenlang still sitzen und sie streicheln. Begegneten sie auf dem Familienspaziergang einem Hundehalter und er entschuldigte sich für das Bellen und Hosenbeinbeschnuppern seines Hundes, begann Henning ein Gespräch mit dem Hund, nicht mit dem Menschen. Und hatte sich einmal ein Nachtfalter ins Haus verirrt, konnte man sicher sein, dass er ihn zärtlich einfing und nach draußen brachte. Seit letztem Jahr hatten sie sogar Hühner, auch wenn sich wegen seiner Dienstzeiten und wochenlangen Abwesenheiten hauptsächlich Jolanthe um die Tiere kümmern musste.

Aber hieß das, dass sie ihn in einem Zoo finden würde? Oder in einem Heim für obdachlose Tiere? Das wäre als Versteck riskant, die Tiere mussten ihn wittern und durch ihre Neugier oder ihre Wut über den Eindringling verraten.

Was war mit seinen seltsamen religiösen Anwandlungen? Letztes Jahr hatte Jolanthe ihr voller Beunruhigung erzählt, dass er wieder zu beten begonnen habe. Seine Großmutter hatte zu den Siebenten-Tags-Adventisten gehört, das wusste sie. Konnte er sich in einer ihrer Kirchen versteckt halten?

Vielleicht war es falsch, dass sie ihn suchte. Höchstwahrscheinlich war es Wahnsinn.

Ria kaufte in Cottbus einen Koffer und etwas Wäsche, dann fuhr sie weiter nach Hoyerswerda. Sie parkte am Bahnhof, stieg aus, lief mit dem Koffer in die Bahnhofshalle und kaufte eine Karte der Gegend. Sie fragte nach einem Hotel. Man wies sie in die Friedrichsstraße. Anstatt das Auto umzuparken, ging sie zu Fuß. Das Auto musste vom Hotel aus nicht unbedingt gesehen werden.

28

Henning versteckte sich hinter einer Tonne, von der die Farbe abblätterte. Er beobachtete das Gelände eines Betonwerks. Die Arbeiter kamen aus dem Werk und gingen in den Anbau zur Pause. Dann kehrten sie nach etwa einer Dreiviertelstunde ins Fabrikgebäude zurück.

Er wartete lange. Alles blieb ruhig. Er überquerte den Platz und betrat den Anbau. Der Raum war verraucht und voller Tische und Stühle, deren Polster an vielen Stellen zerschlissen waren. Nebenan ein Umkleideraum mit Spinden. Er öffnete einen. Als er eine Frauenbluse sah, schloss er ihn sofort wieder und verließ die Umkleide. Benachbart fand er einen weiteren Raum, schon der Geruch verriet, dass es die Männerumkleide sein musste. Er öffnete mehrere Spinde, bis er eine braune Motorradjacke entdeckte. Die zog er über die Häftlingskleidung. Die Jacke war schwer und viel zu weit, aber er liebte sie schon jetzt. Im nächsten Spind fand er eine Rifle-Jeans aus der Tschechoslowakei. Oh, der Besitzer würde sich ärgern. Für den Fall, dass sie ihm nicht passen würde, zog er eine Cordhose aus einem weiteren Spind. Er schloss die Schränke, beugte sich unter einen Wasserhahn und trank. Viel besser als das Wasser aus den Bächen. Noch mit tropfendem Kinn verließ er hastig den Anbau.

Das »Bahnhofs-Hotel« war ein alter Bau mit Spitzdach. An

der Rezeption schob man Ria einen Meldezettel hin. Sie gab sich als Sabine Hoffmann aus und füllte mit verstellter Handschrift eine erfundene Adresse in Dresden aus. Der Schlüssel, den man ihr reichte, hing an einem klobigen birnenförmigen Stück Holz. Sie trug den Koffer die knarrende Treppe hinauf.

Im Zimmer entfaltete sie die Landkarte auf dem Bett. Nördlich von Bautzen begann eine dünn besiedelte Landschaft mit größeren Waldgebieten, offener Heide und Seen. Hennings Jägern musste klar sein, dass er dort schwer zu erwischen sein würde. Also war anzunehmen, dass sie eine gedeckte Bewachung aufgestellt haben würden, vermutlich entlang einer Linie Holscha-Lomske-Sdier-Klix-Guttau-Kleinsaubernitz-Dubrauke, um zu verhindern, dass Henning in das Waldgebiet überwechselte.

Wenn er noch nicht gefasst war, hatte er diese Linie offenbar noch nicht erreicht. Sie musste also südlich der Linie nach ihm suchen. Und ihn finden, bevor die ihn fanden.

Sie kehrte zum Bahnhof zurück, kaufte einen halben Broiler und aß ihn im Stehen. In den zehn Minuten, die sie zum Essen brauchte, kamen mehrfach Polizisten auf Streife vorbei. Sie behielten den Bahnhof im Blick. Henning war also frei. Und man war nicht sicher, ob er nicht doch den ersten Perimeter durchbrochen hatte. Ria wischte sich den Mund mit der Serviette ab und ging zu ihrem Auto.

Sie nahm die Landstraße nach Bautzen. In den Orten Wittichenau, Königswartha, Kleinwelka bemerkte sie Posten, die sich mehr oder weniger gut tarnten. Die einen gaben vor, an der Bushaltestelle zu warten. Andere lagen nahe dem Ortseingangsschild im Straßengraben. Einer stand sogar auf der Leiter und tat so, als würde er Äpfel pflücken.

Je näher sie Bautzen kam, desto häufiger sah sie dunkelgrün gestrichene Lkw und Uniformierte. Im Vorbeifahren blickte sie durch eine offene Seitentür in eine Turnhalle voller Feldbetten. Am Himmel kreisten Hubschrauber.

In der Stadt schließlich waren an jeder Ecke Soldaten und Polizisten. Wäre Henning noch hier, wäre er längst gefasst worden. In Bautzen zu suchen war vergeudete Zeit. Sie verließ die Stadt in Richtung Westen. Nach zwanzig Minuten erreichte sie Bischofswerda. Hier sollte es einen Tierpark geben.

Er war nicht schwer zu finden. Sie parkte am Straßenrand und spazierte entlang der Gehege. Möglichkeiten zum Verstecken gab es hier kaum. Sie verließ den Tierpark und suchte im Telefonbuch die Adresse der örtlichen Adventgemeinde heraus. Als sie hinkam, war die Tür abgeschlossen, und auch die Fenster schienen unversehrt zu sein.

Sie versuchte es weiter nördlich in Kamenz. Auch hier gab es eine kleine Adventgemeinde. Gegen Abend versammelte sich ein Bibelkreis. Ria gab vor, interessiert zu sein, und prüfte die Toiletten. Sie klagte über Kopfweh und verabschiedete sich schon nach zwanzig Minuten. Die älteren Frauen rieten ihr freundlich, sich zu Hause hinzulegen. Dankend gab sie ihnen die Hand.

Auch im Norden in Reichwalde fand sie Henning nicht, obwohl sie neben dem Gebäude der Adventgemeinde die Schule und die entlegeneren Winkel der Stadt aufsuchte. Sie fuhr zurück nach Hoyerswerda. Im Hotelzimmer sah sie sich noch einmal die Karte an. Wenn er tatsächlich den ersten Perimeter durchbrochen hatte, dann könnte er auch hier in Hoyerswerda sein. Oder er war bis nach Großräschen oder Senftenberg gelangt.

Er konnte niemandem trauen. Niemandem. Nicht einmal seinen Glaubensgeschwistern. Man hielt ihn für einen Verbrecher, für gefährlich. Jeder normale Mensch würde ihn an die Polizei verraten. Er war aus der Menschheit ausgeschlossen, war ein Tier geworden, zumindest in den Augen der anderen.

Sie dachte daran, wie er ihr einmal seine »Hundemarke« gezeigt hatte, die Erkennungsmarke, die man bei der Armee trug: ein ovales Aluminiumschild, in das das Kürzel »DDR« eingeprägt war und seine Kennnummer. Im Todesfall in einem Krieg sollten Kameraden sie in der Mitte auseinanderbrechen. Eine Hälfte blieb zur Identifizierung bei der Leiche, hatte er ihr erklärt, der andere Teil wurde mitgenommen und beim Vorgesetzten abgegeben. Damals hatte er ganz sachlich über den Tod gesprochen, so wie alle es taten, wenn der Tod weit weg war. Bei seinem Fluchtversuch an der Grenze aber musste er Schüsse gehört haben, musste gefühlt haben, wie sie in ihn eindrangen. Und er hatte um sein Leben gerungen.

Warum hatte er in den Westen gewollt?

Sie und er hatten nicht immer das beste Verhältnis gehabt. Seine Art, Jolanthe wie ein Schulkind zu behandeln, überhaupt alle anderen zu behandeln, als sei er der einzige Erwachsene, hatte sie oft wütend gemacht. Alles, was er tat, hatte Ecken. Er öffnete eckig die Tür, er strich eckig Butter auf sein Brot, er zog sich eckig die Schuhe an.

Aber er konnte auch fürsorglich sein. Er fragte, was sie brauchten, und beschaffte es ihnen unter vielen Mühen. Wenn er Tiere sah, wurde er weich. Joli liebte diesen Mann, hatte nie ganz damit aufgehört, ihn zu lieben.

Ria schlief unruhig. Sie träumte von ihrer Mutter. Im

Traum war sie nah und real, sie duftete, spendete Wärme. Wie selbstverständlich sprachen sie über das Fernsehen – obwohl sie damals, als die Mutter noch lebte, gar keinen Fernseher gehabt hatten. Dann knallten zwei Schüsse, es gab kleine Löcher in der Fensterscheibe, und die Mutter sank getroffen um. Im Zimmer tickte eine Uhr. Vater sah verärgert vom Schreibtisch auf.

Ria musste beim Aufwachen heulen, als wäre es Realität gewesen, als hätten Mutter und Vater sie heute Nacht besucht. Sie heulte, weil ihre geliebten Eltern Annie niemals sehen würden, ihre Enkelin. Es musste am Hotelzimmer liegen. So einsam war man nur im Hotel.

Am Morgen bezahlte sie das Zimmer und fuhr in die Stadt. Zwei Stunden lang lief sie durch den Tierpark. Dann spähte sie durch die Fenster der Adventgemeinde. Nichts Auffälliges. Die Türen waren fest verschlossen.

Senftenberg war ihre nächste Wahl. Am Postamt suchte sie sich die Adresse der Adventgemeinde aus dem Telefonbuch und fand die kleine Kirche in der Thälmannstraße. Ein Schaukasten am Gehweg verkündete die nächsten Gottesdienste und Veranstaltungen. Sie zog an der Eingangstür. Zu ihrer Verblüffung gab sie nach. Sie sah genauer hin. Der Türrahmen war in Höhe des Schlosses zersplittert.

Ein kleiner Flur folgte mit drei Türen. Rechts, das war eine Toilette. Geradezu der Gemeindesaal. Es roch nach Holz und Bohnerwachs. Vorn an der Wand stand: »Von seiner Fülle haben wir genommen Gnade um Gnade«, am Sprecherpult hing ein Kreuz. Sie strich mit der Hand über die Lehnen der Stuhlreihen.

Sie verließ den Saal und nahm im Flur die verbleibende Tür. Eine gewundene Treppe führte hinab in den Keller.

Links gab es wieder Toiletten. Rechts einen Raum mit alten Stühlen, stapelweise Bibeln, kleinen hölzernen Anstecktäfelchen mit Liednummern und nicht weggeworfene religiöse Zeitschriften.

Sie hatte auch einmal geglaubt, als Kind. Damals hatte sie einen Aprikosenkern in Blumenerde gepflanzt, und tatsächlich war ein kleines Gewächs daraus geworden. Sie hatte inbrünstig für das Überleben ihres Aprikosenbaums gebetet. Nach acht Wochen ging er ein. Was hatte sie für Tränen vergossen! Sie hatte begreifen müssen, dass es Gott nicht gab. Oder es gab ihn nur dort, wo es wärmer war.

Hennings Glaube hatte sicher nichts mit Aprikosenbäumchen zu tun. Aber hatte Gott denn seine Gebete erhört? Er war angeschossen worden.

Eine der Bibeln lag aufgeschlagen auf dem Tisch. Wer ließ ein Buch aufgeschlagen liegen? Die Bindung würde brechen, es würde Schaden nehmen. Ria fuhr mit den Fingerspitzen über das seidige Papier. Dann schloss sie die Bibel leise.

Diese Erdkrumen am Fußboden. So schmutzig wurden Schuhe nicht auf der Straße. Jemand war über Beete gelaufen oder über ein Feld.

»Henning, bist du hier?« Sie folgte den Krumen bis zum Schrank.

Da kam hinter dem Schrank eine blasse Gestalt zum Vorschein, in schwerer Lederjacke und schlecht sitzenden Hosen. Der Blick brannte, wie nur der Blick eines Verfolgten brennt. »Ria.« Er starrte sie an wie einen Geist.

»Sieht übel aus da draußen. Die suchen dich mit Hubschraubern.«

Er leckte sich die aufgeplatzten Lippen. Starrte nur.

»Ich habe mein Auto hier. Ich kann dich wegschaffen.«

»Gut.« Er blickte in den Kellerflur hinter ihr. »Bist du allein?«

»Nur ich. Niemand sonst. Haben sie dir nichts zu essen gegeben, die Gläubigen?«

»Niemand weiß, dass ich hier bin. Ich kann keinem vertrauen.«

»Du denkst jetzt sicher, Gott hat dir geholfen.«

»Wenn er es war, brauche ich seine Hilfe in den nächsten Stunden noch häufiger.« Ganz allmählich entspannten sich seine Schultern.

»Wenn er es war«, sagte Ria, »warum hat er dann nicht von vornherein verhindert, dass man dich an der Grenze erwischt?«

»Vielleicht wollte er, dass ich Jolanthe und die Kinder sehe.«

Ria zog sich einen Stuhl heran, setzte sich aber nicht, sondern hielt nur die Lehne umfasst. »Du kannst sie nicht treffen. Die werden überwacht. Ganz sicher.«

»Ich finde einen Weg.«

»Nein. Wenn du überleben willst, musst du abtauchen. Kein Risiko mehr. Du musst verschwinden. Du brauchst ein gutes Versteck. Einen Unterschlupf.«

»Ich verkrieche mich nicht. Die haben ihre Spitzel überall.« Sein Gesicht bekam Farbe. »Ich muss Joli und die Kinder sehen! Und dann versuche ich es noch mal an der Grenze.«

»Aber das ist blanker Wahnsinn. Dass du überhaupt noch lebst, ist ein Wunder. Ich werde den Kindern und Joli sagen, dass du zu ihnen wolltest, das wird ihnen viel bedeuten. Mehr ist nicht möglich. Und ein zweiter Versuch an der Grenze –«

»Mein Entschluss steht fest.«

Ria nahm einen tiefen Atemzug. Sie sah auf ihre Armbanduhr. »In zwei Stunden wird es dunkel. So lange warten wir hier. Dein Foto klebt an jedem Laternenmast, Henning! Es wird schwer genug, dich überhaupt aus der Lausitz fortzubringen.«

Hähner sagte: »Mieses Wetter draußen, oder? Das ist heute gar kein Augusttag.«

Ella sah ihm einen Moment länger in die Augen, als es allgemein üblich war. Schon donnerte sein Herz los. Das war doch kein Zufall! Sie wollte, dass er endlich was sagte, dass aus dem »Herrn Hähner« ein »Stefan« wurde. Wenigstens das Du konnte er ihr doch anbieten!

Er sagte: »Ich muss bei Nieselregen immer an Sie denken.«

»Bei Nieselregen?!« Sie hob die Augenbrauen, lächelte aber dabei.

»Na ja, wissen Sie nicht mehr? Wie ich Sie mit dem Regenschirm zur Bushaltestelle begleitet habe …?«

»Natürlich weiß ich das noch.« Sie warf einen raschen Blick zur Tür ihres Chefs. »Das war sehr freundlich von Ihnen.«

Er wusste, jetzt musste es kommen, der Weg war bereitet, er sollte fragen, ob sie mit ihm ins Kino ging. Was gleichbedeutend war mit der Frage, ob sie ihn lieben konnte, und mit der Offenbarung, dass er bis über beide Ohren in sie verschossen war.

Das Umeinanderherumtänzeln der vergangenen Wochen und dass er überhaupt hier auftauchte, obwohl er doch bei Guillaume im Observierungseinsatz war – zog sie nicht schon daraus die richtigen Schlussfolgerungen?

Das Telefon klingelte. Ella hob den Hörer an das schöne

Ohr. Während sie telefonierte, strich sie sich das Haar aus der Stirn, nur eine kleine Geste, die aber verriet, dass sie sich dessen bewusst war, dass Stefan sie beobachtete.

Nervös führte er im Kopf das Gespräch fort.

Ich war lange nicht mehr im Kino, Sie auch nicht?

Ich hab so viel zu tun, ich komme nicht dazu.

Nein. Bei der Frage sprang einen die Feigheit ja regelrecht an. Besser: Ich wollte Sie schon seit Wochen fragen, ob Sie mal mit mir ins Kino gehen wollen.

Seit Wochen schleppen Sie das mit sich herum?

Mögen Sie Kinofilme?

Das hängt vom Film ab.

Haben Sie die Woche abends mal frei?

Ach, wirklich frei hat man ja nie.

Die Ella in seinem Kopf machte es ihm schwer, sie ließ ihn zappeln. Jetzt hörte er sie sagen:

Ach, lassen wir das lieber.

Was, wenn sie entrüstet war, abweisend oder, am allerschlimmsten, wenn sie sich über ihn amüsierte? Wenn sie spöttisch fragte: *Und wo soll das hinführen, Herr Hähner?* Das Leuchten in ihren Augen, wenn er das Büro betrat – vielleicht hatte er sich zu viel darauf eingebildet, und ihre Augen leuchteten bei jedem, der kam, weil sie einfach ein herzlicher Mensch war.

Watschounek trat aus seinem Büro und stutzte. »Sie hier?«

Er wollte sagen, dass er drei Tage freihabe, verbiss es sich aber im letzten Moment. Dann würde auf peinliche Weise offenbar werden, dass er wegen Ella hergekommen war.

»Muss noch mal was überprüfen«, sagte er. »Es gab einen dritten Funkspruch. Einen Glückwunsch des Führungsoffiziers zum ›zweiten Mann‹ im April 1957. Wir dachten erst, unser Ziel hätte damals eine neue Quelle für seine Spionagetätigkeit angeworben, aber wir sind darauf gekommen, dass es mit der Geburt seines Sohnes zu tun haben könnte.« Das war nicht mal ganz gelogen. Nur korrelierte der Funkspruch so deutlich mit dem Geburtstag von Pierre Guillaume, dass keine Fragen offen blieben. Aber das würde er Watschounek nicht auf die Nase binden.

»Spannend. Dann prüfen Sie mal. Und wo Sie schon hier sind! Sie sollen Herrn Görgen vom BND anrufen.« Er ging zurück in sein Büro und kehrte mit einem Zettel mit einer Telefonnummer wieder.

Ella hob die Hände. Sie wusste nichts davon.

Stefan ging an seinen Schreibtisch und wählte die Nummer.

»Ja?«, meldete sich eine Stimme am anderen Ende.

»Hähner hier. Ich sollte mich bei Malte Görgen melden.«

»Es gab einen Gefängnisausbruch. Der Schwager unserer Bekannten. Gut möglich, dass man sie in dem Zusammenhang genauer durchleuchtet hat.«

Er musste sich setzen. »Sie meinen … die haben sie in U-Haft?«

»Dachte ich auch zuerst. Dann habe ich jemanden vorbeigeschickt. Für gewöhnlich fährt man nicht mit dem eigenen Auto nach Hohenschönhausen, oder? Ihr Wagen fehlt.«

Stefan sah Görgen vor sich, hoch aufgeschossen und mit schlecht rasiertem Kinn, in Wildlederschuhen. »Ist sie untergetaucht?«, fragte er.

Görgen brummte einen abschätzigen Laut.

»Zuzutrauen wäre es ihr. Aber sie würde sich melden.«

»Das hat sie nicht.«

»Die waren inzwischen sicher bei ihr in der Wohnung. Das bedeutet, ihr Überleben hängt davon ab, wie gut sie alles versteckt hat.«

»Wir haben sie gewarnt«, sagte Görgen. »Sie wurde angewiesen, Codes und Umschläge zu vernichten.«

»Über den Zahlensender? Aber was, wenn sie die Funksprüche gar nicht mehr gehört hat? Zum Beispiel, weil Sie nicht nach Hause zurückkehren konnte, sobald sie gesehen hat, wie stark ihre Straße überwacht wird? Was, wenn man kurz davor ist, ihr den Prozess zu machen, und sie kann sich nicht aus der Deckung wagen?«

»Regen Sie sich nicht so auf.«

»Hat sie einen guten Exit-Plan? Weiß sie, was zu tun ist?«

»So weit waren wir noch nicht. Es ging erst einmal darum, zu verifizieren, dass sie nicht von der gegnerischen Seite an uns herangespielt wird.«

Er legte Zeigefinger und Daumen auf die Augen und drückte zu. »Lassen Sie mich raten: Das ist noch nicht passiert.«

»Wir wollten, dass sie uns Material liefert, das der gegnerische Dienst nie als Spielmaterial freigegeben hätte. Aber die Übergabe ist geplatzt. Oder sie war nie dort. Das können wir nicht sagen. Und das macht es schwer einzuschätzen, ob das Ganze eine Falle ist.«

Beide schwiegen sie.

Nach einer Weile fragte er: »Sie ist also ganz auf sich allein gestellt?«

»Auch die Gefängnisflucht könnte getürkt sein. Vielleicht will man uns aus der Reserve locken, und wenn wir auf den Plan treten, werden wir ausgeknipst. Das kann ich nicht riskieren.«

»Aber sie hat es riskiert, verstehen Sie? Sie hat es riskiert!« Er knallte den Telefonhörer auf die Gabel.

Schwer atmend saß er da und stützte das Gesicht in die Hände. So durften sie ihre Arbeit nicht machen. Womöglich ahnte Ria noch nicht mal etwas von der Lebensgefahr, in der sie schwebte.

Er stand auf. Ging nach draußen. Ella sah ihn verwundert an, als er an ihr vorüberging. »Ist alles in Ordnung mit Ihnen?«, fragte sie.

»Wenn ich das nicht geregelt bekomme, werfe ich den Beruf hin«, sagte er.

»Das … wäre schade.« Ihr Blick ruhte erschüttert auf ihm.

Alle zwei Stunden ging ein Flug nach Berlin. Er verzichtete darauf, nach Hause zu fahren. Die Kleidung auf dem Leib musste fürs Erste genügen, es kam jetzt darauf an, schnell zu handeln. Er fuhr zum Flughafen, kaufte eine Polaroid-Kamera und ein Ticket, Köln/Bonn nach Berlin Tempelhof, Abflug 18:20 Uhr.

Neben ihm stiegen vor allem Geschäftsleute ins Flugzeug, Politiker, Lobbyisten, ein paar wenige Urlauber, wenn er die Kleidung und die Gespräche richtig deutete. Der Flug dauerte eine gute Stunde. In dieser kurzen Zeit überquerte die Boeing der Pan Am zwei Staatsgrenzen. Verrückt war das. Stefan sah aus dem Fenster. Man konnte den Wechsel von der Bundesrepublik zur DDR nicht fühlen, es war derselbe Planet, über den das Flugzeug hinwegzog, dieselbe Luft, dieselbe Abendsonne. Sicher sah man das veränderte Muster aus Feldstücken. Die Felder waren hier im Osten weitläufiger, man hatte die Bauern in Produktionsgenossenschaften gebracht und ihre Felder zusammengelegt.

Dann kam Berlin in Sicht. Für ihn gehörte Westberlin zur

Bundesrepublik, auch wenn die Stadt laut Vier-Mächte-Abkommen einen besonderen Status hatte. Für die DDR galt Westberlin als selbstständige politische Einheit, es gehörte nicht zur BRD und durfte deshalb auch nicht von ihr regiert werden. Dabei arbeiteten längst mehr Bundesbedienstete in Westberlin als in Bonn, es gab Behörden und Außenstellen der Bundesministerien, immer wieder versammelte sich auch der Bundestag demonstrativ im Reichstag, um die Zusammengehörigkeit mit der Bundesrepublik deutlich zu machen, auch wenn er damit gegen geltendes Recht verstieß. Die Sowjetunion protestierte dagegen und ließ bei solchen Gelegenheiten Jagdflieger über dem Gebäude die Schallmauer durchbrechen, um mit dem ohrenbetäubenden Knall die Versammlung des Bundestags zu stören.

Im Landeanflug auf Tempelhof sah er die Berliner Mauer von oben, ein weißer Strich durch die Stadt, der glatt geharkte Todesstreifen, die Wege für Patrouillen.

Er nahm die U-Bahn, stieg am Halleschen Tor in eine Bahn der Linie 1 um und fuhr zum Görlitzer Bahnhof. Von hier war es nicht weit bis zur Grenze. In der Abenddämmerung lief er durch den Arbeiterbezirk Kreuzberg, den Südosten, SO 36, den »Arsch von Berlin«, wie die Einheimischen sagten. Hier war nichts davon zu merken, dass Westberlin das »Schaufenster der freien Welt« war. Marode Altbauhäuser säumten die Straßen, in den Wohnungen wurde mit Kohleöfen geheizt, die Toiletten befanden sich auf halber Treppe oder draußen im Hof. Braune, brüchige Fassaden voller Einschusslöcher aus dem Zweiten Weltkrieg. Die Straßen in Richtung Ostberlin waren Sackgassen. Auf den Bürgersteigen spielten Kinder.

Er passierte ein Abrisshaus mit leeren Fensterhöhlen, aus

dessen ehemaligen Geschäften im Erdgeschoss der Schutt quoll und sich bis auf den Gehweg ergoss. Dann eine hohe Brandschutzmauer, vor der Mülltonnen standen. Einige davon hatte jemand umgestoßen.

Die Arbeitslosen soffen in den Kneipen. Wer konnte, kehrte dem Bezirk den Rücken. Eine Kohlenhandlung warb für Ruhr-Eierbriketts. Gleich daneben saßen Kinder auf einem rostigen Autodach und rauchten, an die Fahrertür hatte jemand mit schwarzer Farbe »TAXI« geschmiert. Als er die Kinder passierte, reckten zwei von ihnen herausfordernd die Fäuste zum Arbeitergruß in die Luft. Die anderen lachten.

An den Wänden klebten Reste von Plakaten. Er erkannte ein gusseisernes »Café Achteck« wieder, ein Pissoir. Dann den Fleischer, daneben den Friseur und den Laden für gebrauchte Möbel.

Die Imbissbude verkaufte immer noch Hühnersuppe mit Nudeln für eine Mark, Wirsingkohl mit Fleisch für eins dreißig. Beklebt war sie mit Marlboro-Werbung.

Er betrat den Hinterhof. Zwei kräftige Kerle stellten sich ihm in den Weg.

»Ich will zu Harry«, sagte er.

»Seid ihr verabredet?«

»Nein. Aber ich bin ein alter Freund.«

Sie drückten ihn gegen eine Hauswand und tasteten ihn nach Waffen ab, was er geschehen ließ.

Im Hinterhaus nahm er die Treppe nach unten. Er klopfte. »Ich bin's, der Doktor.« Diesen Decknamen hatte er im Kontakt mit dem Fälscher immer verwendet. Alte Gewohnheiten schafften Vertrauen. Bei Harry verwendete sicher keiner seinen wahren Namen. Und auch Harry hieß nicht Harry.

Die Tür öffnete sich. »Komm rein. Du hast gekündigt, hab ich gehört.« Harrys Haare waren inzwischen weiß geworden. Das Kinn fliehend, fast nicht vorhanden, die Nase spitz, die Zähne immer bespeichelt. Harry war ein Naturtalent. Wobei nicht ganz sicher war, für wen er arbeitete. Vermutlich verkaufte er genauso an den KGB wie an westliche Geheimdienste und mit Sicherheit auch an kriminelle Banden.

Harry schloss die Tür und bot Stefan einen Platz auf einem gepolsterten Stuhl an. In den Regalen lagen Tiegelchen und Fläschchen mit Chemikalien und Stempel und Kisten mit Papieren, es war ein heilloses Chaos.

»Ist schon Jahre her. Der Buschfunk arbeitet langsam.«

Harry machte eine wiegende Geste mit der Hand, die deutlich sagte: Sei dir da nicht so sicher.

»Ich muss jemanden schleusen.«

»Verstecke im Auto sind aussichtslos geworden, was? Selbst für euch.«

»Die haben jetzt spezielle Messlatten, mit denen prüfen sie Rücksitz, Kofferraum und Tank. Jede Abweichung von der Werksnorm führt dazu, dass sie den Wagen auseinandernehmen.«

Er lachte. »Harte Zeiten für alle, die darauf angewiesen sind, hin und wieder etwas über die Grenze zu bringen.«

»Oder jemanden.«

»Oder jemanden, richtig.«

»Ich bin hier, weil ich die Passlösung bevorzuge.«

»Also gut. Hast du einen Reisepass für die Person? Ich imprägniere die Seiten entsprechend, und wenn du mir den Pass gleich nach deiner Rückkehr bringst, wasche ich dir den Ausreisestempel mit Zauberbenzin raus.«

»Die sicherste Variante. Aber ich habe keine Zeit. Ich kann nicht nach Ungarn fliegen, mir von denen die Stempel holen und wieder zu dir kommen.«

»Also soll ich einen Einreisestempel fälschen?« Er pfiff leise durch die Zähne.

»Das genügt nicht. Auch mit Stempel müssten wir über Ungarn nach Österreich schleusen. Aber es muss schneller gehen. Es muss hier in Berlin passieren.«

»Also brauchst du einen Express.« Er wurde ernst. »Tja, Doktor, die Visa nerven. Die kann ich dir nicht fälschen. Für ein Tagesvisum machen sie sich einen Vermerk, und du musst hinterher wieder am selben Grenzübergang durch. Ich kann denen nichts auf den Schreibtisch schmuggeln oder in ihre Liste schreiben. Ich bin aus Fleisch und Blut, ich kann nicht durch Wände gehen.«

Stefan stand auf und trat an eines der Regale heran. Jeder dieser Stempel war ein Beweisstück, das Harry hinter Gitter bringen würde. Er drehte sich zu ihm um. Was er auf dem Schreibtisch gehabt hatte, hatte er wohlweislich weggeräumt, wahrscheinlich schon, als sie ihn draußen auf dem Hof noch abgetastet hatten. »Wie findest du dich in dieser Unordnung zurecht?«

»Alles hier drin.« Harry tippte sich an die Schläfe.

»Ich bin sicher, manche deiner Kunden würden morden, damit das, was du weißt, vom Erdboden verschwindet.«

Harry kniff die Augen zusammen. »Gefällt mir nicht, wie du redest.«

»Ich muss jemanden über die Grenze bringen. Hier in Berlin.«

»Nimmst du ihn huckepack?«

»Du meinst, ob ich gemeinsam mit der Person über die

Grenze gehen würde?« Er dachte nach. Das erhöhte das Risiko. Beträchtlich. Nahm man Ria Nachtmann fest, würde auch er in ostdeutsche Hände fallen. Ein Todesurteil wegen Spionage war immer möglich. Allein letztes Jahr waren in der DDR fünf Menschen hingerichtet worden. Einer davon ein Soldat, der versucht hatte, in den Westen zu fliehen. Aber er war hergekommen, und er würde jetzt nicht kneifen. Er sagte: »Ich tue es.« Wenn er nicht ging, wurde womöglich Ria hingerichtet für Spionagedienste, die sie in seinem Auftrag geleistet hatte.

Harry nickte grimmig. »Also CD.«

»Ist das nicht schwierig geworden?«

»Schwieriger, ja. Zwei junge Schleuser sind damit aufgeflogen. Seitdem gucken sie genau hin.«

»Ein Husarenstück also. Ich kümmere mich um das Auto. Beschaffst du den Rest?«

»Vatikanstaat?«

»Geht nicht. Die zweite Person ist eine Frau.«

»Dann fällt das flach.« Harry lachte heiser.

»Für welches Land hast du Vorlagen?«

Er dachte nach. »Die Türkei bekomme ich hin. Habe ich zweimal gemacht. Aber das wird nicht billig. Dreitausend Mark je Pass.«

»Ich will keine alten Geschichten aufwärmen, Harry.«

»Was soll das heißen?«

»Es heißt, dass ich keine alten Geschichten aufwärmen will.«

»Nein, es heißt, dass du kein Geld hast.«

»Ich habe dich immer gedeckt.«

»Mich kostet der Spaß auch was! Zum Fälschen der Stempel brauche ich Material, das gibt es hier im Land gar nicht.

Und die Leerpässe, das lassen sich meine Kontakte in der Druckerei in Griechenland gut bezahlen. Denkst du, ich scheiße das Geld?«

»Ich denke, du hast ganz gut verdient in den letzten Jahren.«

»Das geht dich nichts an.«

»Ich werde zahlen. Aber die Sache ist inoffiziell. Du musst mir vertrauen.«

»Das heißt, wenn es schiefgeht, kriege ich nichts.«

Ja, so war es wohl.

»Dann sind es fünftausend pro Pass«, sagte Harry.

»Ich kümmere mich um das Auto, du um die Pässe.«

Er hob drohend den Zeigefinger. »Bau keinen Scheiß, Doktor.«

29

Draußen leuchteten die Straßenlaternen, der Himmel war schwarz. Die Laternen standen weit genug auseinander. Wenn sie es geschickt anstellten, würde niemand Henning erkennen. »Du wartest hier«, sagte Ria. »Ich kläre die Lage, dann hole ich dich.«

Er stellte sich neben die Tür. Sie schaltete das Licht aus und trat nach draußen.

Zwei Männer näherten sich. Sie tat so, als würde sie abschließen. Als sie sich zum Gehsteig umkehrte, sagte der eine von ihnen: »Ihren Ausweis bitte!«

Die Männer trugen Zivil, aber der herrische Tonfall machte deutlich, dass sie Polizisten waren.

»Den hab ich zu Hause«, sagte sie.

»Sie haben den Personalausweis immer bei sich zu tragen und auf Verlangen der Sicherheitsorgane vorzuzeigen.«

»Bitte entschuldigen Sie.«

Die Männer musterten das Gemeindegebäude. »Was haben Sie hier gemacht?«

»Ich hatte Putzdienst. Eine muss es ja übernehmen.« Sie versuchte ein Lächeln. »Damit es für den Gottesdienst wieder schön ist … am Samstag.«

»Sie sind Mitglied der Adventsgemeinde?«

»Adventgemeinde heißt es. Ja.«

»In Zukunft führen Sie Ihren Ausweis immer bei sich.«

Sie versprach es.

Die Männer zogen weiter. Sie machte sich am Schaukasten zu schaffen, wischte über die Scheibe. Als die Männer fort waren, wartete sie noch einen Moment. Dann kehrte sie zur Eingangstür zurück und öffnete sie, ohne Licht zu machen. »Schnell.«

Henning folgte ihr zum Trabant. Sie stiegen ein, und Ria nahm die Landstraße Richtung Westen. Henning saß steif in den Sitz gedrückt. Sie musste ihn auflockern, er sollte nicht ängstlich wirken für den Fall, dass eine Patrouille ins Auto blickte. »Warum hast du dich nicht in einer Scheune versteckt?«

»Ich hab's versucht«, sagte er. »Die Dörfer sind schlimmer als die Stadt. Sobald ich mich einem Hof genähert habe, haben die Hunde angeschlagen. Und wenn die ›Meldung machen‹, bellt bald das ganze Dorf. Ich hab mich immer schnell wieder verzogen.«

»Dabei liebst du Hunde so.«

Er lächelte traurig. »Die können ja nicht wissen, dass ich kein Verbrecher bin.«

Sie hatten den Ortsrand erreicht. Es war nicht mehr weit bis zur Autobahn. Wenn sie der erst einmal eine Stunde in Richtung Norden gefolgt waren, würde Ria aufatmen.

Sie kamen durch den Vorort Hörlitz. Ein paar Hundert Meter vor ihnen sah sie helle Lichter auf der Straße. Ria stoppte. Eine Bushaltestelle, das war die Rettung. »Steig aus. Du musst dich über die Felder durchschlagen. Da vorn ist eine Straßensperre. Ich sammle dich an der Autobahnauffahrt wieder ein. Schnell.«

Er stieg aus.

Sie fuhr sofort wieder los. Sie hoffte, dass sie noch weit

genug weg gewesen waren, oder wenn nicht, dass man ihr abgenommen hatte, dass sie jemanden an der Haltestelle absetzte.

An der Sperre wurde sie von Polizisten mit dem schwarzweiß gestreiften Verkehrsstab zum Halten beordert. Sie kurbelte die Scheibe herunter.

»Ihren Ausweis bitte.« Der Polizist sächselte stark.

Sie reichte den Ausweis durchs Fenster und war froh, dass sie Nachtmann hieß. Eine Verbindung zu Henning Nowak konnte man nicht schlussfolgern. Es sei denn, jemand hatte von Berlin aus durchgegeben, dass sie ihn suchen kommen würde.

»Wo kommen Sie her?«

»Ich war in Senftenberg bei Freunden.«

»Sind Sie allein unterwegs?«

Sie bestätigte. »Leider.«

Auf ihr Lächeln reagierte der Polizist nicht, er blickte ernst durch die Autofenster, prüfte die Rückbank. Ein Kollege tat es auf der anderen Seite des Autos.

»Machen Sie bitte den Kofferraum auf.«

Sie stieg aus, ging ums Auto herum und öffnete den Kofferraum.

Er schob ihren Koffer beiseite, um dahinterzusehen. Er stutzte, hob ihn an. »Wenig drin, hm?«

»War nur ein Kurzbesuch.«

»Öffnen Sie bitte den Koffer.«

Sie gehorchte. Er blickte kurz auf ihre Wäsche, dann nickte er. »Weiterfahren.«

Wieder auf der Straße, fuhr Ria fünf Minuten bis zur Autobahnauffahrt Klettwitz. Kurz vor der Auffahrt lenkte sie das Auto an den Straßenrand und schaltete Motor und

Lichter aus. Immer noch donnerte das Herz in ihrer Brust. Sie hatte nicht damit gerechnet, dass man so weit im Norden nach Henning fahndete.

Sie sah in die Seitenspiegel. Wenn eine Polizeistreife vorbeikam, würde man sie sicher fragen, was sie hier tat.

Henning war ein Tyrann gewesen. Er hatte Jolanthe unterdrückt, jahrelang. Wie viel Tränen hatte sie seinetwegen vergossen! Er war ihr über den Mund gefahren, hatte sie mit seinen verletzenden Kommentaren kleingehalten.

Aber er hatte begonnen, sich zu verändern, zumindest in Ansätzen. Jeder hatte eine zweite Chance verdient. Und zu den Kindern war er immer gut gewesen. Sie musste daran denken, wie er mit ihnen Kaulquappen in Einmachgläsern gesammelt hatte. Wie er Florian im Freibad das Schwimmen beibrachte und ihn unter der Brust im Wasser festhielt, während er immer wieder sagte: »Wie ein Frosch! Genau. Mach Froschbeine!« Wie er den Kindern aus Pappe längliche Keile geschnitten und sie zwischen die Speichen ihrer Fahrräder geklemmt hatte, damit sie klangen, als hätten sie einen Motor. Er hatte damals sogar Verkehrspolizist gespielt und sie im Kreis fahren lassen und sich gespielt darüber entrüstet, wenn sie einfach an ihm vorbeifuhren, statt auf seine Ampelzeichen zu achten. Die Kinder hatten so glockenhell gelacht.

Auch sie hatte sich verändert und wusste jetzt mehr. So waren die Menschen. Sie wuchsen, sie reiften. Henning hatte es nicht verdient, im Gefängnis zu verdämmern oder sich eine weitere Kugel einzufangen und hier im Straßengraben zu verbluten.

Zwanzig Minuten wartete sie. Die Gewissheit, dass man ihn erwischt hatte, wurde schwerer und schwerer. Sie legte schon die Hand an den Zündschlüssel. Nein, dachte sie. Eine Stunde warte ich. Plötzlich eine Bewegung im Dunkel neben dem Auto. Die Tür wurde geöffnet. Henning stieg ein.

»Gott passt gut auf dich auf«, sagte sie.

»Wenn er was vorhat, lässt er sich auch durch Straßensperren nicht davon abhalten.«

Sie zündete den Motor, setzte den Blinker und fuhr auf die Autobahn.

»Wie hast du es gemacht? Mit dem Fluchtversuch an der Grenze, meine ich.«

Er erzählte es ihr.

Sie fragte nicht, wie es sich anfühlte, Schüsse abzukriegen. Sie wusste es selbst. Vor zwölf Jahren hatte sie rittlings auf der Mauer des Sophienfriedhofs gesessen, Taschenlampenkegel hatten sie erfasst, »Halt!«, hatte jemand geschrien. »Kommen Sie sofort da runter!« Dann die Schüsse. An der Brust ein Schlag, sie hatte das Gleichgewicht verloren, sich festgeklammert. Etwas Warmes war ihr den Leib hinuntergeronnen. Jemand hatte ihr Bein gepackt und versucht, sie runterzuziehen.

»Wie Schläge«, sagte Henning.

Die Autobahn holperte. Das war noch Beton aus der Hitlerzeit, der in den letzten zwanzig Jahren kaum einmal repariert worden war und dem der Frost Risse zugefügt hatte, Querrillen und regelrechte »Sprungschanzen«.

Sie wechselte auf die linke Spur, die in einem etwas besseren Zustand war. Sie sagte: »Joli hat mich angefleht, dir zu helfen.«

Er schwieg einen Moment. Dann sagte er leise: »Ich weiß, dass ich ihre Liebe nicht verdiene.«

»Du hättest damals ihr Fahrrad nicht verkaufen dürfen.«

»Das war ja nicht alles. Ich hab's vermasselt.«

Sie fuhren durch die Nacht, und sie dachte an Jens.

»Wusstest du, dass sie mich verlässt?«, fragte Henning.

Ria nickte, obwohl die Sache längst nicht entschieden gewesen war.

»Du riskierst hier dein Leben für mich«, sagte er. »Danke.«

»Sag nicht Danke. Du gehörst zur Familie. Niemand darf sich mehr an uns vergreifen. Das hab ich mir vor langer Zeit geschworen.«

Er sah hinüber. Dann blickte er auf seine Hände. »Ich hatte nicht immer das Gefühl, zur Familie zu gehören.«

»Niemand hat das Gefühl. Wir fühlen uns alle wie Fremde.«

»Kann sein.«

»Dir ist klar, dass Jolanthe überwacht wird? Dass sie dich festnehmen, wenn du sie triffst?«

Er schwieg lange. Als sie schon dachte, es käme nichts mehr, sagte er mit brüchiger Stimme ein »Ja«.

Von hinten näherte sich mit höherer Geschwindigkeit ein Lada, den runden Lampen nach zu urteilen. Sie wich auf die rechte Spur aus, der Lada zog vorüber. Henning drehte sich währenddessen nach rechts mit dem Gesicht in die Nacht.

»Gut so«, sagte Ria.

»War das Polizei?«

»Ich glaube nicht.«

»Ich sollte es gleich über die Grenze versuchen.«

Du wirst bei dem Versuch umkommen, dachte Ria. Vielleicht wusste er das sogar schon.

»Ich kenne die Schwachstellen, und ich weiß, wann die Posten müde werden. Kein Treffen mit Jolanthe. Ich versuche, sie und die Kinder später nachzuholen.«

Wie verzweifelt musste er sein, wie unzufrieden mit seinem Leben. Er ist aus der Spur geraten, dachte sie. Wie ich.

Sie sagte: »Wenn ich es schaffe, dass du vorher die Kinder sehen kannst, würdest du das wollen? Trotz des Risikos?«

Als er bestätigte, dachte sie die Aufgabe durch. Sie musste also Jolanthe anrufen und eine Verabredung mit ihr treffen, ohne zu sagen, wo die Kinder hinkommen sollten und wem sie da begegnen würden.

Sie erreichten Berlin. Ria suchte noch am Stadtrand nach einer Telefonzelle. Sie fand eine und bat Henning, vor der Zelle zu warten. So fiel er auch weniger auf als ein im parkenden Auto sitzender Mann. Eine Schlange vor der Telefonzelle waren die Leute gewöhnt.

In der Zelle roch es stechend nach Schimmel, sie sah auch rasch, warum: Ein vergammeltes Pausenbrot lag in der Ecke. Sie unterdrückte den Würgereflex und hob den Hörer ab, wählte Jolanthes Nummer, warf zwei 20-Pfennig-Münzen ein.

Neben dem Telefon mahnte das übliche Schild: *Nimm Rücksicht auf Wartende. Fasse dich kurz!* Ortsgespräche konnten unbegrenzt dauern bei nur 20 Pfennig Gebühr. Damit das nicht überreizt wurde und auch andere mal an die Reihe kamen, sollte man sich einschränken.

Besetzt.

Sie wandte sich um, schob die Tür um einen Spalt auf und sagte: »Ist besetzt.« Die frische Luft war eine Wohltat.

»Versuch's noch mal. Bitte.«

Sie drehte sich um und steckte erneut den Finger in das Loch der jeweiligen Ziffer, drehte die Scheibe im Uhrzeigersinn bis zum Anschlag, ließ sie ratternd in den Ausgangszustand zurücklaufen, wählte die nächste Ziffer.

In der Faust hielt sie weitere Münzen für den Fall, dass hinter dem Transparentglas das Schild »Bitte zahlen« erschien. Endlich das Wählsignal. Es tutete mehrfach.

»Jolanthe Nowak.«

Die Stimme ihrer Schwester. Ria rang um Konzentration. »Kindchen, hier ist Erna. Ich hab's gehört von Fritz, das ist ja eine Geschichte. Und du sitzt zu Hause und lässt den Kopf hängen, hm?«

»Wer ist da?«

»Erna! Ist die Verbindung schlecht?«

»Nein, es geht.«

Jetzt hatte sie verstanden. Ria konnte es an ihrer Stimme hören, und an der Art, wie sie konzentriert atmete. Jolanthe wusste genau, dass es keine Verwandte namens Erna in der Familie gab. Sie musste Rias Stimme erkannt haben.

»Wie kann ich euch helfen?«, fragte Ria. »Wir machen uns mächtig Sorgen.«

»Man kann nichts tun. Nur warten.«

»Und die Kinder? Hast du es ihnen gesagt?«

»Sie haben ein Recht darauf. Ich hab's ihnen gesagt.«

»Verkraften sie's?«

»Du weißt ja, wie sie sind. Florian verkriecht sich in die Werkstatt, und Maja tuscht den ganzen Nachmittag.«

»Na, die Bilder will ich sehen. Vergiss doch mal den ganzen Stress. Geh mal baden mit Flori und Maja. Es ist Sommer! Du musst raus und den Kopf freikriegen.«

»Ich kann nicht weg. Es könnte immer sein, dass er sich meldet oder dass es … anderweitig Nachricht gibt von ihm.«

»Weinst du? Hör zu, du darfst nicht vom Schlimmsten ausgehen. Nie vom Schlimmsten ausgehen, sag ich immer. Gott kennt die Seinen. Und Henning ist doch gläubig, er hat es sich im Herzen bewahrt. Wenn du nicht gehen kannst, schick wenigstens die Kinder raus. Nur nicht in der ärgsten Mittagshitze. Um drei, vier ist es am besten. Und unbedingt was zum Trinken mitgeben. Na, ich will mich nicht einmischen.«

»Tust du doch nicht.«

»Hier warten drei andere vor der Zelle, die gucken schon so ungeduldig. Ich denke an dich, Jolanthe-Schatz, ja? Und wenn ich irgendwie helfen kann, melde dich.«

»Mach ich. Danke fürs Anrufen, Tante Erna.«

»Ist doch eine Selbstverständlichkeit. Auf Wiederhören. Auf bald!«

Sie legte auf.

Hoffentlich hatte Jolanthe verstanden. Die Stasi war zu Tausenden im Einsatz auf dem Alexanderplatz und rings um die Festspielbühnen. Sie würde die Jugendlichen aus dem kapitalistischen Ausland beobachten, würde die Gruppen unterwandern, die diskutierend auf den Straßen standen, und die Journalisten einhegen.

Wo würde sie in diesen Tagen nicht sein? Am Badesee.

Die Badestelle kannte Jolanthe. Die letzten Jahre hatten sie sich oft dort getroffen. Ria war mit der Bahn bis Zossen gekommen, dann umgestiegen und noch eine Haltestelle bis zum Mellensee gefahren. Jolanthe ihrerseits konnte den Zug von Jüterbog nehmen, ohne umzusteigen.

Sie kaufte Henning eine Bockwurst. Schweigend aßen sie an der Imbissbude. Jugendliche stießen klickend mit ihren Colaflaschen an, sie redeten ganz berauscht von zwei Mädchen aus Leipzig, die sie auf dem Festival kennengelernt hatten. Einer prahlte mit seiner Stereoanlage. »Verstärker, Vorverstärker, Tuner, Plattenspieler, Lautsprecher – alles.«

Ria kehrte mit Henning zum Auto zurück. In die Wohnung konnten sie nicht, auch bei ihr lauerten die Beschatter. Sie fuhr los und entschied sich nach kurzem Nachdenken für den Volkspark Friedrichshain. Dort war zwar mit Staatssicherheit und Polizei zu rechnen, aber eher da, wo laut gesprochen wurde und sich Gruppen sammelten. Der Park besaß auf seinen fünfzig Hektar genug Freiflächen und verschwiegene Winkel.

Als Henning erfuhr, wohin sie unterwegs war, wurde er misslaunig.

Ria fragte: »Hast du Sorge, von ehemaligen Polizeikollegen erkannt zu werden?«

»Lass uns lieber im Auto übernachten.«

Damit war sie nicht einverstanden. Sie stritten.

Aber am Ende musste er zugeben, dass Schlafende in einem parkenden Auto den Zivilstreifen auffallen würden, wogegen im Park während der Festspiele viele übernachteten.

Von den beleuchteten Bereichen hielten sie sich fern. Henning suchte einen Platz auf einer Wiese abseits der Wege. Dass um sie herum Pärchen im Gras schmusten, müssten sie eben ertragen, sagte er.

Von der großen Freilichtbühne wehte bis tief in die Nacht Musik herüber. »Lieder, Tänze und Volksbräuche« war das Motto. Schlimm waren die Ansagen, die schreckten Ria mit ihrer Donnerstimme immer wieder auf. Mit der Musik konnte sie sich arrangieren. Je später es wurde, desto mehr junge Leute fanden sich im Gras zum Schlafen ein.

Am nächsten Morgen fuhren sie, gerädert wie sie waren, in die Stadt. Ria kaufte Handtücher, eine Badehose für Henning und einen Badeanzug für sich. Auf der Fahrt zum Mellensee wurden sie von einem Lada überholt, dessen

Heckscheibe eine von Kinderhand bemalte Weltraumrakete aus Papier zierte. Sie sagte: »Deine Großmutter war gläubig, und jetzt betest du auch wieder. Richtig?«

»Ich habe nie damit aufgehört.«

»In unserer Zeit von Weltraumraketen noch an Gott zu glauben erscheint mir etwas rückwärtsgewandt.«

»Kennst du Werner Heisenberg? Er hat die moderne Quantenmechanik begründet. Dafür hat man ihm den Nobelpreis für Physik verliehen. Vielleicht hast du mal von der Unschärferelation gehört?«

»Ich bin Sekretärin.«

»Egal. Jedenfalls hat er gesagt: Der erste Schluck aus dem Becher der Wissenschaft macht atheistisch. Aber auf dem Grunde des Bechers wartet Gott.«

»Das ist bloß ein Spruch.«

»Eben nicht. Ein Mensch lebt und liebt, und dann stirbt er, und die Würmer machen sich über ihn her. Das ist Materialismus. Und die Wissenschaft gibt da keine Hilfe. Es macht die Sache nicht schöner, dass wir den Würmern, die uns verspeisen, wissenschaftliche Namen geben. Oder dass wir die Körperteile beschreiben können, über die sie herfallen.«

»Und dein Glaube hilft dabei?«

»Natürlich hilft er mir. Warum überschätzen wir uns so, Ria? Wir kommen zerknittert auf die Welt, weinen, sind hungrig, wir können alleine keinen Schritt machen. Und schon da liebt uns Gott.«

Ging es darum, von einem übermächtigen Wesen geliebt zu werden? Das Gefühl zu haben, dass man gewollt war?

Darum und um noch mehr, sagte Henning.

Dann sei der Glaube bloß ein Krückstock.

Henning schüttelte den Kopf: »Wenn es Gott nicht gibt, dann glühen wir bloß wie Lichter auf und verlöschen, ohne Schuld oder Schicksal, ohne Bedeutung. Wir wären nur etwas, das man in Urnen unter dem grünen Rasen entsorgt. Aber wir sind mehr. Das spüren wir doch.«

Das Strandbad war trotz der Weltjugendfestspiele gut besucht. Im hellen Sand lagen die Leute auf Luftmatratzen. Kinder schipperten in Schlauchbooten am Seeufer entlang. Bei den Birken, die sich dem Wasser zuneigten, nahe dem Schilfgürtel, breitete Ria die Handtücher aus. Sie sagte: »Geh ruhig schwimmen. Sie kommen erst um drei. Ich halte die Augen nach ihnen offen.«

Zuerst wollte Henning nicht, aber schließlich ging er doch ins Wasser. Er schwamm ruhige Runden, wie ein Trauernder, der Abschied nahm. Das war er ja auch. Womöglich war es das letzte Mal in seinem Leben, dass er schwamm. Wie sah man mit diesem Wissen den Himmel an? Das dunkelblaue Wasser und den Haubentaucher? Wie hörte man das »Tück, tück« der Blesshühner?

Er kam zurück ans Ufer, stieg aus dem Wasser und trocknete sich ab. Die Narbe betupfte er vorsichtig. Zu wissen, wie viel Jolanthe gegeben hätte, um an ihrer Stelle hier zu sein und mit ihm reden zu können!

Henning breitete das feuchte Handtuch auf dem Sand aus und legte sich bäuchlings darauf. Aus seinem dunklen Haar rannen Tropfen herab, während sich die Schatten der Birkenzweige sanft über seinen Rücken bewegten.

»Papa?« Flori war an das Handtuch herangetreten. Weiter hinten folgte Maja. Sie trugen Sommerkleidung, Flori eine kurze Hose, Maja ein leichtes helles Kleid.

Henning stand auf. Florian umarmte ihn linkisch, aber

Henning zog ihn fest an sich und ließ lange nicht los. Anschließend nahm er Maja in eine Umarmung. Der starke, oft mürrische Mann – wie er seine Kinder umarmte und dabei voller Seelenschmerz das Gesicht verzog – ließ Ria schlucken.

Dann saßen sie zusammen und redeten. Sie sahen dabei auf die Strandkörbe, auf den Steg, der raus auf den See führte. Hörten das Rascheln des Schilfs. Ria musste immer wieder gegen die Tränen ankämpfen. Die bangen Fragen der Kinder und Hennings Antworten, halblaut gegeben, damit keine anderen Badegäste sie hörten, berührten sie.

»Ich hab viel falsch gemacht«, sagte er. »Ich möchte euch um Entschuldigung bitten.«

»Was meinst du denn?«, fragte Maja.

»Vielleicht nicht bei euch, aber von Anfang an habe ich eurer Mutter unrecht getan. Ich habe zu oft an meine erste Frau gedacht. Hab sie in der Erinnerung vergöttert. Damit habe ich es Jolanthe schwer gemacht.«

»Aber sie liebt dich, Papa«, sagte Florian leise.

»Nicht mehr.« Henning holte tief Luft. »Auch in einer Ehe gibt es ein ›zu spät‹.«

»Das stimmt doch nicht. Sie hat furchtbare Angst um dich.«

»Sagt ihr, dass es mir leidtut.«

»Kannst du … Wirst du …«, setzte Maja an.

Henning sagte leise: »Ich wäre euch gern ein besserer Vater gewesen. Und ich würde gern miterleben, wie ihr erwachsen werdet, wie ihr euch das Leben erobert.«

Flori sagte: »Warum machst du dann so einen Mist? Warum bist du nicht bei uns geblieben?«

Henning rupfte Gras aus. »Wir durften unsere Gegner an der Grenze nicht mal durch Handheben grüßen. Auch wenn wir die Leute vom Bundesgrenzschutz Tag für Tag gesehen haben. Und wenn sie an Heiligabend ›Frohe Weihnachten‹ über den Zaun gerufen haben, hatten wir zu schweigen. Jeder Gruß hätte als Vorbereitung der Fahnenflucht gegolten.«

»Dann hättest du sie eben heimlich gegrüßt.«

»Ich stand auf der falschen Seite der Grenze. Versteht ihr? Ich habe begriffen, wie unmenschlich dieses System ist.«

»Aber damit kommen andere doch auch zurecht. Selbst wenn nicht alles toll ist.«

Hennings Rupfbewegungen erlahmten. »Zu spät«, flüsterte er. »Ich habe einen furchtbaren Fehler gemacht, und ich weiß das.«

»Wir haben Angst um dich«, sagte Maja. »Tu dir nichts!«

Er wischte sich über die Augen.

»Was hast du vor, Papa?«, fragte Flori.

Das Gespräch wurde zu emotional. Die ersten Badegäste guckten schon herüber. Ria erhob sich und nahm ihr Handtuch. »Es wird langsam dunkel. Wir müssen. Und ihr solltet auch heimfahren.« Sie ergänzte leise: »Verabschiedet euch nicht zu auffällig. Eine kurze Umarmung, mehr nicht.«

»Tschüs, Papa«, sagte Florian und umarmte Henning.

Auch Maja umarmte ihn, aber sie brachte kein Wort heraus, Ria sah es ihr an, sie hätte sonst zu heulen begonnen.

Dann gingen die Kinder, und Henning sah ihnen nach.

Vielleicht war dieses Treffen in Freiheit mit seinen Kindern das Einzige, was sie hatte möglich machen können. So war es wohl. Jetzt musste sie versuchen, sein Leben zu retten.

Auf dem Weg zum Parkplatz sagte er tonlos: »Also zur Grenze.«

»Das hat doch keinen Sinn.«

»Hast du eine andere Idee? Ich muss raus hier. Die jagen mich.«

Sie hielt ihn fest. »Ich weiß durch die Arbeit für die Kommerzielle Koordinierung von Schleichwegen. Die Sachen, mit denen Schalck handelt, gehen nicht immer legal über die Grenze. Wir könnten es versuchen. Aber man darf dich nicht sehen. Du müsstest in den Kofferraum klettern.« Was sie ihm antat, schnürte ihr selbst die Kehle zu. Aber sein Plan führte in den Tod und ihrer hoffentlich ins Leben.

Er dachte kurz nach. Zögerte. Dann erklärte er, er sei einverstanden.

Sie fuhren ein Stück vom See weg, nahmen eine Einfahrt in den Wald, hielten an. Ria öffnete den Kofferraum und nahm ihr Gepäck heraus. Sie legte alles auf den Rücksitz. Dann sah sie sich die Schweißnähte im Kofferraum an und die Bohrungen. »Wird es genug Luft für dich zum Atmen geben?«

Er kletterte hinein. »Wenn ich müde werde, rufe ich.«

Sie wollte die Klappe schließen, da hob er die Hand. »Warte.«

»Ja?«

»Falls es schiefgeht, sag bitte deiner Schwester, dass ich sie liebe.«

Ria versprach es.

Unterwegs in den Süden hielt sie mehrmals auf Rastplätzen und öffnete kurz den Kofferraum und tat, als wollte sie ihr Portemonnaie herausholen. Henning blinzelte sie jedes Mal dankbar an, aber sie sah, dass es, auch vom Luftmangel abgesehen, eine Qual für ihn war. Der Kofferraum war klein. Henning hatte die Knie bis zur Brust hochgezogen, sicher taten ihm längst alle Glieder weh.

In Bautzen fuhr sie nach einem kurzen, leisen Gespräch mit dem Pförtner auf den Gefängnishof. Sie sagte laut, in der Hoffnung, dass er es durch den Rücksitz hindurch hörte: »Ich wollte, dass du lebst, Henning.«

Als die Gefängniswachen den Kofferraum öffneten, sah Henning sie voller Entsetzen an.

»Willkommen zurück«, feixte einer.

Ein anderer sagte: »Tausend Mark Belohnung. Da knickt jeder ein.«

»Ich will kein Geld«, sagte Ria.

Sie griffen Henning und zerrten ihn aus dem Kofferraum. Er konnte nicht stehen, er brach zwischen ihnen zusammen. Sie hielten ihn unter den Achseln fest und schleiften ihn vom Hof. »Für dich keine Zelle mit Außenwand mehr. Jetzt setzt es Dunkelhaft. Und hopp ab!«

Sein letzter Blick über die Schulter war voller Grauen.

30

Stefan Hähner parkte den Haifischflossen-Mercedes an der Reinickendorfer Straße und lief zur U-Bahn. Am Kiosk kaufte er sich eine Ausgabe des *Playboy* und steckte sie in seine Aktentasche. Er fuhr mit der U-Bahn Linie 6 Richtung Alt-Mariendorf. Bald waren sie unterhalb Ostberlins, die Bahnhöfe waren abgesperrt, die Bahn fuhr ohne Halt hindurch. Er las: Stadion der Weltjugend, und hätte beinahe laut aufgelacht. Er hatte ja gehört, dass das Walter-Ulbricht-Stadion umbenannt worden war, aber dass sie hier im unterirdischen Geisterbahnhof neue Schilder angebracht hatten, die nie jemand sah bis auf die bewaffneten Wachsoldaten und die durchbrausenden Westberliner, war absurd. In einer Bahnhofsruine, in der keine Züge hielten und deren Aufgänge zugemauert oder abgesperrt waren, machten die sich die Mühe, die Bahnsteige neu zu beschildern! Erich Honecker musste seinen Vorgänger sehr verabscheuen, wenn er seinen Namen auch hier tilgen ließ.

Es folgten weitere Geisterbahnhöfe mit schwacher Beleuchtung: Nordbahnhof, Oranienburger Tor. Dann fuhren sie in den Bahnhof Friedrichstraße ein. Stefan stieg aus und folgte den hässlich gefliesten Katakomben, die eher an einen Schlachthof erinnerten als an einen innerstädtischen Bahnhof. Er nahm die Abbiegungen und Treppen und Schleusen bis hinauf zur Passkontrolle. Man hatte den Bahnhof zu einer hermetisch abgesicherten Festung ausgebaut. Zäune, Gitter, Wachtürme, bewaffnete Grenzer und verdeckte Mitarbeiter der Staatssicherheit verhinderten Fluchtversuche.

Das Bahnhofsgebäude war zwar anderthalb Kilometer von der Mauer entfernt, aber es bildete eine der wichtigsten Grenzübergangsstellen zwischen den beiden Hälften der Stadt. Hier endeten die S-Bahn-Züge aus dem Ostteil. Zugleich fuhren von hier aus S-Bahnen nach Westberlin, und unterirdisch verkehrten U-Bahnen aus dem Westen. Zudem fuhren auf dem Fernbahnsteig Schnellzüge in die Bundesrepublik ab.

Die Bereiche, in denen Menschen aus dem Westen die S- und U-Bahn benutzen konnten, waren strikt von denen getrennt, die von Ostberlin aus betreten werden durften.

Er stellte sich an eine der Schlangen vor den Pass-Kontrollschleusen. Als er an die Reihe kam, schob er seinen falschen Ausweis durch den Schlitz unter der Sichtscheibe. Der Grenzer kontrollierte sein Gesicht.

Stefan wusste, was jetzt ablief. Zuerst prüfte der Grenzer die Augenpartie und verglich sie mit dem Foto. Dann sah er sich das Ohr und das Ohrläppchen in ihrer Form an und verglich sie mit dem Bild im Pass. Anschließend prüfte er den Mund. Er las die Angabe der Körpergröße und verglich sie – kurzer Blick nach links – mit einem Maß, das neben der Scheibe auf seiner Seite angebracht war.

So weit schien alles zu stimmen.

Der Grenzer fotografierte die Dokumente mit einem Apparat, der für Normalsterbliche unsichtbar unter dem Ablagebrett angebracht war. Er verlangte fünf D-Mark für den Mindestumtausch. Während Stefan das Portemonnaie herausholte, stempelte der Grenzer den Tages-Passierschein.

»Vor Mitternacht müssen Sie wieder zurück sein«, erinnerte ihn der Grenzer.

Stefan Hähner bezahlte und erhielt im Gegenzug fünf Ostmark.

An der Gepäckkontrolle wurde er aufgehalten. Man forderte ihn auf, seine Aktentasche auf den niedrigen Ablagetisch des Schalters zu legen. »Haben Sie Presseerzeugnisse oder Bücher dabei?«

Er verneinte.

»Fotos, Diapositive, Schallplatten, Magnettonbänder oder andere Tonträger?«

»Sie meinen Kassetten? Nein.«

»Drogen, militärisches Spielzeug, Waffen?«

»Natürlich nicht.«

Ein weiterer Grenzer trat heran. »Öffnen Sie bitte Ihre Tasche.«

Er tat es.

Die Grenzer fingerten durch seine Sachen, sie zogen den *Playboy* heraus.

»Die Einfuhr von Schmutz- und Schundliteratur in die DDR ist nicht gestattet.«

»Sie meinen …?«

»Wird konfisziert!«, beschied ihn der hinzugekommene Grenzer streng.

Sie ließen von der Tasche ab. Der alte Trick hatte wieder einmal funktioniert. Sie entdeckten weder die in ein geheimes Zwischenfach eingenähten Notfallutensilien noch die Kennwort-Postkarte an Ria. Sie meinten, das Entscheidende gefunden zu haben, und beendeten die Suche.

Mit der um den *Playboy* erleichterten Tasche durfte er weitergehen. Hinter den Kontrollen führte der Gang noch einmal um zwei Ecken und eine Treppe hinauf. Dann sah er den Posten, der wohl verhindern sollte, dass jemand aus Ostberlin von der anderen Seite aus diese Tür zu passieren versuchte, was sowieso kaum möglich war, weil sie auf der Ostseite keine Klinke besaß. Man hätte genau den Moment abpassen müssen, wenn ein Westberliner sie beim Durchqueren für einen kurzen Moment öffnete. Aber die DDR ging auf Nummer sicher. Stefan trat durch die Stahltür in die Bahnhofshalle.

Uringeruch schlug ihm entgegen von den nahen Toiletten, darüber die chemische Geruchsnote von Wofasept. Er war lange nicht hier gewesen. Menschen eilten zu den Gleisen, junge, alte, jeder hatte sein Ziel und versuchte es ohne Abhaltungen zu erreichen. Eine Strumpfhose einkaufen, die Kinder zur Oma bringen, das Radio von der Reparatur abholen, ein Stück von der guten Seife ergattern. Die Zeitung und eine Schachtel Zigaretten holen. Im Amt noch mal wegen des Wohnungstauschs fragen.

Die Menschheit versumpfte im Alltäglichen. Als er jung gewesen war, hatte er sich vorgenommen, dass ihm das nicht passieren würde wie seinen biederen Eltern mit ihren schlichten Bedürfnissen. Er hatte etwas bewegen wollen, statt bloß um sich selber zu kreisen. Das war der Grund dafür gewesen, dass er sich beim BND beworben hatte.

Nur dass ihm schließlich auch geschehen war, was er immer hatte vermeiden wollen. Er war beschäftigt mit dem Klein-Klein seiner Bequemlichkeit.

Diesmal halte ich den Kopf hin, dachte er. Es war kein erfrischender Gedanke, keiner, der ihn beflügelte und ihm die Brust weitete. Aber er war bestechend klar in seinem Kopf, und das hatte er lange nicht mehr gehabt, dieses Gefühl von Wahrhaftigkeit.

Die Guillaumes zu überwachen bei ihm zu Hause, wo jeder Polizist und jeder Geheimdienstoffizier Unterstützung gewährte, erforderte keinen besonderen Mut. Hier aber war er auf feindlichem Boden. Nach einem wie ihm hielten sie Ausschau, wollten ihn jagen.

Er nahm die S-Bahn. Sie war voll mit Vietnamesen, Mexikanern, Franzosen. Die Luft war stickig. Er drängte sich in die Nähe eines gekippten Fensters. An der Warschauer Straße stieg er aus, nahm die Treppe nach oben und folgte der Warschauer Brücke Richtung Norden.

Auch hier waren die Gehwege stark frequentiert, die Festspiele gaben ihm eine gute Deckung. Allerdings konnte das Gedränge auch möglichen Beschattern dabei helfen, ihm unbemerkt zu folgen. Anstatt sich gleich der Boxhagener Straße zu nähern, bog er deshalb ab und lief Umwege, bis er sicher war, dass er allein unterwegs war.

Jetzt betrat er die Boxhagener Straße. Die Straßenbahn kreischte zwischen den schadhaften, von Abgasen und dem Qualm der Kohleöfen gedunkelten Fassaden, der Autoverkehr lärmte, es machte die eckigen Balkone nutzlos. Hier hat sie all die Jahre gelebt, dachte er. Sie ist geblieben für ihre Tochter. Ob sie manchmal an den Moment zurückgedacht hatte, als sie bei dem Journalisten in Westberlin in Sicherheit war?

Nahe dem Haus Nr. 25 passierte er die Annahmestelle für Wäsche und einen kleinen Konsum. Auf dem Gehweg kam ihm eine Frau entgegen. Er sah sie heute zum zweiten Mal. Das alarmierte ihn.

Ihre Kleidung gab ihr etwas Ältliches. Dabei war sie durchaus noch schön, auf eine verblühte Art, und sie war klein und feingliedrig, was er bei Frauen immer mochte.

Es konnte ein Zufall sein, dass sie sich erneut über den Weg liefen. Seiner Erfahrung nach waren solche Zufälle beunruhigend selten. Ihr Gang besaß weder die Zielstrebigkeit der Leute, die etwas zu erledigen hatten, noch das Schlendertempo der Flaneure. Sie beobachtete. Auch wie sie ihm ins Gesicht blickte und ihn einschätzte, hatte etwas Professionelles.

Gleichzeitig war es – wenn sie beauftragt war, ihn zu überwachen – höchst ungewöhnlich, dass sie ihm frontal begegnete und den Augenkontakt suchte. Nein, er war nicht das Ziel. Sie war wegen Ria hier. Das hieß aber auch, Haus Nr. 25 war tabu für ihn. Er würde die Postkarte nicht einwerfen können.

Ein weiteres Mal in dieser Straße auftauchen durfte er ebenso wenig. Ria wurde gut überwacht. »Entschuldigen Sie«, sagte er. »Ich wollte zur Straßenbahnlinie drei.«

»Da gehen Sie in die falsche Richtung.« Sie zeigte ihm die Haltestelle, an der er vorhin vorbeigekommen war.

»Besten Dank.« Er machte kehrt.

Erinnerte sich Ria Nachtmann auch nach zwölf Jahren an die vereinbarten Notfallzeichen? Mit den verabredeten Stichworten im belanglosen Text auf der Postkarte hatte er darauf gebaut, dass sich Dinge aus der Anfangszeit ihrer Arbeit als Spionin tief eingeprägt hatten. Im Laufen nahm er seine Aktentasche vor den Bauch und kramte das Kreidestück heraus. Er hielt es in seiner Hand verborgen, tat so, als würde er weitersuchen, tastete auch die Jackentaschen ab und zog schließlich seine Uhr heraus.

Eine Gruppe Männer mit langen Haaren kam ihm entgegen. Er passierte sie, drehte sich zur Haustür Nr. 37 und zog einen Strich, den er auf der anderen Seite der Haustür fortsetzte. Er streckte dafür seinen Arm nicht aus. Es musste aussehen, als gehe er nur am Haus vorbei, und die Männer verdeckten ihn in Richtung von Rias Beschatterin.

Jetzt beschleunigte er seinen Schritt, als habe ihn der Blick auf die Uhr dazu gebracht. Die Kreide ließ er beim Überqueren einer einmündenden Straße in einen Gulli fallen.

Es roch nach Regen. Hoffentlich hielt der Kreidestrich lange genug, dass sie ihn sah.

Annie stieg auf die Toilette und griff nach oben zum Spülkasten. So wurde das nichts. Sie musste hineingucken. Ob das Waschbecken sie aushielt? Ihr Gewissen pochte fürchterlich, aber es würde ihre letzte Tat sein für die Stasi. Michael war zurück in der Schule. Und Ria hatte sie als Baby weggegeben, das war jetzt ihre Strafe dafür. Sie hatte ihr den Vater vorenthalten!

Draußen prasselte der Regen. Er wurde von Windböen gegen die Fensterscheiben geworfen.

Vorsichtig stieg sie auf das Waschbecken. Es knirschte leise. Sie versuchte, auch etwas Gewicht auf den Spülkasten zu verlagern, indem sie sich daran lehnte. Mit der freien Hand hob sie den Deckel an.

Ein Schlüsselbund klirrte. Annie erstarrte. Schon schwang die Wohnungstür auf. Warum hatte sie bloß das Badezimmer nicht geschlossen? Ria sah sie über den Flur hinweg entgeistert an.

Annie kletterte vom Waschbecken hinunter. »Ich …«

»Hasst du mich so sehr?«

»Was meinst du damit?«

Ria schloss hinter sich die Wohnungstür. »Man hat dich hergeschickt. Man hat dir gesagt, dass ich eine Spionin bin.«

»Bist du denn eine?«

»Das spielt keine Rolle. Die, die dich geschickt haben, glauben daran. Was sollst du für sie suchen?«

Annie zögerte. Dann sagte sie es. Codes. Einen vorgeschriebenen Brief. Notizen.

Ria presste die Lippen aufeinander. Sie ging in die Küche.

Annie folgte ihr verwirrt. »Sie haben mir meinen Vater gezeigt. Ich hab ihn treffen dürfen.«

Schweigend packte Ria Einkäufe aus. Dann sagte sie: »Deinen Vater?«

»Wir haben ganz oben im Interhotel am Alexanderplatz gesessen, und er hat mir von seinen nächsten Auftritten erzählt. Und sie haben Michael von der Schule geworfen, und ich konnte ihn nur retten, indem ich mich bei dir in der Wohnung umsehe für die. Ich dachte, ich finde sowieso nichts, du bist doch keine Spionin.«

»Dein Vater soll Auftritte haben? Als was?«

»Er ist Bassist. In der Band *Call of Ceres*. Er ist ein weltbekannter Musiker, und du sagst mir nichts davon.«

»Wie sah er aus?«

»Blond, breitschultrig. Schöne blaue Augen. Du hast dich doch damals von ihm schwängern lassen. Du müsstest wissen, wie er aussieht.«

»Annie, dein Vater ist kein Musiker. Er tanzt furchtbar, er hat kein Taktgefühl. Und er hat braune Augen. Dein Vater ist ein Mitläufer, ein Parteihandlanger. Er ist kein Halbgott, sondern ein Mensch. Ein ziemlich erbärmlicher, wie ich finde.«

»Du meinst …«

Ria sah sie an. »Der Mann, den du getroffen hast, ist wahrscheinlich Mitarbeiter der Staatssicherheit. Oder ein Schauspieler, den sie beauftragt haben.«

Ihr Gesicht wurde kalt. Sie drehte sich um. Im Flur zog sie ihre Schuhe an mit Händen, die nichts fühlten, die Mutter stand da und sagte Dinge, aber sie hörte sie nicht. Dann die Treppe. Die Tür. Der Regen draußen prasselte auf eine andere Annie, sie spürte ihn nicht. Es war dunkel geworden, die Lichter der Straßenlaternen zerspritzten am Boden, die Autos hatten Schleier vor den Scheinwerfern.

Aus einem Hauseingang löste sich eine kleine Gestalt. »Schön, schön. Du schiebst es nicht auf die lange Bank. Was hast du gefunden?«

Annie ging weiter. »Hauen Sie ab. Ich werde nie wieder ein Wort mit Ihnen wechseln.«

Die Frau lief neben ihr her. »Du hast ein Versprechen gegeben.«

»Hören Sie auf, mit dem Leben anderer Leute zu spielen.«

»Da hast du etwas missverstanden. Es ist kein Spiel. Es ist Ernst. Aber vielleicht bist du zu jung, um das zu begreifen. Du weißt nicht, was zehn Jahre sind, zwanzig Jahre, wie lang dreißig Jahre sind und was es heißt, nicht das Leben führen zu können, das man sich gewünscht hat. Was das jeden verdammten Tag bedeutet!«

»Sie werden's mir schon zeigen.«

Die Frau neben ihr drohte: »Man wird dich nie in einen Olympiakader lassen, nie zu Wettbewerben im Westen. Nicht mit dieser Mutter. Verhindere, dass sie dem Westen hilft. Du hast dich gegen sie zu stellen. Wenn du schon kein Klassenbewusstsein hast, dann beweise wenigstens Klasseninstinkt!«

Annie hörte nicht mehr hin. Irgendwann war die Frau verschwunden.

Das Regenwasser lief ihr das Gesicht hinunter. Sie fror, sie zitterte. Sie war allein auf der Welt. Als sie ihre Haustür sah, drehte sie sich weg und ging einfach weiter.

»Seid ihr noch nicht fertig?«, schrie Ria in die leere Wohnung.

Sie ging von Zimmer zu Zimmer und schrie die Wände an. »Ihr habt mir den Vater genommen! Die Mutter! Die Schwester.« Sie rief: »Müsst ihr mir auch mein Kind nehmen?«

Aber das stimmte ja nicht. Sie selbst hatte das Kind fortgegeben. Sie hatte es nicht anders verdient. »Ich bin Annies Mutter«, flüsterte sie.

Sie zog sich an, nahm den Autoschlüssel.

Schon auf der kurzen Strecke bis zum Auto lief ihr das Regenwasser ins Genick. Sie setzte sich in den Trabant, schlug die Tür zu. Annie musste bis auf die Haut durchnässt sein.

Die Luft im Auto war noch abgestanden von der langen Fahrt von Bautzen. Sie hatte sogar das geborgte Nummernschild zurückgebracht.

Annie würde ihr immer vorhalten, dass sie nicht für sie da gewesen war. Das würde nie anders werden. Ihre Beziehung war vergiftet. Sie war durch und durch verrenkt und hinüber.

Sie fuhr an. Der Scheibenwischer jagte hin und her und schaffte es doch kaum, die Wassermassen zu bändigen. In seiner Zelle in Bautzen lag jetzt Henning und hasste sie. Wie sollte sie es Jolanthe sagen?

Warum taten die es nicht selbst, warum schickten die Annie? Sie wollten sie zermürben, wollten ihre Widerstandskräfte zerreiben, bis sie sich durch einen Fehler verriet.

Waren das Kreidestriche an der Hauswand? Nein, der Regen hatte bloß etwas Schmutz die Wand runtergespült. Sie dachte an Stefan Hähner. Er war gut zu ihr gewesen. Auch als sie dem BND im Streit den Rücken zukehrte, hatte er kein böses Wort verloren.

Sollten sie ihre Wohnung doch auf den Kopf stellen. Sie würden nichts finden. Die Codes und die Briefumschläge hatte sie im Keller versteckt, nicht mal in ihrem eigenen Kabuff, sondern in dem der Nachbarn. Mit ihrer schmalen Frauenhand griff sie zwischen den Brettern hindurch, dort klebten die Sachen unter dem untersten Brett eines alten Regals mit Einweckgläsern. Sie hatte ein gutes Alibi, wenn sie die Codes brauchte: Sie ging in den Keller und holte ein Glas Kirschen. Im Winter war es noch leichter, dann konnte sie täglich Kohlen hochholen.

Aber es machte sie nicht länger glücklich, die Stasi auszufuchsen. Ihr Kind lief im Regen durch die Nacht, und es vermisste seinen Vater, und es hatte ein verkorkstes Leben, so wie sie selbst ein verkorkstes Leben hatte.

Wo war Annie? Sie musste doch hier langgekommen sein.

Beunruhigt fuhr Ria bis zu Annies Haus. Sie klingelte. Sofort ging Licht im Treppenhaus an, jemand kam die Treppe hinunter. Die Tür öffnete sich. Helga.

Ria fragte: »Ist Annie hier?«

»Nein. Was ist passiert?«

»Wir haben uns gestritten.«

Helga sah sie bitter an. »Das hast du ja toll hingekriegt. Annie bereitet sich gerade für die Europameisterschaften vor! Ihr Lebenstraum könnte in Erfüllung gehen. Sie kann jetzt keine Krise gebrauchen. Aber das hast du nie gekonnt, mal an das Kind zu denken, oder? Du siehst nur dich. Vielleicht solltet ihr euch nicht mehr sehen für eine Weile. Meine Meinung. Und ich werde ihr das sagen.«

Ria ging zurück zum Auto. Sie stieg ein, der Sitz war nass, auf das Pappdach trommelte es nieder. Sie ließ den Motor an und fuhr die Straße weiter.

Hatte Annie einen Freund? Was war mit diesem Michael? Und hatte sie Freundinnen? Sie wusste es nicht einmal. Eine feine Mutter war sie. Sie hatte nichts Besseres verdient, als im Regen durch die Stadt zu fahren und ihr Kind zu suchen, das sie vor sechzehn Jahren verloren hatte.

Sie trat so hart auf die Bremsen, dass der Trabi ein paar Meter rutschte. Dann sprang sie aus dem Auto. »Annie!«

Annie ging weiter, als hörte sie nicht.

Ria lief ihr nach. Sie stellte sich ihr in den Weg. »Es tut mir leid.«

»Nein, mir tut es leid«, sagte Annie. Sie sah an Ria vorbei.

»Komm.« Sie nahm sie am Arm. Führte sie sachte zum Auto. Sie öffnete ihr die Beifahrertür und half ihr, sich zu setzen. »Du musst dich aufwärmen.«

»Sie wollen dich ins Gefängnis bringen, oder?«

»Oder mich hängen.« Sie stieg ein und fuhr los.

»Das hab ich nicht gewusst. Ich wollte dir einen Denkzettel verpassen, aber ich wollte dich doch nicht zu Tode bringen!«

»Ich weiß, Annie.« Die letzten Wochen hatten in ihre Beziehung weitere tiefe Wunden gerissen. Aber vielleicht lag auch eine Chance darin, dass sie jetzt so ungeschminkt miteinander sprachen. »Sei vorsichtig, wenn du mit denen zu tun hast. Glaub bloß nicht, sie lassen dich irgendwann, wenn du ihnen genug geholfen hast, vom Haken. Du wirst Spitzensportlerin. Du willst in die weite Welt reisen. Dazu brauchst du immer ihre Erlaubnis. Sie werden dich am kurzen Zügel halten.«

»Alles ist verlogen hier«, sagte Annie, während sie nach draußen blickte.

Ria sah sie an. »Ich versuche, mich zu bessern.«

Und Annie blickte ebenfalls zu ihr. Sie sah so verletzlich aus, dass Ria versucht war, an den Straßenrand zu fahren und anzuhalten, um sie in den Arm zu nehmen. »Ist es in Ordnung, wenn ich dich zu mir fahre?«

Annie nickte stumm.

Zu Hause gingen sie gemeinsam die Treppe hoch und hinterließen Wasserflecken auf den Stufen. In der Wohnung gab Ria ihr Handtücher und trockene Wäsche, auch einen Pullover und eine Hose. Während Annie im Bad beschäftigt war, kochte sie Tee.

Dann saßen sie zusammen auf dem Sofa, Annie in Rias Kleidern, und waren zum ersten Mal wirklich Mutter und Tochter füreinander.

31

Erich Honecker wartete, bis die Haushälterin gegangen war. Dann machte er sich ein Bier auf. Er war kein Mensch, der sich spontan herumstritt. Schon gar nicht mit Margot, die beim Streiten sowieso Oberwasser bekommen und jede Kritik in eine Abreibung für ihren Gegner verwandeln würde. Aber das mit dem Biermann ging nicht. Es ging einfach nicht.

Er setzte sich ins Speisezimmer. Stand wieder auf, ohne einen Schluck getrunken zu haben. Setzte sich ins Wohnzimmer. Jetzt trank er. Das Bier schmeckte bitter heute.

Er hörte Margot die Treppe runterkommen.

Sie fand ihn im Wohnzimmer. Ein rascher Blick. Schon hatte sie verstanden, dass Ärger drohte. Seelenruhig holte sie sich eine Zigarette aus der Schachtel und zündete sie an. Sie zog den Rauch tief ein und ließ ihn aus der Nase hervorquellen. Margot war fünfzehn Jahre jünger als er. Sie sah flott aus in ihrem Pullover. Aber man durfte sich als Mann darauf nichts einbilden, wenn die Frau sich schön machte, das tat sie nicht für den Ehemann, sie tat es für die anderen Männer und Frauen, und vor allem tat sie es für sich selbst.

Zum hundertsten Mal fragte er sich, wieso Margot HB rauchte, mühsam aus Westberlin beschaffte Zigaretten – während sie bei der Kleidung darauf bestand, westdeutsche Marken zu vermeiden, und man sie hintergehen musste, um ein Donnerwetter abzuwenden. Ahnte sie, dass extra für sie die Schildchen aus der Kleidung entfernt und italienische Schildchen hineingenäht wurden, damit sie nicht merkte, dass die Sachen, die sie so liebte, in Westdeutschland hergestellt worden waren?

»Also?«, fragte sie und verschränkte die Arme vor der Brust. Nur die Hand mit der Zigarette hielt sie leicht abgewinkelt.

Er sagte: »Wolf Biermann ist auf dem Alexanderplatz aufgetreten. Obwohl es ihm untersagt ist, Konzerte zu geben. Das ist nicht in Ordnung, Margot. Du weißt es.«

Sie blies seelenruhig den Rauch aus. »Es war nichts Offizielles. Er hat sich ohne Gitarre hingestellt und ein paar Lieder gesungen.«

»Nicht irgendwelche Lieder! Und er hat unseren Beschluss ignoriert. Bei jedem anderen hätte diese Dreistigkeit Folgen.«

Sie sagte: »Wolf Biermann ist nicht jeder andere.«

Nie war ihm das Ticken der Wanduhr so laut erschienen. Ungerührt sah Margot ihn an.

Ihr Vater war ein Funktionär des Rotfrontkämpferbundes in Halle an der Saale gewesen. Und Wolf Biermanns Großvater zur gleichen Zeit führender Kader des Rotfrontkämpferbundes in Hamburg. Die beiden hatten sich gekannt.

Margot war für konspirative Treffen als junges Mädchen mit KPD-Kurieren nach Hamburg gereist, zur besseren Tarnung der Kuriere. Sie war bei den Biermanns zu Hause gewesen. Gleich würde sie ihm das alles wieder erzählen.

Sie sagte: »Ich kenne seine Mutter Emma und seine Oma Meume. In meiner Familie gab es viel Hochachtung für diese Familie.«

»Komm mir nicht mit seiner Mutter. Die regelt von Hamburg aus die Verhandlungen mit westdeutschen Verlagen und Plattenfirmen für ihn, für konterrevolutionäre Lieder!«

»Emma hat unter höchstem Einsatz für die gute Sache gekämpft. Und sie hat bezahlt. Bitter bezahlt. Ich war dort, in Hamburg, Wolf war sechs Jahre alt. Da kam die Nachricht vom Tod seines Vaters. Ein Gestapo-Spitzel ist in seine Widerstandsgruppe eingeschleust worden und hat ihn verraten. Man hat ihn ins KZ Auschwitz gebracht und dort ermordet.«

»Wenn wir ein Auftrittsverbot verhängen, muss das befolgt werden. Er ist auf dem Alexanderplatz aufgetreten. Mitten in den Weltjugendfestspielen!«

»Seine Mutter hat mir geschrieben, als die ersten Probleme mit seiner Lyrik aufgetaucht sind, wie hieß das Gedicht? ›An die alten Genossen‹. Sie hat mich gebeten, auf ihn aufzupassen.«

»Er ist kein Kind mehr. Der Mann ist sechsunddreißig. Stell es doch nicht so hin, als hätte er bloß die falschen Freunde.«

»Dieser Robert Havemann tut ihm nicht gut.«

Zwanzig Jahre waren sie jetzt verheiratet. Anfangs eine klassische Dienstaffäre, sie war die jüngste Abgeordnete in der Volkskammer gewesen, zweiundzwanzig, und ihm war rasch klar geworden, dass seine Hochzeit mit Edith ein Fehler gewesen war. Aber so einfach ging das alles nicht, Edith bekam ein Kind von ihm, und dann bekam auch Margot ein Kind von ihm, und Edith war ihm daraufgekommen. Seit der Scheidung von Edith waren Margot und er Lebens- und Kampfgefährten. Aber dass sie sich jetzt insgeheim mit Wolf Biermann solidarisierte, sie, die gebildeter war als er, das schmeckte ihm nicht. Bei ihm war Bildung eben mehr Ausbildung, es ging um praktisches, nützliches Wissen. Dieser Biermann ging mit seiner Lyrik natürlich mehr in die Tiefe, und das imponierte Margot.

Er sagte: »Havemanns Vorlesungen waren eine Kriegserklärung. Der Mann hat die Sache der Arbeiter- und Bauernmacht verraten.«

»Ich habe Wolf ins Ministerium einbestellt«, verteidigte sich Margot, »habe ihn zu Hause besucht, wir haben diskutiert, stundenlang. Er will, dass wir der Bevölkerung mehr Freiheiten lassen.«

Jetzt war er also auf einmal einfach Wolf. Es klang fast schon nach einer Freundschaft. »Der Mann wendet sich gegen den Parteiapparat. Das ist Konterrevolution.«

»Nicht gegen den Parteiapparat, Erich, nur gegen die Privilegien des Parteiapparats.«

»Privilegien, pah! Ein Haufen Arbeit ist es. Er hat doch keine Ahnung, was es bedeutet hat, nach Kriegsende aus der Trümmerlandschaft wieder eine Lebensgrundlage zu schaffen. Ihm wäre es am liebsten, wenn wir abtreten würden.«

»Er möchte Meinungsfreiheit.«

»Niemand verbietet ihm seine Meinung.«

»Aber er will sie öffentlich sagen dürfen. Was nicht geht, selbstverständlich.«

»Will er, dass es hier Obdachlose gibt wie im Westen? Dass zynisch den Armen der Wohlstand vorenthalten wird?«

Warum sah Margot nicht, was *er* erreicht hatte? Sie bemutterte diesen Dichter. Dabei hatte Wolf Biermann kaum etwas vorzuweisen. Hatte er etwa zuwege gebracht, dass die DDR in den letzten Monaten von über hundert Staaten offiziell anerkannt wurde? Hatte er dafür gesorgt, dass sie in

Kürze Mitglied der UNO werden würde? Dass die BRD auf den deutschen Alleinvertretungsanspruch verzichten musste? So etwas war geschichtsträchtig, so etwas war richtige Arbeit. Die Nachkriegsgrenzen waren völkerrechtlich ratifiziert. Das Bestehen der DDR war gesichert. Jetzt war sie nicht mehr zu verschachern, nicht länger Spielball anderer Mächte. Und er, Erich Ernst Paul Honecker, war ein Staatsmann von Gewicht geworden, unterwegs im Auftrag des Friedens. Jeder sah das, nur die eigene Frau nicht. »Ich war auch in Nazihaft«, sagte er heiser, »und die Freie Deutsche Jugend –«

»Erich, ich weiß das alles.«

»Es war schwerste Arbeit nötig, um dahin zu kommen, wo wir heute sind. Mit eisernem Willen verrichtete Arbeit, ohne Murren, gemeinsam, für die Zukunft. Das lasse ich mir von einem wie Wolf Biermann nicht madig machen. Wir können jetzt nicht zögern, Margot! Zu unseren Lebzeiten fällt die Entscheidung über Jahrtausende, jetzt müssen wir siegen mit dem Kommunismus.«

»Natürlich.«

»Wir sind so weit gekommen. Wir haben in der DDR den höchsten Butterverbrauch pro Kopf in der ganzen Welt, vierzehn Kilo! Wir haben Wohlstand geschaffen. Und unsere Grenzer schaffen es noch nicht mal zu verhindern, dass Rudi Dutschke während der Weltfestspiele in unser Land eindringt und Wolf Biermann besucht?«

Margot blieb ernüchternd ruhig. »Wolf will den Kommunismus. Er hat sich nur etwas verrannt. Er will gegen die Missstände ankämpfen.«

»Er kämpft gegen uns.«

»Ich hab ihm gesagt, dass wir Feinde werden, wenn er so

weitermacht.« Sie nahm einen langen Zug von der Zigarette. »Es ist ein Jammer. Er hätte der größte Dichter unseres Landes werden können.«

So dachte sie also. Und er, der keine Ahnung von Lyrik hatte, war natürlich nicht in der Lage, das zu beurteilen.

Natürlich würde er Margot nicht verlassen. Aber er spürte, wie der Riss zwischen ihnen tiefer wurde.

32

Dr. Schalck begrüßte sie im Büro. »Das ist ein Wort. Wirklich, Ria. Also das ist ja fast ein Abenteuerroman. Der muss dumm aus der Wäsche geguckt haben, wie?«

»Ihr Anruf kam überraschend für mich.«

»Dass wir dich wieder hierhaben wollen? Die Sache ist doch jetzt geklärt. Und mich hat es eigentlich nicht überrascht. Du bist eine Säule hier. Ich hab auch schon mit dem Kaderleiter und der SED-Kreisleitung gesprochen. Dass du deine aufrechte politische Einstellung über die Familie stellst, rechnen wir dir hoch an.«

Sie nahm wieder an ihrer Schreibmaschine Platz und schaltete sie ein. Der Motor der Optima Electric M 100 surrte leise. Ria startete am Diktiergerät die Wiedergabe, und im Kopfhörer ertönte Schalcks sonore Stimme. Sie schlug die Tasten an, es kostete nur wenig Kraft. Die Hebel schossen zum Papier, das schwarze Kohleband hob sich dazwischen, und in dunkler Druckfarbe erschienen die Buchstaben.

Sie kannte die Regeln. Falls Doppelunterschrift geleistet werden musste, unterschrieb der Mitarbeiter mit der verantwortlicheren Funktion links, der andere unterschrieb etwas weiter rechts, das war zu beachten, wenn sie die Namen und Dienstbezeichnungen unter das Dokument setzte. Sie wusste mit der Ablage umzugehen, mit den Lochbandkassetten und dem Schreibautomaten. Wusste, wer wann die Unterschriftenmappe bekam.

Sie kannte die Kolleginnen. Wenn sie bei ihrer Nachbarin die Schreibtischschublade öffnete, würde darin ein Lippenstift herumrollen, es gäbe ein angebissenes Frühstücksbrot in zerknülltem Papier, einen Taschenspiegel, eine leere Pralinenschachtel und Haarklemmen. Und bei der anderen Nachbarin lagen selbst die Radiergummis rechtwinklig zur Tischkante. Außerdem konnte sie durch ein unerklärliches Wunder mit ihr sprechen, während sie weitertippte.

Das Büro war ihr zweites Zuhause. Und doch war sie heute nicht hier. Immer wieder musste sie das Diktiergerät stoppen, weil sie nicht recht zugehört hatte. Sie blinzelte dann und sah für einen Moment aus dem Fenster.

Ich wollte, dass du lebst, Henning.

Als sie das zweite Diktat beinahe abgeschlossen hatte, läutete das Telefon, und die Lampe für einen externen Anruf leuchtete auf. Ria hob ab. »Kommerzielle Koordinierung, Sekretariat des Leiters Dr. Schalck, Nachtmann am Apparat.«

Die Stimme am anderen Ende erzählte etwas von einer Außenstelle, Genehmigungen und einem Exportgeschäft, und Ria saß sofort aufrecht, denn sie meinte, die Stimme zu kennen. Dann kamen Worte, die ihr wie Stromschläge durch den Körper peitschten. »Unser Abteilungsleiter Germar Pokorny würde gern Herrn Dr. Schalck sprechen.« *Germar Pokorny.* Merk dir das, Ria. Im Notfall weißt du, was es bedeutet.

Sie gab die verabredete Antwort. Wort für Wort hatte sie es in all den Jahren behalten. »Dr. Schalck wird Herrn Pokorny gern empfangen. Kommen Sie morgen um siebzehn Uhr.« Sie hatten plus zwei verabredet, sagte sie siebzehn Uhr, hieß es, dass sie Stefan Hähner um neunzehn Uhr treffen würde.

»Ginge es nicht gleich?«, sagte die Stimme. »Der Sachverhalt duldet keinen Zeitaufschub.«

»In Ordnung«, sagte Ria. »Ich prüfe das.« Sie legte auf.

Sie stand auf, warf der Kollegin zu: »Ich mach Pause« und verließ das Büro.

Als sie den verabredeten Treffpunkt am Wasserturm an der Knaackstraße erreichte, war sie zehn Minuten mit dem Auto gefahren, es blieben zwanzig, damit es vor den Kollegen als »Pause« gerade noch durchging. Sie würde behaupten, sie hätte sich in ein Café gesetzt bei dem schönen Wetter.

Der Platz war ideal: Dicht belaubte Büsche und Bäume umstanden den trutzigen Wasserturm. Man konnte sich ungestört unterhalten, während Beobachter, wenn sie sich nähern wollten, erst eine der umgebenden Straßen und ein Stück Wiese überqueren mussten.

»Haben Sie gut hergefunden?« Hähner stand unter einem Baum.

Sie ging zu ihm. »Keine Anzeichen von Verfolgern«, sagte sie leise. Das war es doch, was er meinte.

Er war älter geworden, seine Geheimratsecken waren jetzt ausgeprägt, die Schultern gebeugt, und Falten furchten sein Gesicht. Er hatte eine Aktentasche und einen prall gefüllten Beutel bei sich.

»Schön, Sie wiederzusehen«, sagte er. »Wie viel Zeit haben wir?«

»Zehn Minuten, wenn ich rechtzeitig zurück im Büro sein will.«

»Ist Ihr Schwager noch auf der Flucht?«

»Ich habe ihn zurück ins Gefängnis gebracht.«

Es verschlug ihm für einen Moment die Sprache. »Sie haben … was?«

»Er hätte einen neuen Versuch gestartet und wäre dabei umgekommen.«

»Das hat eine gewisse Logik.« Er musterte sie. »Aber es muss Ihnen schwergefallen sein.«

Sie wich seinem Blick aus. »Ich habe kein Material, ich kann nichts übergeben.«

»Ich möchte kein Material mitnehmen, sondern Sie.«

»Sie meinen …«

»Es ist höchste Zeit.«

Sie zögerte. Gerade war ein Neuanfang mit Annie gemacht. Und es stand eine Versöhnung mit Jolanthe aus. Überhaupt würde Jolanthe Unterstützung brauchen.

»Werfen Sie Ihr Leben nicht weg. Jemand hat sich in Ihren Fall verbissen. Diese Person wird erst Ruhe geben, wenn Sie tot sind oder für immer im Zuchthaus.« Er zog einen schwarz-silbernen Apparat aus der Aktentasche. »Ich werde ein Polaroidfoto von Ihnen machen, dort vor der hellen Hauswand. Ziehen Sie anschließend das hier an.« Er reichte ihr den Beutel. »Ich hoffe, ich habe Ihre Kleidergröße richtig eingeschätzt.«

»Warum soll ich neue Sachen anziehen?«

»Die Sachen müssen aus dem Westen sein. Sonst genügt an der Grenze ein Blick auf Ihr Schildchen im Nacken, und wir sind überführt. Aber ziehen Sie sich erst nach dem Foto um. Auf den Dokumenten sollten Sie nicht dasselbe tragen wie beim Grenzübertritt, das macht die Offiziere bei der Passkontrolle sonst misstrauisch. Und achten Sie auf metallische Gegenstände, eine Sicherheitsnadel oder so etwas. Bei kleinsten Begegnungen kann Ihnen so etwas zugesteckt werden. Die Sachen sollten frei davon sein. Prüfen Sie auch die Schuhe. Lassen Sie alles Alte in einem Beutel, Ihre Handtasche ebenfalls, und werfen Sie ihn unterwegs in einen städtischen Mülleimer. Behalten Sie nichts, weder Ihren alten Ausweis noch Geld noch Fotos oder irgendetwas anderes.«

»Warum sollte mir jemand eine Nadel zustecken?«

»Die Staatssicherheit hat begonnen, unliebsame Personen radioaktiv zu markieren.«

»Das heißt, es kann sein, dass ich gerade radioaktiv strahle.«

»Ich halte das für recht wahrscheinlich.«

Ria erschauderte. »Kann ich mich verabschieden?«

»Sie meinen Ihre Tochter. Ich rate dringend davon ab.«

»Sie wird glauben, ich verlasse sie ein zweites Mal. Dass ich sie nicht haben will. Dass sie mir egal ist.«

Er lächelte traurig. »Das ist wohl Ihr zweites Geheimnis. Sie sind nicht nur verdammt gut in meinem Arbeitsfeld. Sie haben auch ein mitfühlendes Herz.«

Der Kollege brauchte keine dreißig Sekunden, um Ria Nachtmanns Wohnungstür zu öffnen. Zu viert gingen sie hinein. Marga Dierks sah sich um. Im Wohnzimmer hing an grauen Stricken eine Rankpflanze von der Decke herab, die Stricke waren unter dem Blumentopf zu einer dicken Quaste verwoben.

Die Küche besaß nur eine einfache Spüle, und der Griff des Wiegemessers war locker. Es sah aus, als hätte Ria Nachtmann es gebraucht auf dem Flohmarkt erworben. Der Fleischwolf befand sich noch unbenutzt im Karton. Von einer Kultur des Kochens und des Essens hatte sie keine

Ahnung. Marga öffnete die Schränke. Ein Teil des Geschirrs war aus Kunststoff. Jacob hätte ihr das um die Ohren gehauen, wenn er hier gewesen wäre. Am fleckigen Kaffeewärmer, den Ria Nachtmann offenbar häufiger zum Wärmen über Tee- oder Kaffeekanne stülpte, gingen die Nähte auf. Marga öffnete den Kühlschrank. Der hätte längst wieder einmal geputzt werden müssen.

Auf dem Kühlschrank stand eine Kakaodose mit knallbunten Palmen darauf. Sie war ohne Zweifel aus dem Westen. Aber das verriet nichts. Im Gegenteil, wäre kein Gegenstand dieser Wohnung aus dem Westen gewesen, wäre genau das auffällig und verräterisch gewesen. Ria Nachtmann gab sich harmlos. Ihre Wohnung schrie ihre Harmlosigkeit geradezu heraus.

Und doch wagte es diese Frau, mit dem Machtapparat eines ganzen Landes Verstecken zu spielen. »Legt los«, sagte Marga.

Auf sanften Sohlen schlichen die Kollegen durch die Wohnung, ein interessanter Gegensatz zur unverfrorenen Art, mit der sie die Besitztümer aus den Schränken und Regalen nahmen. Sie tasteten Bücher nach Hohlräumen ab, hielten sie anschließend mit der Schnittseite nach unten, um Papierfetzen oder Fotos herauszuschütteln.

Im Bad beklopfte einer von ihnen sachte die Kacheln. In der Küche holte Genosse Schmitz das Gurkenglas aus dem Kühlschrank und wühlte mit dem Finger zwischen den Gewürzgurken herum. Marga ging ins Schlafzimmer. Sie tastete das Bettzeug ab. Öffnete den Kleiderschrank und fingerte durch die Unterhemden, die Strümpfe, die Pullover. Sie hob die Kleider heraus, die an Bügeln hingen wie abgelegte Menschenleben.

Jeder Geheimdienstmitarbeiter mogelte, keiner hielt sich

vollständig an die Regeln, die ihm beigebracht wurden. Auch sie selbst füllte manchmal ein Treffformular aus, obwohl gar kein Treffen stattgefunden hatte, einfach, weil sie nicht ertragen konnte, ihren Misserfolg schriftlich festzuhalten, wenn ein informeller Mitarbeiter die Dreistigkeit besessen hatte, sie zu versetzen.

Auch Ria Nachtmann konnte unmöglich alles im Kopf behalten. Sie hatte sich irgendwo Notizen gemacht über Codewörter oder Treffpunkte. Oder, wenn sie darin eisern korrekt war, hatte sie es vielleicht nicht aushalten können, all die Jahre niemandem von ihrer Arbeit erzählen zu dürfen, und hatte in einem Brief Andeutungen gemacht. Einem Brief, den sie dann nicht abzuschicken wagte und seitdem im Schrank aufbewahrte. Oder sie hatte etwas in ihrem Tagebuch notiert. Menschen wollten Spuren hinterlassen, so waren sie gebaut. Keiner ertrug es auf Dauer, etwas zu tun, wovon niemand etwas erfuhr. Vielleicht hatte sie auf einem Zettel oder in einem Buch die Adressen von Unteragenten notiert, oder die Treffzeiten mit ihrem Führungsagenten oder ihre Absicherungsprozeduren, womöglich getarnt als Telefonnummer in ihrem Adressbuch oder als Geburtsdatum einer Freundin im Kalender. »Keine Eile«, sagte Marga. »Ich will nicht, dass wir etwas übersehen.«

»Geht klar«, kam es aus dem Wohnzimmer.

Geht klar. So redete man nicht mit ihr. Sie fragte mit kühler Höflichkeit: »Wie bitte?«

»Wir haben Zeit«, sagte der junge Kollege und streckte verunsichert seinen Kopf aus der Tür. »Das habe ich verstanden. Keine Sorge, Genossin Dierks. Wir übersehen nichts.«

Sie ging zu ihm. »Ria Nachtmann ist bis siebzehn Uhr auf der Arbeitsstelle. Ich möchte, dass wir jeden Quadratzentimeter dieser Wohnung –« Sie brach ab. Ein kleiner Zettel segelte aus dem Buch zu Boden, das der junge Kollege gerade schüttelte. Sie hob ihn auf.

St. Hä. 15. Apr. 16:30

So notierte man nur etwas, das man sich genierte, im Klartext aufzuschreiben. Der Zettel war angegraut, womöglich steckte er seit Jahren im Buch. Sie sagte: »Weitermachen.«

Dann ging sie in die Küche. Sie setzte sich an den kleinen Tisch und legte den Zettel vor sich auf die Wachstuchtischdecke.

Sicher hatte Ria Nachtmann keinen Termin mit genauer Uhrzeit für nächstes Jahr notiert. Der Zettel konnte aus der Anfangszeit ihrer Tätigkeit für den Westen stammen. Aus den ersten Monaten, in denen sie sich gefürchtet hatte, etwas Entscheidendes zu vergessen und vor dem Geheimdienst, der sie angeworben hatte, dumm dazustehen.

St., das konnte Sankt heißen, es konnte eine Kirche sein. Mit dem Christentum kannte sie sich nicht aus, gab es einen Heiligen, der mit Hä begann? Und gab es eine Kirche, die nach ihm benannt war? Das war zu prüfen.

Und wenn es für einen Namen stand? St., das konnte Stephan heißen, oder Stanislaw oder Steve. Für Hä gab es nicht viel. Häusler. Hämpel. Hänssler. Härtling. Häntzsch. Häberer. Häcker.

Hähner – hatte das nicht auf einem der abgefangenen Briefe gestanden?

Sie ging zu Rias Telefon und wählte eine Nummer. »Holen Sie bitte die Akten der Fahndungsgruppe ›Stechapfel‹. Ich muss wissen –«

»Betrifft das Ria Nachtmann?«, fragte der Kollege am anderen Ende der Leitung.

»Ja, es betrifft Ria Nachtmann.« Wie gut es tat, endlich offen und mit Nachdruck sagen zu dürfen, was sie schon lange ahnte. Jetzt würde ihr niemand mehr Steine in den Weg legen können, nicht einmal Dr. Schalck.

»Die ist vor anderthalb Stunden von ihrer Arbeitsstelle verschwunden.«

»Ich verstehe. Bleiben Sie kurz am Apparat.«

Sie rief die Kollegen. »Wir brechen hier ab. Holt mir ihre Fotoalben aus dem Schrank. Jeder von euch bekommt ein Foto von Ria Nachtmann. Wir treffen uns am Brunnen der Völkerfreundschaft.« Dem jungen Kollegen sagte sie: »Du bleibst bei mir.«

Sie brauchten einen gerichtsfesten Beweis für ihre Spionagetätigkeit. Der Zettel reichte nicht. Aber er würde ihr dabei helfen, einen Beweis zu bekommen.

Wenn Ria Nachtmann untertauchen wollte, gab es einen Ort, an dem sie zuvor zu finden sein würde.

Zeit für die Abrechnung.

Gesine kam in die Turnhalle. »Draußen steht eine Frau, die behauptet, sie wäre deine Mutter. Ich hab sie aber noch nie gesehen.«

Der Übungsleiter sagte: »Die kann warten. Wir machen weiter.«

Annie sprang vom Schwebebalken. Herr Kotzev, der für das Training am Balken zuständig war, hatte nicht die Autorität eines Herrn Selle. »Tut mir leid«, sagte sie. »Da muss ich wirklich hin, das ist meine leibliche Mutter. Die war noch nie hier. Es muss etwas passiert sein.«

»Fünf Minuten!«, sagte er streng.

Sie trat aus der Turnhalle und blinzelte ins Sonnenlicht. Sie hatte über die Trainingsstunden die sommerliche Außenwelt ganz vergessen. »Ria?« Sie blieb stehen. »Ui, neu eingekleidet! Chic.«

Aber die Mutter schien sich über ihr Kompliment nicht zu freuen. »Gehen wir ein Stück?«

»Ich muss gleich wieder rein.«

»Nur einen Moment. Ich muss dir etwas Wichtiges sagen.«

Wie sie das aussprach, konnte es nichts Gutes sein. Annies Magen zog sich zusammen.

Ria brauchte einige Schritte, ehe sie die Worte beisammenhatte. »Annie, du wirst nie eine richtige Familie haben wie die anderen. Und ich weiß, wie das schmerzt. Ich hatte eine, und ich habe sie verloren.«

»Mir geht's gut.«

»Man kann Leben nicht miteinander vergleichen. Wir müssen das nehmen, was wir bekommen, und versuchen, daraus etwas zu machen.«

»Was ist los? Warum redest du so ernst?«

»Vielleicht sehen wir uns heute zum letzten Mal.«

Annie stoppte. »Wieso?«

»Ich hab nie richtig gewusst, wo ich hingehöre. Man hat mir die Identität genommen, hat mich umerzogen, an mir herumgeformt, mich zusammengeschrien, als ich noch ein Kind war, mir einen neuen Familiennamen verpasst. Bei den Menschen um mich herum habe ich nie gewusst, ob ich ihnen nah bin oder nicht. Und deshalb habe ich mich verstellt. Eigentlich überall. Selbst im Büro verstelle ich mich. Und bei dir habe ich es auch gemacht. Ich wollte das nicht, aber ich war nicht wirklich ich selbst, wenn wir uns gesehen haben. Das tut mir heute leid.«

Besorgt sah Annie die Mutter an. »Dieses Gespräch ist doch schon mal ein guter Anfang.«

Ria lachte bitter. Sie wischte sich Tränen aus den Augenwinkeln. Dann nahm sie Annie sanft an den Schultern. »Ich will, dass du weißt, wie sehr ich dich liebe. Ich habe dich immer geliebt, auch aus der Ferne. Ich habe Babysocken von dir gestreichelt, hab leise für dich gesungen, auch wenn du es gar nicht hören konntest. Ich wollte eine bessere Mutter sein, aber ich konnte es nicht. Bitte verzeih mir, Annie.«

Eine Autotür schlug zu. Ria zuckte bei dem Geräusch zusammen. Sie zog Annie in eine Umarmung.

Zu wissen, wenn sie Annie jetzt losließ, würde sie die Tochter niemals wieder in die Arme schließen können! Aber es musste sein.

Ein junger Mann trat auf sie zu. Sie dachte, er würde nach dem Weg fragen oder nach der Uhrzeit, aber er reichte ihr stumm einen Zettel und ging weiter.

»Wer war das?«, fragte Annie.

»Keine Ahnung.« Ria sah auf den Zettel.

Brunnen der Völkerfreundschaft, umgehend.
St. Hä.

»Ich muss fort.«

»Du sagst mir nicht, was wirklich los ist?«

»Du weißt es doch längst.« Ria seufzte tief, dann nahm sie Annies Hand und drückte sie noch einmal fest. »Vergib mir. Und vergiss mich nicht.«

Sie machte kehrt und ließ die Tochter stehen. Wiederholte sie gerade den schlimmsten Fehler ihres Lebens? Sie schloss das Auto auf, stieg ein und fuhr los. Auf dem Weg zum Alexanderplatz hatte sie Schwierigkeiten, den Straßenverkehr mitzuverfolgen. Es schmerzte unter den Rippen, so sehr, dass sie zeitweilig keine Luft bekam.

Würde sie wirklich gleich für immer ihr Land verlassen? Auch Jolanthe gab sie damit einen zweiten Grund, sie für immer zu hassen. Sie ließ ihre kleine Schwester im Stich.

Es war zwei Stunden vor dem geplanten Treffen. Warum die Änderung? Hatte Hähner überhaupt genug Zeit gehabt, sich um die Pässe zu kümmern? Womöglich war es eine Planänderung aus Sicherheitsgründen. Je früher sie über die Grenze kamen, desto besser.

Sie parkte am Ende der Jacobystraße, näher war nicht an den Alexanderplatz heranzukommen. Als sie durch die feiernden Jugendlichen hindurch zum Brunnen der Völkerfreundschaft vorgedrungen war und das Centrum Warenhaus mit seiner Wabenfassade vor sich aufragen sah, wurden ihre Schritte kleiner.

Dieser Ort widersprach allem, was Stefan Hähner ihr über konspirative Treffs beigebracht hatte. Es gab keine Möglichkeit, unbelauscht zu reden. Zudem waren doch momentan auf dem Alexanderplatz eine Menge Offiziere der Staatssicherheit unterwegs – würde Stefan Hähner riskieren, hier zwischen ihnen herumzuspazieren?

Aus dem Augenwinkel nahm sie zwei Männer wahr, die auf sie zusteuerten. Mit großen Schritten löste sie sich vom Brunnen und überquerte den Platz zum Centrum Warenhaus. Sie tauchte in die Menge ein, die sich in den Eingang schob.

Trampel, diese Genossen!

Marga Dierks stürzte Ria nach. Im Vorbeigehen fauchte sie den Kollegen zu: »Holt Unterstützung vom Platz! An jeden Ausgang vier Leute!«

Schon war die Lage eine völlig andere. Ria war ihr so schön auf den Leim gegangen. Mit einer ungünstig gestellten Rückfrage hätte sie sich bereits entlarvt. Aber sie war misstrauisch geworden, an den Schritten hatte man es gesehen, und jetzt würde sie es ihnen schwer machen. Sie würde sich Kleidung kaufen, sich schminken, sie würde völlig verändert aus dem Kaufhaus treten.

Ich kann nicht an jeder Tür sein, dachte Marga. Sie würde die Verkleidung natürlich durchschauen, aber bei den Kollegen war sie da schon weniger sicher. Eine Tragödie war das. Eine Katastrophe!

Marga stoppte an den Rolltreppen. Wie agierte Ria Nachtmann? Lauerte sie gleich unten an den Türen, schnappte sich nur schnell ein paar Accessoires und versuchte einen Ausbruch, bevor allzu viel Verstärkung eingetroffen war? Oder hatte sie die Ruhe weg, fuhr mit der Rolltreppe ins zweite Obergeschoss und vertraute auf ihre Fähigkeiten?

Wenn es doch Überwachungskameras gäbe wie in München, wenn sie doch erst so weit wären.

Kurz entschlossen fuhr Marga mit der Rolltreppe hinauf. In der Kinderabteilung war ein Fernsehturm aufgebaut worden. Im Riesenrad fuhren Plüschtiere und Puppen im Kreis, und die Familien drängten sich um eine Anlage mit fahrenden Modelleisenbahnen. Margas Blicke glitten hastig über die vielen Gesichter. Sie suchte, wurde aber nicht fündig.

Also weiter zur Damenbekleidung. Kundinnen sahen sich das Angebot auf den modernen Kleiderkarussells an.

Marga schritt die Verkaufsstände ab. Lauerte kurz, verborgen hinter einem fesch bekleideten Mannequin aus Holz.

Sie fuhr hinauf in das Kundenrestaurant in der obersten Etage. Auch dort war Ria Nachtmann nicht.

Zurück ins Gewühl. Technische Geräte, Heimwerkerabteilung, Schreibwaren, Keramik und Geschirr. In der Lebensmittelabteilung eilte Marga an endlosen Regalen entlang. Die größte Lebensmittelabteilung der DDR, ein Albtraum, hier jemanden zu suchen.

Da sah sie Jacob. Er kaufte Butter und Milch und hatte ein kleines Kind an der Hand. Das konnte nicht Jacob sein, aber es war Jacob, und er sah ihr kurz ins Gesicht, als er an ihr vorüberging. »Jacob?«, fragte sie fassungslos.

Er reagierte nicht darauf, er ging einfach weiter. Tat so, als würde er sie nicht kennen. Von wem war das Kind?

Sie drehte durch. Das hatte sie davon, dass sie ihm Essen kochte, dass sie mit ihm sprach. Sie hatte zu oft die feine Linie übertreten, die von der Vernunft in den Wahnsinn führte. Jetzt bezahlte sie den Preis dafür.

Marga kniff sich in die Hand, bis der Schmerz grell wurde. Sie hastete in die Stoffabteilung. Sie wollte, sie durfte nicht versagen. Die Landesverräterin würde sich in den Westen absetzen und dort mit ihrem Journalisten glücklich werden, sie würden ein Glück haben, das sie, Marga, nie gehabt hatte, obwohl sie doch alles für die gute Sache geopfert hatte. Und wer wusste schon, welche Informationen die Flüchtige mitnahm und wie sehr sie dem Land schadete?

Es war ihr Kind gewesen an Jacobs Hand, das Kind, das sie zusammen hätten haben können.

Sie erstarrte. War das nicht die alte Frau, die sie einmal verhört hatte? Was tat sie hier? Und der da, den hatte sie wegen staatsfeindlicher Hetze überführt. Das Kaufhaus kehrte sich gegen sie, die Leute starrten sie alle an. *Du hast unser Leben zerstört,* sagten sie.

Der da, der war doch tot, der war doch hingerichtet worden, was machte der hier bei den Kopfkissen, wieso lief er hier noch herum? Und dieser Jugendliche, der konnte nicht gegen sie sein, der hatte als Inoffizieller Informant unterschrieben, der arbeitete *für* sie und durfte sie nicht so grimmig ansehen.

Es ist bloß mein Gewissen, sagte sich Marga. Ich muss mich konzentrieren, ich tue hier meine Arbeit. Sie riss versehentlich einen Stapel Handtücher um, der Tisch stand ungünstig, wer stellte den hier so in den Weg?

»Geht es Ihnen nicht gut?«, fragte eine Verkäuferin. »Brauchen Sie Hilfe?«

Marga richtete sich auf. »Räumen Sie Ihr Zeug nicht so kreuzdumm in den Weg, verstanden?«

»Haben Sie sich wehgetan?«

»Schon in Ordnung«, sagte sie. »Es ist alles in bester Ordnung.«

33

Ria beobachtete drei junge Frauen in der Abteilung für Jugendmode, die sich Kleider mit buntem Blumenmuster vor ihre schwarzen Lederjacken hielten und voller Verachtung Grimassen zogen. Sie selbst trugen enge Jeans. Als eine der Frauen gerade einen Gürtel hochhob und spöttisch dazu ein Lieb-Mädchen-Gesicht machte, trat Ria auf sie zu. »Kann ich euch was Verrücktes fragen? Mein Freund wartet draußen am Brunnen, er denkt, ich kaufe eins von diesen Kleidern. Er ist immer so spießig. Ich hab mir eine Schere gekauft und werde mir die Haare abschneiden, aber noch besser wäre es, wenn ich auch was anderes zum Anziehen hätte.«

»Du schneidest dir die Haare ab? Deinem Macker wird die Emaille splittern, ich sag's dir, jede Masse!« Die Mädels waren begeistert.

Ria fragte: »Und von der Kleidung her?«

»Erst mal brauchst du amerikanische Röhren. Die gibt's hier nicht.«

»Eine Nietenhose wie die?« Sie hob die Boxer-Jeans der Templiner Bekleidungswerke hoch, die sie gerade gekauft hatte, und das weiße Nicki.

»Nietenhose! Du klingst wie meine Ollen. Aber im Notfall geht die auch. Im Notfall. Rein mit den Pedalen. Hast doch ein paar ordentliche Zuckerlöffel, wieso trägst'n so ein hässliches Geschäftskleid, das ist doch finster.«

Langhaarige Männer streunten heran. Der Kleidung nach zu urteilen, waren es die Freunde der jungen Frauen. »Was will die Biene?«

»Ihrem Freund zeigen, was guter Geschmack ist.« Die Mädels begleiteten Ria zur Toilette.

»Helft ihr mir mit den Haaren?«

Drinnen, am Waschbecken, die Schere schon parat, wurden sie unsicher. »Haste Manschetten?«

»Nein. Ich ziehe das durch.«

Also schnitten sie ihr über dem Waschbecken eine Kurzhaarfrisur. »Jetzt noch die Jeans. Der wird Augen machen!«

Ria zog sich um.

»Und die Kutte.« Eines der Mädchen lieh ihr seine schwarze Lederjacke. »Der wird urst abschnallen!«

»Urst!«, riefen die anderen begeistert.

Als sie die Toilette verließen, sagten die Jungs: »Siehst Bombe aus, echt.«

»Zeigen wir's deinem Macker«, sagten die Mädels. »Den kannste dann abschreiben.« Sie lachten.

Ria bat: »Lasst uns so tun, als wäre es das Normalste von der Welt. Ihr nehmt mich in eure Mitte, und wir spazieren raus. Mal sehen, ob er mich überhaupt erkennt. Lasst euch nichts anmerken, ja? Ich bin eine von euch.« Sie war zweiunddreißig. Aber mit dieser Kleidung würde sie zwischen den Mädels nicht auffallen, hoffte sie.

Gemeinsam fuhren sie die Rolltreppe hinunter. Am Ausgang sahen vier Männer jeder Frau prüfend ins Gesicht. Sie nahmen Verdächtige zur Seite und fragten nach Ausweisen.

»Was machen denn die Gossenmolche da?«, fragte einer der Jugendlichen provozierend laut.

Die Männer taten, als würden sie es nicht hören. Sie konzentrierten sich ganz auf die Kontrolle der einzeln heraustretenden Frauen. Unter anderen Umständen hätten sie die jungen Leute sicher einkassiert. So aber ließ man den ganzen Pulk durchschwimmen, Ria inklusive.

Eines der Mädels sagte: »Jetzt noch die richtige Musik.« Sie drückte Ria den Arm. »Iggy Pop und die Stooges. Oder MC5. Das musst du dir beschaffen. Dein Macker wird abhotten mit dir.«

Die Jungs grölten am Brunnen, hier gäbe es was zu sehen, aber Ria zog sie weiter. »Vielleicht ist er an der Weltzeituhr.«

Sie überquerten den Alexanderplatz.

Sie tat verwirrt. »Wo ist der Kerl?«

»Dein Hirsch ist dir abgehauen«, feixten die Jungs, »gleich, als er dich in der Aufmachung gesehen hat.«

Es gelang ihr, die Gruppe bis zum Haus des Lehrers zu locken, indem sie Erfundenes aus ihrer angeblichen Beziehung zu dem Spießer erzählte und die anderen damit amüsierte. Dann gab sie die Lederjacke zurück und verabschiedete sich.

Auf dem Weg zum Auto biss sie die Zähne aufeinander. Dummerweise hatte sie auf dem Polaroidfoto im gefälschten Pass, den Stefan Hähner mitbringen würde, lange Haare. Sie fuhr kreuz und quer, bis sie ein Friseurgeschäft sah.

Schon als sie den Laden betrat, fielen der Friseurin schier die Augen aus dem Kopf: »Was ist denn mit Ihnen passiert?«

»Mutprobe«, sagte Ria. »Zu viel Alkohol.«

Auch Stefan Hähner zuckte zusammen, als er sie eine Stunde später sah. »Wie sehen Sie denn aus?«

Sie trug jetzt wieder das westliche Kostüm, das er ihr verschafft hatte. Der freie Hals unter ihrer Kurzhaarfrisur war ungewohnt, sie spürte empfindlich den Wind. Im Spiegel der

Friseurin war ihr das gestufte Deckhaar mit dem fedrigen Aussehen passabel erschienen, aber unter Hähners skeptischem Blick wurde sie unsicher.

Hähner trug einen grandios sitzenden Anzug aus dunkelblauem, seidig glänzendem Stoff.

Sie sagte: »Es gab Komplikationen. Die kennen Ihren Namen.«

Hähners Blick verfinsterte sich. »Das ist unmöglich.«

»Sollen wir es abblasen?«

»Und ihnen Zeit geben, sich zum Namen auch noch ein Foto zu beschaffen?« An seinem Hals pochte eine Ader. »Oder sie haben es schon.«

»Was würde das heißen?«

»Wir können es noch über Ungarn nach Österreich versuchen. Aber nicht mit diesen Pässen.« Er fuhr sich mit der Hand über die Stirn. Derart nervös hatte sie ihn noch nie erlebt.

Hatte sie es verdorben? Aber sie hatte niemandem seinen Namen gesagt.

Ein Ruck ging durch ihn. »Nein. Es muss heute sein, und zwar schnell. Kommen Sie.« Er führte sie zu einer schwarz lackierten Limousine mit chromglänzenden Radkappen. An der Rückseite prangte ein ovales Schild mit den Buchstaben CD.

»Was ist das für ein Auto?«

»Mercedes 300 SE, luftgefedert. Nur geliehen, leider. Er darf keinen Kratzer bekommen, sonst bin ich ruiniert.«

»Und das CD?«

»Diplomatisches Korps, französisch corps diplomatique.« Er öffnete ihr die Beifahrertür. »Frau Botschaftssekretärin Yıldız, darf ich bitten?«

Sie stieg ein, und er lief um den Wagen herum, um hinter dem Lenkrad Platz zu nehmen.

Im Auto waren Türen und Armaturenbrett mit lackiertem rötlichem Holz verkleidet. Die beigefarbenen Sitze dufteten nach Leder, und der Motor sprang sofort an, als Hähner den Zündschlüssel drehte. Er klang kraftvoll.

Sie fragte: »Und wenn sie Fragen stellen?«

Er lenkte den Wagen auf die Straße. »Wenn sie Fragen stellen«, sagte er, »sind wir erledigt.«

»Sehe ich etwa türkisch aus?«

»Ihre Haare könnten dunkler sein. Aber ein einfacher Grenzsoldat der DDR weiß nicht, wie eine türkische Botschaftssekretärin aussieht.« Sie hielten an einer Ampel. »Wie lange sucht man Sie schon?«

»Eine Stunde, denke ich.«

»Nicht gut.«

Der Mann mit dem Zettel musste vom MfS gewesen sein. Er hatte sie bei Annie gefunden. Das sagte sie Hähner lieber nicht. Ria dachte: Wenn ich uns beide damit umgebracht habe …

»Wir können von Glück reden, dass die speziellen Nummernschilder für Diplomaten noch nicht eingeführt sind, von denen sie seit einer Weile reden.«

»Wie soll ich gucken, wenn sie uns kontrollieren?«

»Geschäftsmäßig. Das sind Hanswurste für uns. Die stehen meilenweit unter unserer Gehaltsklasse.«

Sie passierten einen Polizeiwagen. Die Polizisten sahen ihnen nach.

»Die Pässe sind gut. Keine Sorge.« Aber so beruhigend Hähner auch redete, Ria spürte, dass er Angst hatte. Er sah oft in den Rückspiegel.

Sie folgten der Friedrichstraße in Richtung Süden. Als sie Unter den Linden überquerten, erblickte sie kurz das Brandenburger Tor, dann schob sich hinter dem Ruinenplatz der ehemaligen Kaisergalerie die Komische Oper ins Blickfeld. Ria sah wieder nach vorn. Sie näherten sich einem breiten weißen Turm und einer weißen Mauer quer über die Friedrichstraße.

Normalsterbliche hatten am Checkpoint Charlie nichts zu suchen, er war Diplomaten und Militärangehörigen vorbehalten.

»Wir winken kurz mit den Pässen, dann sind wir drüber«, sagte Hähner. Es klang, als wollte er sich selbst überzeugen.

Er hielt an der Schranke und fuhr die Fensterscheibe elektrisch nach unten, nur durch Bedienen eines verchromten Schalters. Dann überreichte er zwei Pässe.

Der Grenzoffizier nahm die Pässe, sah hinein und verglich die Fotos mit ihnen. Er sagte: »Bitte warten Sie hier.« Er ging in ein Gebäude.

Ria spürte, wie ihr der Schweiß den Nacken hinunterlief. Was machten die da drin so lange mit den Pässen? Telefonierte der Offizier mit der Staatssicherheit? Machten sich schon Leute auf den Weg hierher?

Vor vier Jahren war Neil Armstrong auf dem Mond gewesen, und sie schaffte es nicht in den anderen Teil der Stadt.

Der Offizier kam zurück. Er reichte Hähner die Pässe. »Sie dürfen fahren. Wir bitten Sie vielmals um Entschuldigung für die Wartezeit.« Er gab ein Handzeichen, und die Schranke öffnete sich.

Es erschien Ria wie ein Trick. Eine Falle. Sie wollte rufen: »Fahren Sie nicht!« Aber sie presste die Lippen aufeinander und schwieg, während sich in ihr alles zusammenzog.

Sie fuhren zwischen dunklen Metallzäunen auf das Schild »Allied Checkpoint« zu, über dem eine amerikanische Fahne wehte. Hieß das nicht, dass sie in Sicherheit waren? Ein Soldat in ungewohnter heller Uniform winkte sie heran. Auch er ließ sich die Pässe geben und sah flüchtig hinein.

Sie durften nach Westberlin hineinfahren. Zwölf Jahre war Ria nicht hier gewesen.

Hähner blies laut hörbar die Luft durch die Lippen.

»Wir haben es geschafft«, flüsterte Ria.

»Vielleicht war es sogar gut mit den Haaren«, sagte Hähner. »Niemand glaubt, dass wir das Foto erst heute gemacht haben.«

Er brachte das Auto am Straßenrand zum Stehen. Seine Hände zitterten.

Sie sah ihn an. »Das war knapp.«

»Ich war nicht sicher, ob der Passfälscher dichtgehalten hat. Aber er weiß meinen Namen nicht. Dass die Stasi ihn erfahren hat, macht mir Sorgen. Es könnte ein Leck geben.«

Ria umklammerte ihre Knie. »Ich danke Ihnen. Warum haben Sie das getan? Ich bin doch jetzt wertlos für Sie. Ich kann nie zur Kommerziellen Koordinierung zurückkehren oder überhaupt in die DDR. Ich bin für den BND verbrannt.«

»Im Gegenteil, Sie sind die wertvollste Wirtschaftsquelle, die wir momentan haben. Niemand auf unserer Seite kennt die Kommerzielle Koordinierung so gut wie Sie, Verflechtungen, Firmennamen, Ziele, Operationsmethoden. Niemand kennt Alexander Schalck so gut wie Sie. Mag sein, dass Sie keine Unterlagen mehr abfotografieren können. Aber was Sie im Kopf über die Grenze transportiert haben, wird uns noch Monate beschäftigen. Na ja, was heißt uns, ich bin gar nicht mehr beim BND.«

Sie stutzte. »Nein?«

»Ich bin damals ausgestiegen, als Sie den Kontakt abgebrochen haben.«

»Aber wie kommt es dann, dass Sie mich über die Grenze geschmuggelt haben? Sie haben Ihr Leben riskiert.«

Er lächelte, und sie sah jetzt, wie müde er war. »Eine private Aktion.«

»Sie meinen ...?«

Er sah nach vorn durch die Windschutzscheibe auf einen fernen Punkt. »Ich habe Sie angeworben damals. Ich fühle mich verantwortlich für Sie. Wenn es übrigens wahr wäre, dass Sie wertlos sind, sobald Sie keine Informationen mehr für uns liefern, dann könnte man die Arbeit des Bundesnachrichtendienstes und aller anderen Geheimdienste einstellen. Diese Arbeit hat nämlich nur einen Sinn, weil jeder einzelne Mensch wertvoll ist und es verdient, sich zu entfalten. Freiheit ist nichts Abstraktes. Es gibt Freiheit nur im konkreten Leben, für Sie, für mich, für viele andere, für die wir sie noch erringen müssen oder bewahren, wenn sie unter Beschuss steht.«

Ria konnte nichts sagen. Sie brachte nichts heraus, nicht einmal ein weiteres Dankeschön. Schließlich nahm sie Hähners Hand in ihre beiden Hände und drückte sie fest.

»Ich werde Sie erst einmal in einem Hotel unterbringen. Dann sage ich dem BND Bescheid. Ich würde mich freuen, wenn Sie in ein paar Wochen einmal mit mir essen gehen würden.«

»Natürlich.«

»Sie haben in den letzten Minuten viel verloren. Ihr

Zuhause mit allem, was Ihnen gehört hat. Ihre Schwester. Ihre Tochter. Wenn die Erleichterung nachlässt, werden Sie das spüren.« Er schwieg für einen Moment. »Aber Sie leben. Und Sie sind nicht eingesperrt und können gehen, wohin Sie wollen.«

34

Der Weg zu Jens war jetzt frei. Sie wusste die Straße, wusste das Haus. Von der Wohnung in Grunewald, in der der Bundesnachrichtendienst sie untergebracht hatte, war es ein Stück, aber niemand würde sich ihr entgegenstellen und Pässe verlangen, niemand sie bedrohen. Trotzdem ging sie nicht hin. Sie schob es hinaus.

Experten flogen nach Berlin und befragten sie. Sie wusste nicht bei allen, ob sie zum BND gehörten oder zu Instituten der Regierung oder zur CIA. Sie wurden ihr als Fachleute vorgestellt, und sie stellten gute Fragen.

Bei manchem, was Ria erzählte, machten die Experten sich hastige Notizen. Wenn es still wurde im Raum und alle schrieben, dann wusste sie, dass sie etwas gesagt hatte, das ihnen neu war.

Sie erklärte, die KoKo sei in etwa so, als würde man in einen kommunistischen Staat eine Zelle des Kapitalismus einpflanzen. Einen Bereich, der mit kapitalistischen Mitteln Geld verdiente und beschaffte. Die KoKo und Dr. Schalck waren nur an die Weisungen von Honecker und Mielke gebunden.

Schon seit Kriegsende erwirtschafteten sogenannte Vertrauensfirmen des Ministeriums für Staatssicherheit Devisen für die DDR im Westen. Nachdem im Westen die KPD verboten und ihr Parteivermögen eingezogen worden war, hatten alte KPD-Funktionäre diese Parteifirmen mit Geld aus der DDR gestärkt und vergrößert, und ihr erwirtschaftetes Geld gaben sie an die SED, zum Beispiel die Nolte AG oder Socoli. Dr. Schalck wisse, dass es der DDR eigentlich gesetzlich untersagt sei, in der BRD Vermögenswerte zu kaufen oder eigene Unternehmen zu gründen. Aber es sei trotzdem geschehen.

Damit sie nicht als Parteifirmen zugeordnet werden könnten, bereite man für die Firmen Holdings vor in Ländern, die für solche Zwecke nach dort geltendem Recht besonders geeignet waren: in der Schweiz, in Liechtenstein, in den Niederlanden, in Portugal und auf Curaçao.

Die Herren schrieben eifrig.

Diese Firmen sollten die Rechtsform von Aktiengesellschaften haben und die Aktien sich im Besitz des Bereichs der Kommerziellen Koordinierung befinden. Die Leitung der Holdingfirmen erfolgte durch ausländische Vertrauenspersonen.

Auch Stiftungen waren geplant, sogar eine eigene Bank in Luxemburg wolle Schalck gründen. Man arbeitete mit der Zentral-Kommerz Gesellschaft für internationalen Handel mbH, der Intrac Handelsgesellschaft mbH und der Transinter GmbH bei Spekulationsgeschäften und verdeckten Transaktionen zusammen, auch mit den Vertrauensfirmen der Staatssicherheit F.C. Gerlach und Simon Industrievertretungen.

Natürlich betrieb die KoKo außerdem ganz gewöhnliche Handelsgeschäfte. Aber manchmal bestand der Warenhandel nur auf dem Papier, ohne dass eine Kiste von Ost nach West bewegt worden sei. Und Waren aus Billiglohnländern bekamen in der DDR ein neues Herkunftsschild »Made in

GDR«, bevor sie in den Westen exportiert wurden und hohe Gewinne einbrachten. Mithilfe der Staatsspedition Deutrans umging man Zollkontrollen, das ermöglichte Schmuggel und Steuerbetrug.

Nach den tagelangen Fragerunden der Fachleute war Ria müde. Sie glühte innerlich, sie befand sich im Kampf, und zugleich war sie unmäßig erschöpft. Sie bat um einen freien Tag. »Selbstverständlich«, sagte der junge BND-Mitarbeiter, der immer angezogen war wie ein Student.

Am freien Tag schlief sie lange. Dann frühstückte sie. Immer noch schmeckten die Brötchen ungewohnt, aber der echte Bienenhonig war großartig, verglichen mit dem harten Kunsthonig, auf den sie sich noch vor Tagen hatte beschränken müssen. Sie zog sich an und ging nach draußen. Die Luft verkündete schon den Herbst, sie war würzig und kühl. Ria sog sie tief in ihre Lunge ein.

Sie hatte Angst.

Auf dem Weg zur Bushaltestelle kam sie an einem türkischen Imbiss vorbei. Dort aß man Fladenbrot und trank Coca-Cola. Fremdartige Musik tönte vom Band. Kinder suchten in den umliegenden Müllkörben nach Pfandflaschen.

Sie wartete an der Haltestelle, dann kam ihr Bus, ein Doppeldecker, seine Seite warb mit dem Spruch »Vitale Frauen sind hübscher« für eine koffeinhaltige Schokolade. Sie stieg ein und ging nach oben. Es war ein eigenartiges Gefühl, aus dieser Höhe auf die Straße zu blicken. Bei jeder Ampel fürchtete sie, der Bus könnte dagegenstoßen.

Wehmütig dachte sie an Annie. Wie schön es wäre, mit ihr durch die Stadt zu spazieren. Gern hätte sie gewusst, wie es Annie ging. Hoffentlich ließ man sie nicht büßen, dass ihre Mutter republikflüchtig geworden war.

Und Jolanthe. Zu Weihnachten würde sie ihr schreiben. Vielleicht schrieb Joli im ersten Jahr nicht zurück. Aber irgendwann würde sie ihr verzeihen. Zumindest hoffte sie das.

Nach dem Aussteigen ging Ria eine breite Einkaufsstraße entlang. Ein Straßenverkäufer umwarb seine Kundschaft. Er flocht ständig beim Reden die Phrase »Meine Damen und Herren« ein, er wiederholte sie wie einen Zauberspruch, der die Zuhörer einwickelte. Was er anbot, war natürlich »sensationell« und wurde allein schon wegen seiner besonderen, überraschenden Qualität nicht im Kaufhaus verkauft, sondern nur hier auf der Straße: ein Hackbrett sowie im Set dazu Messer aus Solinger Stahl.

Je näher sie Jens' Straße kam, desto beklommener wurde ihr zumute. Wie würde er reagieren? Eine Liebe, die zum wiederholten Mal zertrümmert wurde, starb irgendwann. Und ihr letzter Abschied war wirklich unschön gewesen für ihn.

Gern wäre sie noch in eine andere Straße ausgewichen, aber es war jetzt so weit, sie stand vor der Haustür. Jahrelang hatte sie sich nichts sehnlicher gewünscht, als hierherzukommen. Und jetzt war sie innerlich kalt vor Angst. Sie hob die Hand zur Klingel, aber wagte es nicht, sie zu drücken. Umkehren? Einfach wieder gehen. Schließlich klingelte sie doch.

Der Summer ertönte, und sie schob die Tür auf. Das Treppenhaus, in dem sie als junge Frau auf ihn gewartet hatte, hatte sich kaum verändert. Langsam ging sie die Stufen hoch. Sie fand seine Tür. Er öffnete.

In seinem Gesicht stand zuerst Erschrecken, dann Ablehnung.

»Ich wollte …«

»Nein, Ria. Nein.« Er machte die Tür zu. Sanft, als könnte er nicht verkraften, sie damit zu verletzen.

Ria atmete bebend ein. Sie machte kehrt und verließ das Haus.

Die Fachleute bemerkten am nächsten Tag, dass etwas anders war. Sie warfen sich Blicke zu, aber wagten es nicht, sie darauf anzusprechen. Mechanisch gab sie ihre Antworten, und wenn die Experten schrieben, sah sie aus dem Fenster. Sie wollte nicht länger hier sein. Es war kein Zorn mehr da auf den Staat, der ihre Familie zerrissen hatte.

Trotzdem erledigte sie, was zu erledigen war. Sie tat es ohne innere Beteiligung.

Zwei Wochen später sah sie auf dem Weg zum Verhör, wie sie die Gespräche insgeheim zu nennen begonnen hatte, auf den Zeitungen am Kiosk Schlagzeilen vom Krieg. Sie kaufte sich den *Tagesspiegel*, und nachdem sie gelesen hatte, dass Ägypten, Syrien und weitere arabische Staaten überraschend Israel angegriffen hatten, suchte sie mit klopfendem Herzen nach Artikeln von Jens.

Jeden Tag kaufte sie jetzt die Zeitung. Mal zwang sie sich, seine Artikel nicht zu lesen. Dann wieder las sie die Texte mehrmals und roch an der Druckerschwärze, als hätte er die Worte einzeln und von Hand auf ihr Exemplar gebracht.

Sie fragte die Experten nach dem Krieg. Aber so genau und ausführlich sie selbst in ihren Antworten zu sein hatte, so wortkarg wurden die Experten bei diesem Thema.

Der Krieg dauerte zwanzig Tage. Wie durch ein Wunder rettete sich Israel und gewann mühevoll die Oberhand. Daraufhin verhängten die OPEC-Staaten als Strafe für die Länder, die Israel unterstützt hatten, ein Öl-Embargo. Die Bundesrepublik Deutschland war offiziell neutral geblieben, aber von ihrem Boden aus hatten die USA Waffen nach Israel geschickt, deshalb fiel auch die BRD in Ungnade.

Benzin wurde unmäßig teuer, und um den kostbaren Rohstoff einzusparen, senkte man die Höchstgeschwindigkeit auf allen Straßen. Zudem wurden autofreie Sonntage eingeführt mit einem bundesweiten Fahrverbot. Es war sehr still an diesen Sonntagen. Die Leute fuhren mit Fahrrädern den Ku'damm entlang oder spazierten zu Fuß über die Straßen, manche machten Picknick auf der Avus, der Stadtautobahn.

Als der Verkehr wieder rollte, meldete sich Stefan Hähner. Er sei in Berlin, ob sie Lust hätte, sich mit ihm zum Essen zu treffen? Ria sagte zu. Obwohl die Verabredung für den Abend getroffen war, fuhr sie schon am Nachmittag in die Stadt.

Am Empfang zur *Tagesspiegel*-Redaktion in der Potsdamer Straße sagte sie, sie wolle nur mit Jens Fichtner sprechen.

Zuerst befürchtete sie, er würde überhaupt nicht kommen. Dann hörte sie seine Schritte auf der Treppe.

Er trug ein kariertes Hemd als Zugeständnis an die Arbeit bei der Zeitung, die Hose aber war schon abgetragen und hatte Falten vom langen Sitzen. Und da waren sein grauer Dreitagebart und sein kluger Blick aus wassergrauen Augen, dieses Gesicht, das sie liebte und nie aufhören würde zu lieben.

»Verrückte Zeiten, oder?«, fragte sie.

»Allerdings.«

»Ich mochte deine Artikel zur Ölkrise und zu den autofreien Tagen. Auch den über die Erfindung eines tragbaren Funktelefons.«

»Du liest meine Texte?«

»Hab ich früher auch gemacht, in der KoKo, wann immer wir den *Tagesspiegel* dahatten.«

»Ria, ich –«

»Nein, deswegen bin ich nicht hier. Du willst mich nicht mehr, und das akzeptiere ich. Ich bin wegen einer Geschichte für die Zeitung gekommen.«

»Und was für eine Geschichte soll das sein?«

»Ein Grenzsoldat hat versucht, in die BRD zu fliehen, wurde angeschossen und zu einer Zuchthausstrafe verurteilt. In wochenlanger Arbeit ist es ihm gelungen, sich heimlich durch die Wand des Gefängnisses zu arbeiten. Neun Tage ist er in Freiheit. Dann wird er geschnappt und erneut eingesperrt.«

»Klingt gut. Komm mit hoch, da habe ich Papier und Stift.«

Oben in der Redaktion hatte sie das Gefühl, dass alle sie neugierig ansahen. Aber vielleicht bildete sie es sich auch nur ein. Als sie in seinem kleinen Büro waren, fragte sie: »Du schreibst nicht mit der Schreibmaschine?«

»Mit dem Füller bin ich langsamer.«

»Eben deshalb musst du die Schreibmaschine nehmen!«

»Es ist gut, langsam zu schreiben. Dann habe ich Zeit für mehr Gedanken.«

Sie schluckte. Sah man ihr an, dass sie dieser Mann mit seiner ganzen Art berührte? Um Jens abzulenken, begann sie zu erzählen.

Nach zwanzig Minuten unterbrach er sie. »Moment. Die eigene Schwägerin hat ihn ausgeliefert? Aber warum?«

»Damit er nicht stirbt. Es gibt bessere Wege in den Westen.«

»Und die wären?«

»Meine eigene Abteilung, die Kommerzielle Koordinierung, gewinnt Devisen, indem sie Gefangene verkauft. Da werden kaufmännisch Menschenleben verrechnet. Anfangs gab es gestaffelte Preise. Für Hochbestrafte oder Lebenslängliche haben wir mehr verlangt mit dem Argument, dass der Strafrest zu bezahlen war. Inzwischen ist ein pauschaler Kopfpreis von vierzigtausend Westmark vereinbart.«

»Davon habe ich gehört, dass der Westen politische Häftlinge freikauft.«

»Ist ein gutes Geschäft für die DDR. Und ein nachwachsender Rohstoff. Je mehr Leute sie festnimmt, desto mehr hat sie zu verkaufen.«

»Du klingst bitter.«

»Nein, ich …« Sie stand auf und ging zum Fenster. »Ich bin ja froh darüber. Und es hilft, wenn der Häftling im Westen bekannt ist. Das erhöht den Druck auf alle Seiten zu handeln. Wirst du den Artikel bringen?«

Sie hörte ein Stöhnen. Erschrocken drehte sie sich um. Jens hatte die Hände vor das Gesicht geschlagen. Er fragte: »Deshalb musstest du bleiben?«

»Ja.«

»Du bist die Schwägerin.«

»Ich konnte nicht zulassen, dass er erschossen wird. Damals, als wir uns auf dem Alexanderplatz verabschiedet haben, war er noch nicht aus der Haft geflohen. Er war schon angeschossen und in Haft. Ich wollte ihn gegen Staatsgeheimnisse der DDR beim BND eintauschen. Ihn und … mich.«

Er erhob sich und trat zu ihr. »An unserer Kommunikation müssen wir noch arbeiten.«

»Es hätte geschadet, wenn du weiter auf Besuch gekommen wärst. Schalck und die Stasi wussten von dir.«

Er nahm sie in die Arme. Dann ließ er sie plötzlich los. »Darf ich das überhaupt?«

»Und wie.«

Er trug kein Parfüm, aber sein Körper duftete vertraut und wunderbar. Sie hatte nichts mehr, vom Geld des BND hatte sie sich etwas Kleidung gekauft, davon abgesehen stand sie mit leeren Händen da. Und sie war nicht sicher, ob ein gemeinsames Leben mit Jens gelingen würde. Aber wenn er sie so umarmte wie jetzt, erwachte Hoffnung in ihr.

»Ich muss noch ein bisschen arbeiten«, sagte er, als er die Umarmung löste. »Jemand hat mir diese unglaubliche Geschichte erzählt über einen ehemaligen DDR-Grenzer. Sehen wir uns heute Abend?«

Sie biss sich auf die Lippe und sah ihn um Verzeihung heischend an. »Ich bin schon verabredet.«

»Das geht ja gut los.«

Sie lachten.

Stefan Hähner bestellte Entenbraten mit Klößen und Rotkohl, sie wählte ein Fischgericht. Er offenbarte ihr, man habe ihm die Rückkehr angeboten. Die Bezeichnung BND vermied er dabei, immerhin saßen sie in einem belebten Restaurant. Sie wusste gleich, was er meinte. »Was halten Sie davon«, fragte er, »wenn wir gemeinsam dort beginnen würden? Mein erster Arbeitstag wird der erste Juni sein, nächstes Jahr.«

»Sie meinen, ob ich …?«

»Die Gespräche, die Sie zurzeit führen, werden nicht ewig weitergehen. Sie werden eine Arbeit brauchen. Und die hohen Erdölpreise lassen schwere Zeiten anbrechen. Noch finden die Leute es vergnüglich, dass es weniger Verkehr gibt. Aber bald wird die Arbeitslosigkeit steigen. Da wäre ein sicherer Job doch ganz nützlich für Sie.«

»Ich bin für die DDR verbrannt«, sagte sie.

»Natürlich. Aber Sie könnten als Analystin arbeiten. Mit Ihrer Expertise sind Sie kostbar.«

Sie dachte nach. Hähner schien ihr Zeit geben zu wollen, er wechselte das Thema. Sie bestellten Eis zum Nachtisch – er bestand darauf –, dann lud er sie auf einen Spaziergang ein. Als sie draußen ein paar Meter gegangen waren, kam er auf seine Frage zurück.

Sie sagte: »Ich bin mir nicht mehr so sicher, ob Spionage wirklich nützlich ist.«

»Oh, sie verändert viel. Wir bemerken es nur meist nicht, weil wir so auf die Kleinigkeiten des Alltags fokussiert sind. Die großen Strömungen haben wir nicht im Blick. Die Geheimdienste aber müssen sie im Blick haben.«

Ria ging schweigend neben ihm her. Dann sagte sie: »Ich habe Material über die Kommerzielle Koordinierung und Dr. Schalck geliefert, an dem sich der BND lange erfreuen wird. Das muss genügen. Und ich will nicht nach Pullach gehen. Mein Platz ist hier in Berlin.«

»Die Liebe wird wichtiger.« Er lächelte. »Ihr zweites Geheimnis.«

»Nennen Sie es nicht so. Ich habe mich mit keinem verheirateten Mann eingelassen. Ich muss nichts geheim halten. Nicht mehr.«

Hähner blieb stehen. »Das ist was wert. Ich bewundere Sie, Ria. Auch in diesen Fragen. Glauben Sie mir, ich lerne von Ihnen.« Er nestelte seine Lederhandschuhe aus den

Manteltaschen. »Falls Sie es sich eines Tages anders überlegen, wissen Sie, wo Sie mich finden.«

Noch vor Jahresende zog sie bei Jens ein. Und schon nach Tagen kam es ihr vor, als wäre es nie anders gewesen. Abends lagen sie lange wach und plauderten. Sie hatten sich genug zu erzählen für die nächsten zwanzig Jahre. Manchmal dachte sie an den hasserfüllten Blick der Verhörspezialistin. Wenn Jens längst schlief, lauschte sie auf jedes Knirschen im Treppenhaus und jede klirrende Bierflasche draußen auf der Straße.

Als sie wieder einmal nicht schlafen konnte, wurde Jens wach. »Du schläfst nicht?«

»Ich denke an die Staatssicherheit und ob sie uns hier erwischen kann.«

»Glaub mir, wenn sie das könnte, hätte sie noch ein paar andere Leute, die sie gern ›erwischen‹ würde.«

Sie gab ihm einen Stoß. »Du! Das ist nicht so albern, wie du denkst.«

»Verstehe.«

»Lass uns wenigstens umziehen.«

»Und dann? Wie halten wir die neue Adresse geheim?«

Das war allerdings ein Problem. Selbst wenn sie nicht im Telefonbuch standen, musste man nur zur *Tagesspiegel*-Redaktion gehen und Jens auf dem Weg nach Hause folgen, dann hatte man die neue Adresse heraus.

Sie hatte sich Feinde gemacht, und die würden ihre Feinde bleiben.

»Erzähl mir was, das mich ablenkt«, sagte sie. »Sonst schlafe ich diese Nacht überhaupt nicht mehr.«

Er dachte nach. Dann sagte er: »Wusstest du, dass die

Beatles nicht mögen, dass ihre Musik in Stereo abgemischt wird?«

»Aber wieso nicht? Alle sind stolz auf ihre Lautsprecher, wenn der Klang aus zwei verschiedenen Richtungen kommt.«

»Na ja, die es sich leisten können, die sind stolz darauf. Aber vor zehn Jahren hatten junge Leute keine Stereoanlage, sie hatten nur einen Kofferplattenspieler mit einem Lautsprecher. Und für den wurde die Musik der Beatles aufgenommen. Für einen einzigen Kanal. Daran haben sie wochenlang gebastelt, bis es in Mono so klang, wie sie es haben wollten. Sie haben die Tiefendimension des Raums erkundet, das ist unglaublich, wie viele Klänge sie in einen Kanal gebracht haben. Die Stereoversion war ihnen nicht wichtig, die haben sie in drei Tagen runtergerissen.«

»Und du? Magst du Stereo lieber oder Mono?«

»Je nachdem. Es klingt anders. Dasselbe Lied. Andere Instrumente treten in den Vordergrund.«

»Deshalb wolltest du *Revolver* unbedingt in der Monofassung haben?«

»Ich hab's gekauft, kurz nachdem du mich auf dem Alexanderplatz abserviert hast. Soll ich dir etwas vorspielen? Ich habe das Album in beiden Versionen, und ich hab doch den alten Plattenspieler noch.«

Es war zwei Uhr nachts. Sie knieten im Wohnzimmer und spielten leise die Lieder der Beatles, und Ria fand, dass sie in Mono dreidimensional klangen, und staunte darüber, und Jens guckte, als hätte sie ihn mit nichts glücklicher machen können.

Weil sie nach einer halben Stunde ausgekühlt waren, schlüpften sie wieder unter die warme Bettdecke. Ria kuschelte sich an Jens, und in ihrem Kopf war nicht mehr die

Stasi, sondern die Beatles waren da, und ihre Musik füllte den Kopf vollkommen aus. Gern hätte sie von diesem inneren Frieden etwas abgegeben. Sie sagte in Gedanken: Gott, ich weiß, du bist ein enger Freund von Henning. Mich hast du schon gerettet. Rette ihn auch noch, tust du das?

Es erschien ihr überhaupt nicht eigenartig. Zum ersten Mal fühlte sie sich wieder ganz, so wie sie sich als Kind vollständig gefühlt hatte, und konnte sich vorstellen, dass mit viel Pflege ein Aprikosenbäumchen überlebte.

24. April 1974, 6:32 Uhr. Die Kolonne umfasste fünf Wagen. Sie lenkten sie auf den Bürgersteig vor dem Haus in der Ubierstraße 107, stiegen aus, und ein Großteil der Männer postierte sich und hielt die Maschinenpistolen im Anschlag.

Stefan Hähner betrat mit den Beamten des Bundeskriminalamts das Haus. Sie hatten nicht genügend Beweise, um Guillaume festzunehmen. Aber er hoffte, dass das hohe Aufgebot an Beamten ihn einschüchtern und womöglich dazu bringen würde, einen Fehler zu machen. Sie alle trugen dunkle Anzüge. Er würde Guillaume glauben machen, dass er aufgeflogen war, und auch wenn er die Worte nicht sagen durfte, machte er ein ernstes Gesicht und hoffte, sein entschlossener Blick war überzeugend genug.

Günter Guillaume öffnete im gestreiften Bademantel. Erschüttert blickte er ihnen entgegen. Er sah auf das Blaulicht, das durch die Fenster des Treppenhauses hineinblinkte, musterte die dunkel gekleideten Herren und sah schließlich in Stefans Gesicht. Er ballte die Hände zu Fäusten, löste sie wieder. Um einen halben Schritt wich er zurück. Er sagte: »Ich bin Offizier der Nationalen Volksarmee der DDR. Ich bitte, meine Offiziersehre zu respektieren.«

Sie traten in die Wohnung. Aus dem hinteren Zimmer kam Pierre, es waren Osterferien, und er war vor wenigen Tagen siebzehn geworden. Aus seinen Augen sprach Entsetzen. Sicher ahnte er nichts davon, dass seine Eltern für die Stasi spionierten.

Man führte Günter und Christel Guillaume ab. Stefan und die Kollegen begannen vor Pierres entgeisterten Blicken, die Schränke von den Wänden abzurücken. Sie nahmen die Matratzen aus den Betten, holten Jacketts und Anzughosen aus dem Schrank und fassten prüfend in die Taschen. Sie drückten im Badezimmer die Zahnpasta aus der Tube. Stefan zerteilte das grüne Stück Seife mit dem Messer.

Die westdeutsche Öffentlichkeit würde entsetzt sein, dass ein Stasi-Mann an der Seite des Bundeskanzlers gearbeitet hatte. Die Sätze, die Guillaume unvorsichtigerweise an der Tür gesprochen hatte, würden zum Zentrum der Anklage werden.

Am 7. Mai trat Willy Brandt vom Amt des Bundeskanzlers zurück. Stefan Hähner erfuhr davon aus dem Autoradio. Er fuhr mit dem VW Käfer in die Kaserne des Bundesgrenzschutzes in Heimerzheim, und dass er mit diesem Ereignis etwas zu tun hatte, erschien ihm eigenartig. An der Pforte zeigte er seinen Dienstausweis.

»Schon gehört?«, fragte der Soldat.

»Bitter ist es«, sagte Hähner. »Ich glaube nicht, dass die DDR das erreichen wollte.«

»Wohl kaum.«

»Aber wir hätten Guillaume ja auch nicht machen lassen können.«

Er parkte und betrat das Gebäude des Funkbeobachtungsdienstes. Oben in den Büroräumen war noch niemand, es war erst kurz nach sieben.

Einem Impuls folgend, setzte er sich auf Ellas Platz.

Als sie kam, lachte sie schon in der Tür. »Wollen Sie tauschen, Herr Hähner?«

»Nein. Aber ich dachte, wenn ich sitze und Sie stehen, fällt es mir leichter, Sie etwas zu fragen.«

Sie sah ihn verwundert an.

Er fragte: »Würden Sie bitte mit mir essen gehen?«

Ihr Blick wurde warm. Sie trat an den Sekretärinnen-Schreibtisch heran, legte die Hände darauf und sagte: »Und warum fragen Sie mich das jetzt erst, Herr Hähner?«

»Das erzähle ich Ihnen heute Abend. Haben Sie Zeit?«

»Schon das ganze letzte Jahr hab ich Zeit. Und Sie hören in drei Wochen bei uns auf und ziehen runter nach München.«

Er stand auf. »Ich bin Stefan.«

»Ella.«

»Manchmal muss man etwas verlieren und findet dann erst Mut, darum zu kämpfen.«

»Wo hast du das her?«

»Das darf ich nicht sagen. Es ist ein Dienstgeheimnis.«

Der historische Kern dieser Geschichte

Die Guillaume-Affäre
Tatsächlich brachte ein ambitionierter Beamter des BfV in der Abteilung IV »Spionageabwehr« die Guillaumes zu Fall. Er hieß nicht Stefan Hähner, sondern Heinrich Schoregge. Weil ein Duzfreund von Günter Guillaume, der Pressefotograf Gersdorf, ins Visier des Verfassungsschutzes geraten war, recherchierte Schoregge von ihm ausgehend im »Nachrichtendienstlichen Informationssystem« NADIS bezüglich Guillaume. Diese Datenbank führte nicht nur Spionageverdächtige, sondern auch deren Kontakte, also zum Beispiel Menschen, die zu ihrer Entlastung als Zeugen vor Gericht ausgesagt hatten.

Durch NADIS fand er – neben zwei weiteren vor Gericht verhandelten Spionagefällen, in die Guillaume verwickelt war – heraus, dass 1972 ein Spion der HVA in Westberlin festgenommen worden war, der zwei Minoxfilme bei sich hatte. Darauf: Dokumente des Düsseldorfer DGB-Vorstandes. Sein Führungsagent, den man mit ihm am Treffpunkt festnahm, hatte nicht nur 3600 DM, sondern auch einen Zettel bei sich gehabt, auf dem er den Namen Guillaume notiert hatte.

Anders als im Roman erzählt, kam man auf die verschlüsselten Glückwunsch-Funksprüche nicht durch das Durchgehen alter Aufzeichnungen, sondern durch das gute Gedächtnis von Heinrich Bergmann, der sich im BfV mit den ostdeutschen Funksprüchen befasste. Als ihm Schoregge von seinem Verdacht gegen Guillaume erzählte, erinnerte sich Bergmann daran, dass 1956 einem noch nicht identifizierten Agenten der HVA mit Namen »G.« via Funkspruch gratuliert worden war.

Entsetzt stellten die beiden BfV-Mitarbeiter fest, dass das Datum des Funkspruchs exakt Guillaumes Geburtstag entsprach. Ein zweiter Gratulationsfunkspruch an »Chr.« stimmte mit dem Geburtstag von Guillaumes Ehefrau Christel überein. Und der Glückwunsch des Führungsoffiziers zum »zweiten Mann« im April 1957 passte zur Geburt von Guillaumes Sohn Pierre in diesem Monat.

Bei genauerem Nachforschen fanden sie weitere Verdachtsmomente in den Unterlagen der Abteilung V, die Guillaume damals einer Sicherheitsüberprüfung unterzogen hatte. Auch gab es bei den Daten, die Guillaume 1956 bei der Flucht in die BRD angegeben hatte, Widersprüche zu dem bei der Sicherheitsüberprüfung angegebenen Lebenslauf.

Schoregge und Bergmann fertigten am 11. Mai 1973 ein 19-seitiges Memorandum an, in dem sie alle Verdachtsmomente aufführten. Ihr Vorgesetzter Watschounek ging damit zum BfV-Präsidenten Nollau, der wiederum weihte Hans-Dietrich Genscher ein.

Man ging davon aus, dass die Guillaumes wegen der Gerichtsfälle vorsichtig geworden waren, und beschloss, zunächst ihre Telefongespräche und die Post zu überwachen, bis man einen vor Gericht verwertbaren Beweis für ihre Spionagetätigkeit hatte. Die Funksprüche wollte man vor

Gericht nicht einsetzen, um auch weiterhin vor der DDR zu verbergen, dass man in der Lage war, ihren Funkverkehr zu entschlüsseln.

So wurde Günter Guillaume im direkten Umfeld des Bundeskanzlers belassen – weitere zehn Monate lang. Günter und Christel Guillaume begleiteten die Brandts unter anderem nach Norwegen und verbrachten fast den gesamten Juli des Jahres 1973 dort mit ihnen.

Christel Guillaume traf sich im Anschluss an den Norwegenurlaub mit Anita, ihrer aus Ostberlin angereisten Führungsagentin, im Gartenlokal »Casselsruhe« auf dem Bonner Venusberg. Sie hatte die zu übergebenden Dokumente im Auto gelassen. Beim Kaffeetrinken hatte Anita den Eindruck, dass drei Herren sie beobachteten und mittels eines speziell präparierten Koffers fotografierten. Sie brachen ihr Gespräch ab. Christel Guillaume fuhr Anita in die Stadt und übergab ihr am Bonner Hauptbahnhof kurz vor dem Aussteigen das Material.

Insgesamt wurde das Ehepaar Guillaume bis zur Verhaftung am 24. April 1974 nur an etwa einhundert Tagen während ihrer Freizeit observiert. So sollte vermieden werden, dass sie auf die Beschattung aufmerksam wurden.

Bei der Festnahme ließ sich Günter Guillaume zu dem Satz hinreißen: »Ich bin Offizier der Nationalen Volksarmee der DDR. Ich bitte, meine Offiziersehre zu respektieren.« Das wurde vor Gericht zum zentralen Argument der Anklage. Dennoch genügten die Beweise nicht. Damit die Guillaumes 1975 verurteilt werden konnten, musste das Bundesamt für Verfassungsschutz wohl oder übel die Funksprüche ins Feld führen. Bis dahin hatten entschlüsselte Funksprüche bereits in mehr als achtzig Fällen zur Identifizierung von HVA-Agenten geführt, und man hatte immer genug andere Beweise gefunden, um diesen Trumpf unbemerkt weiter in der Hand halten zu können; in Einzelfällen, wo die Beweislast zu dünn gewesen war, hatte man sogar lieber Spione laufen lassen, als die kostbare Karte auszuspielen. Im Fall der Guillaumes tat man es schließlich. Günter Guillaume wurde zu dreizehn Jahren Haft verurteilt, seine Frau zu acht Jahren.

Vor Gericht würdigte Willy Brandt, den man als Zeugen geladen hatte, seinen ehemaligen Vertrauten keines Blickes. Guillaume verehrte Willy Brandt weiterhin und bat um ein klärendes Gespräch, das ihm Brandt aber verweigerte. Sie sahen sich nie wieder.

Sechs Jahre später, 1981, kehrten die Guillaumes im Rahmen eines Agentenaustauschs in die DDR zurück und wurden als »Kundschafter des Friedens« gefeiert. Günter Guillaume wirkte fortan bei Agentenschulungen mit.

Alexander Schalck-Golodkowski

Recht früh hatte er die Untüchtigkeit des sozialistischen Systems erkannt. Er nutzte den dringenden Bedarf des Staates an harter Währung, um sich unersetzlich zu machen. Seine Kommerzielle Koordinierung bildete eine Art kapitalistische Sonderzone innerhalb der sozialistischen, sich in Richtung des Kommunismus bewegenden DDR.

Zunächst exportierte er Waren zu Dumpingpreisen (unter Herstellungskosten) in den Westen, um an Devisen zu kommen. Davon profitierten Versandhäuser wie Quelle. Später führte er Briefkastenfirmen und Handelsgesellschaften in vielen Ländern, unterlief Embargo-Gesetze, exportierte Waffen in Krisengebiete, ließ sich für den Import von

Sondermüll aus der Bundesrepublik Deutschland und Westberlin bezahlen und enteignete in der DDR Besitzer von Antiquitäten, deren Eigentum er gewinnbringend in den Westen verkaufte.

Der Häftlingsfreikauf gehörte ebenfalls zu seinem Arbeitsbereich. Die BRD kaufte politische Häftlinge aus der DDR frei, was im Grunde genommen Menschen zur nachwachsenden Ware machte. Für jeden Häftling musste die BRD 40 000 DM und ab 1977 rund 96 000 DM bezahlen. Zwischen 1963 und 1989 erlangten insgesamt 31 755 Häftlinge auf diese Weise die Freiheit.

Zwischen 1991 und 1994 beschäftigte sich ein Untersuchungsausschuss des Deutschen Bundestages mit Alexander Schalck-Golodkowski. Er wurde zweimal verurteilt, allerdings wurden die Haftstrafen zur Bewährung ausgesetzt. Er verbrachte seinen Lebensabend in einem Haus am Tegernsee.

Die Weltfestspiele der Jugend und Studenten

Von der Eröffnung am 28. Juli 1973 an feierten in den neun Veranstaltungstagen acht Millionen Menschen in Ostberlin, darunter 25 000 Besucher aus 140 Ländern. Auf 95 Bühnen unter freiem Himmel und in Theatern, Clubs und Hallen begeisterten Musiker unterschiedlicher Stilrichtungen, zudem gab es Tanzaufführungen und Lesungen.

Die DDR präsentierte sich als weltoffenes, buntes Land. Gleichzeitig waren über 27 000 Mitarbeiter der Staatssicherheit während des Festivals im Einsatz. Schon vor dem Eröffnungstag wurden 23 532 potenzielle Störer von der Polizei einbestellt. Man untersagte ihnen die Reise nach Berlin. Gegen 2073 Personen wurde Haftbefehl erlassen.

Um Einfluss auf den Verlauf der Diskussionen zu nehmen, mischten sich als FDJler verkleidete Mitarbeiter des MfS unter die Festivalteilnehmer und vertraten die Politik der Partei. Sie sammelten auch Flugblätter ein, dokumentierten das Verhalten der Teilnehmer und lieferten detaillierte Berichte ab. In 24 Fällen wurden störende Personen herausgezogen und verhaftet.

Insgesamt waren die Festspiele aber ein großer Erfolg für die DDR. Viele Zeitzeugen haben sie als befreiend und beglückend in Erinnerung.

Der Gefängnisausbruch

Vorbild für den im Roman geschilderten Gefängnisausbruch war die Flucht Dieter Hötgers 1967. In mühseliger Arbeit löste Hötger mit einem gestohlenen Schraubenzieher Putz und Ziegelsteine aus der Wand seiner Arbeitszelle und verbarg das entstehende Loch immer wieder mit dem dort hängenden Wandschrank. Als das Loch nach drei Wochen groß genug geworden war, dass er durchschlüpfen konnte, stieß er den Außenputz durch und entkam am frühen Morgen des 28. November 1967 aus dem Hochsicherheitsgefängnis Bautzen II in eine nahe gelegene Gartenkolonie.

An der nun startenden Fahndungsaktion mit Hubschraubern, Straßensperren und Fahndungsplakaten waren über 3200 Polizisten beteiligt. Am neunten Tag seiner Flucht wurde Hötger von der Polizei gestellt und festgenommen. Wegen seines Ausbruchs verurteilte man ihn zu weiteren acht Jahren Haft. Er wurde von der Staatssicherheit fast zwei Jahre lang verhört, weil sie nicht glauben mochte, dass es ihm ohne fremde Hilfe gelungen war zu fliehen.

Als Folge seiner Flucht wurde in der Sonderhaftanstalt

Bautzen II ein Videokamerasystem installiert, das die Innen- und Außenbereiche überwachte, außerdem wurden alle Zellen mit Speziallautsprechern ausgestattet, die nicht nur für Ansagen dienten, sondern auch dazu, die Häftlinge abzuhören.

Am 21. September 1972 wurde Dieter Hötger von der Bundesregierung freigekauft.

Folgende Bücher und Quellen waren besonders hilfreich bei den Recherchen

Egon Bahr: »Das musst du erzählen«. Erinnerungen an Willy Brandt, Berlin 2015.

Egon Bahr: Zu meiner Zeit, München 1996.

Siegfried Bäumler, Karl Beer u. a.: Wissensspeicher Sekretärin, Berlin 1974.

Wolf Biermann: Warte nicht auf bessre Zeiten!, Berlin 2016.

Pierre Boom, Gerhard Haase-Hindenberg: Der fremde Vater. Der Sohn des Kanzlerspions Guillaume erinnert sich, Berlin 2004.

Matthias Brandt: Raumpatrouille. Geschichten, Köln 2016.

Wibke Bruhns: Nachrichtenzeit. Meine unfertigen Erinnerungen, München 2021.

Helga Buchmann, Dr. Günter Buchmann: Frauenturnen, Berlin 1983.

Deutscher Bundestag, Referat Öffentlichkeitsarbeit (Hrsg.): Der Bereich Kommerzielle Koordinierung und Alexander Schalck-Golodkowski: Werkzeuge des SED-Regimes. Bericht des 1. Untersuchungsausschusses des 12. Deutschen Bundestages, Textband, Bonn 1994.

Josef Foschepoth: Überwachtes Deutschland. Post- und Telefonüberwachung in der alten Bundesrepublik.

Ute Frevert: Mächtige Gefühle. Deutsche Geschichte seit 1900, Frankfurt am Main 2020.

Karl-Wilhelm Fricke, Silke Klewin: Bautzen II. Sonderhaftanstalt unter MfS-Kontrolle 1956 bis 1989, Leipzig 2001.

Jürgen Fuchs: Vernehmungsprotokolle, Berlin 2018.

Hans-Dietrich Genscher: Erinnerungen, Berlin 1995.

Andreas Götze, Hans-Jürgen Zeume: Flickflack. Weltbühne des Turnens, Berlin 1987.

Hans-Dieter Heumann: Hans-Dietrich Genscher. Die Biographie, Paderborn 2012.

Holger Jackisch: Die Bevölkerung wird gebeten … – Auf der Suche nach dem Ausbrecher aus dem Gefängnis Bautzen II. Radio-Feature, 58:19 Minuten, in: MDR Kultur. Halle/Saale, 2000.

Joachim Kallinich, Sylvia de Pasquale (Hrsg.): Ein offenes

Geheimnis. Post- und Telefonkontrolle in der DDR, Berlin 2003.

Hubertus Knabe (Hrsg.): Gefangen in Hohenschönhausen. Stasi-Häftlinge berichten, Berlin 2020.

Manfred Krug: Abgehauen. Ein Mitschnitt und ein Tagebuch, Berlin 2004.

Sabine Krüger: Licht, Luft und Luxus. West-Berliner Wohnträume der 1960er- und 1970er-Jahre, Berlin 2017.

Paul Küch: Ich hatte einen Schießbefehl. Gezählte Tage im Eichsfeld, Dülmen 2013.

Peter Joachim Lapp: Frontdienst im Frieden – Die Grenztruppen der DDR, Koblenz 1986.

Peter Merseburger: Willy Brandt. 1913–1992. Visionär und Realist, Stuttgart und München 2002.

Eckard Michels: Guillaume, der Spion. Eine deutsch-deutsche Karriere, Berlin 2013.

Michael Pilz: Analog ist die Musik viel besser, mono sowieso, in: Welt Online, https://www.welt.de/kultur/pop/article133060256/Analog-ist-die-Musik-viel-besser-mono-sowieso.html, abgerufen am 15.12.2021.

Ulrich Plenzdorf, Rüdiger Dammann (Hrsg.): Ein Land, genannt die DDR, Frankfurt am Main 2007.

Präsidium der Sportvereinigung Dynamo der Deutschen Demokratischen Republik (Hrsg.): Dynamo. Ein Almanach, Berlin 1977.

Siebrand Rehberg: Signale des Aufbruchs. Berlin-Fotografien der frühen Siebzigerjahre, Berlin 2014.

Gerhard Sälter: Grenzpolizisten. Konformität, Verweigerung und Repression in der Grenzpolizei und den Grenztruppen der DDR 1952 bis 1965, Berlin 2009.

Alexander Schalck-Golodkowski: Deutsch-deutsche Erinnerungen, Reinbek bei Hamburg 2000.

Susanne Schattenberg: Leonid Breschnew. Staatsmann und Schauspieler im Schatten Stalins, Köln 2017.

Marie-Luise Scherer: Die Hundegrenze, in: *Der Spiegel* 6/1994, https://www.spiegel.de/politik/die-hundegrenze-a-98cc6929-0002-0001-0000-000013684223, abgerufen am 19.01.2022.

Wilfried Schober: Als Grenzsoldat in der Mitte Deutschlands. Briefe, Aufzeichnungen, Gedanken und Erinnerungen eines ehemaligen Soldaten der DDR-Grenztruppen aus den Jahren 1969/1970, Leipzig 2015.

Joachim Schulz, Werner Gräbner: Architekturführer DDR. Berlin, Hauptstadt der Deutschen Demokratischen Republik, Berlin 1974.

Frank Schumann, Heinz Wuschech: Schalck-Golodkowski. Der Mann, der die DDR retten wollte, Berlin 2012.

Werner Stiller: Der Agent. Mein Leben in drei Geheimdiensten, Berlin 2010.

Matthias Storck: Karierte Wolken. Lebensbeschreibungen eines Freigekauften, Gießen 2010.

Ulrich Völklein: Honecker. Eine Biographie, Berlin 2003.

Klaus Weise: Wohin in Berlin. Hauptstadt der DDR, Berlin 1977.

René Wiese: Kaderschmieden des »Sportwunderlandes«. Die Kinder- und Jugendsportschulen der DDR, Hildesheim 2012.

Markus Wolf: Spionagechef im Geheimen Krieg. Erinnerungen, München 1997.

X. Festival. Weltfestspiele der Jugend und Studenten. Berlin – Hauptstadt der DDR – 1973. Dresden, 1973.

Der Autor dankt

Jana Allerstorfer, die damals Jana Vogel hieß, in der Kinder- und Jugendsportschule Leipzig trainierte und mehrfache DDR-Meisterin im Turnen am Stufenbarren und am Schwebebalken wurde, sowie den Turnerinnen Katrin Aechtner und Ulrike Kranepuhl.

Der Eiskunstläuferin Peggy Schwarz (1988 DDR-Meisterin im Paarlauf sowie Viertplatzierte bei den Weltmeisterschaften 1989 und 1992 Deutsche Meisterin im Paarlauf), die mir Fragen zum Alltag an der Kinder- und Jugendsportschule beantwortete.

Bodo Hechelhammer – seit 2002 Mitarbeiter des Bundesnachrichtendienstes und seit 2016 Chefhistoriker der Behörde – für seine starken Sachbücher über die Arbeit der Nachrichtendienste und für den freundlichen Austausch, als ich nicht wusste, wie Ria nach Jahren der Funkstille Kontakt zu Stefan Hähner aufnehmen könnte.

Ullrich Hofmann für wertvolle Hinweise zum Manuskript und zur Zeitgeschichte.

Brigitte Kawka für die Gespräche über den DDR-Außenhandel.

Der Pressestelle des Bundesamtes für Verfassungsschutz für Informationen zur Computernutzung 1973 im Amt.

Werner Armingeon für Hinweise zur Computertechnik 1973.

Michael Schramm für Fotos der Adventgemeinde Senftenberg.

Bernhard Bachem für gute Gespräche über Literatur und für den Hinweis auf die Stereo-/Mono-Debatte bei den Beatles.

Gisbert Haefs und Doris Schuck für Hinweise zum Schauplatz Bonn.

Wolf Biermann für die Erlaubnis, seinen Liedtext abzudrucken.

Dr. Elke Stadelmann-Wenz, Leiterin Forschung der Gedenkstätte Berlin-Hohenschönhausen, und Dr. Elise Catrain von der Öffentlichkeitsarbeit der Gedenkstätte für freundliche Antworten auf alle meine Fragen.

Monika Schneider, die nach einem gescheiterten Fluchtversuch im Untersuchungsgefängnis der Staatssicherheit in Berlin-Hohenschönhausen inhaftiert war und uns durch die Zellen führte.

Konstantin Neumann für Rat zum Thema Fahnenflucht.

Oliver Brod, Matthias Steiert und Joachim Hoell für die starken Hörbücher zur »Spionin«-Reihe; und Joachim Hoell für hilfreiche Hinweise zum Text.

Stephanie Berlehner für die tolle Pressearbeit zur »*Spionin*«-Trilogie.

Doris Schuck für das Organisieren zahlreicher Lesungen, schon seit Jahren.

Dem Vertriebsteam des Heyne Verlags, das es geschafft hat, *Die fremde Spionin* auf die SPIEGEL-Bestsellerliste zu bringen.

Den Buchhändlerinnen und Buchhändlern, die so viele Schätze in mein Wohnzimmer und so viele weitere Wohnzimmer bringen. Danke für Ihre großartige Arbeit!

Vor allem aber Oskar Rauch und Gunnar Cynybulk für hilfreiche Hinweise zur Geschichte, den Figuren und der Sprache – ohne Lektoren wie euch wäre das Autorenleben nichts.